Rachel Dylan

IM VISIER DER MACHT

Francke

Über die Autorin:
Rachel Dylan arbeitete mehr als acht Jahre als Prozessanwältin für eine namhafte amerikanische Kanzlei. Heute ist sie als Justiziarin für einen der größten Automobilhersteller der USA tätig und schreibt christliche Romane, die in der Gerichtswelt spielen. Zusammen mit ihrem Mann, zwei Hunden und drei Katzen lebt sie in Michigan.
www.racheldylan.com
racheldylanauthor
Rachel Dylan

Für Mama.
Danke dafür, dass du immer mein größter Fan bist.
Ich bin so froh, dass ich diese Geschichten mit dir teilen kann.
Ich liebe dich sehr.

FSC
www.fsc.org
MIX
Papier | Fördert gute Waldnutzung
FSC® C083411

Bibliografische Information der Deutschen Nationalbibliothek
Die Deutsche Nationalbibliothek verzeichnet diese Publikation in der Deutschen Nationalbibliografie; detaillierte bibliografische Daten sind im Internet über http://dnb.dnb.de abrufbar.

ISBN 978-3-96362-348-6

Originally published in English under the title *Power Play*
by Bethany House Publishers, a division of Baker Publishing Group,
Grand Rapids, Michigan, 49516, U.S.A.

35037 Marburg an der Lahn
Deutsch von Dorothee Dziewas
Umschlagbilder: © iStockphoto.com / panic_attack, feedough,
ChristianChan; © shutterstock.com / fl 1photo
Umschlaggestaltung: Francke-Buch GmbH / Marion Schramm
Satz: Francke-Buch GmbH
Druck und Bindung: CPI books GmbH, Leck

www.francke-buch.de

Rachel Dylan

IM VISIER DER MACHT

KAPITEL 1

Das wird eine lange Nacht. Vivian Steele überprüfte noch ein letztes Mal ihren pinkfarbenen Lippenstift, bevor sie die Damentoilette verließ und sich in das Haifischbecken begab – offiziell als Diplomatendinner in Washington, D.C., bekannt. Aber dies war nicht irgendein Abendessen. Dies war das erste jährliche Sommerevent in einem schicken Fünf-Sterne-Hotel im Norden Virginias, an dem namhafte Diplomaten aus der ganzen Welt teilnahmen.

Vivians Vorgesetzter hatte darauf bestanden, dass sie ebenfalls hinging. Vivian arbeitete im Büro der Rechtsabteilung im Außenministerium und hatte nach sechs Jahren als Anwältin im Staatsdienst mittlerweile eine Menge gesehen und erlebt. Aber nichts verursachte ein solches Unbehagen bei ihr wie solche eleganten Veranstaltungen, bei denen Netzwerker aus der Hauptstadt und der Umgebung sich ein Stelldichein gaben, miteinander plauderten und neue nützliche Beziehungen knüpften. Als sie an ihrem knielangen schwarzen Cocktailkleid heruntersah, hatte Vivian das Gefühl, völlig fehl am Platze zu sein. Rüschen und Glitzer waren überhaupt nicht ihr Ding, deshalb hatte sie sich für einen klassischen Look entschieden. Wenigstens fiel sie damit in der Menge nicht weiter auf.

Als sie Layla Karam McCoy auf sich zukommen sah, stieß Vivien einen Seufzer der Erleichterung aus. Ihre beste Freundin hatte seit ihrer Hochzeit gar nicht mehr aufgehört zu strahlen und dieses Strahlen wurde durch ihr langes, glitzerndes, elegantes Abendkleid noch verstärkt.

»Was machst du denn hier? Ich hätte nicht gedacht, dass sie Spioninnen hier reinlassen«, witzelte Viv mit gedämpfter Stimme.

Layla stöhnte. »Ich wünschte, ich wäre nicht hier, aber ich repräsentiere heute die Behörde. Mein Boss hat sich in letzter Minute aus der Affäre gezogen und mir erklärt, dass ich mir dieses Essen antun muss, erst recht, weil der Job fürs Außenministerium meine Tarnung ist.«

Viv trat näher zu ihrer Freundin. »Wie viele von den sogenannten Diplomaten hier gehören wohl in Wirklichkeit zu irgendwelchen Geheimdiensten?«

Layla sah sich im Raum um. »Wahrscheinlich zehn Prozent. Vielleicht auch mehr.«

Viv hatte schnell gelernt, dass Geheimagenten oft Diplomatenjobs als Tarnung hatten, und das war in anderen Ländern ähnlich. Laylas Tarnung war ein Job als Analystin im Außenministerium.

»Hey!« Layla packte Viv am Ellbogen. »Wer ist denn der Muskelprotz mit den dunklen Haaren, der dich die ganze Zeit beobachtet?«

»Von wem redest du?«, flüsterte Viv zurück.

»Warte einen Moment und dreh dich dann langsam zum Vorspeisenbüfett um.«

Viv wartete ein paar Sekunden und sah dann beiläufig in die entsprechende Richtung. Layla hatte nicht übertrieben. Der Mann, von dem sie gesprochen hatte, war deutlich über ein Meter achtzig groß. Er hatte wellige dunkle Haare und war gut gebaut. Sehr gut gebaut. »Ich habe keine Ahnung, wer das ist.«

Layla lachte. »Wenn ich mich nicht irre, würde er aber gerne wissen, wer *du* bist.«

»Das bildest du dir ein.« Viv seufzte. »Seit deiner Hochzeit kennst du wirklich nur noch ein Thema.« Layla war fest davon überzeugt, dafür sorgen zu müssen, dass auch Viv den Richtigen fand, aber ihre bisherigen Verkupplungsversuche waren ein ziemlicher Reinfall gewesen.

»Ich werde nicht aufgeben.« Layla lächelte schelmisch.

Viv warf noch einen Blick zu dem geheimnisvollen Mann hinüber. »Was den Typen betrifft, scheint er jedenfalls sehr wachsam zu sein, nicht nur bezogen auf mich. Seine ganze Haltung riecht nach Militär.«

Layla drückte die Hand ihrer Freundin. »Ja, aber ich *weiß*, was ich gesehen habe.«

Ein Gong ertönte und bedeutete ihnen, dass es an der Zeit war, ihre Plätze einzunehmen. Leider gab es eine feste Sitzordnung, sodass Viv nicht neben Layla sitzen konnte.

»Wir reden anschließend«, sagte Layla. »Oder wenn du mich während der Veranstaltung sprechen musst, schreib mir eine Nachricht, dann rette ich dich vor deinen Tischnachbarn.«

»Mach ich.« Viv ging zu ihrem Tisch. Ihre Freundschaft mit Layla war eine der Konstanten in ihrem Leben, für die sie unendlich dankbar war.

Pflichtbewusst betrieb Viv höflichen Small Talk an ihrem Tisch, an dem Vertreterinnen und Vertreter mehrerer Länder saßen – die zum Glück allesamt Englisch sprachen. Im Gegensatz zu Layla hatte Viv keine Palette von Sprachkenntnissen zur Verfügung. Ihre einzige Fremdsprache war Spanisch und selbst das sprach sie nicht fließend.

Gerade schob sie einen Bissen von ihrem ziemlich faden gebratenen Hühnchenfilet in den Mund, als jemand hinter ihr einen lauten Schrei ausstieß. Instinktiv sprang Viv auf, während um sie herum das Chaos ausbrach, und ihr Pulsschlag beschleunigte sich.

Überall im Saal ertönten Rufe und Schreie. Viv rannte zu dem Tisch, an dem die Aufregung ihren Anfang genommen hatte, und sah den ägyptischen Botschafter, der sein Land in den Vereinigten Staaten repräsentierte, regungslos auf dem Fußboden liegen. Ihr Magen zog sich zusammen. Sie kannte diesen Mann – Ali Zidan war ein wichtiger Verbündeter der USA und ein Freund.

Ein Mann beugte sich gerade über Zidan, um mit einer Herz-Lungen-Reanimation zu beginnen, als Zidans Leibwächter erschienen und sich wie eine Schutzmauer um ihn herum aufbauten. Viv war keine Expertin in medizinischen Dingen – sie hatte nur grundlegende Erste-Hilfe-Kenntnisse –, aber sie hatte den Eindruck, dass alle Reanimation der Welt nichts an der Situation ändern würde.

Der ägyptische Botschafter war tot.

Eine große Hand packte sie am Arm und zog sie zurück. Viv versuchte, sich aus dem festen Griff zu befreien. »Lassen Sie mich los!«

»Sie sollten zurücktreten, Ma'am.«

Viv blickte in die großen braunen Augen des geheimnisvollen Fremden von vorhin. »Und Sie sind?«

»Jacob Cruz, leitender Special Agent vom DSS, Diplomatischer Sicherheitsdienst.«

Aha. »Haben Sie gesehen, was passiert ist?«

Agent Cruz trat einen Schritt näher. »Moment mal. Jetzt bin ich erst mal dran mit der Frage, wer Sie sind.«

Es gab keinen Grund, ihm die kalte Schulter zu zeigen. »Ich bin Vivian Steele. Ich arbeite als Juristin im Außenministerium.«

Er runzelte die Stirn. Es musste das Wort *Juristin* gewesen sein, das diesen finsteren Blick ausgelöst hatte. Sie kannte den Ausdruck. »Bitte treten Sie zurück, Ma'am.«

Viv entging nicht, dass er ihre Frage, ob er etwas gesehen hatte, nicht beantwortete, aber angesichts des Tumults im Saal ließ sie die Sache auf sich beruhen und gehorchte. Sie sah sich um und entdeckte Layla, ihr Handy am Ohr. Zweifellos informierte sie die CIA über die Ereignisse.

Das Mikrofon am Rednerpult machte ein schrilles pfeifendes Geräusch und dann ergriff der Moderator des Abends das Wort. »Achtung, bitte hören Sie alle zu! Bitte gehen Sie ruhig zu ihren Plätzen zurück. Wir haben einen medizinischen Notfall und müssen Platz für die Sanitäter machen. Wenn bitte alle schnell und ruhig zu ihren Tischen zurückkehren … Ich wiederhole: Bitte nehmen Sie wieder ihre Plätze ein, damit wir den medizinischen Notfall versorgen können.« Die Durchsage wurde in verschiedenen Sprachen wiederholt und schien manche Nerven zu beruhigen, denn die meisten Personen folgten der Aufforderung.

Viv sah zu, wie der reglose Körper des Botschafters auf einer Trage hinausgebracht wurde. Sie hatte keine besondere Verbindung zur Abteilung für Nahostbeziehungen, aber bei ihrer juristischen Arbeit kam sie mit allen Regionen in Berührung, deshalb wusste sie, dass Zidans Tod größere Auswirkungen haben würde. Er hatte sich sehr gegen antidemokratische Kräfte in Ägypten starkgemacht. Sein Tod war ein herber Verlust.

Viv warf einen Blick auf das Display ihres Smartphones, um nachzusehen, ob jemand angerufen oder geschrieben hatte. Ihre Tischgenossen unterhielten sich aufgeregt über den Botschafter und tauschten Theorien aus. Jemand sagte, der Mann müsse einen Herzinfarkt gehabt haben, während andere bemerkten, dass er Kettenraucher gewesen sei. Viv schwieg. Sie hatte nichts beizutragen und wollte sich nicht an wilden Spekulationen beteiligen. Ein Mann war gerade zusammengebrochen, womöglich sogar gestorben, aber es dauerte nicht lange, bis die Menschen um sie herum wieder anfingen zu essen und zu trinken. *In was für einer verrückten Welt wir doch leben.*

Als das Dessert aufgetragen wurde, hatte Viv bereits heftige Kopfschmerzen, aber sie wusste, dass sie sich noch nicht verabschieden konnte. Sie aß einen Bissen von ihrem Erdbeerkäsekuchen und trank einen Schluck Kaffee, während sie überlegte, was sie als Nächstes tun sollte und wie sie sich aus den Unterhaltungen herausziehen konnte. Einige Gäste hatten ihren Nachtisch bereits stehen lassen, um sich stattdessen den Cocktails zu widmen, und schlenderten zwischen den Tischen herum. Vermutlich gab es nicht wenige, die die Gelegenheit nutzten, um sich von den Personen zu entfernen, mit denen sie die vergangenen zwei Stunden am Tisch gesessen hatten.

Viv sah, dass Penelope King, die US-Botschafterin in Belgien, in der Nähe stand und mit dem türkischen Botschafter sprach. Penelope bemerkte Viv und winkte ihr zu. Viv erhob sich, entschuldigte sich bei ihren Tischnachbarn und schob den Stuhl zurück, um sich zu Penelope zu gesellen. Noch während sie näher kam, bemerkte sie, dass Penelopes Gesicht plötzlich aschfahl geworden war.

»Botschafterin King, geht es Ihnen nicht gut?«

»Viv ...« Penelope machte einen Schritt auf sie zu und klammerte sich an Vivs Arm, als sie zu Boden sank. Viv musste alle Kraft aufwenden, dass sie nicht selbst mit nach unten gezogen wurde.

Viv kniete sich neben die Botschafterin, während diese sich auf dem Boden krümmte. »Hilfe! Hilfe!«, schrie Viv, so laut sie konnte. Ein tiefes Gefühl der Angst überfiel sie. Was, wenn das Essen vergiftet war? Was, wenn sie alle starben?

»Was ist denn los?«, fragte der türkische Botschafter. »Gerade war mit ihr noch alles in Ordnung.«

»Ich weiß es nicht.« Vivs Stimme zitterte, genau wie ihre Finger, als sie versuchte, Penelopes Puls zu fühlen.

Der türkische Botschafter wich einen Schritt zurück. Im nächsten Moment stürzten einige Sanitäter herbei. Sie befragten Viv, was sie gesehen hatte, und sie fasste es in wenigen Worten zusammen, während sie zur Seite trat. Vivian kannte Penelope. Nicht besonders gut, aber trotzdem war es schockierend, sie dort blass und zitternd auf dem Boden liegen zu sehen. Ihr Körper stand eindeutig unter dem Einfluss irgendeiner Substanz. Das war kein Herzinfarkt. Die Botschafterin war Mitte vierzig, eine trainierte Läuferin und ungeheuer fit.

»Sie schon wieder!«

Viv drehte sich um und sah, dass Jacob Cruz sie wütend anstarrte.

»Typisch Anwältin, immer auf der Suche nach Ärger.«

Viv hatte mehr als genügend Juristenwitze und abfällige Bemerkungen über Anwälte gehört und war nicht geneigt, sich zurückzuhalten. »Special Agent Cruz – wenn ich an Ihrer Stelle wäre, würde ich mir mehr Sorgen darüber machen, ob hier ein ganzer Saal voller Diplomaten in Gefahr ist, und nicht darüber, ob ich Juristin bin oder nicht. Sind Sie nicht für die Sicherheit zuständig?«

Er zog eine Augenbraue hoch. »Ja, und wir werden umfassende Ermittlungen anstellen. Dazu gehört auch die Tatsache, dass Sie eine der letzten Personen waren, die in der Nähe der Botschafterin waren, als sie zusammengebrochen ist.«

»Sie glauben doch nicht im Ernst, dass ich etwas damit zu tun habe, oder?« Viv war so wütend, dass ihre Stimme bebte.

Jacob verschränkte die Arme und funkelte sie an.

Viv stemmte die Hände in die Hüften. Sie war kurz davor zu explodieren. »Ich schlage vor, Sie hören auf, mich zu belästigen, und fangen an, Ihre Arbeit zu machen.«

Sie holte tief Luft, um zu verhindern, dass sie etwas sagte, was sie später bereuen könnte. Dann ließ sie Special Agent Cruz ohne ein weiteres Wort stehen. Sie musste so schnell wie möglich Layla finden. Ja, der ägyptische Botschafter hatte vielleicht einen Herzinfarkt gehabt, aber jetzt, nach Penelopes Zusammenbruch, hatte Viv eine Menge Fragen. Hier ging etwas vor sich, das schlimmer war. Und sie war sich nicht sicher, ob der Schrecken vorüber war oder erst begann.

KAPITEL 2

Dem Diplomatendinner am Samstag war eine hektische Nacht gefolgt, in der Jacob keinen Schlaf gefunden hatte. Deshalb nutzte er die kurze Zeit vor dieser Besprechung, um ein kurzes Nickerchen zu machen, wie er es während seiner zehn Jahre bei den Navy-SEALs gelernt hatte.

Er war der für die Sicherheit zuständige Agent gewesen und hatte ganz offensichtlich versagt. Das hatte ihm sein Boss in sehr deutlichen Worten zu verstehen gegeben und Jacob hatte jedes Wort davon verdient. Aber wie hätte er einen solchen Anschlag verhindern sollen? Falls es denn tatsächlich ein Anschlag gewesen war. Jacob war die Folge der Ereignisse immer wieder durchgegangen. Mit seinen Kollegen hatte er im Vorfeld unzählige Szenarien durchgespielt und alle möglichen Gefahren und Bedrohungen in Betracht gezogen, aber auf das, was dann geschehen war, war niemand vorbereitet gewesen. Das war völlig unerwartet geschehen.

Jacob war immer noch der Meinung, dass der ägyptische Botschafter möglicherweise einen Herzinfarkt gehabt hatte und dass Penelope King die eigentliche Zielscheibe gewesen war, aber es gab noch eine Menge zu tun, bis sie offiziell zu diesem Schluss kommen konnten.

Deshalb war er am Sonntagnachmittag zu einer Sitzung im Außenministerium zitiert worden, zu dem seine Abteilung, der Diplomatische Sicherheitsdienst, gehörte. Er war nicht sicher, wer dabei sein würde. Klar war nur, dass er dort sein musste. Ohne Wenn und Aber.

Er arbeitete erst seit sechs Monaten auf dieser Stelle und diese ganzen Ereignisse würden sich in seinem Lebenslauf nicht gerade gut machen. Er sollte diesen Job eigentlich sowieso nicht machen. Er sollte mit seinem ehemaligen Kollegen draußen im Einsatz sein.

Aber das ging nun mal nicht.

Jacob betrat einen abhörsicheren Raum des Außenministeriums, wo ihn ein ganzes Meer von Gesichtern erwartete.

»Gut, dass Sie da sind, Jacob.« Sein Boss – Sherman Oaks, stellvertretender Direktor des DSS – nickte ihm zu.

Jacob hatte eigentlich gedacht, er wäre pünktlich, aber offenbar war eine Minute Verspätung für die Anwesenden im Raum eine Minute zu viel. Und einige von diesen Anwesenden waren wichtige Gestalten, darunter der frischgebackene Direktor des FBI, Lang Phillips. Phillips war bekannt dafür, dass er kompromisslos und knallhart handelte und sich in der Behörde sehr schnell hochgearbeitet hatte.

Als Jacob sich umsah, entdeckte er noch ein bekanntes Gesicht – nämlich das der starrsinnigen, aber attraktiven Juristin vom Abend zuvor. Sie kniff die haselnussbraunen Augen ein wenig zusammen, als sie bemerkte, dass er sie ansah. Ganz offensichtlich hatte sie ihn auch nicht vergessen.

»Danke, dass Sie alle gekommen sind.« Lang Phillips stand auf. Er hatte einen dichten, silbernen Haarschopf und einen ausgeprägten Südstaatenakzent, weil er aus Tennessee stammte. »Damit wir alle auf demselben Stand sind, gebe ich Ihnen die jüngsten Informationen. Botschafter Ali Zidan wurde beim Eintreffen im Krankenhaus gestern Abend für tot erklärt. Wir gehen im Moment davon aus, dass Zidan einen Herzinfarkt hatte, aber angesichts des Anschlags auf unsere eigene Botschafterin können wir nicht sicher sein.«

Sherman Oaks räusperte sich. »Und ich hatte vor ein paar Minuten noch eine Unterhaltung mit unseren ägyptischen Freunden. Sie verweigern eine Autopsie aus religiösen Gründen. Natürlich können wir nicht darauf bestehen, die Autopsie durchzuführen, weil davon religiöse Empfindlichkeiten berührt werden. Deshalb kann es sein, dass wir die genaue Todesursache von Botschafter Zidan nie erfahren werden.«

Direktor Phillips nickte. »Bevor wir weitermachen, sollte ich alle darüber informieren, dass wir eine spezielle gemeinsame Taskforce gebildet haben, um zu untersuchen, was genau gestern Abend bei dem Diplomatendinner passiert ist. Unter meiner Leitung bringen wir Ressourcen aus FBI, Außenministerium und Geheimdiensten zusammen, um auf die Vorfälle zu reagieren. Sehen Sie sich um – Sie alle sind heute in diesem Raum, weil Sie diese Taskforce sind. Wir werden mit der CIA in Kontakt sein, sofern das nötig sein sollte. Und ansonsten machen wir jetzt bitte ein kurze Vorstellungsrunde, weil nicht jeder jeden kennen dürfte.«

Jacobs Vorgesetzter sah sich im Raum um. »Für diejenigen, die mich nicht kennen: Ich bin Sherman Oaks, stellvertretender Direktor des DSS, dem Diplomatischen Sicherheitsdienst. Wenn die Kolleginnen und Kollegen vom Außenministerium sich bitte vorstellen?«

Jacob wartete, wer als Erster das Wort ergreifen würde.

Eine zierliche dunkelhaarige Frau machte den Anfang. »Ich bin Rania Assad vom Büro für Nahostbeziehungen. Ich arbeite in der Abteilung Ägypten, deshalb bin ich hier.«

Die Anwältin, die Jacob am Abend zuvor getroffen hatte, sah sich um, bevor sie sprach. Heute waren ihre hellbraunen Haare, die sie bei dem Empfang offen getragen hatte, zu einem strengen Juristinnenknoten hochgesteckt. »Ich heiße Vivian Steele. Ich bin Staatsanwältin und unterstütze die Rechtsabteilung.«

Direktor Phillips schaltete sich ein. »Ich weiß, dass manche sich fragen werden, warum wir eine Juristin in der Taskforce haben, aber Vivian wird eine entscheidende Rolle übernehmen. Wir müssen eine Menge Dinge gleichzeitig im Blick behalten und wollen sicher sein, dass wir rechtlich an allen Fronten abgesichert sind. Außerdem war Vivian zufällig bei dem Empfang und als eine der Ersten bei Botschafterin King, als sie zusammengebrochen ist. Deshalb glauben wir, dass es von unschätzbarem Wert sein wird, sie im Team zu haben.«

Es war noch unklar, ob Vivian Steele Freundin oder Feindin war. Jacobs natürlicher Instinkt war es, niemandem zu trauen, und Vivian war irgendwie tief in die ganze Sache verstrickt.

Ein großer Mann mit dunklen Haaren und Brille stand auf. »Mein Name ist Cody Rico. Ich vertrete das Büro für europäische Angelegenheiten.«

Einen Moment lang war es still im Raum und Jacob wurde bewusst, dass er der Letzte in der Runde war, der zum Außenministerium gehörte. »Ich bin Special Agent Jacob Cruz vom DSS.«

»Das waren unsere Leute vom Außenministerium«, sagte Phillips. »Machen wir mit dem FBI weiter.«

Eine Frau mit langen, lockigen, roten Haaren und leuchtend grünen Augen meldete sich zu Wort. »Ich bin Special Agent Delaney O'Sullivan.«

»Und ich bin Delaneys Partner, Special Agent Weston Lee«, ergänzte der Mann neben ihr.

Jacob musterte Special Agent Lee. Er schien noch jung zu sein; vielleicht in den Zwanzigern, schätzte Jacob. Er fragte sich, wie sie wohl alle zusammenarbeiten würden.

»Also gut«, sagte der Direktor. »Folgendes ist der Plan: Rania und Cody werden im Außenministerium bleiben. Alle relevanten Infos laufen bei ihnen zusammen, sie managen die Zentrale. Was die Außenteams betrifft, werden die Agenten O'Sullivan und Lee zusammenarbeiten. Vivian, Sie bilden ein Team mit Special Agent Cruz.«

Jacob hatte irgendwie den Eindruck, dass er den Babysitterjob als Strafe erhielt, weil er bei dem Dinner die Sicherheit vermasselt hatte. Er wollte viel lieber mitten im Geschehen sein und hatte wirklich keine Lust, mit der widerspenstigen Juristin vom Schreibtisch aus zu arbeiten – wo sie im Übrigen auch sein sollte. Anwälte wurden nicht für gefährliche Außeneinsätze geschult.

Direktor Phillips beugte sich vor. »Wir müssen alles im Auge behalten und brauchen entsprechend viele Leute, weil wir uns weitere Fehler nicht leisten können. Die Ägypter sitzen uns im Nacken, weil ihre Regierung sicher sein will, dass kein Verbrechen hinter dem Tod ihres Botschafters steckt. Und eine von uns liegt im Krankenhaus und kämpft um ihr Leben. Bis dieser Fall aufgeklärt ist, gibt es keine anderen Prioritäten. Verstanden?«

Allgemein zustimmendes Murmeln war zu vernehmen.

Phillips stand auf. »Also gut. Macht euch an die Arbeit, Leute.«

Die Gruppe löste sich auf, aber Jacob rührte sich nicht sofort, sondern wartete darauf, dass Vivian Steele zu ihm kam. Er hatte keine Ahnung, wie er mit dieser Situation umgehen sollte.

»Sieht so aus, als hätten Sie mich am Hals, Agent Cruz.« Vivian trat zu ihm.

»Ja, würde ich auch sagen, Miss Steele.«

»Viv wäre mir lieber.«

»Geht klar. Jacob.« *Viv* passte sowieso besser zu ihr.

Sie starrte ihn an. »Wir müssen ein paar grundsätzliche Regeln klären.«

Es war amüsant, wie sie die Führung übernahm.

Viv zog die Augenbrauen hoch. »Was gibt's da zu grinsen? Ist dir nicht klar, wie ernst die Lage ist? Der ägyptische Botschafter ist tot und unsere Botschafterin liegt im Krankenhaus und könnte jeden Augenblick ebenfalls sterben.«

Er wollte nicht, dass sie den falschen Eindruck bekam. »Ich habe nicht wegen der Situation gelächelt. Ich finde es nur lustig, dass du meinst, du könntest mir Befehle erteilen.«

Sie schüttelte den Kopf. »Wir sind ein Team, aber ich denke, keiner von uns beiden sollte versuchen, einen auf Hierarchie zu machen.« Sie zögerte. »Apropos Hierarchie: Du warst früher beim Militär, oder?«

»Ja.«

Viv biss sich auf die Unterlippe. »Spezialeinheit?«

Jetzt musste er sich wirklich anstrengen, um sein Grinsen zu unterdrücken. »Ja.«

»Ranger? SEAL?«

»SEAL.«

»Kannst du auch mehr als ein Wort auf einmal sagen?«

»Vielleicht.« Er merkte, dass sie irritiert war, aber das war ihm gerade recht. Er musste sie verunsichern. Vielleicht kam sie dann zur Vernunft und erkannte, dass Außeneinsätze oder Taskforces nicht ihr Ding waren, und dann konnte er eine richtige Partnerin bekommen.

Viv verschränkte die Arme. »Was für ein Problem hast du eigentlich mit mir? Ich bin schon vielen Menschen begegnet, die keine Anwälte mögen – sie sogar hassen –, aber du scheinst eine besondere Abneigung gegen Juristen zu haben. Darüber müssen wir reden, wenn wir zusammenarbeiten wollen. Du kennst mich ja nicht einmal. Überhaupt nicht. Also, was ist los?«

Jacob seufzte. »Ich habe nichts gegen dich persönlich. Ich bin es nur nicht gewohnt, mit Anwälten ein Team zu bilden. So arbeite ich nicht.«

Sie lachte. »Jetzt schon.«

»Ehrlich gesagt läuft es nie gut, wenn Juristen an den Einsätzen beteiligt sind. Meine Erfahrung.«

Viv legte ihre Hand auf seinen Arm, sodass er zusammenzuckte. »Ich werde hier alles geben. Ich weiß, dass es ungewöhnlich ist, aber diese Ermittlungen sind wirklich wichtig. Ich kann nichts dafür, dass ich mitten in die Sache reingeraten bin. Ich werde tun, was ich kann, um dem Vorfall auf den Grund zu gehen.«

Er trat einen Schritt zurück. »Und ich werde auch mein Bestes geben, aber ich kann mich nicht von dir aufhalten lassen. Verstanden?« Er erwartete, dass sie verärgert reagieren würde, aber das tat sie nicht.

»Okay.«

Wieder unterdrückte er ein Lachen.

»Also, machen wir uns an die Arbeit. Wir müssen davon ausgehen, dass Botschafter Zidans Tod nicht von einem Herzinfarkt verursacht wurde und dass das, was ihn umgebracht hat, auch Penelope geschadet hat.«

Er zog eine Augenbraue hoch. »Du meinst Botschafterin King?«

Sie schob sich eine Haarsträhne, die sich aus ihrer strengen Frisur gelöst hatte, hinters Ohr. »Ja, sorry. Ich kannte sie. Ich meine, ich kenne sie.«

Es war das erste Mal, dass sie einen nervösen Eindruck auf ihn machte. »Sie könnte überleben.«

Viv ließ den Kopf hängen. »Ja, stimmt, aber ich mache mir lieber keine allzu großen Hoffnungen.«

»Wie gut kennst du die Botschafterin denn?«

»Wir waren keine besten Freundinnen, aber vor ein paar Jahren habe ich mit ihr bei einem Projekt zusammengearbeitet und wir haben uns gut verstanden.«

»Was glaubst du denn, was passiert ist?«, fragte Jacob.

»Ich glaube, die beiden wurden vergiftet. Und solange Botschafterin King am Leben ist, ist sie weiterhin in Gefahr. Ich gehe davon aus, dass ihr zusätzliche Sicherheitskräfte beim Krankenhaus installiert habt?«

»Natürlich. Sie wird rund um die Uhr bewacht.« Das hatte er gestern Abend gleich als Erstes veranlasst, während die Botschafterin noch auf dem Weg ins Krankenhaus gewesen war.

»Gut. Denn ich fürchte, die Sache ist noch längst nicht vorbei und jemand könnte zurückkommen, um sie zu beenden.«

KAPITEL 3

Am Montagmorgen wartete Viv in einem Café in Foggy Bottom auf Jacob, damit sie ihre Strategie besprechen konnten. Sie hatten sich am Tag zuvor schon unterhalten, aber dabei war es eher darum gegangen zu analysieren, was schiefgelaufen war, und die grobe Vorgehensweise zu überlegen; nicht um die Einzelheiten der Ermittlungsarbeit.

Special Agent Jacob Cruz war eindeutig komplizierter, als sie zuerst gedacht hatte. Anfangs war sie sicher gewesen, seine abweisende Haltung käme nur aus einer generellen Abneigung gegenüber Juristen – ein Typ, der lieber die Waffe zog als zu verhandeln, der keine Regeln mochte und die Ansicht vertrat, Anwälte würden ihn nur daran hindern, seinen Job zu machen. Aber sie hatte das Gefühl, dass noch mehr hinter Jacobs Geschichte steckte. Viv versuchte immer, anderen zu helfen. Das war einer der Gründe, warum sie Anwältin geworden war, aber sie hatte die Erfahrung machen müssen, dass nicht jeder die Hilfe wollte. Und sie fürchtete, Jacob könnte auch in diese Kategorie fallen.

So oder so würde sie unerbittlich kämpfen, um sich bei den Ermittlungen nützlich zu machen und Jacob zu beweisen, dass sie der Aufgabe gewachsen war, denn sie liebte Herausforderungen über alles.

»Hi.« Jacob stellte einen Becher vor ihr auf den Tisch. »Tut mir leid, dass ich mich verspätet habe, aber es sah aus, als hättest du nichts zu trinken. Ist schlichter Kaffee – die altmodische Variante mit Sahne und Zucker.«

Viv lächelte. »Danke für den Kaffee, das ist perfekt. Aber das mit der Verspätung scheint typisch zu sein.«

Er hob eine Hand. »Gestern war ich gerade mal eine Minute zu spät.«

Viv trank einen Schluck Kaffee, bevor sie antwortete. »Bei dieser Art Besprechung mit den Oberhäuptlingen sollte man eher zu früh dran sein.«

»Ich wusste nicht, dass Direktor Phillips dabei sein würde, ehrlich.«

Das konnte Viv kaum glauben. »Dein Boss hat dir das nicht gesagt?«

Jacob zuckte mit den Schultern. »Nein. Ich spreche kaum mit meinem Boss. Er ist sehr distanziert. Und ich bin mir sicher, dass er sich nicht jeden Tag erkundigen wird, wie es mit der Taskforce so läuft. Direktor Phillips macht die Ansagen. Deshalb hat Oaks ihm auch gestern die Führung überlassen. Unter uns: Oaks hat politische Ambitionen, deshalb hält er sich lieber im Hintergrund, für den Fall, dass was schiefläuft.«

»Das zu verhindern, ist unser Job.«

Jacob nahm seinen Becher. »Ich habe gehört, dass Phillips total loyal ist, aber wenn man ihn ärgert, hasst er einen für immer.«

Das klang nicht gut. »Dann ärgern wir ihn besser nicht.« Viv trank noch einen Schluck. »Wie sieht unsere Strategie aus?« Sie wollte Jacobs Meinung hören, bevor sie ihm erzählte, was sie sich vorstellte.

»Das Team hat eine sichere Cloud eingerichtet, sodass wir unsere Ergebnisse bündeln können und nichts doppelt machen.« Er zog sein Tablet aus der Tasche, schaltete es ein und wählte sich über eine gesicherte Leitung ein.

Viv überflog die ersten Handlungsanweisungen für die Teammitglieder. »Wir sollten der ägyptischen Botschaft einen Besuch abstatten.«

»Meinst du, wir beide sind dafür die besten Leute? Was ist mit Rania? Ist sie nicht die Expertin, was Ägypten betrifft?«

»Du hast recht, Rania scheint auf den ersten Blick besser zu passen, aber ich bin diejenige, die eingeladen wurde.«

Jacob zog eine Augenbraue hoch. »Wie denn das?«

»Ich habe dort eine Kontaktperson.«

»Sprichst du Arabisch?«, fragte er.

Viv lachte. »Nein. Du etwa?«

»Ein bisschen was weiß ich tatsächlich von meinen Auslandseinsätzen.«

Noch eine Überraschung, was diesen Mann betraf. »Gut. Dann wird das Ganze prima funktionieren. Ich kenne die Leute und du kennst die Sprache. Obwohl die meisten dort ziemlich fehlerloses Englisch sprechen, also wird Arabisch nicht notwendig sein.«

Jacob stützte die Ellbogen auf den Tisch. »Und woher kennst du sie?«

»Ich habe in den letzten Jahren mit einigen von ihnen an verschiedenen Aufträgen gearbeitet. Wir verstehen uns gut mit den Ägyptern und bei allem, was in der Region dort passiert, ist unsere Beziehung zu ihnen für amerikanische Interessen enorm wichtig.«

Er lehnte sich zurück. »Jetzt klingst du wie eine Politikerin und nicht wie ein Anwältin.«

Viv musste etwas richtigstellen. Vielleicht verbesserte es ja ihre Arbeitsbeziehung. »Denk bitte daran, dass ich niemanden vor Gericht vertrete. Ich halte keine Plädoyers vor Richtern. Ich unterstütze lediglich das Außenministerium mit juristischem Wissen. Ein großer Teil dessen, was ich mache, hat mit Politik zu tun. Ich muss mich mit politischen Fragen auskennen, um eine beratende Funktion in Sachen Gesetze und Risiken zu erfüllen. Insofern ist meine Arbeit anders als bei normalen Anwälten und das gefällt mir an meinem Job. Im Gerichtssaal aufzutreten, ist nicht meine Stärke. Ich denke, ich bin besser hinter den Kulissen.«

Jacob rieb sich das Kinn. »So habe ich das wohl nicht betrachtet.«

»Ich sollte die Botschaft anrufen und ihnen sagen, dass wir ihre Einladung annehmen. Sie werden nicht begeistert sein, wenn wir unangemeldet auftauchen, auch wenn sie uns eingeladen haben.«

Er schüttelte den Kopf. »Es ist besser, wenn wir einfach dort auflaufen. So bekommen wir mehr Informationen.«

Auf gar keinen Fall. »Kommt nicht infrage! Ich kenne diese Leute mittlerweile ziemlich gut. Wenn wir einfach auf der Matte stehen, lassen sie uns vielleicht nicht mal rein. Die Einladung war kein Freifahrtschein. Es gibt eine diplomatische Etikette.«

Jacob verdrehte die Augen. »Etikette? Deren Botschafter ist tot. Unsere eigene Botschafterin könnte es jeden Augenblick sein. Ich würde sagen, wir sollten uns alle weniger Gedanken über diplomatische Nettigkeiten machen.«

Dieser Agent musste noch eine Menge darüber lernen, wie die Dinge in Vivs Welt funktionierten. »Wie lange arbeitest du schon bei der DSS?«

Er wandte den Blick ab. »Sechs Monate.«

Viv lachte. »Du hättest als SEAL im Außendienst bleiben sollen.«

Jacob sah sie finster an. »Du kannst mir glauben, dass ich nichts lieber täte, aber das geht nicht.«

Sie wollte ihn fragen, warum, aber jetzt war kein guter Zeitpunkt für neugierige Fragen. Außerdem hatte sie ein schlechtes Gewissen wegen ihrer Bemerkung. Er machte diesen Job, weil er musste, und nicht, weil er wollte. »Lass mich anrufen.«

»Gut.«

Und schon wieder war der abweisende Jacob wieder da. Wie sollte sie mit diesem Mann nur effektiv zusammenarbeiten?

***

Sie nahmen die U-Bahn, stiegen bei Van Ness aus und liefen die kurze Strecke zur ägyptischen Botschaft. Jacob gab es nicht gerne zu, aber Viv schien ein Profi in diplomatischen Dingen zu sein. Er verstand nicht, wie jemand die Geduld haben konnte, all die verschiedenen Erwartungen zu erfüllen. Eine gute Dreiviertelstunde lang hatte sie telefoniert und erst mit diesem, dann mit jenem gesprochen, bevor der Besuch heute offiziell genehmigt worden war. Und erst, als alles vereinbart war, hatte Viv erwähnt, dass sie noch einen Kollegen mitbringen würde. Es war ein kluger Schachzug. Etwas widerwillig musste Jacob zugeben, dass Vivs diplomatisches Geschick offenbar ganz nützlich war. Er selbst ging meist sehr direkt vor – was nur einer von unzähligen Gründen war, warum er nie in der eigentlichen Diplomatie würde arbeiten können. Security war eher sein Ding. Muskeln, schnelle Reaktionsfähigkeit und Taktik waren seine Stärken. Und ihm fehlte die Geduld, was sich schnell als Problem erweisen könnte.

Sie meldeten sich beim Pförtner und warteten darauf, dass ihre Personalien überprüft wurden. Obwohl die ägyptische Botschaft sich auf amerikanischem Boden befand, musste sie trotzdem die ausdrückliche Genehmigung der Ägypter haben, um eintreten zu dürfen. Und dafür war Viv zuständig.

»Hör auf, die Stirn zu runzeln«, flüsterte sie.

»Tue ich doch gar nicht. So sehe ich nun mal aus.«

»Ach, komm. Gib dir ein bisschen Mühe, okay?«

Jacob versuchte, so gut es ging, einen neutralen Gesichtsausdruck aufzusetzen, und versprach Viv, sich an dem zu orientieren, was sie tat.

Sie wurden von einem untersetzten Mann mit Geheimratsecken begrüßt. »Miss Vivian, bitte kommen Sie mit in den Besprechungsraum, wo wir reden können.« Er musterte Jacob skeptisch.

»Danke, Samir. Dies ist Special Agent Cruz von der DSS, dem Diplomatischen Sicherheitsdienst.«

Samir nickte Jacob zu, sagte aber nichts weiter, sondern führte die Besucher zu dem Konferenzraum.

»Miss Vivian, wir sind alle in großer Trauer wegen des vorzeitigen Ablebens unseres Botschafters.«

»Es tut uns unendlich leid, Samir. Ich möchte Ihnen das tiefste Beileid des gesamten Außenministeriums überbringen. Botschafter Zidan war ein Freund und ein großartiger Mensch.«

Viv trug dick auf, aber Jacob vermutete, dass es Teil einer umfassenderen Strategie war, und beobachtete schweigend, wie sich das Gespräch entwickelte.

»Sie verstehen sicher, dass wir der Sache genauso sehr auf den Grund gehen wollen wie Sie«, fuhr Viv fort.

Samir nickte. »Ich kann Ihnen einige Informationen geben. Wir haben mit dem Arzt von Botschafter Zidan gesprochen. Er hatte eine Vorerkrankung des Herzens.«

»Sie gehen also davon aus, dass er an einem Herzinfarkt gestorben ist?«, fragte Viv.

Samir senkte den Blick. »Das wird die offizielle Position der ägyptischen Regierung sein.«

»Aber?« Viv zog eine Augenbraue hoch.

Samir runzelte die Stirn. »Inoffiziell hätten wir gerne eine Bestätigung, dass es so war. Angesichts der Situation von Botschafterin King sind einige Mitglieder meiner Regierung sehr nervös. Sie machen sich Sorgen, dass mehr dahintersteckt. Eine Art koordinierter Anschlag.«

»Zu Recht«, sagte Jacob.

»Wissen Sie denn etwas, Special Agent Cruz?«, fragte Samir.

Natürlich wusste Jacob nichts, aber er hatte ein Bauchgefühl, dass dies nur die Spitze des Eisbergs war. Leider würde besagtes Bauchgefühl sie nicht weit bringen. »Noch nicht, Sir, aber wir werden ermitteln und es herausfinden.«

»Wie geht es Ihrer Botschafterin?«, erkundigte sich Samir.

Viv antwortete, um die Unterhaltung wieder an sich zu ziehen. »Leider befindet sie sich immer noch in einem kritischen Zustand. Es steht auf Messers Schneide. Die Ärzte machen noch etliche Untersuchungen.«

Samir schüttelte den Kopf. »Das tut mir leid.« Er holte tief Luft. »Ich weiß, ich habe gesagt, dass meine Regierung Antworten braucht, aber wir müssen auch diskret sein und man hat mich gebeten, Ihnen das zu sagen. Die Lage in meinem Land ist momentan etwas angespannt und wir wollen keine Panik auslösen.«

Oder weitere politische Unruhen, ergänzte Jacob im Stillen.

Ein strenger Blick von Viv ließ keinen Zweifel daran, dass er den Mund halten sollte. Das tat er auch, aber er traute Samir nicht. Genau genommen war er nicht sicher, ob er überhaupt jemandem traute. Nicht einmal Vivian Steele. Er war nicht sicher, was ihr Plan war. Ja, sie beide mussten zusammenarbeiten, deshalb blieb ihm nichts anderes übrig, als weiterzumachen, aber das bedeutete nicht, dass er ihr traute. Wenn man den falschen Menschen traute, konnte es einen das Leben kosten.

Viv trat einen Schritt auf Samir zu. »Ich kann Ihnen versichern, dass dies für die US-Regierung nicht nur oberste Priorität hat, sondern wir verstehen auch sehr gut, dass diese Situation für alle Beteiligten sensibel ist.«

Samir schenkte Viv ein freundliches Lächeln. »Danke, Miss Vivian. Ich wusste, dass wir auf Sie zählen können.«

Jacob fragte sich, wie die gemeinsame Geschichte der beiden aussah. Es schien nichts Romantisches zu sein, aber irgendetwas verband diese zwei. Eine wie auch immer geartete gemeinsame Vergangenheit, von der er nichts wusste, und das machte ihn nur noch misstrauischer.

Viv warf Jacob einen Blick zu, bevor sie sich wieder an Samir wandte. »Und was Ihre Hilfe betrifft … wenn Sie von irgendjemandem wissen, der Botschafter Zidan möglicherweise schaden wollte, wäre jetzt ein guter Zeitpunkt, uns diese Namen zu nennen.«

»Das habe ich mir schon gedacht.« Samir zog einen USB-Stick aus der Tasche seines Jacketts. »Hier ist alles, was ich weiß. Bitte behandeln Sie diese Informationen mit größter Vertraulichkeit. Das politische Klima in meinem Land ist sehr heikel. Der Präsident hat viele Feinde, die sich als Freunde ausgeben. Die antidemokratischen Kräfte werden von Tag zu Tag mächtiger.«

»Ich verstehe«, erwiderte Viv.

»Danke für Ihren Besuch. Wahrscheinlich ist es das Beste, wenn wir dieses Treffen kurz halten.«

»Sie machen sich Sorgen um jemanden in der Botschaft?«, fragte Jacob.

Samirs Augen verengten sich ein wenig. »Ich mache mir Sorgen um alles.«

»Wir kümmern uns gleich darum«, versicherte Viv ihm. »Danke noch einmal für Ihre Hilfe. Trotz der traurigen Umstände hat es mich gefreut, Sie wiederzusehen, Samir.«

Viv und Jacob verabschiedeten sich und wurden aus der Botschaft hinausbegleitet.

Nachdem sie das Gelände endgültig verlassen hatten, fragte Jacob: »Was ist da zwischen dir und Samir?«

Viv zog eine Augenbraue hoch. »Wie meinst du das?«

»Ihr zwei habt offensichtlich eine gemeinsame Geschichte.«

»Ich habe dir doch gesagt, dass wir in der Vergangenheit zusammengearbeitet haben.«

»Ist das alles?«

»Mir gefallen deine Unterstellungen nicht.«

Er versuchte, Viv zu provozieren, um zu sehen, ob er ihr irgendwelche Informationen entlocken konnte, aber sie sah ihn nur an, als wären ihm plötzlich fünf Köpfe gewachsen. »Ich sage ja nicht, dass ihr beide eine Affäre hattet. Ich sage nur, dass es da eine enge Verbindung gibt. Vertraust du ihm?«

Sie antwortete nicht sofort. »Ich vertraue nur sehr wenigen Menschen«, sagte sie schließlich.

»Na, wenigstens das haben wir gemeinsam.«

* * *

Viv war bekannt dafür, dass sie sehr geduldig war, aber Jacob Cruz stellte selbst ihre Geduld auf die Probe. Sie hatten die letzten zwei Stunden in Vivs Büro im Außenministerium verbracht und waren die Unterlagen durchgegangen, die Samir ihnen zur Verfügung gestellt hatte.

»Wir müssen herausfinden, wo diese Männer sind, und wir brauchen Unterstützung von den Kollegen, um Nachforschungen über sie anzustellen«, sagte Jacob.

»Das klingt vernünftig. Und du hast recht, sie sind allesamt Männer.« Das überraschte sie nicht. »Wir müssen feststellen, ob sie hier sind oder in Ägypten oder sonst wo. Wenn sie nicht im Land sind, brauchen wir auf jeden Fall die Hilfe von der CIA, weil wir nicht davon ausgehen können, dass die Person, die hinter dem Anschlag steckt, selbst bei dem Empfang anwesend war. Der Verantwortliche könnte auch jemanden angeheuert haben.«

»Es ist eine Schande, dass sie einer Autopsie von Zidan nicht zustimmen«, bemerkte Jacob.

»Ja, aber wir müssen ihre religiösen Überzeugungen respektieren. Es bedeutet nur, dass es für uns schwieriger ist festzustellen, ob es ein Herzinfarkt war oder nicht.«

»Was denkst du denn?«

Viv lachte. »Interessiert dich wirklich, was ich denke?«

Er seufzte. »Na gut, diese Retourkutsche habe ich wahrscheinlich verdient. Ich weiß, dass ich ein bisschen schroff war, als wir uns kennengelernt haben, aber ich verstehe mittlerweile, wie wichtig deine Arbeit in der Taskforce ist. Also ja, Viv, ich wüsste gerne, was du denkst.«

Sie lächelte. »Wenn ich es nicht besser wüsste, würde ich sagen, das klingt wie eine Entschuldigung. Also nehme ich sie an. Und was ich glaube? Dass es ein Zufall ist.« Ihr Handy klingelte. »Da muss ich drangehen.« Sie stellte den Anruf laut. »Vivian hier.«

»Hi, ich bin's, Delaney. Ich habe gerade eine Nachricht vom Krankenhaus erhalten. Erste toxikologische Untersuchungen bei Botschafterin King zeigen eine Straßenversion von Fentanyl in ihrem Körper. Diese Substanz ist hundertmal stärker als Morphium. Das war kein Unfall. Jemand wollte sie umbringen.«

»Sind wir sicher, dass jemand es ihr gegeben hat und sie das Mittel nicht selbst genommen hat?«

»Angesichts der Konzentration und des Zeitpunkts glauben die Ärzte nicht, dass die Botschafterin das Zeug absichtlich eingenommen hat. Außerdem deutet ihr hervorragender gesundheitlicher Zustand nicht darauf hin, dass sie regelmäßig Opioide nimmt. Da sind sich die Ärzte ziemlich sicher. Das alles bedeutet, dass jemand eindeutig versucht hat, Botschafterin King zu töten – und so dreist war, es bei einem Diplomatendinner zu tun.«

Viv sah Jacob an, der mit den Fingern auf den Schreibtisch trommelte. »Danke für das Update. Bist du sicher, dass ihre Sicherheit im Krankenhaus garantiert ist?«

»Ja. Wir haben mehrere Agenten dort stationiert, aber der Botschafterin geht es nicht gut. Die Menge Fentanyl in ihrem Körper in Kombination mit dem Alkohol, den sie bei dem Dinner getrunken hat, ist eine fatale Kombination – wenn nicht am Ende sogar tödlich. Die Ärzte tun, was sie können, aber ihr Leben hängt am seidenen Faden.«

»Verstehe.« Viv tat es in der Seele weh, diese Worte zu hören. Sie fürchtete, dass Penelope die Sache nicht überleben würde, aber sie wollte vor Jacob nicht emotional reagieren. Er hatte schon einmal daran gezweifelt, dass sie hart genug war. »Wir sprechen uns später wieder, Delaney.«

»Wenn sie stirbt«, sagte Jacob, nachdem Viv das Gespräch beendet hatte, »geht die Angelegenheit eine Ebene rauf.«

»Eins nach dem anderen.« Viv widmete sich ihrem Computer. »Ich werde diese Namen, die Samir uns gegeben hat, an Rania weiterleiten. Sie kann mit ihren Kontakten bei der CIA zusammenarbeiten, um Infos über diese Männer zu sammeln.« Sie sah auf ihre Uhr.

»Wir sollten Feierabend machen«, sagte Jacob und überraschte sie mit seiner Fürsorge. »Ich bin mir sicher, du hast noch nicht richtig geschlafen. Wir müssen Kraft tanken, sonst nützen wir niemandem etwas.«

Sie musste ihm recht geben. »Stimmt. Sollen wir uns morgen früh wieder hier treffen?«

Jacob nickte. »Klingt gut. Brauchst du noch was?«

»Nein. Bis morgen.« Was sie brauchte, war eine Pause von seinen Augen, die sie unaufhörlich anstarrten. Sie hatte das Gefühl, dass er alles, was sie tat, beurteilte, und das machte sie nervös.

Jacob verließ Vivs Büro. Als die Tür hinter ihm ins Schloss fiel, holte Viv tief Luft. Alles an ihm wirkte angespannt – irgendwie war es, als würde er alle Energie aus dem Raum saugen. Und da war noch etwas, eine Tatsache, die sie vergeblich zu ignorieren versuchte: Sie war doch tatsächlich fasziniert von diesem Special Agent. Viv schüttelte den Kopf. Sie hatten einen Auftrag zu erledigen und auf keinen Fall wollte sie sich in einen ehemaligen SEAL verlieben, der ganz offensichtlich mehr Probleme hatte als auf ihren Schreibtisch passten.

Sie seufzte und packte ihre Tasche. Das Problem mit einem nicht vorhandenen Liebesleben war, dass es kompliziert wurde, wenn ein Mann wie Jacob auf der Bildfläche erschien. Andererseits, überlegte sie, als sie ihre Jacke anzog, brauchte sie sich keine Sorgen zu machen. Denn auch wenn Jacob sich inzwischen besser benahm als bei ihrer ersten Begegnung, konnte er nicht verbergen, dass er nicht gerade ein Fan von ihr war.

Vielleicht sollte sie aufhören, sich über diese Dinge Gedanken zu machen, und darüber nachdenken, was ihre eigentlichen Probleme waren. Zum Beispiel die Tatsache, dass sie nichts zu essen im Haus hatte. Also würde es wohl Thai oder Pizza werden – oder beides, denn mit einem Mal verspürte sie riesigen Hunger.

Viv verließ das Außenministerium und schlug den üblichen Weg zur Metrostation Foggy Bottom ein, um die Blue Line zu nehmen. Da die Rushhour vorbei war, würde sie eine Weile auf die nächste Bahn warten müssen. Doch zum Glück kam der nächste Zug schon wenige Augenblicke später.

Nachdem sie sich auf einen der vielen freien Plätze gesetzt hatte, dachte sie über das nach, was sie seit Samstagabend erfahren hatte. Was als lästiges Dinner begonnen hatte, war zu etwas ganz anderem mutiert. Viv erinnerte sich daran, wie Penelope ihren Namen gerufen und die Hand nach ihr ausgestreckt hatte. Diese Ereignisse waren unauslöschlich in ihr Gedächtnis eingebrannt. Sie fürchtete das Schlimmste, aber das hielt sie nicht davon ab, für Penelopes Heilung zu beten.

Sie stieg an der Station Rosslyn aus, um von dort das kurze Stück zu ihrer Eigentumswohnung zurückzulegen. Diese Wohnung gehörte zu den Dingen, die ihre Eltern ihr hinterlassen hatten. Komplett schuldenfrei, was gut war, weil Viv sich mit ihrem Beamtinnengehalt eine solche Wohnung nicht hätte leisten können. Sie war sicher, dass ihre Eltern niemals davon ausgegangen waren, dass Viv diese großzügige Wohnung allein bewohnen würde. Als sie ihr Testament verfasst hatten, war ausdrücklich hinterlegt worden, dass Viv die Wohnung als Kapitalanlage verwenden könne, wenn sie das wollte. Aber ein Autounfall in Europa hatte die Welt von Viv und ihrer Zwillingsschwester in ihrem zweiten Studienjahr mit einem Schlag zum Stillstand kommen lassen. Und jetzt war sie hier und lebte in einer Luxuswohnung. Sie würde die Wohnung sofort hergeben, wenn sie ihre Eltern zurückhaben könnte, und sei es auch nur einen einzigen Tag lang. Auch wenn sie ihre Trauer verarbeitet hatte, gab es Augenblicke – wie heute Abend –, in denen sie an die beiden dachte und sie so sehr vermisste, dass es wehtat.

Vivs Smartphone summte. Als sie auf das Display blickte, sah sie, dass sie eine SMS von einer Nummer erhalten hatte, die sie nicht kannte.

Hallo, Vivian. Samir hier. Danke für Ihren Besuch heute, aber ich muss allein mit Ihnen sprechen. Können wir uns heute Abend im Café Latte in der Embassy Row treffen? Es gibt Dinge, die ich vor Ihrem Freund nicht sagen konnte. Ich vertraue im Moment nur Ihnen.

Viv stockte der Atem, als sie Samirs Nachricht las. Dies konnte der Durchbruch sein, den sie brauchten! Sie verstand sein Zögern. Samir war Jacob vorher noch nie begegnet, und auch wenn sie gemerkt hatte, dass ihr Kollege sich im Gespräch in der Botschaft viel Mühe gegeben hatte, strahlte sein Verhalten immer etwas aus, das andere auf Abstand hielt.

Sie beantwortete die Nachricht schnell.

Ich kann in etwa einer halben Stunde da sein.

Sie wartete nicht auf die Antwort, sondern drehte auf dem Absatz um und ging zurück zur U-Bahn.

Danke. Bis gleich. Und schkran.

Das hieß *danke* auf Arabisch, das wusste sie. Viv spürte, wie das Adrenalin durch ihre Adern schoss, und alle Gedanken an ihr Abendessen verflogen. Samir wusste etwas. Etwas, das er ihr in Jacobs Beisein nicht sagen konnte, und sie musste unbedingt wissen, was das war.

Während sie auf die nächste Metro wartete, wippte sie ungeduldig auf und ab. Endlich kam die Bahn. Sie zählte die Stationen, bis sie aussteigen konnte, und ging rasch in Richtung *Café Latte*.

Sie war ungefähr zwei Häuserblocks von dem Café entfernt, als zwei Männer vor ihr auf den Gehweg sprangen. Erschrocken fuhr sie zusammen. Sie versuchte, den beiden auszuweichen, aber sie versperrten ihr den Weg. Vivs Puls raste, als ihr bewusst wurde, dass die Männer nicht die Absicht hatten, ihr Platz zu machen. Da, plötzlich, packte der größere der beiden Kerle sie grob an beiden Armen.

Angst durchzuckte sie und sie schrie auf. Der kleinere Mann schlug ihr so hart ins Gesicht, dass sie wankte. Sie schmeckte Blut und war ganz benommen von dem Schmerz, der in ihrer Wange brannte. Der Schlag hätte sie niedergestreckt, hätte der andere Mann sie nicht festgehalten. Seine Hände krallten sich um ihre Oberarme.

Viv versuchte, um sich zu schlagen, so heftig sie konnte, aber es brachte kaum etwas. Dieser Kampf war in jeder Hinsicht unfair. Warum griffen diese beiden Männer sie an?

Als ein Hieb sie in die Magengrube traf, hätte sie sich beinahe übergeben. Sie schrie, so laut sie konnte, aber nichts, was sie tat, beendete den Angriff. Sie hatte noch nie solche Schmerzen gehabt. Ein erneuter kräftiger Schlag von dem kleineren der beiden Angreifer schleuderte Viv zurück gegen den Mann, der sie von hinten festhielt. Er warf sie zu Boden und sie konnte sich gerade noch so weit abfangen, dass ihr Kopf nicht auf den Gehweg aufschlug. Der Mann beugte sich über sie und sie fürchtete, er würde sie wieder schlagen, doch dann riss er ihr stattdessen die Handtasche von der Schulter. Sie kämpfte nicht um ihre Sachen – nein, es schien ein Kampf um ihr Leben zu sein.

Viv schloss eine Sekunde lang die Augen, flehte im Stillen zu Gott und wappnete sich dann für den nächsten Hieb.

»Hey, was machen Sie da?« Eine laute Männerstimme schallte über die Straße.

Die beiden Angreifer wichen zurück und rannten weg. Viv hatte Mühe, Luft zu bekommen, während der Schmerz durch ihren Körper fuhr.

»Sind Sie in Ordnung?«, fragte die neue Stimme besorgt.

Sie zitterte am ganzen Körper, als der Mann, der sie angesprochen hatte, sich neben sie hockte. Sie sah in seine hellbraunen Augen, konnte aber nichts sagen.

»Ich glaube, Sie stehen unter Schock. Soll ich jemanden anrufen?«, fragte er.

Sie konnte nicht denken. Nicht aufhören zu zittern. Die Schmerzen waren zu stark und Viv fürchtete, sie könnte ohnmächtig werden.

Als sie nicht antwortete, zog der Mann sein Handy heraus. Sie konnte hören, wie er die Polizei kontaktierte, in wenigen Worten ihre Situation schilderte und um einen Rettungswagen bat.

»Sie sind gleich da. Ich warte hier, damit die Kerle nicht zurückkommen.«

»Danke.« Ihre Stimme bebte.

»Kein Problem. Ich bin übrigens Mark.«

»Ich heiße Viv«, antwortete sie. »Sie haben mir das Leben gerettet.« Sie schluckte die aufsteigenden Tränen hinunter.

Er legte eine Hand auf ihre Schulter. »Jetzt sind Sie in Sicherheit. Die Polizei wird gleich hier sein.«

»Wie soll ich Ihnen das jemals danken?«

»Ich bin nur froh, dass ich hier war. Diese Straßen sind normalerweise einigermaßen ungefährlich, aber man weiß ja nie, was für Schurken da draußen lauern.«

»Sie haben mir alles weggenommen. Ich habe nicht mal mein Handy.«

»Soll ich jemanden anrufen? Oder wollen Sie mein Telefon benutzen?«

»Ja, bitte.«

Sie würde Layla anrufen. Aber zuerst musste sie wissen, wer ihr barmherziger Samariter war. »Haben Sie eine Visitenkarte?«

Er zog eine Augenbraue hoch. »Ja, habe ich.« Er zog sein Portemonnaie heraus und gab ihr eine Karte. »Aber Sie brauchen wirklich nichts zu tun, um sich zu bedanken.«

Das sah sie anders. Wenn dieser Mann nicht im richtigen Moment aufgetaucht wäre und Zivilcourage bewiesen hätte, hätte der Angriff in einem brutalen Mord enden können.

KAPITEL 4

Am Dienstagmorgen sah Special Agent Delaney O'Sullivan ihren jungen Kollegen an und wusste genau, was er dachte. »Ich weiß, dass du unglücklich bist, weil sie dich in diese Taskforce gesteckt haben, aber ich verstehe nicht, warum.«

Weston straffte die Schultern. »Du hast schon eine tolle Karriere gehabt, aber ich stehe noch am Anfang.«

Sie lachte. »Willst du damit sagen, dass ich alt bin?«

Er schüttelte den Kopf. »Nein, aber dein Ruf eilt dir voraus. Du bist eine Spitzenagentin. Ich dagegen bin immer noch nervös wegen des Fehlers von vor vier Monaten. Wenn ich diese Sache hier wieder vermassele, könnte es das Ende meiner Karriere sein. Ich habe das Gefühl, als wollte das FBI mich auf die Probe stellen.«

Der Fehler, auf den Weston sich bezog, hätte beinahe jemanden das Leben gekostet, aber zum Glück war Delaney da gewesen, um einzugreifen. Der junge Agent hatte die Ausbildung in Quantico mit Bestnoten absolviert und war mit vielen Vorschusslorbeeren zum FBI gekommen, aber nachdem er ihr als Neuling zugeteilt worden war, hatte Delaney vom ersten Tag an gemerkt, dass sie alle Hände voll zu tun haben würde, um ihn in die richtige Spur zu bringen. Aber es lohnte sich, wie sie mittlerweile festgestellt hatte. Weston Lee war auf dem besten Weg, ein hervorragender Agent zu werden. »Wir werden täglich auf die Probe gestellt. Entscheidend ist, wie wir mit der Herausforderung umgehen.«

»Danke für die Aufmunterung.« Weston grinste. »Wo sind denn die anderen alle?«

»Die kommen gleich. Und bitte, Weston, du musst dich zusammenreißen. Zweifel können wir von dir nicht gebrauchen. Du musst ganz bei der Sache sein. Zu viel steht hier auf dem Spiel. Verstanden?«

Weston nickte. »Ich bin bereit.«

Delaney hatte die Erfahrung gemacht, dass man bei dem Jungen am besten klar und deutlich war. Kein Verhätscheln. Er mochte erst fünfundzwanzig sein, aber als Mitglied dieser Taskforce lag jetzt große Verantwortung auf seinen Schultern – wie bei ihnen allen.

Nach ein paar Minuten betraten Rania und Cody die Einsatzzentrale, mehrere Ordner unterm Arm. »Guten Morgen allerseits.« Codys Blick wanderte zu Delaney und er lächelte.

Rania gab ihr und Weston einige der Akten. »Hier sind die Unterlagen, die Vivian und Jacob von der Botschaft bekommen haben.«

In diesem Augenblick erschien Jacob. »Habe ich gerade meinen Namen gehört?«

Delaney war sich nicht wirklich sicher, was sie von Jacob halten sollte. Die ganzen Schwierigkeiten hatten bei einer Veranstaltung begonnen, bei der er die Verantwortung gehabt hatte, aber aus Erfahrung wusste sie, dass der DSS auch nicht alles verhindern konnte, wenn jemand zu einem Anschlag entschlossen war. Sie war gerade mit ihrem Studium fertig gewesen, als der 11. September geschah, und das hatte ihr gesamtes Leben verändert. Anstatt die Stelle in einem großen Unternehmen anzutreten, auf die sie sich beworben hatte, war sie zum FBI gegangen. Sie wollte etwas bewirken. Zwei Jahrzehnte später hatte Delaney mehr Schmerz und Böses gesehen, als sie für möglich gehalten hatte. Sie hoffte, dass sie durch ihre Arbeit für ein wenig mehr Gerechtigkeit in der Welt sorgen könnte, und sie hatte das Gefühl, dass sie als Special Agent beim FBI am richtigen Platz war.

»Ich habe euch gerade ausgeteilt, was wir zu den Namen finden konnten, die Vivian und du uns gegeben habt«, sagte Rania zu Jacob.

Jacob sah sich um. »Apropos Viv: Hat jemand sie heute Morgen schon gesehen?«

»Nein«, erwiderte Delaney.

Jacob warf einen Blick auf seine Armbanduhr. »Das ist merkwürdig. Sie hat mir gestern erst die Leviten gelesen, was das Zuspätkommen betrifft.«

»Wir sollten anfangen, die Akten durchzusehen, während wir auf sie warten«, schlug Rania vor.

Sie setzten sich um den Tisch und lasen die Berichte über die Männer, von denen Samir ihnen erzählt hatte.

»Najib Suliman scheint ein übler Typ zu sein«, bemerkte Jacob.

Rania nahm sich seine Biografie vor. »Sehe ich auch so. Er ist zu Hause in Ägypten als Unruhestifter bekannt. Hat einflussreiche Beziehungen durch seine Familie, deshalb lässt man ihm einiges durchgehen. Aber die CIA hat mich heute Morgen angerufen und mir gesagt, dass es neue Informationen gibt, die ihn mit einer terroristischen Splittergruppe in Verbindung bringen.«

»Das heißt, er könnte ein Interesse daran haben, einen gemäßigten Vertreter wie Botschafter Zidan aus dem Weg zu räumen«, überlegte Delaney.

»Auf jeden Fall«, nickte Rania. »Das einzige Problem dabei sind unsere anderen Quellen, die sagen, dass Zidan und Suliman befreundet waren. Sie haben jahrelang zusammen studiert und standen sich sehr nahe.«

Jacob schnaubte verächtlich. »Wäre nicht das erste Mal, dass ein Terrorist sich gegen einen Freund wendet. Ich finde, da sollten wir nachbohren.«

»Ich verstehe, was du meinst«, erwiderte Rania. »Aber meine Informanten glauben, dass wir auf dem Holzweg sind, wenn wir uns auf Suliman konzentrieren.«

Delaney neigte dazu, den Informanten vor Ort zu vertrauen, aber hier gab es größere Zusammenhänge. »Normalerweise würde ich das auch so sehen, aber angesichts der Folgen müssen wir alle Möglichkeiten in Betracht ziehen.«

Die Tür ging auf und Direktor Phillips trat ein. Delaney hatte nicht erwartet, ihn so bald wiederzusehen.

»Wir haben ein Problem«, sagte Phillips anstelle einer Begrüßung.

Das Letzte, was sie jetzt brauchten, waren noch mehr Probleme.

Der Direktor verschränkte die Arme. »Vivian ist im Krankenhaus.«

Jacob sprang auf. »Was ist denn passiert?«

»Ich versuche noch, die ganze Geschichte in Erfahrung zu bringen. Aber wie es momentan aussieht, wollte sie gestern Abend ihren Kontakt von der ägyptischen Botschaft treffen und wurde auf dem Weg dorthin tätlich angegriffen.«

»Warum war sie denn allein zu dem Treffen unterwegs?«, fragte Jacob. »Ich wusste davon nichts.«

Phillips trat zu ihm. »Das werden wir noch herausfinden. Sie fahren jetzt nach Arlington zum Krankenhaus. Berichten Sie und dann sehen wir, ob die Sache mit unserem Fall zu tun hat.«

»Ja, Sir.« Jacob verließ eilig den Raum.

»Alle anderen gehen wieder an die Arbeit. Delaney, kann ich kurz draußen mit Ihnen sprechen?«

»Natürlich, Sir.«

Weston warf ihr einen besorgten Blick zu, als sie mit ihrem Vorgesetzten auf den Flur hinaustrat.

»Ich bin nicht sicher, was das alles zu bedeuten hat, Delaney, und Sie müssen Ihr Bestes geben. Haben Sie mich verstanden?«

»Absolut, Sir. Ich weiß, dass viel auf dem Spiel steht.«

»Seit gerade eben noch mehr. Inzwischen ruft das Weiße Haus an und will Informationen haben. Wenn Sie mehr Agenten oder andere Ressourcen benötigen, sagen Sie Bescheid.«

»Verstanden, Sir.«

»Und ich will immer auf dem Laufenden gehalten werden, egal, wie unscheinbar die Entwicklungen sind. Ich halte hier auch den Kopf hin, zumal ich auf dieser Position neu bin. Sie wurden mir von Leuten, denen ich vertraue, wärmstens empfohlen, also zähle ich auf Sie. Vermasseln Sie die Sache nicht.«

Bevor Delaney noch etwas sagen konnte, drehte sich der Direktor um und ging.

Na super, also gar kein Druck. Delaney blickte Direktor Phillips hinterher. Sie wusste, dass er sie feuern würde, wenn sie keine Ergebnisse lieferte.

* * *

Es gelang Jacob nicht besonders gut, seine Wut zu beherrschen, als er aus dem Aufzug in den Krankenhausflur trat und nach Vivs Zimmer suchte. Er würde eine Erklärung verlangen – unter anderem dafür, aus welchem Grund sie ihn nicht von dem Treffen informiert hatte. Sie sollten schließlich zusammen an diesem Fall arbeiten. Jacob fragte sich, ob Viv das heimliche Treffen schon den ganzen Abend über geplant hatte, denn als sie sich voneinander verabschiedet hatten, hatte sie kein Wort davon gesagt. Wie sollte er mit ihr zusammenarbeiten, wenn sie ihm Dinge verheimlichte und auf eigene Faust durch die Gegend schlich? War ihr eigentlich bewusst, wie gefährlich das für jemanden ohne eine entsprechende Ausbildung war? Offenbar nicht.

Als er zu ihrem Zimmer kam, stand die Tür offen, also trat er einfach ein, fest entschlossen, Viv gleich gehörig die Meinung zu sagen. Aber als er sie im Bett liegen sah, fühlte er sich, als hätte ihm jemand einen Schlag in die Magengrube versetzt. Sie hatte die Augen geschlossen, öffnete sie aber, als er eintrat. Vivs Gesicht war voller großer blauer Flecken und auch an ihren Armen konnte Jacob Hämatome erkennen.

»Jacob?«, flüsterte sie.

Dieses eine kleine, geflüsterte Wort und ihr Anblick in diesem erbärmlichen Zustand genügten, um Jacobs Verärgerung wegzuwischen. Obwohl er immer noch sauer war. Er war sogar ausgesprochen wütend, aber jetzt richtete sein Zorn sich gegen denjenigen, der Viv das angetan hatte.

»Was ist passiert?« Er schob einen Stuhl neben ihr Bett und setzte sich.

»Ich dachte, ich muss sterben«, krächzte sie.

Er war erschüttert, als er spürte, wie abgrundtief ihre Angst war. Sie sah so klein und zerbrechlich aus und von dem angriffslustigen Funken, der bei ihrer ersten Begegnung gesprüht hatte, war nichts mehr da. Vivs hellbraune Haare waren zerzaust und an ihren Schläfen konnte er verkrustetes Blut sehen. Jacob legte eine Hand sacht auf ihre.

Er musste sie dazu bringen, alles noch einmal Revue passieren zu lassen, weil er alles wissen musste. »Am besten fängst du vorne an.«

»Samir hat mir eine Nachricht geschickt, als ich schon fast zu Hause war. Er hat mich gebeten, ihn in einem Café in der Embassy Row zu treffen.«

»Hat er gesagt, warum?«

»Er sagte, er müsse mir etwas erzählen, was er in der Botschaft nicht sagen konnte.«

»Meinetwegen?«

»Ja, aber ich glaube, er wollte auch außerhalb der Botschaft mit mir sprechen, weil er da freier reden kann.«

Sobald er sich vergewissert hatte, dass Viv in Ordnung war, würde Jacob als Erstes zur ägyptischen Botschaft fahren, um sich Samir vorzuknöpfen. »Hast du anschließend noch was von ihm gehört?«

Viv zog eine Grimasse. »Nein. Aber sie haben mein Handy mitgenommen.«

»Sie?«

»Zwei Männer haben mich angegriffen.«

Jacob murmelte ein paar Dinge, die Viv höchstwahrscheinlich nicht hören wollte oder sollte, aber er konnte es einfach nicht fassen. »Wo?«

»Zwei Blocks vom Café entfernt. Sie sind vor mir auf den Gehweg gesprungen. Haben mir den Weg versperrt. Und dann …«

Da war sie wieder. Die Angst.

»Hast du schlimme Schmerzen?«

»Würdest du mir glauben, wenn ich Nein sage?«

»Nein.« Er drückte ihre Hand. »Ich werde herausfinden, wer dir das angetan hat.«

In Vivs Augen standen Tränen. »Ich weiß nicht, was passiert wäre, wenn dieser Mann nicht gekommen wäre und sie verjagt hätte.«

»Haben sie dir etwas gestohlen?«

»Ja, meine Handtasche, aber mein Portemonnaie war in meiner Jacke. Ich vermute, das wussten sie nicht oder es interessierte sie nicht. Ich bin nicht sicher, was genau sie wollten. Sie wirkten so bösartig. So, als wollten sie mir wirklich wehtun. Richtig wehtun.«

Das war seltsam. Taschendiebe waren in der Regel nicht darauf aus, ihren Opfern besondere Schmerzen zuzufügen, sondern eher an Geld und Wertgegenständen interessiert. Unwillkürlich fragte Jacob sich, ob Samir das Ganze eingefädelt haben könnte. Aber Viv ging es im Moment nicht gut genug, als dass er ihren Freund auf diese Weise beschuldigen wollte. Noch ein Grund, so bald wie möglich mit Samir zu reden und Antworten zu verlangen.

»Bist du mir böse?«, fragte sie leise.

Nach dem, was er gerade gehört hatte, konnte er das nicht sein. »Nein. Aber ich bin sauer, weil dir das zugestoßen ist.« Jacob holte tief Luft. »Trotzdem muss ich dir sagen, dass du dich aus der Taskforce zurückziehen solltest.«

Viv versuchte, sich aufzusetzen. »Nein. Ich muss die Sache zu Ende bringen. Ich muss mit Samir reden. Wahrscheinlich fragt er sich, warum ich ihn versetzt habe. Vor allem, weil ich kein Handy habe.«

»Ich gehe zu ihm und erkläre ihm alles«, versicherte Jacob ihr.

Viv verzog ihr Gesicht zu einer schmerzverzerrten Grimasse, als sie sich vorsichtig wieder in die Kissen zurücksinken ließ. »Du darfst ihm keine Vorwürfe machen. Das war nicht seine Schuld.«

Da war Jacob sich nicht so sicher. »Ich muss mit ihm reden. Das verstehst du doch sicher.«

»Reden ist eine Sache, drohen eine andere.«

Selbst in ihrem angeschlagenen Zustand hielt sie mit ihrer Meinung nicht hinterm Berg. »Ich verspreche, dass ich mich angemessen verhalten werde.« Angemessen nach seinen Kriterien jedenfalls, wenn auch vielleicht nicht nach Vivs Taktgefühl. Aber es gab noch mehr unbeantwortete Fragen. »Haben die Männer, die dich angegriffen haben, irgendwas gesagt? Hast du sie dir richtig ansehen können?«

»Sie haben nicht gesprochen. Einer war groß, der andere klein. Aber sie hatten nichts Auffälliges an sich. Es war dunkel und alles ging sehr schnell.«

»Noch irgendwas anderes, was du an ihnen bemerkt hast?«

»Einer hatte helle Haare und der andere war kahlköpfig. Und falls du dich fragst, ob Samir mir diese Typen auf den Hals gehetzt hat, dann bist du völlig auf der falschen Fährte. Das würde er niemals tun. Samir ist ein anständiger Kerl.«

Jacob verstand, dass sie ihren Freund verteidigen wollte, aber er war nicht bereit, dafür ihr Leben aufs Spiel zu setzen. »Lass mich ein paar Nachforschungen anstellen. Und soll ich jemanden für dich anrufen? Freundinnen? Deinen Freund? Verwandte?«

Viv lachte leise. »Einen Freund gibt es nicht. Mit meinen Freundinnen habe ich schon gesprochen und eine von ihnen ist auf dem Weg hierher.«

»Gut.« Jacob wusste nicht, was er noch sagen sollte. Er zögerte. Eigentlich hätte er jetzt gehen können, aber aus irgendeinem Grund wollte er sich von Viv noch nicht verabschieden.

»Morgen komme ich wieder zur Arbeit«, sagte sie.

»Hältst du das für eine gute Idee?«

»Ja. Diese Ermittlungen sind mir sehr wichtig. Ich will, dass die Verantwortlichen für den Anschlag auf Botschafterin King zur Rechenschaft gezogen werden – und für den auf Botschafter Zidan, wenn wir feststellen, dass beides zusammenhängt.«

»Ich sage dir Bescheid, was ich von Samir erfahre.«

»Bitte lass mir deine Nummer da. Meine Freundin bringt mir ein neues Telefon mit und dann schicke ich dir die Nummer, sobald ich es habe.«

Er zog seine Karte heraus und legte sie auf ihren Nachttisch. »Schreib. Ruf an. Was immer du brauchst. Ich bin hier.«

Sie lächelte schwach. »Danke, Jacob.«

Er stand auf und warf ihr noch einen Blick über die Schulter zu, bevor er ging. Viv starrte zum Fenster hinaus. Jacob fragte sich, was ihr durch den Kopf ging.

Er seufzte leise, als er die Zimmertür vorsichtig schloss. Ihre Partnerschaft war gerade deutlich komplizierter geworden.

* **

Als Layla und Bailey im Krankenhaus erschienen, versuchte Viv vergeblich, die Tränen zurückzuhalten.

Layla nahm ihre Hand. »Wir konnten ja gestern gar nicht richtig darüber reden, was passiert ist, weil die Ärzte dich untersuchen wollten.« Layla war auf Vivs Anruf hin gleich ins Krankenhaus geeilt, aber am Ende hatte Viv sie wieder nach Hause schicken müssen und versprochen, dass sie heute reden würden.

»Erzähl uns, was passiert ist«, sagte Bailey. Sie war FBI-Agentin, und wie es aussah, war sie im Agentinnenmodus.

Viv holte tief Luft, trocknete die Tränen und erzählte ihren beiden besten Freundinnen die Geschichte. Die beiden unterbrachen sie nur gelegentlich mit Fragen. Als Viv fertig war, wusste sie, dass die eigentliche Befragung jetzt erst beginnen würde.

Layla ergriff als Erste das Wort. »Du glaubst also nicht, dass dein Kontakt bei der Botschaft dich reingelegt hat?«

»Nein. Ganz bestimmt nicht. Samir und ich sind Freunde. Er würde mir das niemals antun.«

»Es könnte ein zufälliger Überfall gewesen sein«, überlegte Bailey. »So etwas kommt vor. Ich sage es ja nur ungern, aber solche Übergriffe passieren öfter, als wir glauben wollen.«

»Das denke ich auch. Jacob ist aber offenbar der Meinung, dass es mit den Ägyptern zu tun hat.«

»Jacob?«, fragte Bailey. »Wer ist das?«

»Er ist bei der DSS. Ich habe ihn bei dem Dinner kennengelernt und jetzt arbeiten wir zusammen in der Taskforce.«

Layla riss die Augen auf. »Moment mal! Ist das der gut gebaute Typ von der Security, der dir schöne Augen gemacht hat?«

Viv hatte gewusst, dass Layla sofort die Verbindung herstellen würde. »Ja, genau der.«

»Mir scheint, dieser Typ hat auf euch beide ziemlichen Eindruck gemacht«, bemerkte Bailey grinsend.

»Nur auf Layla«, widersprach Viv. »Mich lässt er kalt. Er hasst Juristen und hat eine Menge Probleme. Aber wir arbeiten zusammen, also muss ich mich mit ihm vertragen.«

Ihre Freundinnen warfen einander vielsagende Blicke zu. »Okay, wir verstehen, dass es im Moment nur beruflich ist«, antwortete Layla und versuchte, ein Lächeln zu unterdrücken.

»Beruflich. Punkt«, bekräftigte Viv, so energisch sie konnte.

»Hast du schon mit Willow gesprochen?«, wollte Bailey wissen.

Viv wollte ihre Zwillingsschwester nicht unnötig beunruhigen. »Nein. Ich will sie nicht stören. Sie ist immer noch bei ihrem humanitären Projekt an der Grenze zwischen der Türkei und Syrien und hat wahnsinnig viel um die Ohren.«

»Du solltest ihr trotzdem erzählen, was passiert ist, und ihr deine neue Handynummer geben.« Layla zog ein einfaches Handy aus ihrer Tasche und gab es Viv. »Du kannst dir deine alte Nummer wiedergeben lassen, wenn du ein besseres Smartphone hast und die Lage sich beruhigt hat, aber jetzt nimm erst mal dieses Wegwerfteil.«

»Danke. Ich habe meine Handtasche als gestohlen gemeldet, das hilft hoffentlich.« Obwohl das Handy ihre geringste Sorge war. So etwas ließ sich leicht ersetzen. »Ich werde den Typ anrufen, der mich gerettet hat. Was meint ihr, was ein angemessenes Dankeschön dafür ist, dass er mir das Leben gerettet hat? Ein Gutschein fürs Café kommt mir unter diesen Umständen zu banal vor.«

Layla lächelte. »Ich bin sicher, er fühlt sich so schon gut, weil er weiß, dass er Schlimmeres verhindert hat. Meiner Meinung nach ist eine Karte mehr als genug. Muss noch nicht mal ein Gutschein sein.«

»Ich danke Gott jedenfalls dafür, dass er vor Ort war«, sagte Bailey.

Ich auch, dachte Viv. Sie hatte das Gefühl, dass sie noch wochenlang Albträume haben würde. Und das brachte sie auf ein anderes Thema. »Ich weiß, dass ich mich seit Jahren dagegen wehre, aber jetzt überlege ich wirklich, ob ich mir eine Schusswaffe zulegen sollte.«

»Wir unterstützen dich bei jeder Entscheidung, die du triffst«, erwiderte Bailey. »Du weißt, dass ich dich trainieren kann, und Layla wird dir sicher auch helfen. Aber ich will nicht, dass dieser Überfall dein ganzes Leben ändert, Viv. Du bist Juristin. Du kämpfst mit deinen Worten, nicht mit Waffen.«

Die beiden hatten gut reden. Sie waren hervorragend ausgebildet, nicht nur im Umgang mit Schusswaffen, sondern auch in Selbstverteidigung. Viv nicht.

»Du runzelst die Stirn«, sagte Bailey.

»Ich hatte einfach das Gefühl, nicht in der Lage zu sein, mich gegen sie zu wehren, und das ärgert mich.«

Bailey starrte sie an. »Viv, das waren zwei gegen eine! Natürlich hattest du das Nachsehen.«

Viv wusste, dass ihre Freundin recht hatte, aber sie fühlte sich deshalb nicht weniger verwundbar.

»Ich werde mal bei der Polizei nachfragen und sehen, was ich herausfinden kann«, sagte Bailey.

»Da würde ich mir keine allzu großen Hoffnungen machen. Dass ich zusammengeschlagen wurde, hat in der Stadt bestimmt nicht die höchste Priorität.«

Bailey seufzte. »Ich werde trotzdem dort anrufen. Was können wir in der Zwischenzeit für dich tun?«

»Ich soll heute Nachmittag entlassen werden. Bis dahin kann ich sowieso nichts machen.«

Layla sah Bailey an. »Ich bin sicher, eine von uns kann dich nach Hause bringen. Sollten wir anderweitig beschäftigt sein, können wir Izzy anrufen. Und wir haben erfahren, dass Lexi wieder zurück ist.«

Das waren erfreuliche Neuigkeiten. »Es wäre toll, Lexi zu sehen. Ich weiß, dass Izzy viel mit ihrem Jurastudium zu tun hat, da will ich nicht, dass sie noch Zeit für mich opfern muss.«

»Wir werden beiden erzählen, was passiert ist«, erklärte Layla. Dann sah sie auf ihre Uhr. »Ich muss jetzt ins Büro zu einer Besprechung, die ich nicht verschieben kann, aber später sehe ich wieder nach dir. Vielleicht solltest du versuchen, ein bisschen zu schlafen, bis sie dich hier rauslassen.«

Bailey legte eine Hand auf Vivs Arm. »Ja, ich muss auch los. Aber ruf einfach an oder schreib eine Nachricht, dann sind wir da. Und sag Bescheid, wann du entlassen wirst, dann sorgen wir dafür, dass dich jemand abholt.«

Viv merkte, dass ihr wieder die Tränen kamen. »Danke euch für alles. Ich habe euch echt nicht verdient.«

Layla drückte Vivs Hand. »Wir sind ein Team. Das weißt du doch.«

Viv verabschiedete sich und ihre Freundinnen verließen den Raum. Vivs Gedanken wanderten zu Jacob zurück. Sie hoffte und betete, dass er bei der ägyptischen Botschaft keine Dummheiten machte. Aber es gab noch etwas, das sie tun musste, bevor sie sich ausruhen oder ihren Gedanken erlauben konnte, zu dem Fall zurückzuwandern.

Sie nahm das Handy und wählte die Nummer ihrer Zwillingsschwester.

»Ja? Willow hier«, ertönte die vertraute Stimme.

»Hi, ich bin's, Viv.«

»Oh, hi! Ich habe deine Nummer gar nicht erkannt.«

Viv holte tief Luft. »Ich rufe auch mit einem Wegwerfhandy an. Ich muss dir was erzählen, aber versprich mir zuerst, dass du dich nicht aufregst, okay?«

»Wegwerfhandy? Was ist los?« Die Stimme ihrer Schwester stockte. »Bist du okay?«

»Mir geht es gut. Ich bin zwar im Krankenhaus, aber sie lassen mich bald wieder raus. Gestern Abend wurde ich von zwei Männern überfallen.«

Viv konnte hören, wie ihre Schwester nach Luft schnappte. »Was haben sie dir getan? Wo warst du denn?«

Viv erklärte, was geschehen war. »Zum Glück ist mir jemand zu Hilfe gekommen und meine Verletzungen sind nur minimal, aber sie haben mir das Handy geklaut und ich wollte sicher sein, dass du mich erreichen kannst, bis ich ein neues Smartphone habe.«

»Viv, du verschweigst mir doch was.« Es klang scharf.

»Es ist kompliziert, aber mir geht es wirklich gut.« Aber es gab etwas, das sie unbedingt noch sagen musste. »Ich hab dich lieb, Willow. Gestern Abend gab es einen Moment, in dem ich Angst hatte, ich könnte das Ganze nicht überleben, und da habe ich an dich und Mom und Dad gedacht.«

»Jetzt machst du mir wirklich Angst. Soll ich nach Hause kommen?«

»Nein. Du könntest sowieso nichts tun. Deine Arbeit ist wichtig, aber es tut sehr gut, deine Stimme zu hören.« Viv versuchte zu verhindern, dass ihre eigene Stimme brach.

»Ich hab dich auch lieb, Schwesterherz. Wenn du mich brauchst, sag es einfach. Du musst besser auf dich aufpassen.«

»Ich arbeite mit einem Kollegen vom Diplomatischen Sicherheitsdienst zusammen und der ist jetzt extrem wachsam. Mir passiert schon nichts.«

»Ich melde mich später, um zu hören, wie es dir geht. Und schick mir eine Mail, wenn du aus dem Krankenhaus kommst, in Ordnung? Versprich es mir.«

»Versprochen.«

Viv beendete das Telefonat mit Willow und eine Träne rann über ihre Wange. Sie vermisste ihre Schwester so sehr.

KAPITEL 5

Als Jacob endlich alle bürokratischen Hürden genommen hatte, um in die ägyptische Botschaft zu gelangen, war er nicht mehr nur verärgert, sondern kochte mittlerweile regelrecht vor Wut. Er hatte Viv versprochen, dass er sich benehmen würde, aber seine oberste Priorität war immer noch, die Wahrheit in Erfahrung zu bringen.

Als Samir schließlich kam, um ihn zu begrüßen, gab Jacob sich Mühe, nicht zu unfreundlich dreinzuschauen.

»Special Agent Cruz, ich muss zugeben, dass es mich überrascht, Sie schon wieder hier zu sehen. Was kann ich heute für Sie tun?« Samir führte ihn in einen Raum und bot ihm einen Sitzplatz an.

»Ich muss wissen, warum Sie Viv gestern eine Nachricht geschickt haben.«

Samir zog eine Augenbraue hoch. »Entschuldigung?«

»Sie haben Viv eine Textnachricht geschickt und sich mit ihr im *Café Latte* verabredet.«

Samir schüttelte den Kopf. »Nein. Das muss ein Missverständnis sein.«

Jacob spürte, wie sich sein Pulsschlag beschleunigte. »Wollen Sie damit sagen, dass Sie Viv gestern Abend *keine* Nachricht geschrieben haben?«

»Nein, ich habe Miss Vivian nicht geschrieben. Das letzte Mal hatte ich mit ihr Kontakt, als Sie beide hier waren. Ich habe ihr keine Nachricht geschickt.«

Jacob atmete hörbar aus und versuchte, seine Gedanken zu ordnen.

»Sagen Sie mir, was los ist. Wo ist Miss Vivian?«

Als er in Samirs dunkle Augen blickte, musste Jacob sich im

Bruchteil einer Sekunde entscheiden, ob er dem Mann vertrauen wollte. Er hoffte nur, dass seine Entscheidung richtig war, als er die Frage ehrlich beantwortete: »Viv ist im Krankenhaus.«

Samir riss die Augen auf. »Wie bitte? Wie geht es ihr? Ist sie in Ordnung?«

»Es geht ihr den Umständen entsprechend einigermaßen. Gestern Abend hat Viv etwas erhalten, was sie für eine Nachricht von Ihnen hielt, mit der Bitte, Sie im *Café Latte* zu treffen. Auf dem Weg dorthin wurde Viv von zwei Männern überfallen. Sie haben ihr Handy und ihre Handtasche gestohlen und sie attackiert. Sie hat ziemlich heftige Prellungen davongetragen.«

Samir war aufgestanden und lief jetzt unruhig auf und ab. »Das ist schlimm.«

»Ich weiß.«

Samir trat auf Jacob zu. »Gehen wir spazieren.«

Jacob erkannte, dass Samir nicht sicher war, ob er in der Botschaft offen sprechen konnte, deshalb willigte er ein. Wenige Minuten später gingen sie nebeneinander den Gehweg entlang.

»Wir müssen vorsichtig sein«, sagte Samir. »Ich weiß, dass ich diese Nachricht nicht geschickt habe, aber jemand hat sich die Mühe gemacht, es so aussehen zu lassen.«

Jacob nickte. »Und das bedeutet: Wir müssen davon ausgehen, dass Viv nicht von irgendwelchen Kleinkriminellen überfallen wurde, sondern dass sie durch das angebliche Treffen mit Ihnen in eine Falle gelockt wurde.«

»Aber warum? Um ihr Angst zu machen?«

»Vielleicht ist es eine deutliche Warnung. Außerdem haben die Angreifer ihre Tasche mitgenommen. Vielleicht dachten sie, sie könnten irgendwas Nützliches in ihrem Smartphone oder ihren Unterlagen finden. Aber die große Frage ist, wer es war. Wer würde so was machen?«

Samir verlangsamte seine Schritte. »Jemand, der nicht will, dass die Wahrheit über den Tod von Botschafter Zidan bekannt wird.«

Das war die offensichtliche Antwort – aber was, wenn es noch etwas anderes gab, was sie übersehen hatten? »Könnte es noch einen anderen Grund geben? Viv sagte, Sie beide haben früher schon zusammengearbeitet. Könnte es etwas damit zu tun haben?«

Samir wischte sich ein paar Schweißtropfen von der Stirn. »Das glaube ich nicht, aber ich kann nicht über die Sache sprechen, wegen der Miss Vivian und ich damals zusammengearbeitet haben.«

Es wurde mit jeder Minute interessanter, aber Jacob war klar, dass er über das frühere Projekt mit Viv nichts erfahren würde. Er musste also anders vorgehen. »Okay, zurück zum Botschafter. Glauben Sie, einer der Leute von der Liste, die Sie uns gegeben haben, könnte für den Überfall auf Viv verantwortlich sein?«

»Leider ja. Mit diesen Männern ist nicht zu spaßen. Sie haben ihre eigenen Pläne für Ägypten. Ihnen gefällt nicht, in welche Richtung unser Präsident das Land führt.«

Jacob verstand, dass die politische Lage in Ägypten angespannt war, aber trotzdem ergab das alles für ihn keinen Sinn. »Aber warum haben sie es dann auf Viv abgesehen?«

Wieder lief ein Schweißtropfen über Samirs Stirn. »Vielleicht weiß jemand, dass wir uns in der Botschaft getroffen haben, und dieser Jemand versucht jetzt, Miss Vivian abzuschrecken, damit sie keine Nachforschungen über den Tod des Botschafters anstellt. Sie wollen einen klaren Fall mit der Todesursache Herzinfarkt, den man nicht mit den oppositionellen Kräften in Ägypten in Verbindung bringen kann.«

»Ja, aber wenn Viv die Sache hinschmeißt, würde doch jemand anders die Arbeit übernehmen, oder? Ich verstehe das nicht.«

Samir holte tief Luft. »Bitte verzeihen Sie mir, Agent Cruz, aber ich bin beinahe sechzig Jahre alt und habe eine Menge Dinge im Leben gesehen, sowohl in Ägypten als auch woanders. Ich weiß, dass ich unter Verfolgungswahn leide. Vielleicht ist mein Blick dadurch getrübt. Wenn Miss Vivian nur überfallen worden wäre, könnte ich vielleicht an Zufall glauben, aber der Trick mit der angeblichen Nachricht von mir lässt mich die Dinge in einem ganz anderen Licht betrachten.«

Jacob durfte kein Blatt vor den Mund nehmen, weil so viel auf dem Spiel stand. »Samir, ob es Ihnen passt oder nicht: Sie sind in diese Sache verwickelt. Ich kann Ihnen nicht sagen, was Sie tun sollen, aber ich wäre verrückt, wenn ich Ihnen nicht raten würde, vorsichtig zu sein.«

»Danke, mein Freund.«

Jacob war gerade vom verdächtigen Außenseiter zum Freund befördert worden. Er fragte sich, ob Samirs Vertrauensseligkeit ein Grund dafür war, dass er sich jetzt in dieser Situation befand. »Wenn Sie einen der Männer von der Liste, die Sie uns gegeben haben, herauspicken müssten – welcher wäre das?«

Samir seufzte schwer. »Das ist das Problem. Ich kann es mir bei allen vorstellen – das war die Liste der Verdächtigen, bei denen ich nicht die geringsten Zweifel daran habe, dass sie gegen die Interessen der jetzigen ägyptischen Regierung arbeiten. Darüber hinaus gibt es eine sehr viel längere Liste mit möglichen Gegnern.«

Sie würden einen Weg finden müssen, all diese Namen auf eine überschaubare Verdächtigenliste einzudampfen.

»Bitte sagen Sie Miss Vivian, dass es mir sehr leid tut, aber ich glaube, es wäre das Beste für uns alle, wenn wir uns so wenig wie möglich persönlich treffen.«

»Das sehe ich auch so. Wie kann ich Sie am besten erreichen?«

»Ich gebe Ihnen meine private Handynummer.«

Jacob zog sein Telefon heraus und Samir nannte ihm die Nummer.

»Passen Sie auf sich auf, mein Freund. Die Feinde sind überall.« Samir gab Jacob die Hand, dann drehte er sich um und ging.

* * *

Delaney warf einen Blick auf ihren Kollegen, bevor sie aus ihrem Dienstwagen stiegen, einem schwarzen SUV. Im Rahmen der Ermittlungen mussten sie eine vollständige Untersuchung über

Botschafterin Penelope King anstellen, und da ihr Mann an ihrer Seite war, während sie um ihr Leben rang, hatten sie beschlossen, erst einmal mit anderen Personen zu reden, während sie darauf warteten, dass sie mit ihm sprechen konnten.

Sie standen vor Nan Kennedys Haus in einem teuren Vorort von Arlington. Bei ihren ersten Recherchen hatten sie erfahren, dass Nan eine enge Freundin von Penelope war.

»Wie sieht unsere Strategie aus?«, wollte Weston wissen.

Seine Selbstüberschätzung zu Beginn ihrer Zusammenarbeit hatte einen Dämpfer erhalten, als er den wichtigen Einsatz vermasselt hatte, und jetzt versuchte Delaney, sein Selbstbewusstsein wieder aufzupäppeln. »Was sollten wir denn deiner Meinung nach tun?«

Weston blinzelte ein paarmal. »Ist das ein Test?«

»Nein. Ich will deine Meinung hören. Du musst aufhören, so empfindlich zu reagieren, okay?«

Der junge Agent sah aus wie ein ungezogenes Hündchen, das ausgeschimpft wurde, aber er nickte nachdenklich. »Diese Frau hat eindeutig Geld und ist es wahrscheinlich gewohnt, dass andere Menschen versuchen, sich bei ihr einzuschmeicheln. Ich würde sagen, wir fangen auf die nette Tour an und warten ab, was sie sagt, bevor wir die Samthandschuhe ausziehen.«

Delaney klopfte ihm auf den Rücken. »Sehe ich auch so. Komm.«

Sie gingen den Weg zum Haus und die Treppe hinauf und klingelten. Nach ein paar Sekunden öffnete eine attraktive, zierliche Frau die Haustür.

»Guten Tag, ich bin Special Agent O'Sullivan und das hier ist Special Agent Lee. Wir kommen vom FBI. Sind Sie Nan Kennedy?«

»Ja. Sie sind sicher wegen Penelope hier.«

Delaney nickte. »Dürfen wir reinkommen?«

»Natürlich.« Nan Kennedy trat einen Schritt zurück. »Kann ich Ihnen irgendetwas anbieten? Kaffee, Tee, Wasser?«

»Nein, danke«, erwiderte Weston.

»Wir können hier drinnen reden.« Ihre unfreiwillige Gastgeberin führte Delaney und Weston in ein helles und geräumiges Wohnzimmer.

Sie setzten sich auf die weiße Couch, die wahrscheinlich eine Spezialanfertigung war, so genau, wie sie in die Zimmerecke passte. »Danke, Mrs Kennedy, dass Sie sich Zeit für uns nehmen.«

»Haben Sie eine Ahnung, was wirklich mit Penelope geschehen ist?« Nan Kennedy schob sich eine Haarsträhne, die nach vorne gefallen war, hinters Ohr.

»Genau daran arbeiten wir«, erklärte Weston. »Wir würden gerne mit Ihnen über einige Dinge reden.«

Sie lächelte schwach. »Was immer Sie wissen wollen.«

»Wissen Sie von irgendjemandem, der ein Interesse daran hätte, der Botschafterin zu schaden?«, fragte Delaney.

Nan seufzte. »Nein. Ich kenne Penelope schon seit dem College. Sie ist überall ausgesprochen beliebt. Aber sie ist auch sehr schlau und professionell. Sie weiß, wie man die Spielchen in Washington spielt, und das bedeutet auch zu wissen, wie man sich keine Feinde macht. Selbst wenn sie jemanden nicht mag, würde sie das nie zeigen.«

»Ist das nicht ein bisschen unehrlich?«, bemerkte Weston.

»Vielleicht. Aber in ihrer Branche ist es absolut notwendig. Sie hat einige echte Freunde, aber darüber hinaus eine Menge Bekannte.«

»Und sie hat Ihnen gegenüber nie angedeutet, dass sie sich Sorgen um ihre Sicherheit macht?« Delaney beobachtete die andere Frau genau, um ihre Reaktion einzuschätzen.

Nan schüttelte den Kopf. »Nein. Ihr Job ist politisch, aber nicht gefährlich. Jedenfalls war er das bis jetzt nicht.«

»Penelope King ist seit drei Jahren als Botschafterin in Belgien. Wissen Sie, wo sie vorher war?«

Nan nickte. »Einige Jahre hat sie hier im Außenministerium gearbeitet. Davor war sie als Diplomatin im auswärtigen

Dienst. Sie hat viel Auslandserfahrung und spricht mehrere Sprachen.«

Sie mussten herausfinden, was unter der Oberfläche verborgen war. »Was ist mit dem Privatleben der Botschafterin?«

Nan runzelte die Stirn. »Wie meinen Sie das?«

»Wir wissen, dass sie seit etwa zehn Jahren verheiratet ist. Wie gut kennen Sie ihren Mann?«

Nan faltete die Hände auf ihrem Schoß. »Ich kenne Jeff ziemlich gut. Bei der Hochzeit der beiden war ich Trauzeugin.«

»Und? Was können Sie uns über die Beziehung der beiden sagen?«, fragte Weston.

»Was hat das denn mit der Sache zu tun?«

Bingo. Es steckte also doch mehr dahinter. »Das ist eine Routinefrage in einer solchen Situation, damit wir die Beziehungen der Botschafterin besser verstehen. Ihre Ehe gehört natürlich auch dazu.«

Nan senkte den Blick auf ihre Hände und sagte nichts.

»Mrs Kennedy, es ist sehr wichtig, dass Sie uns gegenüber ehrlich sind.« Delaney hörte selbst, dass ihre Stimme jetzt strenger klang.

»Es steht mir wirklich nicht zu, dazu etwas zu sagen.« Nan rutschte unbehaglich auf ihrem Sitz hin und her.

»Leider kann die Botschafterin es uns nicht selber sagen. Deshalb müssen Sie als ihre beste Freundin uns diese Informationen geben, fürchte ich«, sagte Weston.

»Zuerst muss ich sagen, dass Jeff Penelope so etwas auf keinen Fall antun würde.«

»Das haben wir auch nicht behauptet.«

Nans Blick war misstrauisch. »Ich wollte das nur klarstellen.«

»Das wissen wir zu schätzen«, erwiderte Delaney. »Aber offensichtlich gibt es etwas, das Sie uns nicht erzählen.«

Nan blickte wieder nach unten. »Ich glaube einfach, dass Sie mit Jeff reden müssen, wenn Sie weitere Fragen haben.«

Weston räusperte sich. »Sie wollen im Ernst, dass wir zu ihm gehen, während er an der Seite seiner Frau ist, die um ihr Leben kämpft?«

Weston spielte jetzt den bösen Beamten, aber es schien zu funktionieren. Nan sah aus, als würde sie gleich einknicken.

»Ihre Ehe ist nicht perfekt, aber welche Ehe ist das schon?«

»Und?«, drängte Delaney.

»In der Vergangenheit gab es Probleme mit Penelope, als sie und Jeff nicht zusammengelebt haben, weil Jeff in den Staaten gearbeitet hat und sie im Ausland war.«

»Untreue?«, fragte Weston.

»Ja. Aber diese Probleme haben sie überwunden. Wie gesagt – ich weiß, dass Jeff sie liebt und ihr niemals wehtun würde.«

Es klang so, als wäre Nan Kennedy wirklich davon überzeugt, dass bei den Kings wieder alles in Ordnung war. Da es aber offenbar ihre Freundin gewesen war, die ihren Mann betrogen hatte, war Nan wahrscheinlich nicht objektiv in ihrer Beurteilung, überlegte Delaney. Trotzdem fielen ihr weniger auffällige Methoden ein, mit denen man einen Ehepartner umbringen konnte und dabei deutlich weniger Aufmerksamkeit auf das Verbrechen lenkte.

Weston wippte mit dem Fuß, wie er das oft tat. »Gibt es noch etwas Hilfreiches, was Sie uns sagen können?«

Nan wurde blass. »Nein. Ich hoffe nur, sie überlebt diesen Anschlag. Ehrlich gesagt, weiß ich nicht, was ich ohne sie machen soll.«

Delaney nickte mitfühlend. »Mrs Kennedy, wir wissen, dass dies sehr schwierig für Sie ist, aber ich habe noch eine Frage, bevor wir gehen.«

»Natürlich.«

»Ist Ihnen bekannt, ob die Botschafterin Opioide genommen hat?«

Nan riss die Augen auf. »Nein. Auf gar keinen Fall! Penelope ist eine Gesundheitsfanatikerin. Wahrscheinlich hat sie etwas zu viel Wein getrunken, aber mehr nicht. Wie kommen Sie denn darauf?«

»In ihrem Blut wurde eine große Menge Fentanyl gefunden – eine Zusammensetzung, die auf der Straße verkauft wird.«

»Und Sie glauben, das Zeug ist schuld? Kann das sein?« Nans Stimme zitterte.

Wieder nickte Delaney. »Leider ist diese Droge ausgesprochen gefährlich bis hin zum Tod, vor allem in Verbindung mit Alkohol.«

Nan straffte die Schultern. »Ich kann Ihnen nur sagen, dass Penelope hundertprozentig keine Drogen genommen hat. Da bin ich mir absolut sicher. So etwas hätte ich mitbekommen.«

Es war nicht Delaneys Absicht gewesen, Nan Kennedy aufzuregen, doch ihre Reaktion passte zu dem, was die medizinischen Fachleute gesagt hatten: dass jemand das Fentanyl absichtlich in Penelopes Drink getan hatte, um sie umzubringen. »Ich weiß Ihre Offenheit zu schätzen. Das ist sehr hilfreich. Ich kann Ihnen versichern, dass wir herausfinden werden, wer für die Sache verantwortlich ist.«

Nan schniefte. »Danke.«

Weston stand auf und reichte Nan seine Visitenkarte. »Wenn Ihnen noch etwas einfällt, rufen Sie uns an. Wir finden allein raus.«

Delaney und Westen verließen das Haus schweigend, bis sie wieder zu ihrem SUV kamen, in dem sie ungestört waren. Weston setzte sich ans Steuer.

»Das hast du gut gemacht«, sagte Delaney, als er den Motor startete und den Wagen aus der Ausfahrt lenkte.

»Danke. Glaubst du, sie hat uns alles gesagt?«

Delaney schnaubte verächtlich. »Sie sagen uns nie alles. Es war klar, dass Nan Kennedy nicht über die Untreue der Botschafterin reden wollte. Wir wissen beide, dass es als Mordmotiv infrage kommt.«

Weston trommelte mit den Fingern auf das Lenkrad. »Aber wenn man bedenkt, wie eng diese beiden Frauen befreundet sind – hätte Nan dann nicht gesagt, dass Jeff dahinterstecken könnte, wenn sie das glaubt? Würde sie nicht wollen, dass Jeff für diesen Anschlag auf ihre Freundin zur Rechenschaft gezogen wird?«

»So oder so müssen wir uns Jeff King näher ansehen. Die Statistik legt nahe, dass er es war, aber du hast recht, was Nan betrifft. Ich sage den Kollegen in der Zentrale, dass sie so viele Informationen wie möglich über ihn zusammenstellen sollen, dann arbeiten wir mit den anderen zusammen alles ab. Wir wissen, dass Jeff bei dem Dinner war, obwohl er schon gegangen war, als seine Frau den Zusammenbruch hatte. Leider gibt es eine Menge anderer Leute, die ebenfalls Zugang zu ihrem Getränk hatten.«

»Hast du irgendwelche Neuigkeiten von Vivian?«, fragte Weston.

»Jacob hat mir eine Nachricht geschickt, dass er bei ihr war und sie okay ist, abgesehen von den Prellungen.«

»Gibt es bei diesem Job eigentlich jemals gute Nachrichten?«

»Selten.«

Ein paar Minuten fuhren sie schweigend, während Delaney einige Nachrichten auf ihrem Smartphone beantwortete.

»Delaney …«, sagte Weston.

»Ja?«

»Kann sein, dass es nichts zu bedeuten hat, aber uns folgt ein schwarzer Pick-up.«

Delaney drehte sich ein wenig und warf einen Blick über die Schulter zurück, sodass sie das Fahrzeug sehen konnte. »Wann hast du den das erste Mal bemerkt?«

»Kurz nachdem wir bei Nan Kennedy weggefahren sind. Gleich nachdem wir die Siedlung hinter uns gelassen haben und auf die Hauptstraße abgebogen sind.«

»Warum hast du nicht schon früher was gesagt?«

Weston warf ihr einen Blick zu. »Ich wollte sicher sein, dass ich nicht überreagiere.«

»Okay. Fahren wir weiter in Richtung Außenministerium. Du lässt die Straße nicht aus den Augen, ich kümmere mich um den Pick-up.«

»Soll ich schneller fahren?«

»Noch nicht. Ich will erst mal sehen, wie die Lage ist.«

Weston war zwar immer noch relativ neu im Job, aber sie vertraute seinem Instinkt in solchen Dingen. Wenn er glaubte, dass sie verfolgt wurden, dann wurden sie höchstwahrscheinlich verfolgt. Aber von wem? Von der Person, die den Anschlag auf Botschafterin King verübt hatte? Oder hing es vielleicht gar nicht damit zusammen?

Delaney bemerkte, dass ein Schweißtropfen über Westons Schläfe rann. Er war nervös. In Quantico war er für solche Situationen ausgebildet worden, aber dies war das erste Mal, dass er im echten Leben damit konfrontiert wurde. Sie wollte ihm die Chance geben, eigenständige Entscheidungen zu treffen, aber gleichzeitig musste sie als dienstältere Agentin dafür sorgen, dass ihnen nichts passierte.

Der Pick-up hielt weiter Abstand. Es wurde Zeit, dass sie etwas unternahmen.

»Rechts abbiegen«, sagte Delaney. »Schnell.«

Weston gehorchte, ohne zu zögern, und bog in die nächste Straße rechts ein. Der schwarze Wagen folgte ihnen.

»Was wollen die wohl?«, fragte Weston nervös.

»Vielleicht wollen sie wissen, mit wem wir als Nächstes reden. Wahrscheinlich werden sie verschwinden, wenn ihnen klar wird, dass wir ins Ministerium fahren.«

»Aber garantieren kannst du das nicht.«

Delaney schüttelte den Kopf. »Bei unserer Arbeit gibt es generell keine Garantieren. Deshalb muss man allzeit bereit sein. Sobald du unachtsam wirst, kann es dich das Leben kosten.«

Weston nickte. »Verstanden.«

»Angenommen, der Pick-up fängt an, dicht aufzufahren und dich aggressiv zu verfolgen – was würdest du dann tun?« Sie konnte die Gelegenheit genauso gut als praktischen Unterricht nutzen.

»Ausweichmanöver.«

»Richtig. Es ist immer besser, sich aus einer Situation rauszuziehen, als es auf eine Konfrontation ankommen zu lassen. Aber wenn es zu einer Konfrontation käme, was würde dann passieren?«

»Du müsstest zurückfeuern, wenn wir beschossen werden, aber du fängst nicht an.«

»Gut. Du kannst tief Luft holen, Partner. Ich glaube nicht, dass der Wagen uns was tun wird. Sie wollen nur wissen, wohin wir fahren.«

Er warf ihr einen Blick zu. »Ich hoffe, du hast recht.«

Das hoffte sie auch. Aber wenn ihre Verfolger in dem Pickup etwas hätten unternehmen wollen, dann hätten sie es wahrscheinlich schon getan. Delaney wollte trotzdem wissen, wer sie beobachtete. Und warum.

* * *

Als Viv nach einem unruhigen Schlaf aufwachte, entdeckte sie einen bunten Blumenstrauß auf dem Tisch neben ihrem Bett. Erfreut zog sie die Karte heraus, weil sie dachte, die Blumen könnten nur von ihren Freundinnen sein. Aber als sie las, was auf der Karte stand, wusste sie, dass sie auf jeden Fall etwas tun musste, um Mark zu danken. Der Mann hatte ihr erst das Leben gerettet und schickte ihr jetzt Blumen. Sie las die Karte noch einmal.

Viv,
ich hoffe, es geht Ihnen besser. Ich will noch mal sagen, wie leid mir tut, was Ihnen passiert ist.

Mark Pullman

Viv stöhnte vor Schmerzen auf, als sie den Arm nach ihrem Nachttisch ausstreckte, um die Visitenkarte, die Mark ihr gegeben hatte, aus der Schublade zu holen. Er hatte wirklich ein Dankeschön verdient. Sie zögerte einen Augenblick, beschloss dann aber, dass es nur recht und billig war, ihn anzurufen.

Doch sie musste sich daran erinnern, dass sie so gar nichts über ihren Retter wusste. Er hatte richtig gehandelt und erkundigte sich jetzt pflichtschuldigst nach ihr, aber wahrscheinlich hatte er Frau und Kinder. Sie hatte schon im ersten Moment gedacht, dass er gut aussah, aber wahrscheinlich war er ihr wegen seiner guten Tat noch attraktiver vorgekommen. Er hatte schwarze, wellige Haare und hellbraune Augen. Diese Augen waren ihr vor allem im Gedächtnis geblieben, weil sie sie so freundlich angesehen hatten. Bei dem Gedanken musste Viv beinahe wieder weinen, aber dann riss sie sich zusammen.

Sie wählte die Nummer auf der Karte und wartete. Beim dritten Klingeln wurde abgenommen.

»Mark hier«, sagte er kurz angebunden.

»Äh … hallo, Mark. Ich bin es, Viv. Die Frau von gestern Abend.«

»Oh, hi. Tut mir leid, dass ich etwas schroff klang. Ich habe die Nummer nicht erkannt und dachte, Sie sind vielleicht jemand, der mir was verkaufen will.«

Viv lachte. »Kann ich Ihnen nicht verdenken.«

»Wie geht es Ihnen heute?«

»Mir tut alles weh, aber das wird wieder. Keine bleibenden Schäden.« Sie holte tief Luft. »Ich wollte mich noch mal bedanken, auch für die schönen Blumen. Das war sehr aufmerksam von Ihnen.«

»Gern geschehen. Sie haben ziemlich was mitgemacht. Ich bin einfach froh, dass es Ihnen gut geht. Wahrscheinlich haben Sie ausführlich mit der Polizei geredet, oder?«

»Ja, aber ich mache mir keine großen Hoffnungen, dass sie die Angreifer finden.« Ein Schauer der Angst durchfuhr Viv bei dem Gedanken, diesen Männern irgendwann noch einmal gegenüberzustehen.

»Ich bin sicher, das war eine einmalige Sache. Ihnen passiert bestimmt nichts mehr.«

Sie konnte nur hoffen, dass er recht hatte. Dann holte sie tief Luft und nahm all ihren Mut zusammen. »Ich würde Sie gerne zum Kaffee einladen, um mich für alles zu bedanken«, sagte sie, bevor sie es sich anders überlegen konnte.

»Das brauchen Sie wirklich nicht, aber es wäre natürlich nett. Eilt aber nicht. Ich weiß, dass Sie erst mal gesund werden müssen.«

»Oh, ich gehe morgen wieder arbeiten.«

»Wirklich? Ist das nicht ein bisschen schnell?«, fragte Mark.

»Nein, ich glaube, ich muss sofort weitermachen.«

»Das ist ganz schön tapfer.«

»Meine Arbeit ist mir sehr wichtig.«

»Das verstehe ich. Ich bin Anwalt, deshalb arbeite ich selbst auch ständig.«

Na, das war ja mal was. »Ich bin auch Juristin. Aber ich arbeite für die Regierung. Und Sie?«

»Anwaltskanzlei. Ein paar Jahre lang war ich in einer großen Firma, aber jetzt arbeite ich in einer kleineren Kanzlei, der Gesundheit zuliebe.«

»Nett. Ich melde mich dann wegen des Kaffees, okay?«

»Klingt gut. Bitte passen Sie auf sich auf, Viv.«

Als das Gespräch beendet war, blickte Viv auf und sah Jacob in der Tür stehen.

»Mit wem hast du denn da telefoniert?«, fragte er.

»Mit dem Typen, der mich gestern Abend gerettet hat. Ich will ihn zum Kaffee einladen.«

Jacob zog eine Augenbraue hoch. »Bist du sicher, dass das eine gute Idee ist?«

»Er ist der einzige Grund, warum ich jetzt mit dir rede und nicht tot oder bis zur Unkenntlichkeit zusammengeschlagen in irgendeiner Gasse liege. Ich kann dir versichern, dass ich mit ihm klarkomme.«

»Tut mir leid, ich bin nur vorsichtig. Wenn du aber hörst, was ich dir gleich erzählen werde, wirst du verstehen, warum.«

Viv spürte, wie ihr Magen sich zusammenzog. »Was ist denn?«

Jacob schob einen Stuhl an ihr Bett und setzte sich. »Samir hat dir diese Nachricht nicht geschickt.«

Viv starrte ihn mit offenem Mund an. »Was? Wie meinst du das? Ich habe eindeutig eine Nachricht von ihm bekommen, das weiß ich doch!«

»Es geht nicht darum, dass ich dir nicht glaube. Es geht um etwas ganz anderes. Jemand wollte dich glauben machen, dass Samir dir geschrieben hat, aber er war es nicht.«

In dem kleinen Krankenhauszimmer war es still, während Viv bewusst wurde, was Jacob gerade gesagt hatte. »Es war also ein gezielter Angriff. Sie haben mich aus der Reserve gelockt und den Überfall geplant.«

Jacob zog eine Grimasse. »Ich fürchte, so sieht es aus.«

»Sie haben mein Telefon, aber das war alles, was auch nur ansatzweise wertvoll ist. Und ich habe keine vertraulichen Informationen auf dem Handy.«

»Vielleicht wollten sie dich nur einschüchtern. Dir wehtun, damit du die Arbeit an diesem Fall niederlegst. Oder …«

»Oder was?«

»Jetzt hör mir erst mal zu.«

»Okay.«

»Ich finde es merkwürdig, dass du Samir in der Botschaft triffst und er dann dazu benutzt wird, um dir eine Falle zu stellen. Besteht die Möglichkeit, dass dieser Überfall mit der Sache zusammenhängt, wegen der du früher mit ihm zusammengearbeitet hast? Er wollte mir nichts sagen, aber ich weiß, dass du es kannst. Ich habe die nötige Sicherheitsfreigabe. Nichts für ungut, aber ich habe wahrscheinlich mehr Einsicht in geheime Unterlagen als du.«

Viv senkte den Blick. »Ich müsste abklären, ob ich darüber reden darf, weil ich nur eine assistierende Funktion dabei hatte. Es war nicht mein Einsatz.«

»Einsatz?«

»Ja.« Viv hatte gemeinsam mit Layla an einem Einsatz der CIA teilgenommen und dabei auch mit Samir zusammengearbeitet. »Ich habe juristisch beraten, aber die CIA hatte das Kommando.«

Jacob murmelte etwas und fuhr sich mit einer Hand durchs Haar. »Wir müssen der Sache nachgehen.«

»Ich glaube trotzdem, dass es wahrscheinlich mit dem Tod des ägyptischen Botschafters zusammenhängt. Wir waren gerade erst in der Botschaft und dann passiert das.«

Er nickte. »Beides würde einen Sinn ergeben. Wir wissen, dass die Botschaft und die Verbindung zu Samir entscheidend sind. Nur wissen wir nicht, ob es mit Zidans Tod zu tun hat oder mit diesem Einsatz, von dem du mir nichts sagen kannst. Wir müssen den anderen im Team mitteilen, dass Samir dir keine Nachricht geschickt hat.« Er wandte den Blick einen Moment lang ab. »Ich weiß, dass unser gemeinsamer Start unglücklich war, und das ist meine Schuld. Aber nach allem, was wir jetzt wissen, finde ich, dass du nicht allein unterwegs sein solltest.«

»Was willst du damit sagen?«

»Dass ich für deinen Personenschutz sorgen muss.«

»Du?« Viv konnte kaum glauben, was er da vorschlug.

»Ja. Ich weiß, dass ich wahrscheinlich der letzte Mensch bin, den du um dich haben willst, aber da wir nun mal ein Team sind und du weiterarbeiten willst, wäre es meiner Meinung nach sinnvoll. Wir müssen mit dem Direktor über das alles reden. Möglicherweise ist dein Leben in Gefahr und wir sind nicht sicher, warum.«

Viv kaute auf ihrer Unterlippe herum. »Ich weiß. Ehrlich. Und ich werde jede Hilfe nehmen, die ich kriegen kann.«

»Wir sollten zunächst mal mit dem Boss reden und ihn fragen, wie er mit der Sache umgehen will.«

»Ich will aber nicht aus der Taskforce geworfen und an einem unbekannten Ort eingesperrt werden, wo ich nur abwarten und Däumchen drehen kann. Ich muss arbeiten. Sonst werde ich wahnsinnig.«

»Das verstehe ich. Ich werde versuchen, Direktor Phillips entsprechend zu beeinflussen, aber du musst bereit sein, mich als deinen Leibwächter zu akzeptieren.«

Als Viv in Jacobs glühend schwarze Augen sah, war sie überrascht, wie viel Angst ihr dieser Gedanke machte.

KAPITEL 6

Am nächsten Morgen sicherte Delaney sich einen Tisch im *Foggy Bottom Imbiss* und wartete dort auf Weston. Sie hatten verabredet, dass sie einen Kaffee trinken würden, bevor sie sich in die Einsatzzentrale begaben, um sich dort auf die Befragung von Jeff King vorzubereiten.

Der Pick-up, der ihnen gestern gefolgt war, hatte sich verzogen, als sie sich dem Ministerium genähert hatten, so wie Delaney es vorhergesagt hatte. Sie hatten der Taskforce von dem Zwischenfall berichtet, damit alle, die mit dem Fall zu tun hatten, in erhöhter Alarmbereitschaft waren – nur für den Fall, dass ihre Arbeit ernstere Konsequenzen hatte.

Während sie ihren Kaffee trank – mit extra Sahne und Zucker –, dachte Delaney über den Fall und über ihren jungen Kollegen nach. Weston anzuleiten, war eine Herausforderung, aber ehrlich gesagt war es genau das, was Delaney brauchte.

Seit ihr Mann Ryan vor zwei Jahren bei einer aus dem Ruder gelaufenen Drogenrazzia getötet worden war, hatte sie ihr Leben weitergeführt, sich aber wie auf Autopilot eingestellt gefühlt. Nur in ihre Arbeit hatte sie sich mit vollem Einsatz gestürzt. Ryan war ein hervorragender Agent gewesen. Er war einfach zum falschen Zeitpunkt am falschen Ort gewesen und hatte einem völlig zugedröhnten Junkie gegenübergestanden, der sich später nicht einmal daran erinnerte, dass er abgedrückt hatte. Es wäre in Ryans Sinn gewesen, dass sie ihre Arbeit weiterführte und beim FBI Karriere machte.

Mittlerweile hatte Delaney endlich wieder das Gefühl, sie selbst zu sein, aber sie wusste nicht, wie sie den Verlust des einzigen Mannes überwinden sollte, den sie jemals wirklich geliebt hatte. In einem permanenten Zustand der Trauer zu leben, machte mürbe und zerrte an der Seele. Deshalb konzentrierte sie sich immer nur auf einen Tag, denn mehr konnte sie nicht tun. Außer Gott für ihre Arbeit zu danken, denn die war in ihrem Leben die entscheidende Motivation.

Delaney seufzte, als sie beobachtete, wie Weston zum Tresen ging, um seine Bestellung aufzugeben. Dass sie sich ganz in die Arbeit hatte stürzen können, war ihre Rettung gewesen. Es hatte ihr ein Ziel gegeben. Nach Ryans Ermordung hatte es Tage gegeben, an denen sie wirklich geglaubt hatte, nicht weiterleben zu können.

Und was die Liebe betraf, hatte es seit Ryan niemanden gegeben. Es lag nicht daran, dass sie glaubte, er hätte etwas dagegen. Sie hatte nur niemandem, den sie kennengelernt hatte, solche Gefühle entgegengebracht. Ihr Herz gehörte immer noch Ryan und sie fragte sich, ob das immer so sein würde.

Weston kam zu ihr an den Tisch, ein schiefes Grinsen im Gesicht und einen Kaffeebecher in der Hand.

»Warum grinst du denn wie ein Honigkuchenpferd?«

»Ich habe gerade die Telefonnummer der Barista bekommen.«

Delaney lachte. »Du hältst wirklich immer Ausschau nach der Frau, der du als Nächstes das Herz brechen kannst.«

Weston legte eine Hand auf seine Brust. »Niemals! Ich bin nur jung und versuche, meinen Weg durchs Leben zu finden. Du warst auch mal in meinem Alter, weißt du noch? Damals, als du ein Liebesleben hattest.«

Delaney senkte den Blick. Mit fünfundzwanzig war sie schon zwei Jahre beim FBI gewesen. Und als sie neunundzwanzig gewesen war, hatte sie Ryan kennengelernt. Bei ihrer Hochzeit war Delaney dreiunddreißig gewesen. Sie hatten alles geplant – sich ausgemalt, wie viele Kinder sie haben wollten, und gemeinsam überlegt, wer wann eine berufliche Auszeit nehmen würde, damit beide ihre Karriere weiterverfolgen konnten. Nach mehreren Jahren, in denen Delaney leider nicht schwanger geworden war, hatten sie angefangen, über eine Adoption nachzudenken. Sie hatten sich beide darauf gefreut, Eltern zu sein. Aber dann war alles mit einem Schlag zum Stillstand gekommen.

Weston legte eine Hand auf ihren Arm. »Tut mir leid, Delaney. Manchmal denke ich nicht nach und sage wirklich dummes Zeug. Ich habe es total vergessen.« Weston hatte Ryan nicht gekannt, aber er wusste, was passiert war.

»Schon gut. Ich weiß, dass es nicht so gemeint war.«

Weston zuckte mit den Schultern. »Ich bin eben ein Idiot. Was soll ich sonst sagen?«

»Du bist kein Idiot.«

»Aber da wir schon mal beim Thema sind: Es gibt da jemanden, den du kennenlernen solltest. Er arbeitet für einen privaten Sicherheitsdienst und ist nur ein, zwei Jahre jünger als du.«

Delaney hob die Hand. »Wie oft muss ich dir noch sagen, dass ich keinen Partner brauche, der mich verkuppelt?«

Weston beugte sich vor. »Doch, brauchst du wohl. Weißt du noch, wie du zu mir gesagt hast, du würdest streng mit mir sein, damit ich auch wirklich alles lerne?«

»Klar.«

»Und als dein Partner bin ich der Meinung, dass ich auch gewisse Rechte dir gegenüber habe, nur in einem anderen Bereich.«

Sie wollte widersprechen, aber Weston fiel ihr ins Wort.

»Du bist die beste Agentin, die ich kenne, Delaney, aber dein Leben sollte nicht nur aus Arbeit bestehen. Du hast es verdient, wieder glücklich zu sein. Wahrscheinlich bist du der Meinung, dass ich dir zu nahe trete, aber das tue ich nur, weil ich dich mag. Du hast mir schon so oft aus der Patsche geholfen, dass ich es kaum noch zählen kann. Ich bin einfach nur ehrlich. Ich will nicht, dass du leidest. Du solltest in allen Lebensbereichen Erfolg haben, nicht nur bei deiner Arbeit.«

Delaney konnte ihm nicht böse sein, weil sie wusste, dass er das Herz am rechten Fleck hatte, aber trotzdem wollte sie nicht, dass er Amor spielte. »Ich weiß deine Fürsorge wirklich zu schätzen,

Weston, aber ich muss das auf meine Art machen und wenn ich so weit bin. Verstehst du das?«

Er nickte widerwillig. »Aber denk dran – wenn du deine Meinung ändern und darüber reden willst, bin ich für dich da. Okay?«

»Für heute haben wir aber genug über Herzensangelegenheiten geredet. Wie geht es dir nach gestern?«

»Gut. Ich weiß, dass ich in dem Moment unsicher gewirkt habe. Mein Adrenalin hat sich selbständig gemacht und es war schwierig, Ruhe zu bewahren und nicht spontan zu reagieren. Danke, dass du die Sache mit mir durchgegangen bist.«

»Adrenalin ist gut, Weston. Du brauchst es. Und so ärgerlich es ist, dass jemand uns beobachtet hat, war es eine gute Erfahrung für dich. Aber du musst dir immer bewusst machen, dass eine solche Situation in einer einzigen Sekunde aus dem Ruder laufen kann. Du musst immer bereit sein zu reagieren. Du darfst nie überheblich sein. Ruhe bewahren ist nicht dasselbe wie unachtsam sein. Verstehst du?«

Er nickte. »Ich bin froh, dich als Partnerin zu haben. Von dir lerne ich eine Menge.«

»Danke.« Delaney trank ihren Kaffee aus und stand auf. »Komm, wir gehen.« Sie wollte so bald wie möglich ins Ministerium, an dem Fall weiterarbeiten und aufhören, in alten Wunden zu bohren.

* * *

Nachdem er unzählige Kontakte genutzt und etliche Gefallen eingefordert hatte, hatte Jacob am späten Vormittag endlich die nötigen Genehmigungen zusammen, um diese Besprechung mit Viv und ihrer CIA-Freundin Layla führen zu können.

Er erkannte die schöne Frau mit dem olivfarbenen Teint und den langen dunklen Haaren von dem Diplomatendinner sofort wieder. Warum wunderte es ihn nicht, dass die CIA dort auch jemanden hingeschickt hatte? Er hatte schon oft mit der CIA zu tun gehabt, da sie sich viel häufiger in SEAL-Einsätze eingemischt hatte, als ihm lieb gewesen war. Aber er verstand auch, dass sie eine wichtige Aufgabe hatten, die alles andere als einfach war. Normalerweise ließ er die CIA-Agenten in dem Glauben, dass sie das Kommando hatten, dann klappte die Zusammenarbeit meistens problemlos.

Laylas dunkle Augen musterten ihn. »Ich habe die Genehmigung, dich in die Einzelheiten dieses Einsatzes einzuweihen, aber du musst die Angelegenheit trotzdem streng vertraulich behandeln. Was ich dir erzähle, verlässt diesen Raum nicht. Verstanden?« Offenbar hatte sie beschlossen, das Ganze bei aller Professionalität auf einer freundschaftlichen Ebene zu betrachten, und von Viv das »Du« übernommen.

»Ich weiß, wie das läuft.« Jacob versuchte, seinen Ärger zu beherrschen, aber immerhin war er jahrelang bei einer Spezialeinheit der Navy gewesen. Er wusste, wie wichtig es war, Staatsgeheimnisse zu wahren. Er hatte mehr geopfert, als ihm lieb war, um genau das zu tun.

»Eins noch«, fügte Layla hinzu. »Ich weiß, dass dir das klar ist, aber ich muss es trotzdem noch mal sagen: Meine Tarnung ist die Rolle der Analystin im Außenministerium. Diese Tarnung darf unter keinen Umständen auffliegen.«

»Verstanden.« Er sah zu Viv hinüber und sah den skeptischen Blick in ihrem von blauen Flecken verunstalteten Gesicht. Jedes Mal, wenn er sie anschaute und sah, was diese Männer ihr angetan hatten, flammte seine Wut wieder auf. Diese Gefühle führten nur dazu, dass er noch dringender herausfinden musste, wer ihr das angetan hatte. Jetzt, wo sie alle bürokratischen Hürden genommen hatten, würde er hoffentlich konkrete Einzelheiten über diesen geheimnisvollen Einsatz erfahren.

Layla beugte sich vor. »Wir hatten eine gemeinsame Operation von CIA und ägyptischer Regierung, bei der es um die Übergabe wertvoller Gefangener aus CIA-Gewahrsam in die Obhut der ägyptischen Behörden ging.«

Das war eine Seite der CIA, mit der Jacob vertraut war. »Lass mich raten: Ihr wolltet, dass die Ägypter sie übernehmen, weil ihre Befragungstechnik härter ist als unsere.«

Layla seufzte. »Ich müsste lügen, wenn ich behaupten würde, dass das keine Rolle gespielt hat, aber das war diesmal nicht der Hauptgrund. Bei den Befragungen durch die CIA konnten wir einige Gefangene mit besonderen Verbindungen zu antidemokratischen Kräften in Ägypten identifizieren. Die oppositionelle Bewegung wollte den Präsidenten zu Fall bringen, weil sie ihn für zu gemäßigt hielt. Nachdem wir den Ägyptern diese Informationen weitergegeben hatten, kamen sie mit dem Plan, die Gefangenen nach Ägypten zu überstellen. Die Idee war, dass dann die Ägypter sie im Blick behalten und diejenigen ausfindig machen können, die im direkten Umfeld des Präsidenten gegen die demokratischen Interessen im Land arbeiten.«

»Ihr habt sie also als Köder benutzt«, sagte Jacob.

Viv schaltete sich ein. »Wir reden hier von Terroristen, Jacob. Das sind keine unschuldigen Bürger. Und an der Stelle kam ich ins Spiel. Ich war für die juristische Beratung zuständig, damit alles rechtskonform abläuft und wir nicht gegen irgendwelche internationalen Gesetze verstoßen.«

»Komm schon, Viv. Sobald diese Typen den ägyptischen Behörden ausgehändigt waren, wusstet ihr doch, wie man sie behandeln würde. Ich glaube, ihr beide habt vergessen, dass ich Navy-SEAL war. Ich habe mehr gesehen, als ihr beide euch auch nur vorstellen könnt – und das ist auch gut so, denn ich wünsche niemandem das, was ich gesehen und getan habe. Aber das Ausspielen dieser Karte – ›Oh, es muss alles ganz korrekt und legal ablaufen‹ – kannst du dir echt schenken.«

Viv biss sich auf die Unterlippe. »Ich spiele überhaupt keine Karte aus. Ich sage nur, dass ich einen Auftrag hatte, den ich ernstgenommen habe. Wir haben nicht nur die Übergabe der Gefangenen streng nach Vorschrift abgewickelt, sondern unsere Bemühungen waren auch erfolgreich. Als sie wieder in Ägypten waren, wurden die Männer freigelassen und dann konnten die ägyptischen Geheimdienste sie beobachten. So konnten sie die Verdächtigen im näheren Umfeld des Präsidenten identifizieren. Wie sich herausstellte, hatten sie einen Terroranschlag geplant, bei dem er *und* unzählige unschuldige Zivilisten getötet worden wären. Wir dürfen das große Ganze nicht aus dem Blick verlieren.«

»Das tue ich ja auch gar nicht. Es klingt so, als wäre die Operation ein großer Erfolg gewesen.« Die Spannung zwischen ihm und Viv war förmlich mit Händen zu greifen, aber Jacob konnte sich nicht des Eindrucks erwehren, dass es weniger mit dem zu tun hatte, worüber sie gerade sprachen, sondern mehr mit der Tatsache, dass sie demnächst unzertrennlich sein würden wie siamesische Zwillinge.

»Ich glaube, du hast von mir alle Informationen bekommen, die du im Moment brauchst. Viv kann dir weitere Einzelheiten berichten. Jetzt müsst ihr zwei erst mal die nächsten Schritte besprechen.« Layla nahm ihre Handtasche und verließ den Besprechungsraum, sodass Jacob allein mit Viv zurückblieb.

Einige Augenblicke lang saßen sie schweigend da, bevor Viv Jacob am Arm berührte. Jacob fuhr zusammen. Mit einer solchen Geste hatte er nicht gerechnet.

»Es tut mir leid, Jacob. Ich sollte nicht so streitlustig sein. Lass uns zusammen überlegen, was jetzt das Wichtigste ist.«

Dem konnte er zustimmen. »Gut. Das Wichtigste ist herauszufinden, warum die bösen Jungs dich ins Visier genommen haben.«

Sie schüttelte den Kopf. »Das Wichtigste ist herauszufinden, wer den Anschlag auf unsere Botschafterin und möglicherweise auf den ägyptischen Botschafter verübt hat. Hier geht es nicht um mich.«

Gut, sollte sie das ruhig glauben. Aber ihre Sicherheit war ihm ebenso wichtig. Vielleicht war er deshalb so angespannt.

»Willst du mir nicht sagen, was du wirklich auf dem Herzen hast?«, fragte sie.

»Ich weiß nicht, was du meinst.«

»Irgendwas brodelt doch unter der Oberfläche. Ich bin nicht sicher, was es ist, aber es macht offensichtlich was mit dir. Vielleicht fühlst du dich besser, wenn du darüber redest.«

Jacob fuhr sich mit einer Hand durch die Haare. Er war noch nicht bereit, mit jemandem über seine Probleme zu sprechen. Vielleicht würde er das nie sein. »Das bezweifle ich. Ich finde, wir sollten keine Zeit damit verschwenden, mich zu analysieren, okay? Wir haben eine ganze Menge Probleme und müssen uns beide völlig darauf konzentrieren, sie zu lösen.«

Viv lächelte schwach. »Ich kann gut zuhören, falls du irgendwann mal mit jemandem reden willst. Und als Juristin weiß ich auch, wie man Dinge für sich behält. Ist Teil meiner Stellenbeschreibung.«

Er wusste ihr Angebot zu schätzen, auch wenn er es nicht annehmen konnte. »Danke, Viv.«

»Ich brauche dich in meinem Team, ohne dass du jede kleine Einzelheit diskutierst und hinterfragst. Man sollte meinen, als Juristin wäre ich dafür zuständig.«

Jacob musste lachen. »Da hast du recht. Ehrlich gesagt macht mir der Angriff auf dich noch immer zu schaffen. Es passt mir gar nicht, wenn ich nicht alles über eine Situation weiß und das Gefühl habe, im Blindflug zu sein. Ergibt das einen Sinn?«

»Ja. Du hast gerne alle Fakten, um die bestmögliche Entscheidung zu treffen, aber wir wissen beide, dass wir diesen Luxus hier nicht haben. Wir müssen uns mit einzelnen Informationen, Halbwahrheiten, Hörensagen und was weiß ich noch begnügen.«

»Ich bin es gewohnt, im Dunkeln zu tappen, aber es gefällt mir trotzdem nicht. Wir haben einen taktischen und strategischen Nachteil. Je eher wir eingrenzen können, aus welcher Richtung die Gefahren kommen, desto besser.«

»Wir haben morgen früh eine Teambesprechung, aber was die Taskforce betrifft, sollten wir uns auf die aktuellen Fälle konzentrieren und nicht auf den CIA-Einsatz damals, okay?«

»Damit kann ich leben.« Jacob war nicht davon überzeugt, dass das FBI oder irgendjemand anders im Team Viv wirklich helfen konnte. Das musste er selbst tun.

»Was ist?«

»Was meinst du?«

»Du guckst schon wieder so finster.«

Er zuckte mit den Schultern. »Sorry. Vielleicht denkst du auch, ich gucke finster, wenn ich einfach nur nachdenke.«

Das schien sie sanfter zu stimmen und sie berührte wieder seinen Arm. Die Berührung ließ alle seine Nerven vibrieren. Jacob blickte zu ihr hinüber und versuchte, sich nichts anmerken zu lassen. Aber er fürchtete allmählich, dass diese sturköpfige, liebenswürdige Juristin es auch geschafft hatte, sein Herz zu berühren.

* * *

Delaney freute sich nicht gerade darauf, den Ehemann der Botschafterin zu befragen, aber sie hatten ihm so viel Zeit gegeben, wie sie konnten. Penelope King befand sich immer noch in einem kritischen Zustand, deshalb hatten sie vereinbart, das Gespräch in der Cafeteria des Krankenhauses zu führen. Weston hatte einen Bereich des Cafés sperren lassen, damit sie ungestört reden konnten, und jetzt saßen sie Jeff King gegenüber.

Die Statistiken von Millionen Morden sagten Delaneys Instinkt, dass dieser Mann höchstwahrscheinlich hinter allem steckte, vor allem angesichts der Untreue seiner Frau. Aber sie hatten keine Beweise gegen ihn in der Hand und dies war eine äußerst sensible Situation, wenn man alle Tatsachen berücksichtigte. Ja, er hatte die Gelegenheit gehabt, weil er mit seiner Frau bei dem Dinner gewesen war, und er hatte ein Motiv, weil sie ihn in der Vergangenheit betrogen hatte, aber sie brauchten deutlich mehr als das. Delaney wollte ihm in die Augen sehen und sich selbst ein Bild machen.

»Danke, dass Sie mit uns reden, Mr King. Wir wissen, wie schwierig das im Moment für Sie ist.«

In Jeff Kings dunklen Schopf mischten sich erste graue Haare. Er sah aus, als hätte er sich seit Tagen nicht mehr rasiert. Er wirkte durchaus wie ein trauernder Ehemann und nicht wie ein Killer.

»Es ist furchtbar. So etwas würde ich meinem ärgsten Feind nicht wünschen. Die Ärzte haben mir gesagt, dass Penelope jetzt nicht leidet, weil sie mit starken Medikamenten sediert wird, aber ich weiß, dass sie am Anfang schreckliche Schmerzen hatte. Haben Sie inzwischen eine Ahnung, wer für diese Tat verantwortlich ist?« Seine Stimme klang gepresst. »Die Chancen, dass sie überlebt, stehen nicht mal bei zehn Prozent.«

Delaney schüttelte den Kopf. »Ich weiß, dass Sie leiden, Mr King, und Sie können sicher sein, dass wir rund um die Uhr daran arbeiten, den Täter zur Rechenschaft zu ziehen. Das ist der Grund, warum wir mit Ihnen reden wollten.«

Jeff sah sie mit geröteten Augen an. »Ich tue alles, was ich kann. Stellen Sie Ihre Fragen.«

Delaney warf Weston einen Blick zu, bevor sie anfing. Sie hatten sich vorher unterhalten und sich eine Strategie überlegt. »Ich würde gerne die schwierigsten Fragen gleich zu Anfang aus dem Weg räumen, wenn Sie nichts dagegen haben, Mr King.«

»Sieht so aus, als hätten sie Ihre Hausaufgaben gemacht, Agent O'Sullivan. Sie meinen die Affären.«

Plural. »Ja. Bitte erzählen Sie uns davon. Ich weiß, das ist nicht leicht, aber wir müssen alle Fakten kennen.«

Jeff sah Delaney direkt in die Augen. »Penelope hatte verschiedene Beziehungen mit anderen Männern, aber das meiste davon war meine Schuld.«

»Sie waren nicht verletzt?«, fragte Weston erstaunt.

»Natürlich war ich das. Ich bin ein Mann und die Tatsache, dass sie mich betrogen hat, hat mein Ego ziemlich stark angekratzt. Aber wir hatten eine Zeit lang getrennt gelebt und ich wollte unsere Beziehung retten. Ich liebe Penelope wirklich und ich weiß, dass sie mich auch liebt. Wir beschlossen damals, uns häufiger zu sehen, und schließlich habe ich mir einen neuen Job gesucht, damit ich mit ihr zusammen im Ausland leben konnte. Das hat viel verändert.«

»Wann war die letzte Affäre?«, wollte Delaney wissen.

»Wahrscheinlich vor ungefähr einem Jahr.«

»Wir brauchen die Namen dieser Männer«, sagte sie.

Jeff senkte den Blick. »Ich werde versuchen, Ihnen die Namen zu nennen. Wie Sie sich vorstellen können, wollte ich nicht sehr viel über diese Männer erfahren.«

»Ich verstehe«, sagte sie. »Sagen Sie uns einfach, was Sie wissen.« Während sie ihn betrachtete, sah Delaney einen Mann, der ganz offensichtlich völlig erschöpft war.

»Lassen Sie uns das Thema wechseln, Mr King«, schlug Weston vor.

»Danke.« Jeff trank einen Schluck Wasser. Über die Untreue seiner Frau zu reden, war offensichtlich nicht einfach für ihn, aber es musste sein.

»Ich weiß, dass die Ärzte Ihnen von dem Fentanyl im Körper Ihrer Frau erzählt haben, das die Ursache für ihren Zusammenbruch ist.«

Jeff hob eine Hand. »Ja. Penelope hätte niemals selbst eine Überdosis genommen. Erstens nimmt sie keine Drogen und zweitens hätte sie auf keinen Fall versucht, sich umzubringen. Das würde überhaupt nicht zu ihr passen. Auf gar keinen Fall. Nie im Leben.«

»Wir mussten das wissen.«

»Das verstehe ich«, nickte Jeff. »Aber jemand hat meiner Frau das Zeug verabreicht.«

»Sie waren eine Zeit lang zusammen mit ihr bei dem Empfang, richtig?«, fragte Delaney.

»Ja. Während des Hauptgangs habe ich gemerkt, dass ich Migräne bekomme, deshalb hatte Penelope kein Problem damit, dass ich eher gehen wollte. Obwohl ich jetzt natürlich wünschte, ich wäre da gewesen, um ihr zu helfen.«

»Haben Sie jemanden in Penelopes Umgebung bemerkt, der Zugang zu ihren Getränken gehabt haben könnte?«

Jeff lachte freudlos. »Penelope ist immer von Menschen umgeben. Ich weiß, dass sie vor dem Essen ein paar Gläser Wein getrunken hatte. Ich glaube, ich habe ihr ein Glas geholt, aber die anderen hat sie sich selbst besorgt oder jemand anders hat sie ihr gegeben.«

»Fällt Ihnen jemand ein, der ein Interesse daran haben könnte, Ihrer Frau zu schaden?«, fragte Weston.

Jeff seufzte. »Penelope ist ein sehr politischer Mensch, deshalb weiß ich, dass sie manchen Leuten auf die Nerven gehen kann, wenn sie etwas will. Aber ich weiß von niemandem, der so weit gehen würde, ihr Drogen zu verabreichen.«

Delaney beugte sich auf ihrem Stuhl nach vorn. »Mr King, es gibt noch eine Sache, die ich gerne mit Ihnen besprechen möchte. Glauben Sie, dass etwas, das Ihre Frau bei ihrer Arbeit als Botschafterin in Belgien gemacht hat, mit dieser Tat zusammenhängen könnte? Hat sie jemals von Problemen bei der Arbeit berichtet?«

Jeff schüttelte den Kopf. »Die Stelle in Belgien ist ziemlich schick. Ganz anders als ihre Einsätze in Afrika oder im Nahen Osten zu Beginn ihrer Laufbahn, als sie beim auswärtigen Dienst war. Aber Brüssel ist ein diplomatisches Zentrum in Europa und sie ist durch ihren Job mittendrin. Penelope ist sehr klug und ehrgeizig. Sie will dort sein, wo Dinge entschieden werden und wo die politischen Drahtzieher sitzen.«

Es klang so, als wäre Penelope King eine interessante und komplexe Frau. Je mehr Delaney über sie erfuhr, desto mehr fürchtete sie, dass die Botschafterin keine Angst hatte, sich unbeliebt zu machen, und das könnte ihr Ärger eingebracht haben.

»Wissen Sie, ob sie den ägyptischen Botschafter Ali Zidan kannte?«

»Ich glaube, Penelope kennt wirklich jeden, der in diesem Zirkus unterwegs ist. Aber ich wüsste nicht, dass die beiden sich näher kennen oder irgendwie zusammengearbeitet haben. Sie hat nie in Ägypten gelebt oder gearbeitet.« Jeff sah auf seine Armbanduhr. »Ich würde jetzt gerne wieder zu ihr gehen. Ist das in Ordnung?« Seine Stimme brach.

»Natürlich.« Entweder er war ein hervorragender Schauspieler oder er hatte wirklich nicht versucht, seiner Frau etwas anzutun.

Weston stand auf und gab Jeff die Hand. »Wenn Ihnen noch irgendwas einfällt, sagen Sie uns Bescheid. Hier ist meine Karte mit E-Mail-Adresse und Telefonnummer.«

»Mach ich.« Jeff drehte sich um und ging mit raschen Schritten davon.

»Ich weiß nicht, Delaney. Er macht auf mich keinen schuldigen Eindruck«, sagte Weston.

Dies war noch eine gute Lerngelegenheit für den jungen Agenten. »Ich halte viel von Bauchgefühl bei unserem Job, aber das müssen wir gegen die Beweislage abwägen. Du bist ein Mensch, der das Gute in anderen sehen will. Das ist eine sehr gute Eigenschaft, aber du musst auch die unangenehme Realität akzeptieren, dass es Menschen gibt, die etwas sagen und das Gegenteil tun. Wir sehen die dunkle Seite der Menschen. Das Böse, das oft verborgen ist.«

Weston seufzte. »Du bist ja heute richtig philosophisch drauf, Delaney.«

»Ich will nur, dass du immer Fragen stellst. Die Dinge nie für bare Münze nimmst. Selbst wenn Verdächtige weinen oder wirklich verstört wirken. Das bedeutet nicht, dass sie unschuldig sind. Es bedeutet auch nicht, dass sie schuldig sind, aber deshalb müssen wir nachbohren und Fakten und Beweise sammeln.«

Weston nickte. »Ich verstehe, was du meinst.« Sein Smartphone vibrierte, und als er auf das Display blickte, runzelte er die Stirn.

»Was ist?«

»Ich habe gerade eine Nachricht erhalten, dass die Kollegen bei der Botschafterin eine verdächtige finanzielle Transaktion gefunden haben.«

Delaney pfiff leise. »Sie sollen uns alles schicken. Wir gehen ins Büro zurück und sehen es uns dort an.«

Worin genau war Penelope King wohl verwickelt? Und würde sie dafür mit dem Leben bezahlen?

KAPITEL 7

Viv saß nach einem langen Tag auf ihrem Sofa und hatte die Füße hochgelegt. Sie überlegte, was sie zu Abend essen sollte. Jacob hatte darauf bestanden, sie bis zu ihrer U-Bahn-Station zu begleiten. Sie spürte unwillkürlich die Spannung zwischen ihnen, und wenn sie es nicht besser wüsste, hätte sie gesagt, dass da ein gewisses Knistern vorhanden war. Aber ihre oberste Priorität war es, so gut wie möglich bei den Ermittlungen zu helfen. Sie war keine Agentin, aber sie war klug und kreativ und sehr gut darin, eins und eins zusammenzuzählen.

Ihr Handy klingelte. Sie nahm das Gespräch an.

»Hi, Viv. Mark hier. Mark Pullman.«

Viv lächelte, als sie seine Stimme hörte, und es amüsierte sie, dass er meinte, er müsste seinen Nachnamen hinzufügen. »Hallo. Wie geht's?«

»Das sollte ich Sie fragen. Hat man Sie aus dem Krankenhaus rausgelassen?«

Sie stand vorsichtig auf und ging in die Küche, um sich eine Limonade zu holen. »Ja. Ich bin zu Hause und gehe auch wieder arbeiten.«

»Ich wollte nur mal hören, ob alles in Ordnung ist. Schön, dass es Ihnen gut geht.«

»Danke. Es war ganz schön viel in den letzten Tagen.« Sie zögerte. »Das mit dem Kaffee habe ich immer noch vor. Sollen wir etwas ausmachen?«

»Sind Sie sicher? Wir können auch warten, bis Sie wieder ganz die Alte sind.«

Ich werde nie wieder ganz die Alte sein, dachte Viv. Die Angst würde sie immer begleiten. »Nein, lassen Sie uns was verabreden.

Wie wäre es mit morgen Vormittag? Können Sie sich um zehn Uhr loseisen?«

»Klar. Wo sollen wir uns denn treffen?«, fragte Mark.

»Wenn Sie nach Foggy Bottom kommen könnten, wäre das super. Da ist mein Lieblingscafé, es heißt *Coffee Cups*. Geht das?«

»Kein Problem. Dann sehen wir uns dort. Aber schonen Sie sich noch ein bisschen.«

»Danke.« Viv legte auf und dankte Gott noch einmal dafür, dass Mark zur Stelle gewesen war, um sie zu retten.

Sie hatte gerade ihr Brot mit Erdnussbutter aufgegessen – zu mehr hatte sie keine Energie gehabt –, als es an der Tür klingelte.

Viv blickte durch den Spion und stieß dann einen kleinen Freudenschrei aus, als sie sah, wer auf der anderen Seite stand.

»Lexi!« Sie riss die Tür auf, schlang die Arme um ihre Freundin und drückte sie fest.

»Hallo Viv, was bin ich froh, dich zu sehen!« Die JAG-Anwältin war gerade von einem längeren Auslandseinsatz zurückgekehrt und würde jetzt endlich wieder in der Nähe arbeiten. »Lass dich anschauen.« Lexi runzelte die Stirn, als sie Viv musterte.

Viv wusste, dass die blauen Flecke noch übel aussahen, aber das ließ sich nun mal nicht ändern.

Lexi legte einen Arm um Vivs Schulter. »Hast du Schmerzen? Die Mädels haben mir erzählt, was passiert ist, aber ich kann es kaum fassen. Du dürftest doch gar nicht in die Schusslinie geraten. Schließlich bist du doch nur im Innendienst.«

Wenn das immer so klar getrennt wäre. »Ja, es war schon eine seltsame Erfahrung und keine angenehme, aber es hätte noch viel schlimmer kommen können, wenn nicht ein barmherziger Samariter erschienen wäre und die Angreifer verjagt hätte.«

»Habt ihr irgendwelche Hinweise auf die Täter?«

»Wir arbeiten dran, aber es könnte mehr sein als ein zufälliger Raubüberfall. Ich kann dir jetzt nicht alle Einzelheiten erzählen, aber es ist ziemlich kompliziert.«

Lexi hob vielsagend die Augenbrauen. »Hat es etwas mit dem Anschlag auf unsere Botschafterin zu tun?«

Viv schwieg.

Lexi sah sie prüfend an. »Okay, ich verstehe. Aber du musst vorsichtig sein. Was machst du für deine persönliche Sicherheit?«

»Ich arbeite mit einem ehemaligen SEAL zusammen, der jetzt beim DSS ist. Er hat vor, mich mit Adleraugen zu bewachen. Wir müssen mit dem Direktor des FBI reden, da er die Taskforce leitet, zu der ich gehöre, damit wir sicher sind, dass er einverstanden ist. Um acht Uhr morgen früh haben wir eine Besprechung mit der Taskforce.«

»Ein SEAL?«

»Ja.«

Ein Ausdruck der Traurigkeit erschien in Lexis Augen. Sie hatte einmal einen Navy-SEAL vertreten, der am Ende ermordet worden war.

»Es tut mir leid, Lexi.« Viv berührte den Arm ihrer Freundin.

»Ist schon okay. Hoffentlich bekommst du den Kollegen als Leibwächter. Diese SEALs machen einen tollen Job und ich hätte ein deutlich besseres Gefühl, wenn ich wüsste, dass einer von ihnen auf dich aufpasst.«

»Jacob ist nicht ohne. Er hasst zum Beispiel Juristen.«

Lexi lachte. »Das ist ja nicht so ungewöhnlich. Als Anwaltskollegin kann ich das nachempfinden.«

»Ich weiß. Ich habe versucht, ihn aus der Reserve zu locken, indem ich ihm gezeigt habe, dass nicht alle Juristen der klischeehaften Version entsprechen, mit der er es bisher offenbar zu tun hatte.«

Lexi klopfte Viv auf die Schulter. »Die Tatsache, dass er dich beschützen will, sagt eine Menge darüber aus, was für ein Typ er ist. Ich habe die Erfahrung gemacht, dass solche Männer Wunden und Narben haben, die über das Körperliche hinausgehen.«

Das wurde mit jedem Tag offensichtlicher. »Danke für den Rat. Aber jetzt sag mal, wie es dir geht! Bist du froh, wieder hier zu sein?«

Lexi lachte. »Oh ja! Unendlich froh, wieder zu Hause zu sein. Es war ein schwieriger Auftrag, aber ich habe auch viele gute Erfahrungen gesammelt und es waren wichtige Fälle.«

»Du kannst wahrscheinlich nicht darüber reden, oder?« Viv verstand die Regeln.

Lexi schüttelte den Kopf. »Über die konkreten Fälle nicht. Aber ich war in Afghanistan an Spezialeinsätzen beteiligt. Es gab in Bezug auf ein paar wichtige Leute Ermittlungen, die schiefgelaufen sind. Das lief unter strengster Geheimhaltung – da kannst du dir ja vorstellen, dass viel auf dem Spiel stand.«

»Ich finde es beeindruckend, dass du von deiner Arbeit auch so begeistert bist. Ich weiß, dass ich mich jeden Tag glücklich schätze, wenn ich zur Arbeit gehe. Nicht viele Menschen können das von ihrem Job sagen.«

Lexi nickte. »Ich bin auch sehr dankbar dafür.«

»Wirst du erst mal hier in der Gegend bleiben?«

»Ja.«

Viv lächelte. »Das bedeutet dann auch, dass du Derek siehst?«

Lexi stöhnte. »Du weißt doch, dass wir die Sache auf Eis gelegt haben.«

»Das beantwortet meine Frage nicht.« Es war nett, zur Abwechslung mal jemand anderen über sein Liebesleben auszuquetschen, anstatt selbst im Zentrum der Aufmerksamkeit zu stehen.

Lexi wandte den Blick ab. »Ich würde ihn gerne sehen, aber ich habe Angst, dass er inzwischen keine Gefühle mehr für mich hat. Ich war schließlich sechs Monate weg.«

»Hast du mit ihm gesprochen, während du weg warst?«

»Nicht oft. Angesichts der Sicherheitslage gab es einen beinahe kompletten Lockdown in Sachen Kommunikation, weil sie mögliche Lecks in den Ermittlungen vermeiden wollten. Ich habe ihm das gesagt, bevor ich abgereist bin, und er schien es zu verstehen, aber es ist doch was ganz anderes, wenn es dann so weit ist, weißt du?«

Viv drückte Lexis Hand. »Du musst ihn anrufen und ihm sagen, dass du wieder da bist. Gib ihm wenigstens eine Chance. Vielleicht wartet er ja sehnsüchtig auf deine Rückkehr. Lass ihn nicht länger zappeln.«

Lexi seufzte. »Du hast recht. Danke, dass du mir auf die Füße trittst. Sag Bescheid, wenn ich irgendwas tun kann, um dir zu helfen. Wenn du mich brauchst, bin ich sofort da.«

Sie unterhielten sich noch eine Weile, bevor Lexi sich verabschiedete. Viv umarmte ihre Freundin an der Tür – sie war so froh, dass Lexi wieder Teil ihres Lebens war.

Bevor sie zu Bett gehen konnte, klingelte ihr Telefon. Viv sah auf das Display und erkannte die Nummer ihrer Schwester. »Hallo, Schwesterherz.«

»Wie geht es dir?«, fragte Willow.

»Schon viel besser.«

Willow seufzte. »Ich mache mir wirklich Sorgen um dich. Ich habe irgendwie das Gefühl, dass du mir was verschweigst.«

Ihre Schwester kannte sie einfach zu gut. »Ich kann dir nicht alles sagen, weil ich bei bestimmten Dingen zur Geheimhaltung verpflichtet bin.«

»Das hatte ich befürchtet. Dieser Angriff auf dich war kein Zufall, sondern hatte mit deiner Arbeit zu tun.«

»Bitte stell mir keine Fragen, von denen du weißt, dass ich sie nicht beantworten kann.«

»Ich will mich nur vergewissern, dass du nicht in Gefahr bist.«

»Das bin ich nicht. Dieser Agent vom Diplomatischen Dienst, von dem ich dir erzählt habe, ist ein ehemaliger SEAL. Er lässt mich nicht aus den Augen. Und wenn ich zu Hause bin, schließe ich alles ab und schalte die Alarmanlage ein.«

»Ein SEAL?«, fragte Willow. »Erzähl mir mehr über ihn.«

»Komm nicht auf irgendwelche Gedanken. Es ist nicht so, wie du denkst.«

»Was denke ich denn?« Willow lachte. »Ich bin nur neugierig, wer der Mann ist, und du hast angenommen, ich würde dich fragen, ob da was zwischen euch ist. Du warst schon immer die Romantikerin von uns beiden.«

»Sieh mich doch an: Ich bin Single.«

»Hör auf. Du bist Single, weil du es nicht anders willst.«

Ihre Schwester hatte eindeutig eine zu hohe Meinung von ihr. »Wie geht es Rohan?«

Willow stöhnte. »Wir haben uns getrennt.«

»Wann denn das? Warum hast du mir nichts davon gesagt?« Sie erzählten einander immer alles.

»Ich wollte nicht einem Verhör unterzogen werden. Wir haben uns wirklich einvernehmlich getrennt. Wir haben einfach erkannt, dass wir nicht füreinander gemacht sind. Wir sind immer noch befreundet und ich sehe ihn oft bei der Arbeit.«

»Wie läuft es denn mit der Arbeit?« Vivs Schwester arbeitete für eine gemeinnützige Organisation, die Flüchtlingen half.

»Es ist ziemlich anstrengend, aber es lohnt sich. Es gibt so viel, wofür wir dankbar sein können, Viv. Ich weiß, dass es ein unendlich großer Verlust war, als Mom und Dad gestorben sind, aber die Menschen, denen ich hier an der syrisch-türkischen Grenze helfe … sie haben nichts als die Kleider, die sie am Leib tragen. Die Situation in Syrien ist mehr als tragisch. Die Menschen dort haben oft Angehörige verloren. Kinder haben Unaussprechliches erlebt. Sie versuchen nur, einen Ort zu finden, an dem sie vor brutalen Diktatoren und terroristischen Bedrohungen sicher sind.«

Viv war unglaublich stolz auf Willow. »Was du machst, ist wirklich toll. Du bewirkst so viel im Leben dieser Menschen.«

»Ich danke dir. Ich habe aber auch bemerkt, wie geschickt du von deinem SEAL abgelenkt hast.«

»Komm, es reicht. Ich bin müde und gehe jetzt schlafen. Aber wir sprechen bald wieder miteinander.«

»Im Ernst, Schwesterherz. Bitte pass auf dich auf. Ich hab dich lieb.«

»Ich dich auch.«

* * *

Früh am nächsten Morgen war eine Teambesprechung in der Einsatzzentrale im Außenministerium angesetzt. Delaney war als Erste dort. Kurz nach ihr betrat Cody den Besprechungsraum. Der schlaksige dunkelhaarige Analyst schien sehr kompetent zu sein und genau das brauchte sie.

»Wie geht es dir?«, fragte Cody.

»Es geht.« Delaney zögerte. »Wie lange arbeitest du jetzt schon fürs Außenministerium?«

Er trommelte mit den Fingern auf die Tischplatte. »Seit dem Studium.«

»Was hast du denn studiert?«

»Europawissenschaften.«

»Dann bist du für diesen Job ja wie gemacht. Du sprichst bestimmt viele Sprachen, oder?«

»Italienisch, Französisch und Deutsch sind meine Spezialität.«

Delaney lächelte. »Ich kann gar nichts außer Englisch.«

Cody lachte. »Na ja, als FBI-Agentin brauchst du ja auch keine besonderen Fremdsprachenkenntnisse, um erfolgreich zu sein. Und nach allem, was ich so höre, gehörst du zu den Besten in dem Job.«

Delaney spürte, dass ihre Wangen warm wurden. Sie war nicht sicher, warum sie von seinem Kompliment rot wurde.

Zum Glück rettete die Ankunft der anderen sie. Delaney sah zu, wie alle nacheinander den Raum betraten. Die Mienen der letzten beiden Teammitglieder, die eintrafen – Jacob und Vivian – waren grimmig.

Als Direktor Phillips ihnen gesagt hatte, Vivian sei im Krankenhaus, hatten sie nicht viele Details erfahren. Delaney vermutete, dass sie gleich mehr hören würden. Außerdem konnte sie es kaum erwarten, der Gruppe mitzuteilen, woran Weston und sie gerade arbeiteten. Es gab ein paar unerwartete Erkenntnisse in

Bezug auf Botschafterin King und sie mussten unbedingt herausfinden, was hinter alldem steckte.

Der FBI-Direktor erschien, selbstbewusst wie immer, und knallte ein paar Ordner auf den Tisch, bevor er seinen übergroßen Kaffeebecher abstellte. »Heute Morgen will ich ein paar gute Neuigkeiten hören. Schießen Sie los.« Er blickte in die Runde und wartete auf eine Antwort.

Einen Moment lang war es still im Raum, weil niemand unbedingt als Erstes das Wort ergreifen wollte. Schließlich brach Jacob das Schweigen. »Sir, wie Sie wissen, gab es bei uns einige Entwicklungen. Damit alle hier im Bilde sind, sollten wir wahrscheinlich berichten, wenn Sie nichts dagegen haben.«

Direktor Phillips nickte. »Okay.«

Jacob sah sich um. »Am Montag wurde Viv von zwei Männern überfallen, als sie im Glauben war, sie würde Samir von der ägyptischen Botschaft zum Kaffee treffen. Wir wissen jetzt, dass Viv per Textnachricht von jemandem kontaktiert wurde, der sich als Samir ausgegeben hat und sie in einen Hinterhalt locken wollte. Samir beteuert, dass er nichts damit zu tun hat, und wir glauben ihm. Wir wissen aber nicht, warum diese beiden Männer sich die Mühe gemacht haben, Viv diese Falle zu stellen und sie anzugreifen.«

Delaney sah Vivian genauer an und entdeckte jetzt die blauen Flecken in ihrem Gesicht, die sie nicht sofort gesehen hatte. Der Direktor hatte ihr eine vage Information geschickt, aber Delaney hatte bis jetzt nicht begriffen, wie ernst die Sache war. Und sie hatte eine Menge Fragen. »Damit ich das richtig verstehe: Du sagst, dass jemand sich als dein Kontakt bei der ägyptischen Botschaft ausgegeben hat, um dich in eine Falle zu locken und dich zu attackieren?«, fragte sie. »Haben sie dir etwas gestohlen? Haben sie was gesagt?«

Viv nickte. »Sie haben mein Handy mitgenommen. Mein Portemonnaie war in meiner Jackentasche, deshalb haben sie das nicht bekommen, aber ich hatte eine Handtasche bei mir, den Gurt quer über dem Körper, und die haben sie mir buchstäblich vom Leib gerissen.«

Delaney warf Jacob einen Blick zu. Er sah aus, als würde er jeden Moment ausrasten.

Viv berichtete weiter. »Die Angreifer haben kein Wort zu mir gesagt, aber sie waren extrem gewalttätig – alle beide. Ich hatte keine Chance gegen die zwei. Wenn nicht ein Mann vorbeigekommen wäre und sie gestört hätte, weiß ich nicht, was geschehen wäre. Vielleicht würde ich dann nicht hier sitzen.«

Jacob stand auf. »Und das macht mir am meisten Sorgen. Wenn jemand einen Killer angeheuert hat und das Attentat fehlgeschlagen ist, wird dieser Killer höchstwahrscheinlich wiederkommen, um die Sache zu erledigen, aber wir wissen nicht, wer hinter dem Angriff steckt.«

»Was, wenn sie nur versucht haben, Viv einzuschüchtern? Wenn es eine Botschaft war?«, fragte Weston. »Wenn sie Viv hätten umbringen wollen, hätten sie sie einfach erschießen oder ihr die Kehle durchschneiden können oder so was. Sie waren zwei gegen eine.«

»Es sei denn, sie wollten, dass sie einen langsamen qualvollen Tod stirbt«, erwiderte Jacob tonlos.

Alle Farbe wich aus Vivians Gesicht, aber sie sagte nichts.

Direktor Phillips räusperte sich. »Wir haben eine Menge Theorien und Spekulationen, aber nur wenige Fakten. Aber angesichts der offensichtlichen Bedrohung habe ich Jacob gesagt, dass er den Personenschutz von Vivian übernehmen soll. Ich habe auch mit Vivian gesprochen. Sie will nicht von dem Fall abgezogen werden, was ich ihr hoch anrechne. Im Moment lasse ich sie weiter im Team arbeiten, aber sollte die Faktenlage sich ändern, behalte ich mir natürlich vor, auch meine Meinung zu ändern.«

Delaney fand, dass es keine gute Idee war, wenn Vivian als aktives Mitglied in der Taskforce blieb, aber sie würde die Entscheidung ihres Chefs niemals offen hinterfragen. Stattdessen würde sie anders vorgehen. »Wir müssen doch sicher davon ausgehen, dass dieser Vorfall mit den anderen Ereignissen zusammenhängt, oder? Der ägyptische Botschafter hat angeblich einen Herzinfarkt; Vivian beginnt zu ermitteln, unter anderem, indem sie sich mit ihrer Kontaktperson in der Botschaft in Verbindung setzt, und dann passiert dieser Überfall. Vielleicht soll hier ja irgendwas vertuscht werden. Irgendeine große Sache und sie wollen nicht, dass Vivian ihre Nase hineinsteckt. Wie tief wollen wir in die Interna der Ägypter einsteigen?«

»So tief wie nötig«, antwortete der Direktor entschieden.

Vivian nickte. »Es kann sein, dass einige der antidemokratischen Kräfte in Ägypten dahinterstecken. Dieselben Personen, die wir im Visier haben, nachdem Samir uns die Liste mit ihren Namen gegeben hat. Vielleicht wussten sie irgendwoher, dass Samir uns diese Infos gegeben hat, und wollten alles im Keim ersticken.«

Jacob ging im Raum auf und ab. »Hat sonst noch jemand Ideen?«

Rania klopfte mit ihrem Stift auf den Schreibtisch. »Ich habe mit meinen Kontakten bei der CIA zusammengearbeitet und wir konnten einige der Männer auf Samirs Liste ganz gut aufspüren – die meisten von ihnen halten sich zurzeit nicht in den USA auf. Ich glaube, die Theorie, die wir da entwickeln, ergibt eine Menge Sinn, wenn man das aktuelle politische Klima in Ägypten bedenkt. Das Land erscheint auf den ersten Blick recht stabil, aber unter der Oberfläche brodelt es. Und vielleicht sind wir mehr in die Sache verwickelt, als uns bewusst war. Als Vivian ganz offiziell bei der Botschaft war, könnte das einen Alarm ausgelöst haben. Vielleicht dachte die Person, die hinter der Sache steckt, dass die Erklärung mit dem Herzinfarkt kritischen Blicken nicht standhält, und wollte nicht, dass die amerikanische Regierung sich in die Angelegenheit einmischt.«

»Und was ist mit mir?«, fragte Jacob.

»Sie könnten davon ausgegangen sein, dass du nur fürs Grobe zuständig bist«, überlegte Rania. »Ist nicht persönlich gemeint, aber du hast definitiv diese Ausstrahlung und du bist bei der DSS. Vielleicht dachten sie, dass du nur Befehle ausführst.«

»Jedenfalls will ich in dieser Angelegenheit alle Mann an Bord. Wir brauchen immer noch Antworten, die wir den Ägyptern geben können, aber gleichzeitig müssen wir uns auch selbst schützen«, sagte Direktor Phillips. »Ich bin derzeit für einige Bälle zuständig, die ich in der Luft halten muss. Wie Sie sich vorstellen können, hat das Weiße Haus angesichts unserer engen Beziehungen zu Ägypten ein großes Interesse an der Sache.«

»Verstanden, Sir«, nickte Jacob. »Wir werden dem Ganzen auf den Grund gehen und in der Zwischenzeit werde ich für Vivs Sicherheit sorgen.«

Der FBI-Direktor blickte sich im Besprechungsraum um. »Was haben Sie, Delaney? Hoffentlich etwas Vielversprechendes?«

Delaney holte tief Luft. »Hängt davon ab, wie Sie vielversprechend definieren. Wir haben mit vielen Freunden und Angehörigen von Botschafterin King gesprochen, unter anderem mit einer der engsten Freundinnen und dem Mann der Botschafterin. Wir haben herausgefunden, dass es in der Vergangenheit Untreue bei Penelope King gab. Wir haben die Männer überprüft, von denen Jeff King wusste, aber keiner von ihnen scheint ein möglicher Verdächtiger zu sein. Dass Jeff von den wiederholten Affären seiner Frau wusste, legt nahe, dass er als betrogener und eifersüchtiger Ehemann ein Verdächtiger sein könnte. Als wir ihn befragt haben, hatten wir allerdings den Eindruck, dass er möglicherweise sauber sein könnte.«

Der Direktor schnaubte verächtlich. »Lassen Sie mich raten: Das hat sich nicht bestätigt?«

»Es ist ein bisschen komplizierter, Sir. Wir haben einige sehr verdächtige finanzielle Transaktionen auf einem Offshore-Konto der Botschafterin entdeckt. Eine Reihe großer Geldeingänge in den letzten paar Monaten. Wir wissen nicht, warum sie so viel Geld bekommen sollte oder von wem.«

Der Direktor runzelte die Stirn. »Auf keinen Fall wollen wir

Anschuldigungen gegen unsere Botschafterin verbreiten, während sie im Krankenhaus liegt. Versuchen Sie weiter, etwas herauszufinden, aber lassen Sie sich nicht in die Karten schauen. Ich erwarte, dass aus diesem Raum nichts nach draußen dringt. Ist das verstanden?«

»Ja, Sir«, erwiderte Delaney.

»Aber ich will die Wahrheit wissen, auch wenn sie hässlich ist«, fuhr Direktor Phillips fort. »Ich werde mich um die Folgen kümmern.«

»Wir verfolgen hier alle Spuren, die ihr uns gebt. Nichts ist zu unwichtig, denkt daran.« Cody sah Delaney an.

Leider hatte sie dem Team schon alles gegeben, was sie hatte. Es war einfach nicht viel. Sie konnte nur hoffen und beten, dass es reichte, um diese Fälle aufzuklären, bevor es zu spät war und noch jemand verletzt wurde oder – noch schlimmer – mit dem Leben bezahlte.

KAPITEL 8

»Ich habe eine Angriffsstrategie für heute.« Jacob gesellte sich zu Viv, als sie den Besprechungsraum verließen.

Viv blickte auf ihre Armbanduhr und sah, dass sie sich auf den Weg zum Café machen musste, wo sie Mark treffen wollte. »Ich muss jetzt erst mal was erledigen.«

Jacob zog eine Augenbraue hoch. »Was denn?«

»Ich treffe mich mit Mark – du weißt schon, der mich bei dem Überfall gerettet hat – zum Kaffee. Im *Coffee Cups*. Das ist kein Problem. Ich bin gegen elf wieder hier.«

Jacob packte sie am Arm und hielt sie fest. »Ich glaube, du hast die Sache mit dem Personenschutz nicht verstanden. Wenn du gehst, gehe ich mit.«

Viv fand, dass ihr Partner ein bisschen paranoid war. »Das ist zwei Blocks von hier, Jacob. Ich bin ständig dort. Das ist ungefährlich. Erst recht am helllichten Tag.«

Er seufzte. »Nichts ist im Moment ungefährlich. *Überhaupt nichts.*«

Sie starrte in seine dunklen Augen. »Wirklich?« Ihre Stimme zitterte.

»Ich will keine Panik machen. Mir ist klar, dass du einen ziemlich üblen Angriff hinter dir hast, aber wenn ich dir Angst einjage, indem ich die Wahrheit sage, dann lässt sich das leider nicht vermeiden. Wir müssen einfach sicher sein, dass dir nichts passiert. Wir wissen noch nicht, was letzten Endes das Ziel all dieser Angriffe ist, aber ich bin absolut sicher, dass du dabei eine Rolle spielst.«

»Also gut. Aber ich kann Mark nicht versetzen. Er hat mir das Leben gerettet.« Auf keinen Fall würde Viv es sich verbieten lassen, sich bei ihm zu bedanken.

»Dann komme ich mit. Kein Problem. Ich setze mich an einen anderen Tisch. Du wirst nicht einmal merken, dass ich da bin.«

Das bezweifelte sie sehr. Jacobs Anwesenheit war in jeder Situation offensichtlich.

Auf dem kurzen Weg zu *Coffee Cups* sprachen sie nicht miteinander, worüber Viv sehr froh war. Manchmal war Schweigen gut. So hatte sie Zeit zum Nachdenken.

»Da ist er.« Sie zeigte unauffällig auf den Mann.

Jacob legte eine Hand auf ihre Schulter. »Okay. Ich bin da drüben, wenn irgendwas ist.«

»Wird schon nicht.«

Viv ging auf Mark zu. Er lächelte, als er sie sah. Bei Tageslicht und ohne Schockzustand konnte sie seine Züge besser erkennen. Und an die braunen Augen erinnerte sie sich sofort.

»Wie schön, dich zu sehen, Viv – ich darf doch du sagen, oder?« Mark streckte ihr die Hand entgegen und Viv schüttelte sie.

»Natürlich. Ich freue mich auch.«

»Du siehst eindeutig besser aus als beim letzten Mal, als wir uns gesehen haben. Wie geht es dir?«

»Sollen wir uns erst mal einen Kaffee holen? Dann können wir reden. Geht natürlich auf mich.« Auf keinen Fall würde sie ihn zahlen lassen. Immerhin wollte sie sich bedanken.

Nach wenigen Minuten hatten sie Kaffee und Croissants und setzten sich an einen Ecktisch, der von Jacobs Platz aus gut zu sehen war.

»Sag mal, Viv, kennst du den Typen da an der Wand gegenüber? Er beobachtet dich mit Adleraugen.«

Viv seufzte. So viel dazu, dass Jacob unauffällig sein würde. »Ja. Ich arbeite mit ihm zusammen und im Moment schiebt er Doppelschichten als mein Leibwächter, wenn ich das mal so ausdrücken darf.«

Mark riss die Augen auf. »Dann nehmen sie die Sache ziemlich ernst, oder?«

»Ja.«

Er trank einen Schluck Kaffee. »Das bedeutet dann wohl, dass sie den Angriff nicht für einen Zufall halten.«

Viv senkte den Blick und überlegte, wie viel sie ihm erzählen sollte. »Ich kann nicht wirklich darüber reden, aber es besteht die Möglichkeit, dass der Überfall mit meiner Arbeit im Außenministerium zusammenhängt. Wir wissen es noch nicht.«

»Wow. Wer hätte gedacht, dass Juristinnen im Ministerium so gefährlich leben? Ich jedenfalls nicht.«

Sie lächelte schwach. »Normalerweise ist der Job auch nicht gefährlich. In der Regel arbeite ich im Hintergrund, weit weg von Ruhm und Ehr.«

Er lachte leise. »Alles klar. Ich habe selbst auch das Gefühl, dass ich in meinem Job die Hälfte der Zeit in meinem Büro eingesperrt bin und Schriftsätze und Anträge lese oder verfasse.«

»Aber du bist doch schon manchmal vor Gericht, oder?« Viv genoss es, mit einem Kollegen zu sprechen.

Mark nickte. »Ja. Meine Kanzlei hat überwiegend mit Handelsrecht und Vertragsstreitigkeiten zu tun. Aber seit ich vor ein paar Jahren die große Kanzlei verlassen habe, ist der Geldwert meiner Fälle etwas niedriger. Immer noch hoch, aber nicht mehr die astronomischen Summen von damals. Vermisst du es eigentlich, die Anklage bei Gericht zu vertreten?«

Viv schüttelte den Kopf. »Nein. Ich wusste schon immer, dass ich irgendeine Tätigkeit für den Staat ausüben möchte. Plädoyers im Gerichtssaal sind nicht so meine Stärke. Ich streite mich nicht gerne.« Sie lachte.

Mark grinste. »Schön, dich lachen zu sehen. Ehrlich gesagt, habe ich mir an dem Abend echt Sorgen gemacht. So was habe ich noch nie erlebt.«

Die Erinnerung traf Viv wie ein Schlag. »Tut mir leid.«

Er ergriff ihre Hand. »Du brauchst dich nicht zu entschuldigen. So war das nicht gemeint.« Er zog seine Hand wieder weg. »Ich wollte damit nur sagen, dass das wirklich eine bedrohliche Situation war. Ich bin so froh, dass du alles gut überstanden hast.«

Auch ohne seine Worte durchlebte Viv den Angriff in Gedanken viel zu oft. Sie fragte sich, ob das mit der Zeit nachlassen würde. »Und ich bin sehr froh, dass du zum richtigen Zeitpunkt aufgetaucht bist.« Sie seufzte tief. »Es ist einfacher, über unsere Arbeit zu reden.«

Mark lachte. »Wenn ich im Laufe der Jahre etwas gelernt habe, dann, dass Juristen gerne darüber reden, wie es ist, Jurist zu sein.«

Viv war dankbar dafür, dass er versuchte, etwas Leichtigkeit in ihre Unterhaltung zu bringen. »Ich finde wirklich, dass Kaffee und ein Croissant nicht genug sind als Dankeschön für das, was du getan hast.«

»Ich hätte es so oder so getan, egal, ob es dafür ein Dankeschön gibt oder nicht. Es war einfach Instinkt. Zu sehen, was sie mit dir gemacht haben, fand ich furchtbar.«

»Ich verstehe, was du mit Instinkt meinst. Mit der Zeit habe ich gelernt, immer häufiger meinem Bauchgefühl zu vertrauen.«

»Bei der Arbeit oder im Leben?«

Sie überlegte einen Augenblick. »Eigentlich in beidem. Ich glaube, im Alter lernen wir, mehr auf uns selbst zu hören.«

Wieder lachte Mark. »So alt bist du nun auch wieder nicht, Viv. Oder?«

Sie lächelte, gab ihm aber keine Antwort, sondern warf stattdessen einen Blick auf ihre Uhr.

»Ich weiß, dass du sehr beschäftigt bist und wieder an die Arbeit musst. Meine Pause ist auch vorbei.« Er trank noch einen letzten Schluck Kaffee, bevor er sich erhob. »Und dein Leibwächter ist auch schon aufgestanden.«

Viv grinste, als sie über ihre Schulter blickte und sah, dass Jacob neben seinem Stuhl stand und ungeduldig mit dem Fuß wippte. »Danke noch mal für alles. Wenn es irgendwas gibt, wobei ich dir helfen kann, dann sag bitte Bescheid.«

Mark berührte ihren Arm. »Vielleicht sehen wir uns ja irgendwann wieder.«

»Das wäre nett.« Was sollte sie sonst sagen? War aus ihrem Dankeschön-Kaffee gerade ein Date geworden?

Zum Glück kam Jacob jetzt näher. Mark winkte ihr noch einmal zu und verließ das Café.

»Das sah mir aber nach mehr aus als nur Kaffee«, sagte Jacob.

Sie wischte diese Vorstellung mit einer Handbewegung fort, auch wenn sie selbst gerade dasselbe gedacht hatte. »Sei nicht albern. Da ist nichts.«

Er sah sie misstrauisch an. »Für dich vielleicht nicht, aber für ihn auf jeden Fall.«

»Aber es spielt keine Rolle. Ich habe mich bei ihm bedankt für das, was er getan hat, und jetzt können wir wieder an die Arbeit gehen.«

»Weißt du irgendwas über diesen Kerl?«

»Er ist Anwalt.«

»Super.« Jacob gab sich keine Mühe, seinen Sarkasmus zu verbergen.

»Hey! Mark ist einer von den Guten, vergiss das nicht. Aber trotzdem glaube ich nicht, dass ich ihn so schnell wiedersehen werde. Ich bin momentan sowieso viel zu beschäftigt für so was.«

Jacob sah nicht überzeugt aus, sagte aber nichts mehr.

Und Viv hatte viel größere Probleme als ihr nicht vorhandenes Liebesleben.

* * *

Jacob saß mit Viv in ihrem Büro und dachte über das nach, was gerade geschehen war. Dieser Mark hatte ihm gar nicht gefallen. Wie er gelacht und Viv angefasst hatte. Aber dann wurde ihm bewusst, dass er sich eigentlich nicht das Geringste aus dem Flirt der beiden machen sollte. Warum also ärgerte es ihn?

Ob er es sich selbst eingestehen wollte oder nicht – der Gedanke an Viv beschäftigte ihn ununterbrochen. Bisher war es ihm ganz gut gelungen, sie auf Abstand zu halten, selbst nach dem Überfall. Aber er war nicht sicher, was er mit den Gefühlen anfangen sollte, die er ihr gegenüber allmählich entwickelte. Je mehr Zeit er mit ihr verbrachte, desto weiter riss sie seine Mauern ein, ohne es überhaupt zu versuchen. Und das bereitete ihm am meisten Sorgen. Es war, als würde sie gar nicht bemerken, welche Wirkung sie auf andere hatte, und sie schien grundehrlich zu sein – überraschend für eine Juristin.

Nach dem Überfall auf Viv war er automatisch in die Beschützerrolle geschlüpft, aber jetzt fragte Jacob sich, ob nicht vielleicht er selbst derjenige war, der Schutz vor ihr brauchte.

»Wieso starrst du mich so an?«, fragte Viv.

»Dieses Foto von dir …« Er zeigte auf ein Bild, das auf ihrem Schreibtisch stand. »Ich weiß nicht warum, aber irgendwas stimmt damit nicht.«

Viv lächelte.

»Was ist?«, fragte Jacob.

»Du bist der Erste, dem es auffällt.«

Er sah sie verwirrt an. »Dem was auffällt?«

»Das bin nicht ich.«

Er beugte sich vor und nahm das gerahmte Foto in die Hand. »Wer ist es denn dann?«

»Meine Zwillingsschwester Willow.«

»Du hast eine Zwillingsschwester?«

Viv grinste. »Ja, habe ich.«

»Ist sie genauso anstrengend wie du?«, fragte er nur halb im Scherz.

»Sie ist sogar noch schlimmer.« Viv lachte.

»Dann weiß ich nicht, ob ich mit ihr klarkommen würde.« Sein Blick wanderte von dem Foto zu Viv und schnell wieder zurück.

»Sie ist nicht ohne, aber sie hat ein großes Herz.«

Jacob grinste schief. »Dann ist sie keine Anwältin.«

Viv schüttelte den Kopf. »Nein, gar nicht. Sie arbeitet für eine gemeinnützige Organisation und ist bei humanitären Projekten überall auf der Welt im Einsatz. Sie ist der totale *Ich-rette-die-*

Welt-Typ. Im Moment arbeitet sie an der Grenze zwischen der Türkei und Syrien mit Flüchtlingen.«

»Habt ihr eine enge Beziehung?« Die Frage war ausgesprochen, bevor er darüber nachgedacht hatte.

Viv blickte zu Boden. »Ja, auch wenn wir nicht sehr oft miteinander sprechen, da wir beide immer so viel um die Ohren haben. Wir haben unsere Eltern verloren, also gibt es nur noch uns beide.«

Jacob konnte sehen, dass es eine schmerzliche Erinnerung für sie war. »Das tut mir leid.« Besser, das Thema wieder zu wechseln. »Mir scheinst du aber auch ein *Ich-rette-die-Welt*-Typ zu sein.«

»Vielleicht. Aber Willow ist viel mutiger dabei, als ich es jemals sein werde.«

»Jetzt stell dein Licht mal nicht unter den Scheffel.«

Viv riss die Augen auf. »Moment mal. Hast du mich gerade verteidigt? Dass ich das noch erleben darf!«

Jacob lächelte. »Ich weiß, dass ich selbst vom Thema abgelenkt habe, aber vielleicht sollten wir uns wieder dem Plan widmen.«

Sie zog eine Augenbraue hoch. »Und der wäre?«

»Wir müssen noch mal über deinen CIA-Einsatz reden.« Das war für ihn das Wichtigste.

Viv beugte sich vor. »Du hast doch gehört, was der Boss gesagt hat. Zuallererst müssen wir herausfinden, ob der Angriff auf mich mit dem Tod des Botschafters zusammenhängt.«

Angesichts der Tatsache, dass es sich um eine heikle Angelegenheit handelte, hatten sie zu zweit mit dem Direktor des FBI gesprochen. Jacob hatte genau gehört, was Direktor Phillips gesagt hatte, aber er wollte trotzdem alle Möglichkeiten im Blick behalten. »Wir müssen noch mal mit Samir sprechen. Aber ich muss erst überlegen, wie das am ungefährlichsten möglich ist. Vielleicht sollten wir ihn hierher einladen.«

Viv schüttelte den Kopf. »Dann kommt er mit Gefolge. Sie werden ihn nicht allein herkommen lassen.«

»Damit müssen wir leben. Ich bin sicher, wir können ihn irgendwie von den anderen loseisen. Überlass das ruhig mir.« Aber fragen musste er trotzdem. »Wenn Samir den ägyptischen Präsidenten und seine Anhänger unterstützt – warum wollen sie ihn dann nicht aus den Augen lassen?«

»Weil der Präsident niemandem traut. Versteh mich nicht falsch – er hat immer noch treue Verbündete und die will er schützen. Samir gehört zu dieser Gruppe, aber der Präsident geht keine Risiken ein. Erst recht nicht nach dem Tod von Botschafter Zidan.«

»Noch eine Frage.«

»Ja?«

Jacob musste konkretere Details wissen, um die Lage wirklich einschätzen zu können. »Wie viele andere Personen waren an dem Ägypten-Einsatz beteiligt?«

Viv biss sich auf die Unterlippe. »Es war nur eine sehr kleine Truppe. Layla hat den Einsatz geplant und von Langley aus die Logistik überwacht. Es gab ein Sicherheitsteam vom CIA, das mit mir zusammen dort war, und Dolmetscher.«

Er hob eine Hand. »Moment mal. *Du* warst draußen im Einsatz?«

Viv nickte. »Ich musste die Übergabe der Gefangenen überwachen. Und ich hielt es für entscheidend, dass ein Rechtsbeistand vor Ort ist. Darum ging es ja gerade.«

»Das heißt, alle haben dein Gesicht gesehen.« Die Sache wurde von Minute zu Minute schlimmer.

»Ich habe nicht versucht, mich zu verstecken, Jacob. Ich bin Anwältin, keine CIA-Agentin. Meine Rolle im Außenministerium ist öffentlich.«

Jacob schüttelte den Kopf. »Das meine ich nicht. Ist dir denn nicht bewusst, wie viele CIA-Agenten als Tarnung eine Tätigkeit im Außenministerium haben?«

Viv runzelte die Stirn. »Ja, schon irgendwie. Wie bei Layla.«

»Hattest du direkten Kontakt mit irgendwelchen Gefangenen?«

»Natürlich. Ich habe mit allen gesprochen, manchmal durch einen Dolmetscher, da ich kein Arabisch spreche.«

»Wer hat denn übersetzt?«

Viv zuckte mit den Schultern. »Das weiß ich nicht mehr. Jemand, den die CIA angeheuert hatte. Ein Mann. Worauf willst du hinaus?«

Jacob überlegte, bevor er antwortete, denn sobald er es tat, würde Viv sich um eine weitere Sache Sorgen machen. Aber er konnte es nicht verschweigen. Nicht etwas so Wichtiges. »Ich befürchte, jemand könnte dich von damals wiedererkannt haben und sich jetzt rächen wollen.«

Viv saß einen Moment schweigend da. Offenbar war ihr dieser Gedanke bisher noch nicht gekommen. Schließlich seufzte sie. »Wie gesagt, ich war nur in meiner juristischen Funktion dort. Ich habe meine Arbeit als Anwältin gemacht.«

»Komm schon, Viv. Das ist diesen Typen doch völlig egal. Sie wissen nur, dass du mit der Sache zu tun hattest und dass ihre Pläne durchkreuzt wurden. Verstehst du?«

»Ja«, erwiderte sie leise.

»Lass mich mal skizzieren, was ich meine, okay?«

Viv nickte zögernd.

»Du gehst und besuchst deinen Kumpel Samir in der Botschaft, dort erkennt dich jemand wieder. Er sagt einem anderen, der in der Hierarchie über ihm steht, Bescheid, dass du mit Samir gesprochen hast. Diese Typen haben dich eindeutig als eine der Personen erkannt, die an der Übergabe der Gefangenen beteiligt waren, und aus diesem Grund beschlossen, dich aus dem Verkehr zu ziehen.«

»Aber warum haben sie mich dann nicht einfach umgebracht, wenn es um Rache geht?«

»Vielleicht gibt es einen größeren Zusammenhang, den wir nicht sehen.«

»Oder wir sehen Dinge, die es gar nicht gibt. Vielleicht hat auch die Person, die hinter dem Anschlag auf die Botschafterin steckt, herausgefunden, dass ich mit Samir geredet habe. Und es war diese Person, die mich unschädlich machen wollte, weil sie glaubt, ich wüsste mehr über den Fall.«

»Und deshalb ist es wichtig, dass wir noch mal mit Samir reden.«

»Ich kann ihn anrufen.« Viv nahm ihr Handy und wählte seine Nummer. »Mailbox.«

»Sprich drauf, dass er dich zurückrufen soll.« Jacob hörte zu, während Viv eine Nachricht hinterließ.

»Und jetzt?«, wollte Viv wissen.

»Jetzt bitte ich dich, die Unterlagen durchzusehen, die wir über die Männer auf Samirs Liste haben, und zu überprüfen, ob einer von ihnen unter den Gefangenen war, mit denen du damals gesprochen hast.«

»Das kann ich machen, aber wir haben doch wahrscheinlich nicht von allen Bilder, oder?«

Jacob schüttelte den Kopf. »Nein, oder nur welche von sehr schlechter Qualität, aber lass uns erst mal das ansehen, was wir haben.«

Nachdem sie zwei Stunden über Papieren und Fotos gebrütet hatten, waren sie immer noch nicht viel weiter.

»Ich weiß es nicht!« Frustriert schlug Viv mit der flachen Hand auf den Schreibtisch. »Ich bin mir einfach nicht sicher. Schließlich habe ich mich damals nicht darauf konzentriert, mir die Gesichter dieser Männer einzuprägen. Mein Augenmerk lag darauf, wie man sie behandelt hat und ob wir alle Vorschriften korrekt beachtet haben.«

Eine eindeutige Identifizierung durch Augenzeugen war immer schwierig und dieser Fall hier war problematischer als die meisten anderen Fälle. »Das verstehe ich. Wir werden schon eine Lösung finden.« Nichts an diesen Ermittlungen schien einfach zu sein.

Vivs Diensttelefon klingelte. Sie warf einen Blick auf das Display und nahm das Gespräch an. Dann runzelte sie die Stirn und schaltete das Handy auf Lautsprecher. »Das ist Layla. Sie muss uns was sagen. Okay, wir hören, Layla.«

»Ich habe schlechte Nachrichten. Gerade hat mein Kontakt von der ägyptischen Botschaft angerufen. Leider weiß ich nicht, wie ich es euch schonend beibringen soll …«

»Sag es einfach«, erwiderte Jacob.

»Samir ist ermordet worden.«

KAPITEL 9

Auch eine halbe Stunde später war Viv noch immer wie betäubt. »Bist du sicher, dass dein Informant sich nicht irrt, Layla?« Ihre Freundin war gleich in ihr Büro geeilt, um die näheren Einzelheiten nicht über das Telefon zu berichten, sondern im direkten Gespräch.

Layla nickte. »Es tut mir leid, Viv. Samir wurde gestern Abend bei sich zu Hause umgebracht.«

»Wie denn?«

Layla antwortete nicht sofort und Viv spürte, wie ihr Magen sich zusammenzog.

»So schlimm?«, fragte Jacob.

»Es muss brutal gewesen sein«, sagte Layla tonlos. »Wie es aussieht, wurde er auch gefoltert.«

Viv kämpfte mit den Tränen. »Das ist doch Wahnsinn!«

»Wurde der Personenschutz für den ägyptischen Präsidenten verschärft?«, wollte Jacob wissen.

Layla nickte. »Ja, aber leider fürchte ich, dass er bei seinem Versuch, die Verräter zu enttarnen, einigermaßen drakonisch sein wird. Zwei seiner wichtigsten Verbündeten in der Regierung sind tot und er fragt sich natürlich, ob er der Nächste sein wird.«

Viv konnte kaum ihre Gedanken sammeln. Samir war so ein netter, aufmerksamer Mann gewesen. Und jetzt war er tot. Warum?

»Viv, du bist ganz blass«, sagte Layla. »Ist alles in Ordnung?«

»Nein! Nichts ist in Ordnung! Das alles ist doch verrückt. Wir müssen etwas dagegen tun!«

Jacob räusperte sich. »Kann ich bitte kurz allein mit Viv sprechen?«

Layla zog eine Augenbraue hoch, hatte aber keine Einwände.

»Dann gehe ich in den Pausenraum und hole mir einen Kaffee.« Sie verließ das Büro und schloss die Tür hinter sich.

Jacob wandte sich an Viv. »Viv, hör mir zu. Du bist für so etwas nicht gemacht.«

Sie stieß ein bitteres Lachen aus. »Natürlich nicht, aber wie es aussieht, stecke ich mittendrin, oder?« Sie versuchte, ihre Gefühle in Schach zu halten, aber es gelang ihr nicht. Wie konnte es sein, dass ihre Welt, die gerade noch vergleichsweise langweilig gewesen war, plötzlich so tödlich geworden war?

Jacob berührte ihren Arm. »Das meine ich ja. Wir müssen dich so schnell wie möglich aus der Schusslinie bringen. Ich werde dem Direktor vorschlagen, dich aus der Taskforce abzuziehen und in ein sicheres Versteck zu bringen.«

Viv wich einen Schritt zurück. »Nein. Ich muss das durchstehen. Ich kann nicht den Rest meines Lebens damit verbringen, ständig ängstliche Blicke über meine Schulter zu werfen. Ich habe sehr viel dafür getan, um mir diese Karriere aufzubauen. Wir müssen der Sache auf den Grund gehen und Antworten finden. Echte Antworten. Wenn ich mich in einem Loch verkrieche, wird das nicht dabei helfen, die Wahrheit herauszufinden.«

»Auch wenn dein Leben in Gefahr ist? Oder du das Risiko eingehst, gefoltert zu werden, so wie dein Freund Samir?«

Viv erstarrte. »Das hättest du jetzt wirklich nicht sagen müssen.«

Jacob sah sie eindringlich an. »Doch, das musste ich, denn ich glaube, du verstehst immer noch nicht, wie gefährlich diese Situation ist – vor allem für dich persönlich. Mit diesen Typen ist nicht zu spaßen.«

So wollte sie das nicht sehen. »Wir wissen nicht mit Sicherheit, ob das alles zusammenhängt.«

»Du willst die Realität einfach nicht sehen«, schoss er zurück.

Viv musste einen Mittelweg finden, bevor Jacob über ihren Kopf hinweg dafür sorgte, dass sie von der Taskforce abgezogen wurde. »Es muss doch einen Weg geben, wie ich weiterarbeiten kann. Bitte! Ich kann der Sache nicht den Rücken kehren.«

Jacob fuhr sich mit einer Hand durchs Haar. »Lässt du dich wirklich nicht davon abbringen?« Er sprach weiter, bevor sie antworten konnte. »Natürlich nicht.«

»Du kennst mich inzwischen ziemlich gut.«

Er lächelte halbherzig. »Wir müssen aber auf jeden Fall die Sicherheitsvorkehrungen in deiner Wohnung verstärken. Und das ist nur der Anfang. Wir sollten Layla wieder reinbitten.« Er stand auf und kam kurz darauf mit Vivs Freundin zurück.

»Ich habe gerade mit Viv darüber gesprochen, dass sie besser geschützt werden muss«, sagte Jacob gerade, als er mit Layla eintrat, »und du solltest alle warnen, die bei dem Einsatz damals vor Ort waren. Ausgehend von dem, was ich sehe, glaube ich, dass alles zusammenhängen könnte.«

»Ich möchte gerne etwas sagen.« Viv sah die beiden an. »Es besteht immer noch die Möglichkeit, dass diese Anschläge nichts mit unserer Gefangenenübergabe damals zu tun haben, sondern dass die radikalen Kräfte in Ägypten Botschafter Zidan getötet haben und jetzt versuchen, die anderen moderaten Personen auszuschalten.«

»Und der Überfall auf dich?«, fragte Jacob.

»Sie wollen nicht, dass sich die amerikanische Regierung in ihre Angelegenheiten einmischt. Sie haben mich in der Botschaft gesehen und wollen, dass ich mich da raushalte. Was wäre da besser, als mir einen ziemlich drastischen Hinweis zu geben?«

Layla sah sie an. »Ich finde, beide Theorien haben ihre Vorzüge, aber Jacob hat auf jeden Fall recht. Du musst ausgesprochen wachsam sein. Ich werde meinen Boss informieren, damit er die jüngsten Entwicklungen kennt.«

Viv hatte Angst, dass ihrer besten Freundin etwas geschah. Sie umarmte Layla. »Bitte sei vorsichtig.«

Layla lächelte. »Ich hab das im Griff. Und ich bin nicht diejenige mit einer Zielscheibe auf dem Rücken.« Sie wandte sich an Jacob. »Pass auf sie auf. Okay?«

»Klar.«

Viv sah Layla hinterher, als diese den Gang entlangeilte. Sie fragte sich, was die nächsten Tage bringen würden – und ob noch jemand sterben müsste.

* * *

Delaney freute sich nicht darauf, Jeff King gegenübertreten zu müssen, um ihm zu sagen, was sie in den Kontoauszügen seiner Frau gefunden hatten, aber ihnen blieb nichts anderes übrig.

»Soll ich die Gesprächsführung übernehmen?«, fragte Weston.

»Gerne.« Das war für ihn nicht nur eine gute Übung, sondern für Delaney war es auch von Vorteil, weil sie Jeffs Reaktion dann besser beobachten konnte. Sie war sich nicht sicher, was für eine Rolle er in dem ganzen Durcheinander spielte. Es gab einfach noch zu viele Unbekannte. Wusste Jeff von den Einzahlungen auf dem Konto seiner Frau?

Dies war kein 08/15-Fall und die politische Bedeutung war Delaney nicht entgangen. Wenn die Botschafterin in irgendwelche fragwürdigen Dinge verwickelt war, würde das weite Kreise ziehen.

Delaney hatte beschlossen, wieder im Krankenhaus mit Jeff zu sprechen, anstatt ihn von Penelope wegzuholen. Also saßen sie erneut in der Cafeteria, als Jeff kam und sich zu ihnen setzte.

»Sie sagten, es sei wichtig. Haben Sie entscheidende Fortschritte bei der Aufklärung des Falls gemacht?« Er sah Delaney erwartungsvoll an.

»Nicht unbedingt«, erwiderte Delaney. Sie sah Weston an, damit er übernahm.

»Mr King ...«

»Bitte sagen Sie Jeff.«

»Jeff.« Weston beugte sich ein wenig vor. »Wir haben beunruhigende Informationen, die wir Ihnen mitteilen müssen.«

Jeff wurde blass. »Ich hatte auf gute Neuigkeiten gehofft. Die könnte ich wirklich gebrauchen. Es sieht nämlich nicht gut aus für meine Frau.«

Weston öffnete eine große Aktenmappe, nahm ein paar Blätter Papier heraus und schob sie über den Tisch. »Kennen Sie dieses Konto Ihrer Frau?«

»Woher haben Sie das?« Mit einem Mal klang Jeff abweisend.

»Wir haben es auf ganz legalem Wege erhalten.« Weston beugte sich noch ein Stückchen weiter vor. »Bitte beantworten Sie meine Frage.«

Weston erhöhte den Druck. Delaney wartete gespannt, wie sich die Unterhaltung entwickeln würde.

Jeff rieb sich das Kinn und überflog das Dokument. »Ich erkenne das Konto, ja, aber da muss es einen Fehler geben. Ich habe keine Ahnung, woher diese Einzahlungen stammen.«

Delaney konnte einfach nicht anders – sie musste sich einschalten. »Nur damit ich das richtig verstehe: Sie sagen, Sie wussten von dem Offshore-Konto, das nur auf den Namen Ihrer Frau läuft, haben aber keine Ahnung von diesen Geldeingängen?«

Jeff sah sie an. »Genau. Das war ihr Sparkonto.« Er zögerte. »Jedenfalls hat sie das gesagt.«

»Das klingt so, als würden Sie an den Worten Ihrer Frau zweifeln«, bemerkte Weston.

Jeff biss sich auf die Unterlippe. »Ich dachte, unser Verhältnis hätte sich deutlich gebessert, aber wenn ich das hier sehe, frage ich mich, ob ich mich vielleicht getäuscht habe. Was hatte sie zu verbergen?«

Delaney fühlte mit ihm, aber sie musste sich auf ihre Arbeit konzentrieren und die Fakten sortieren. »Überlegen Sie bitte noch einmal. Gibt es etwas, womit Ihre Frau zu tun gehabt haben könnte, was diese Einzahlungen in den letzten Monaten erklären würde?«

Jeff sah sie misstrauisch an. »Wollen Sie damit andeuten, dass Penelope etwas Illegales getan hat?«

Er hatte den Schluss gezogen, ohne dass sie es hatte aussprechen müssen. »Das versuchen wir herauszufinden. Wenn, dann könnte es das entscheidende Motiv der Person sein, die versucht hat, Penelope zu töten.«

Jeff starrte in die Ferne. »Ich weiß nicht, was ich sagen soll. Das ist ein ziemlicher Schock.«

»Dann gehen wir doch erst mal einen Schritt zurück. Sie sagten, Sie sind zu Ihrer Frau nach Brüssel gezogen?«, hakte Weston nach.

»Vor etwa sechs Monaten. Also war sie zweieinhalb Jahre ohne mich dort.«

»Und sie hat nie erwähnt, dass sie Probleme oder Kontakte mit irgendwelchen zwielichtigen Personen hatte, die sie unter Druck gesetzt haben?«, fragte Delaney.

Jeff runzelte die Stirn. »Nein. Sie hat mit mir eigentlich nicht über ihre Arbeit gesprochen. Wie ich schon sagte, ist das Leben in Brüssel wirklich angenehm. Ganz anders als Penelopes Jobs vorher. Ich hatte nie den Eindruck, dass es Probleme gab, aber jetzt frage ich mich natürlich, ob mir irgendwas Entscheidendes entgangen ist.«

»War sie besonders zurückhaltend – abgesehen natürlich von der nötigen Diskretion in Bezug auf ihre Arbeit?«, wollte Weston wissen.

Jeff seufzte. »Penelope geht normalerweise raus, um Anrufe entgegenzunehmen, aber ich weiß ja, dass in ihrem Job Diskretion üblich ist. Ehrlich gesagt, habe ich das nie hinterfragt.«

»Wir brauchen noch Zeit, um alles zu untersuchen.« Delaney wollte eins klarstellen. »Aber wenn Sie sich an etwas erinnern, was relevant sein könnte, müssen wir es so schnell wie möglich wissen.«

Jeff ließ die Schultern hängen. »Ich wohne praktisch hier, Sie finden mich also problemlos.« Als er ging, wirkte er immer noch niedergeschlagen.

Delaney wandte sich ihrem Kollegen zu. »Glaubst du ihm?«

»Vielleicht kennt er die Wahrheit, will es aber nicht zugeben. Geld fällt nicht einfach so vom Himmel.«

»Wir übersehen irgendwas. Dieses Geld muss von irgendwoher kommen und ich vermute, dass es eine zweifelhafte Quelle ist.«

Weston trommelte mit den Fingern auf die Tischplatte. »Die Eine-Million-Dollar-Frage ist also: Wer steckt dahinter?«

»Wir sollten uns mit Cody besprechen. Wir brauchen seine Hilfe, um in Brüssel nachzuforschen und herauszufinden, was Penelope dort gemacht haben könnte. Ich weiß nicht, wie das mit dir ist, aber ich weiß nur sehr wenig über Belgien.«

Weston nickte. »Geht mir auch so.«

Delaney stand auf und knöpfte ihren Blazer zu. »Dann reden wir mal mit dem Fachmann.«

* * *

»Ich muss alle Sicherheitsmaßnahmen bei deiner Wohnung überprüfen.« Jacob warf Viv einen Blick zu, während sie auf dem Weg zu ihrer Wohnung waren. Nach einem langen Tag sah Viv sehr erschöpft aus, aber sie nickte.

»Das verstehe ich. Tu dir keinen Zwang an. Ich habe nur eine sehr einfache Alarmanlage.«

Als sie vor dem Haus standen, stieß Jacob einen leisen Pfiff aus. »Du hast mir gar nicht gesagt, dass du steinreich bist.«

Viv lachte leise. »Bin ich auch nicht. Meine Eltern haben einen Monat vor ihrem Tod diese Wohnung von ihrem Ersparten gekauft und mir vererbt. Dadurch, dass ich hier wohne, fühle ich mich ihnen stärker verbunden.«

»Was hat deine Schwester bekommen?«

Sie sah zu ihm auf. »Geld. Sie wussten, dass Willow was Vernünftiges damit anfangen würde. Wenn ich die Wohnung vermieten würde, könnte ich auch ziemlich gutes Geld machen, aber das wollte ich nicht. Wahrscheinlich findest du das dumm.«

Jacobs Blick wurde sanft. »Nein. Überhaupt nicht dumm.«

»Komm, wir gehen rein.«

Als sie in die Lobby traten, bemerkte Jacob: »Du hast einen Pförtner.«

Viv lächelte ihn an. »Ich weiß.«

»Das ist gut. Ich nehme jede zusätzliche Sicherheit, die wir kriegen können.«

Er folgte ihr hinauf in den siebzehnten Stock.

»Herzlich willkommen.« Viv schloss die Tür auf und er trat gleich hinter ihr ein, nachdem sie die Alarmanlage deaktiviert hatte.

Jacob nahm sich einen Moment Zeit, um sich an seine Umgebung zu gewöhnen. Das hier war meilenweit von den Unterkünften entfernt, in denen er gelebt hatte. »Das ist umwerfend.«

»Das Beste ist der Ausblick. Komm, ich zeige ihn dir.« Sie griff nach Jacobs Hand, um ihn weiter in die Wohnung hineinzuziehen. Er zog seine Hand nicht fort, auch wenn er das hätte tun sollen. Im Gegenteil, er war sogar etwas enttäuscht, als sie schließlich losließ.

Er starrte zum großen Wohnzimmerfenster hinaus, das einen atemberaubenden Blick auf den Potomac River und die Key Bridge freigab. »Wow! Die Aussicht ist wirklich überirdisch schön. Das ist echt unbezahlbar. Oder, anders ausgedrückt: Für einen solchen Ausblick würden viele Menschen viel Geld bezahlen.« Er warf Viv einen Blick zu.

»Ich weiß. Aber ich liebe diese Wohnung.« Sie seufzte.

Jacob begriff, dass es ihr um mehr ging als um den materiellen Besitz einer Eigentumswohnung. »Das kann ich dir nicht verdenken. Du fühlst dich hier deinen Eltern nahe, nicht wahr?«

Sie blieben noch für einen Augenblick vor dem Panoramafenster stehen, dann führte Viv ihn durch den Rest der Wohnung: zwei Schlafzimmer, ein großes Büro, zwei Bäder sowie Wohn- und Esszimmer. Schließlich standen sie in einer riesigen Küche.

»Diese Kücheninsel ist so groß wie meine gesamte Küche«, sagte er.

Viv lachte. »Ich weiß, dass es für eine Person ein bisschen überdimensioniert ist. Aber ich hoffe doch, dass ich nicht für immer allein sein werde.«

»Warum solltest du auch?« Viv war wirklich keine Frau, die sich Sorgen machen musste, dass sie keinen Partner fand.

Sie seufzte. »Ich bin immerhin einunddreißig und habe noch niemanden gefunden.«

»Niemanden, der ernsthaft infrage kommt?«

»Eigentlich nicht. Es ist peinlich, das zuzugeben, aber normalerweise verlaufen meine Versuche nach ein, zwei Dates im Sande. Oder die Typen sind totale Idioten. Meine besten Freundinnen haben beide in letzter Zeit jemanden gefunden, also bin ich quasi das fünfte Rad am Wagen.« Sie lehnte sich gegen die Kücheninsel.

Jacob konnte nicht fassen, dass er mit Viv diese Unterhaltung führte. Warum hatte er diese Tür aufgestoßen? Was war nur mit ihm los?

»Was ist mit dir?«, fragte sie.

Er war selbst schuld, weil er mit diesem Thema angefangen hatte, also konnte er ihr nicht vorwerfen, dass sie höfliche Konversation machte. »Wie du dir wahrscheinlich denken kannst, bin ich nicht gerade eine gute Partie. Ich habe ziemlich viele Probleme.«

»Die haben wir alle«, erwiderte Viv leise.

Er musste unbedingt das Thema wechseln. »Hast du was dagegen, wenn ich mich kurz umsehe? Ich will nur überlegen, wie der neue Sicherheitsplan aussehen könnte.«

»Klar.« Sie lächelte. »Fühl dich wie zu Hause.«

Auch wenn er wirklich die Sicherheit der Wohnung genauer begutachten sollte, brauchte er vor allem Distanz zu Viv und zu ihrem Gesprächsthema. Er bemerkte bei ihr keine Anzeichen, dass sie ihn attraktiv fand – umso wichtiger war es, dass er seine verrückten Gefühle unterdrückte und sich auf die zusätzliche Sicherung ihrer Wohnung konzentrierte.

Jacob ließ sich Zeit dabei, einen Raum nach dem anderen durchzugehen. Fluchtwege waren ein Problem. Die Tatsache, dass Viv so hoch oben wohnte, war Vorteil und Nachteil zugleich. Aus dem Fenster konnte man natürlich nicht springen oder fliehen, aber andererseits war es auch beinahe unmöglich, auf diesem Wege hineinzugelangen.

Als er seine Runde gedreht hatte und wieder ins Wohnzimmer

kam, saß Viv auf dem Sofa, die Füße unter sich gezogen, und verfolgte im Fernsehen die Nachrichten.

»Und? Was meinst du?«, fragte sie.

»Es gibt vieles, was mir gut gefällt.«

Sie zog eine Augenbraue hoch. »Aber?«

»Ich mache mir Sorgen, was sichere und schnelle Fluchtwege betrifft. Kennst du dich mit den Treppen aus?«

Sie lachte. »Ja, aber normalerweise nehme ich den Aufzug.«

»Ich würde gerne eine bessere Alarmanlage installieren. Allerdings bin ich nicht sicher, ob wir die Regierung dazu kriegen, die Kosten zu übernehmen.«

Viv nickte. »Wahrscheinlich nicht, ist aber egal. Ich würde es auch selbst bezahlen.«

»Okay. Ich kann dir Kostenvoranschläge besorgen. Einbauen kann ich die Anlage selbst, dafür würden dir also keine Kosten entstehen.«

»Was hältst du davon, wenn ich dir als Dankeschön etwas koche? Hast du Hunger?«

Ehrlich gesagt war er völlig ausgehungert, aber Jacob kämpfte mit sich, ob er bleiben oder gehen sollte.

»Bitte sag Ja«, fügte Viv hinzu.

Das *Bitte* war sein Verderben.

* * *

Viv konnte nicht fassen, dass sie Jacob gebeten hatte, zum Essen zu bleiben. Zum Glück hatte sie Hühnchenfleisch im Kühlschrank und konnte ihr Parmesan-Zitronen-Hühnchen mit Spaghettini zaubern. Jacob verschlang die Mahlzeit, als hätte er seit Tagen nichts mehr gegessen. Gut, dass sie eine große Menge gemacht hatte in der Hoffnung, dass er einen gesunden Appetit hatte.

»Und jetzt?«, fragte sie, als Jacob den letzten Rest Spaghettini in den Mund geschoben hatte.

»Wahrscheinlich sollten wir Feierabend machen.« Er wandte den Blick ab.

»Nein, ich meinte die Ermittlungen.«

»Ach so. Ja klar. Gleich morgen früh werde ich deine neue Sicherheitsanlage planen. Dann überlegen wir, ob es jemanden auf der ägyptischen Seite gibt, dem wir trauen können. Wir müssen Einblick in die Verhältnisse dort erhalten, jetzt, nachdem Samir tot ist.«

»Das stimmt. Bist du okay, Jacob?«

Er sah sie an. »Ja, warum fragst du?«

»Ich hatte nur den Eindruck, dass du heute ein bisschen abgelenkt bist. Sonst nichts.« Sie war sich nicht sicher, ob er es leid war, den Babysitter zu spielen, oder was sonst los sein könnte. Auch wenn er sich ihr gegenüber nicht gerade feindselig benahm, war er doch eindeutig distanzierter als zuvor. Dabei hatte Viv gedacht, sie hätten Fortschritte dabei gemacht, sich im selben Zimmer aufzuhalten, ohne das Verlangen zu haben, sich gegenseitig ins Gesicht zu springen.

»Sorry. Mir geht nur viel im Kopf rum, das ist alles. Danke übrigens für das Essen. Ich weiß, dass ich es wie ein Scheunendrescher in mich reingeschaufelt habe, aber es war einfach sehr, sehr lecker.«

Viv lächelte. »Freut mich, dass es dir geschmeckt hat.«

»Ich bin in der Küche nicht hilflos, aber so gut kann ich nicht kochen.«

»Du bist jederzeit herzlich willkommen zum Essen.«

Ein Klopfen an der Tür ließ Jacob von seinem Stuhl hochfahren. »Ich sehe nach, wer das ist. Du erwartest niemanden, oder?«

»Nein.« Sie folgte ihm zur Tür.

»Wer ist da?«, fragte Jacob.

»Lieferung für Miss Vivian Steele.«

Viv hielt sich im Hintergrund, während Jacob durch den Spion sah und dann die Tür öffnete, um anschließend auf den Flur hinauszutreten.

Er kam mit einer großen Blumenvase zurück. »Die sind anscheinend für dich.« Er übergab Viv die Vase.

»Wer kann die denn geschickt haben?«

Die leuchtenden Tulpen waren zauberhaft und sie zog neugierig die Karte heraus, um die Nachricht zu lesen.

Dinner morgen Abend um sieben? Ich rufe dich an und hoffe, dass du Ja sagst.

Mark

Jacob beugte sich über ihre Schulter und las mit. »Siehst du, ich sag doch, dass der Typ Interesse hat.«

»Das ist jetzt nicht gerade sehr praktisch.«

»Ich sage nicht, dass es die beste Idee der Welt ist, aber wenn du gehen willst, kann ich dein Schatten sein und dafür sorgen, dass dir nichts passiert.«

Viv war hin- und hergerissen. »Das war sehr nett von Mark, aber ich muss darüber schlafen.«

Jacob überprüfte die Alarmanlage noch ein letztes Mal, obwohl sie wusste, dass es nicht nötig war, und ließ sie dann allein. So geschmeichelt sie sich von Marks Einladung auch fühlte, war sie nicht sicher, ob ein Date eine gute Idee war. Es gab keinen Funken und keine Schmetterlinge. Nichts von dem Knistern, das sie sich wünschte.

Plötzlich wurde ihr klar, was sie tat: Sie verglich Mark mit Jacob. Wie war das denn geschehen? Wann hatte sie angefangen, Gefühle für Jacob zu entwickeln?

* * *

Wie jeden Abend startete Delaney zu ihrer täglichen Joggingrunde auf dem Mount Vernon Trail. Dies war eine Zeit, die ihr allein gehörte. Zeit, um über ihre Fälle nachzudenken oder auch überhaupt nicht zu denken. Und um Musik zu hören und zu versuchen, der Wirklichkeit ihrer privaten Situation zu entfliehen, die sie an vielen Tagen zu überwältigen drohte.

Sie seufzte, als ihr klar wurde, dass sie ihren Kopfhörer versehentlich zu Hause gelassen hatte: Nun war sie gezwungen, sich den Geräuschen um sie herum und gleichzeitig der unangenehmen Realität zu stellen. Sie war allein. Sie vermisste Ryan jeden Tag. Zwar weinte sie nicht mehr die ganze Zeit wie am Anfang, aber das bedeutete nicht, dass Schmerz und Trauer komplett verschwunden waren.

Delaney fragte sich, ob irgendwann ein Punkt kommen würde, an dem es nicht mehr wehtat. Zwei Jahre später war der Schmerz noch immer da, aber sie hatte große Fortschritte bei ihrer Trauerarbeit gemacht. Ryans Ermordung war schrecklich sinnlos gewesen, aber er hatte das getan, was er liebte. Niemals hätte er seinen Job als FBI-Agent aufgegeben, auch wenn jemand ihm gesagt hätte, was mit ihm geschehen würde. Ryan hatte den Dingen ins Auge gesehen. Das war eine seiner wunderbaren Eigenschaften gewesen, die sie an ihm so geliebt hatte.

Aber jetzt war sie nicht sicher, ob sie den Rest ihres Lebens allein verbringen würde oder nicht. Niemand konnte Ryan ersetzen, das war ganz und gar unmöglich. Aber allmählich fragte Delaney sich, ob in ihrem Herzen und ihrem Leben nicht vielleicht doch Platz war für jemand anderen. Ryan hätte nicht gewollt, dass sie allein blieb – und das war nicht nur eine Vermutung. Angesichts ihrer beider Berufe hatten sie gleich nach der Hochzeit darüber gesprochen, wie es wäre, wenn einem von ihnen etwas zustoßen würde. Sie waren sich einig gewesen, dass sie beide sich wünschten, der andere möge zum richtigen Zeitpunkt wieder einen Lebenspartner finden. Die große Frage für Delaney war nur, ob es diesen richtigen Zeitpunkt jemals geben würde.

Sie hörte ein Geräusch und warf einen Blick hinter sich. Als sie im Dämmerlicht nichts erkennen konnte, lief sie weiter und ließ ihren Gedanken freien Lauf. Sich in den eigenen Erinnerungen zu verlieren, war gefährlich und es war etwas, das sie sehr oft tat. Zu oft.

Doch nach einigen Minuten wurde sie das Gefühl nicht los, dass etwas nicht stimmte. Sie blieb kurz stehen, um Luft zu holen und sich umzusehen. Es gab andere Jogger, Hundebesitzer und ein paar Spaziergänger um sie herum. Delaney konnte keinerlei Gefahr ausmachen. Warum also war sie plötzlich so verunsichert? Irgendwie hatte sie das Gefühl, dass jemand sie beobachtete. Und nach der Erfahrung mit dem Auto, das ihnen gefolgt war, sollte sie die Sache wirklich ernst nehmen.

Am besten wäre es, einfach weiterzulaufen. Aber sie musste auch klug handeln. Deshalb zog sie ihr Handy aus der Tasche ihrer Jogginghose und rief Weston an.

»Was gibt's, Delaney?«

»Hi. Ich bin auf dem Mount Vernon Trail laufen und irgendwie werde ich das Gefühl nicht los, dass jemand mich beobachtet.«

»Wo genau bist du? Ich kann dich in ein paar Minuten treffen.«

»Komm einfach zu meinem Haus.«

»Wie weit bist du noch davon weg?«

»Wahrscheinlich zwanzig Minuten.« Sie konnte diese Zeit etwas verkürzen, wenn sie das Tempo anzog, aber sie wusste nicht, ob das notwendig war.

»Dann treffen wir uns dort. Willst du das Handy anlassen?«, fragte Weston.

Sie überlegte einen Moment lang, aber sie wollte nicht überreagieren. »Nein. Alles in Ordnung. Bis gleich.«

Delaney holte tief Luft und trieb ihren Körper an, damit sie die Strecke schneller zurücklegen konnte. Und sie erinnerte sich daran, dass sie nicht ganz allein war. Sie war von anderen Menschen umgeben. Ihr würde nichts passieren.

Aber wenn doch, hätte sie ein Problem, denn sie hatte ihre Waffe zu Hause gelassen. In Zukunft würde sie nicht mehr unbewaffnet joggen gehen, ermahnte sie sich selbst.

Als sie zu Hause ankam, parkte Weston vor ihrem Haus. Er stieg aus und kam auf sie zu. »Ist alles in Ordnung?«

Sie beugte sich vor und rang um Atem. »Ja. Aber meine Waffe ist zu Hause im Safe. Können wir trotzdem meine Wohnung überprüfen?«

»Auf jeden Fall.« Ihr junger Kollege zog seine Waffe. »Du solltest in meinem Wagen warten. Ich sehe nach und hole dich dann.«

»Nein. Ich komme mit.«

Er schüttelte den Kopf. »Nicht ohne Waffe, Delaney.«

Sie trat näher. »Dann gib mir deine Zweitwaffe. Ich weiß, dass du eine am Fußgelenk trägst.«

Weston runzelte die Stirn, zog widerstrebend seine andere Waffe und gab sie ihr. »Aber ich gehe zuerst rein.«

Diese energische Art war sie von Weston gar nicht gewöhnt, aber es gefiel ihr. Der Junge hatte viel Potenzial.

Sie folgte ihm auf die Veranda. »Die Tür ist nicht zu«, bemerkte Weston.

»Das kann nicht sein.« Sie drängte hinter ihm ins Haus und erwartete das Schlimmste, aber alles sah ganz normal aus.

Delaney überprüfte die Alarmanlage. Sie war deaktiviert worden. »Wer auch immer das war, kannte sich mit so was aus.«

Sie kontrollierten ein Zimmer nach dem anderen. »Sie haben alles gelassen, wie es war, Weston.« Delaney sah auch nach ihrem Safe, doch er schien unberührt.

»Warum bricht jemand in dein Haus ein und macht dann nichts?«

Sie überlegte einen Moment. »Weil ich wissen soll, dass sie hier waren. Zuerst ist uns der Pick-up gefolgt und jetzt das hier. Was ist, wenn jemand versucht, mit mir Kontakt aufzunehmen?«

Weston zog eine Augenbraue hoch. »Merkwürdige Art. Warum redet die Person dann nicht einfach mit dir?«

»Weil sie es aus irgendeinem Grund nicht kann.«

Unruhig ging Weston im Wohnzimmer auf und ab. »Du glaubst, das hat was mit Botschafterin King zu tun?«

»Du denn nicht?«, fragte sie zurück.

Er blieb stehen und sah Delaney an. »Und was ist, wenn es nichts damit zu tun hat? Wenn du einen Stalker hast? Du musst das als Bedrohung werten und dem Direktor melden.«

»Ich verstehe ja deine Besorgnis, aber wir müssen auch für meine Theorie offen sein. Wenn ich recht haben, muss ich herausfinden, wie ich mit dieser Person Kontakt aufnehmen kann.«

»Und wie soll das gehen?«, fragte Weston.

Gute Frage. »Ich überlege mir was.«

Er sah sie finster an. »Ich weiß nicht, Delaney. Jemand ist in dein Haus eingebrochen. In deine Privatsphäre eingedrungen. Das gefällt mir nicht. Soll ich heute Nacht hierbleiben?«

»Das ist nicht nötig. Mir passiert schon nichts. Schließlich habe ich meine Waffe.«

Weston legte eine Hand auf ihre Schulter. »Ich würde mich dann aber wirklich besser fühlen. Bitte. Sieh es als Freundschaftsdienst an. Und als Unterstützung von deinem Partner.«

Delaney hatte Angst, er würde ein Nein nicht akzeptieren, und sie hatte genug Platz für ihn. »Okay, na gut.«

»Siehst du, ich wusste doch, dass die gepackte Übernachtungstasche in meinem Kofferraum, zu der du mir geraten hast, irgendwann nützlich sein würde.«

Delaney musste unwillkürlich lächeln. Sie mochte Weston wirklich. Er war wie ein Familienmitglied – der kleine Bruder, den sie nie gehabt hatte. Und es tat gut zu wissen, dass jemand für sie da war.

KAPITEL 10

Am nächsten Morgen saß Delaney mit Weston und Cody in der Einsatzzentrale. Sie hatten ihren Kollegen gerade auf den aktuellen Stand gebracht, was den vergangenen Abend betraf.

Cody blickte ausgesprochen besorgt drein. »Das ist nicht gerade mein Spezialgebiet, aber solltest du es besser nicht so leichtfertig abtun, wenn jemand dich verfolgt und in deinem Haus war?«

Es war eine nachvollziehbare Frage. »Ich bin vorsichtig. Weston hat gestern bei mir übernachtet, als zusätzliche Sicherheitsvorkehrung, und ich habe dem Direktor alles gemeldet.«

»Ich bin ja der Meinung, dass Delaney einen Stalker hat«, sagte Weston, »aber sie ist davon überzeugt, dass irgendein Phantom versucht, wegen des Falls mit ihr Kontakt aufzunehmen.«

Cody trommelte mit den Fingern auf die Tischplatte. »Wenn Delaney recht hat, müsste es einen Grund geben, warum diese Person nicht offen auftritt.«

Delaney schlug ihr Notizbuch auf. »Und das bringt uns zu unseren jüngsten Überlegungen in Bezug auf den Fall, von denen wir dir erzählen müssen.« Sie berichtete Cody von den Theorien, die sie in Bezug auf die Botschafterin entwickelt hatten.

»Ihr glaubt, die Botschafterin hat sich in Brüssel irgendeinen Ärger eingehandelt?« Cody tippte eifrig in seinen Laptop.

»Möglich«, nickte Delaney. »Aber Weston und ich haben hier überhaupt keine Erfahrung, weil wir nichts über die Lage in Brüssel wissen. Deshalb wollten wir dich fragen, ob du uns ein paar Infos geben kannst, damit wir uns überlegen können, wie wir am besten vorgehen sollten. Das Geld auf diesem Offshore-Konto ist nicht vom Himmel gefallen und ich habe die Erfahrung gemacht, dass die Erklärung für solche Summen normalerweise nicht astrein ist. Wir haben unsere Finanzfachleute darauf angesetzt, die

Einzahlungen nachzuverfolgen, aber in der Zwischenzeit müssen wir andere Möglichkeiten ausloten.«

Cody sah sie nachdenklich an. »Verstanden. Spontan würde ich sagen, am wahrscheinlichsten hat es was mit organisiertem Verbrechen zu tun.«

»Ist das in Belgien weitverbreitet?«, fragte Weston.

Cody tippte wieder etwas in seinen Computer, dann erschien eine Landkarte auf dem Monitor. »Belgien ist zwar ein vergleichsweise kleines Land, aber es ist einer der europäischen Hotspots für organisiertes Verbrechen.«

»Wovon genau reden wir hier?« Weston beugte sich vor und blickte auf die Karte.

Cody warf Delaney einen Blick zu, bevor er Weston ansah. »Drogen stehen ganz oben auf der Liste, gefolgt von Waffenschmuggel.«

Delaney versuchte, diese Information einzuordnen. »Lass uns mal überlegen. In was für Dinge könnte die US-Botschafterin in Belgien verwickelt sein, die mit Verbrecherorganisationen zu tun haben?«

Cody lehnte sich auf seinem Stuhl zurück. »Botschafter haben eine Menge Macht und Einfluss. Vielleicht hat jemand sie um irgendeine Hilfe gebeten und dann hat sie etwas als Gegenleistung erhalten.«

»Schmiergeld?«, fragte Weston.

»Genau. Eine Hand wäscht die andere«, erwiderte Cody. »Aber vielleicht ist sie dann zu tief in die Sache hineingeraten.«

Delaney war sich da nicht so sicher. »Aber was hätte die Botschafterin denn zu bieten? Politische Gefälligkeiten?«

»Ja. Zum Beispiel haben Verbrecherorganisationen oft legale Unternehmen als Tarnung. Dabei könnte sie behilflich gewesen sein«, überlegte Cody.

Delaney hatte noch eine andere Idee. »Kann es sein, dass sie für irgendwelche anderen Behörden als Informantin gearbeitet hat?«

Cody runzelte die Stirn. »Es wäre für eine US-Botschafterin

sehr ungewöhnlich, mit einer ausländischen Justizbehörde zusammenzuarbeiten, ohne dass die amerikanische Regierung davon weiß. Und Geld dafür zu nehmen, wäre auf jeden Fall tabu.«

»Stimmt, aber wir sollten unsere Interpol-Kontakte ansprechen und das überprüfen lassen.« Wenn diese Ermittlungen Delaney etwas gelehrt hatten, dann, dass die normalen Annahmen nicht unbedingt galten, und sie konnten es sich einfach nicht leisten, einen Fehler zu machen.

»Es ist sicher gut, diesen Aspekt zu prüfen, aber ich kann mir nicht vorstellen, dass die Botschafterin so etwas gemacht hat. Und wenn doch, warum hätte sie es dann verheimlichen sollen?«, wandte Cody ein. »So ungern ich es auch zugebe, deuten die Fakten doch eher darauf hin, dass die Botschafterin hier das Problem ist.«

Delaney wusste, dass Cody recht hatte, aber sie konnte trotzdem hoffen, dass es nicht so war. »Stimmt schon.«

Weston erhob sich. »Ich werde mal ein paar Kollegen anrufen, die Interpol-Kontakte haben.«

Es freute Delaney, dass Weston die Initiative übernahm. »Gut.«

Er ging, sodass sie mit Cody allein zurückblieb.

»Du ziehst die Stirn kraus«, sagte Cody.

»Normalerweise liebe ich es an meinem Job, die einzelnen Teile zusammenzufügen, sodass sie einen Sinn ergeben, aber irgendwas an diesem Fall macht mich wahnsinnig.«

Cody beugte sich vor. »Inwiefern?«

»Wenn die Botschafterin sich mit einer Verbrecherorganisation eingelassen hat … warum sollte sie dann hier in den USA umgebracht werden? Wäre es nicht weniger riskant gewesen, es in Brüssel zu tun?«

»Vielleicht dachten die Täter, dass die Verbindung zu ihnen nicht so offensichtlich ist, wenn sie es hier tun«, überlegte Cody.

»Stimmt, aber ich habe immer noch das Gefühl, dass es ein Puzzleteil gibt – und zwar ein großes –, das wir bislang übersehen haben. Mich überzeugt die Theorie mit dem organisierten Verbrechen nicht so recht.«

»Wir werden die Lösung finden.« Cody zögerte. »Ich will dir nicht zu nahe treten, aber Weston hat recht. Du solltest vorsichtig sein. Wir können nicht einfach davon ausgehen, dass der Vorfall gestern Abend mit diesem Fall zu tun hat. Und selbst wenn, bist du womöglich in Gefahr – egal, ob es private oder berufliche Gründe hat.«

»Danke, das weiß ich zu schätzen. Ich verspreche, dass ich aufpassen werde. Ich weiß, dass ich keinerlei Beweise habe, aber es ist so ein Bauchgefühl.«

Er lächelte. »Ich weiß, dass du auf dich aufpassen kannst. Die ganze Sache macht mich nur etwas nervös.«

»Das ist verständlich. Wir sind alle etwas schreckhaft, aber wir werden den Fall aufklären.«

»Ich sehe ja, wie ihr alle arbeitet, und habe vollstes Vertrauen in das FBI.«

Delaney hasste es, wenn sie nicht alle Fakten hatte, aber das war in ihrem Job oft der Fall. »Wir brauchen alles, was wir von dir bekommen können, damit wir das schaffen.«

»Ich bin dabei. Dieser Job ist so ziemlich mein ganzes Leben.« Sein Blick wanderte wieder zu seinem Laptop.

»Meins auch. Ich weiß nicht, ob das gesund ist, aber so lebe ich nun mal.«

Er nickte. »Hast du Kinder?«

Eine einfache Frage, die ihr oft gestellt wurde, aber jedes Mal war es wie ein Schlag in die Magengrube. »Nein. Ich bin allein. Und du?«

Cody schüttelte den Kopf. »Ich wollte Kinder, aber meine Ex nicht. Nach einer Weile beschloss sie dann, dass sie mich auch nicht mehr wollte, also ist sie gegangen.«

Er tat Delaney leid. »Das ist hart. War das vor Kurzem?«

»Nein. Vor etwa drei Jahren. Ehrlich gesagt habe ich ziemlich gelitten, aber rückblickend war es wohl besser so.«

Das konnte Delaney in Bezug auf Ryans Tod nun wirklich nicht behaupten. Ja, sie war jetzt zäher, weil sie es sein musste, aber sie würde alles geben, um ihn wieder in ihrem Leben zu haben. Sie wollte nicht darüber reden, was geschehen war. Es war einfacher zu sagen, dass sie Single war.

Weston betrat wieder den Raum. »Ich habe erste Namen.«

Delaney atmete langsam aus. »Dann lass uns mal ein paar Anrufe machen.«

* * *

An diesem Abend versuchte Viv, irgendwie Ruhe zu bewahren. Jacob hatte ihre gesamte Sicherheitsanlage bei ihr zu Hause optimiert und sie hatte ihm dabei freie Hand gelassen. Inzwischen war er mit der Installation fertig geworden und führte einige Tests durch.

Viv betrat das Wohnzimmer, in dem Jacob gerade mit einer zusätzlichen Sicherheitseinrichtung beschäftigt war. »Ich kann Mark absagen.«

»Das musst du nicht«, erwiderte Jacob. »Du musst ihm nur erklären, warum ich das fünfte Rad am Wagen bin.«

»Das habe ich ihm schon gesagt.«

»Dann dürfte das ja kein Problem sein.«

Sie hatten vereinbart, dass sie zu einem Restaurant gehen würden, das von Vivs Wohnung aus zu Fuß zu erreichen war, sodass Jacob ihnen dorthin folgen konnte. Mark wusste noch nicht alle Einzelheiten in Bezug auf ihren Personenschutz, aber ihm war klar, dass es Sicherheitsbedenken gab. Und von den jüngsten Bedrohungen konnte sie ihm noch nicht mal erzählen.

»Ich hätte nicht zusagen sollen«, murmelte sie.

Jacob ging zu ihr. »Viv, du schuldest diesem Typen nichts. Wenn du nicht mit ihm essen gehen willst, dann brauchst du es nicht zu tun.«

»Ich hätte gleich Nein sagen sollen. Es wäre sehr unhöflich, es jetzt zu tun. Ich werde aber klipp und klar sagen, dass ich im Moment nicht für weitere Verabredungen zu haben bin.«

»Das ist ganz und gar deine Sache.«

In diesem Moment klingelte es wie aufs Stichwort. »Das ist er bestimmt.«

Jacob hielt sie am Arm zurück. »Lass mich nachsehen.«

Sie gab nach, aber vor allem, weil sie noch einen Augenblick Zeit brauchte.

Jacob öffnete die Tür. »Hi, Mark. Ich bin Special Agent Jacob Cruz.«

Die beiden Männer gaben einander die Hand. »Ja, ich erinnere mich aus dem Café an Sie. Sie sind dafür zuständig, Viv zu beschützen, oder?«

»Ja, Sir, so ist es. Ich werde versuchen, Sie nicht zu stören, aber Sie verstehen, dass wir zusätzliche Sicherheitsvorkehrungen treffen müssen.«

»Auf jeden Fall. Was immer nötig ist, um Vivs Sicherheit zu gewährleisten.« Mark kam auf Viv zu und begrüßte sie.

»Danke noch mal für die Blumen.« Es klang steif, aber die ganze Situation war einfach merkwürdig.

»Gern geschehen.«

»Okay, gehen wir?«, schlug sie vor.

Jacob zeigte auf die Tür. »Geht ihr beide vor. Ich halte mich im Hintergrund.«

Nachdem sie das Gebäude verlassen hatten und Jacob sie nicht mehr hören konnte, versuchte Viv, ihr Unbehagen abzuschütteln. »Sorry, Mark. Ich weiß, dass es total seltsam ist. So, als hätten wir eine Anstandsdame.«

Er lachte. »Es ist definitiv anders als alle Verabredungen, die ich bislang hatte, aber wir haben uns auch unter ungewöhnlichen Umständen kennengelernt, insofern macht es mir nichts aus. Ich bin nur froh, dass ein Profi auf dich aufpasst. Er war beim Militär, oder?«

»Ehemaliger SEAL. Im Moment ist er beim DSS, das ist der Diplomatische Sicherheitsdienst.«

Mark zog eine Augenbraue hoch. »Klingt wichtig.«

»Ich bin einfach froh, wie du schon gesagt hast. In letzter Zeit ist mein Leben nicht gerade entspannt.«

Er nahm ihre Hand. »Dann versuchen wir, wenigstens heute Abend mal nicht über diesen Stress zu reden. Wie klingt das?«

»Das klingt wunderbar.«

Während des Essens unterhielten sie sich über belanglose Dinge und bestellten dann Nachtisch und Kaffee. Mark war nett und auf jeden Fall attraktiv, aber als sie einen Blick über ihre Schulter warf und Jacob ein paar Tische weiter sah, fühlte Viv etwas, das nicht so nett und entspannt war. Aber es war ein starkes, unwiderstehliches und aufregendes Gefühl. Sie konnte es nicht in Worte fassen, aber es war irgendetwas an dieser Beziehung, die so holprig begonnen hatte, das ihr jetzt das Gefühl gab, auf eine besondere Art und Weise mit Jacob verbunden zu sein.

»Hast du gehört, was ich gesagt habe, Viv?«, fragte Mark.

»Tut mir leid. Ich war gerade mit den Gedanken woanders.« *Ja, bei meinem Bodyguard da drüben.*

Mark lächelte. »Ich fürchte, ich habe dich ein bisschen überrumpelt, und dafür möchte ich mich entschuldigen.«

Viv schüttelte den Kopf »Nein, hast du nicht, du bist ein totaler Gentleman. Es ist nur so, dass bei mir gerade viel los ist.« Sie hob die Hände. »Immerhin musste ich einen Babysitter zu meinem Date mitnehmen.«

Mark lachte. »Kein Problem. Hast du eine Ahnung, wie lange es dauern wird, bis du wieder aufatmen kannst?«

Sie trank einen Schluck Kaffee, bevor sie antwortete. »Ich wünschte, ich wüsste das. Wir sind immer noch dabei herauszufinden, was genau der Grund für den Angriff auf mich war, und leider wurde jemand, der mir nahestand, umgebracht.«

Mark riss die Augen auf. »Im Ernst?«

»Ja.«

Er streckte den Arm über den Tisch und ergriff Vivs Hand. »Denkt die Polizei, dass das alles zusammenhängt?«

Viv zögerte, weil sie unsicher war, was sie sagen konnte, ohne zu viel zu verraten. »Bei der Arbeit ist was passiert und niemand weiß so richtig, wo es herkommt – sicher ist nur, dass da draußen irgendwo eine Gefahr lauert.«

»Hast du Angst?«, wollte Mark wissen.

»Natürlich, aber ich will auch weiter meinen Job machen. Meine Chefs haben überlegt, mich von meinem jetzigen Fall abzuziehen, aber das will ich nicht.«

»Wäre es nicht sicherer für dich?«

»Ja, aber es geht nicht nur um mich.«

Mark fuhr sich mit der Hand durch die Haare. »Wenn ich zwischen den Zeilen lese, habe ich das Gefühl, dass du da mitten in einer großen Sache steckst. Bist du sicher, dass du Juristin beim Außenministerium bist und keine CIA-Agentin?« Er lachte laut.

Viv zwang sich, in sein Gelächter einzustimmen, aber seine Worte kamen der Wahrheit zu nahe. »Ich weiß, dass es verrückt klingt, aber ja, ich bin nur eine Juristin. Als Rechtsanwältin stößt man auch manchmal auf Probleme. Ich bin sicher, du hast auch schon einiges erlebt – auch wenn nicht ganz dasselbe –, sodass du das nachvollziehen kannst.«

Mark nickte. »Wohl wahr. Ich wurde zwar nicht mitten in der Hauptstadt auf offener Straße überfallen, aber ich weiß, was du meinst. Wir sind mehr als nur Schreibtischtäter.«

Viv wünschte sich allmählich, dass der Abend zu Ende ging. »Danke für das Essen. Es war wunderbar.«

»Bist du sicher, dass ich sonst nichts für dich tun kann? Ich kenne ein paar richtig gute Privatdetektive. Die haben nichts mit der Regierung zu tun, aber vielleicht können sie auch was für dich herausfinden.«

Viv schüttelte den Kopf. »Tut mir leid. Es gibt zu viele Dinge, die der Geheimhaltung unterliegen.«

Mark sah sie mit großen Augen an. »Moment mal. Arbeitest du etwa an dem Anschlag auf die Botschafter bei dem Diplomatendinner?«

Viv biss sich auf die Unterlippe. Wie hatte sie sich verraten?

Mark seufzte. »Kein Wunder, dass du einen Leibwächter hast. Das ist eine ernste Angelegenheit, Viv.« Er zögerte. »Aber was hast du mit der Sache zu tun? Warum sollten sie es auf dich abgesehen haben?«

»Das kann ich nicht sagen, aber glaub mir, wir versuchen, es herauszufinden. Ich weiß, dass du als Anwalt etwas von Vertraulichkeit verstehst, deshalb ist dir klar, dass ich keine Einzelheiten in Bezug auf die Ermittlungen nennen kann.«

Er beugte sich vor. »Natürlich. Ich will nur, dass dir nichts passiert. Ich muss zugeben, dass ich schon ziemlich neugierig bin, wieso du in die Schusslinie geraten bist. Aber ich verstehe, dass du das nicht sagen kannst.«

So gerne sie sich ihm auch anvertraut hätte, ging das nun mal nicht. »Vielleicht hängt es ja auch gar nicht zusammen. Wir wissen es einfach noch nicht.«

»Womit könnte es denn sonst zu tun haben?«

»Das kann ich wirklich nicht sagen.«

Er zog eine Augenbraue hoch. »Du wirst von Minute zu Minute geheimnisvoller.«

Viv lachte, um die seltsam bedrückende Stimmung aufzuhellen. »Und das ist gar nicht typisch für mich.«

»Wir haben alle manchmal Schwierigkeiten.«

Darauf antwortete Viv nicht direkt, sondern versuchte stattdessen, die Verabredung zu beenden. »Es ist schon ziemlich spät.«

»Ich kümmere mich um die Rechnung.« Mark erhob sich und ging zum Tresen. Wenige Minuten später waren sie auf dem Weg zurück zu Vivs Wohnung.

Viv war sich der Anwesenheit Jacobs, der ihnen mit Abstand folgte, überaus bewusst. Sie wollte dieses Date unbedingt ohne peinlichen Gutenachtkuss beenden – vor allem, weil sie Mark nicht diese Art Gefühle entgegenbrachte.

Sie gingen nahe nebeneinanderher, aber nicht zu nahe. Viv war immer noch froh darüber, dass Mark genau im richtigen Moment in ihr Leben gekommen war, um sie vor den brutalen Angreifern zu retten. Vielleicht sollte sie sich nicht so viele Gedanken machen und die Sache einfach laufen lassen. Es war ein schöner Abend und Viv versuchte, die frische Luft zu genießen und nicht alles haarklein zu analysieren.

Doch all das änderte sich, als sie lautes Reifenquietschen hinter sich hörte.

»Was ist das?« Sie sah über ihre Schulter nach hinten.

Und dann schien es, als würde alles in Zeitlupe ablaufen. Sekundenbruchteile verstrichen, als wären sie Stunden, während Vivs Gehirn versuchte, die Geschehnisse um sie herum zu verarbeiten. Das Reifengeräusch kam näher, aber ihre Beine fühlten sich an wie Baumstämme, die fest im Boden verwurzelt waren.

»Runter!«, brüllte Jacob.

Laute Schüsse zerrissen die Luft in dem Moment, als Mark Viv auf den Boden stieß. Sie schrie auf, als ein stechender Schmerz durch ihren Körper fuhr, und sie fragte sich, ob sie getroffen worden war oder ob es nur daran lag, dass Mark sich auf sie geworfen hatte.

Das quietschende Geräusch wurde leiser. Nach einer Weile rollte Mark zur Seite und Viv versuchte, sich aufzurichten, während sie um Atem rang.

»Alles in Ordnung?«, fragte er.

Viv holte tief Luft und sah ihn an. »Du hast mir das Leben gerettet. Schon wieder.«

KAPITEL 11

Alles war so schnell gegangen. Als Jacob den dunklen SUV von links hatte kommen sehen, war er losgelaufen, aber weil er zuvor versuchte hatte, durch ausreichend Abstand Viv ein wenig Privatsphäre zu gönnen, war er nicht rechtzeitig bei ihr gewesen. So hatte er nur eine Warnung brüllen können.

Zum Glück hatte Mark schnell reagiert und sie waren beide auf dem Boden gelandet. So dankbar Jacob auch für das war, was Mark getan hatte, galt seine oberste Priorität Viv.

»Ich muss sie von hier wegbringen«, sagte Jacob.

»Was ist mit Mark?« Vivs Stimme zitterte.

»Nein, Jacob hat recht.« Mark legte eine Hand auf ihre Schulter. »Ich glaube, nach allem, was du mir erzählt hast, hatten sie es auf dich abgesehen und nicht auf mich. Mach dir um mich keine Sorgen.« Er wandte sich an Jacob. »Sie passen auf Viv auf, oder?«

»Auf jeden Fall. Aber wir sollten verschwinden. Es gefällt mir nicht, dass wir hier so gut sichtbar sind.« Sie mussten sich irgendwo verstecken – und zwar schnell. »Kannst du laufen?«, fragte er Viv.

»Ja«, antwortete sie leise. Sie umarmte Mark. »Danke noch mal, dass du mich gerettet hast.«

Jacob ärgerte sich über die Zuneigung zwischen den beiden, obwohl ihm bewusst war, dass sie allen Grund hatte, für Marks schnelles Handeln dankbar zu sein.

Zu dritt gingen sie mit raschen Schritten zu Vivs Haus zurück. Als sie dort ankamen, gab Mark ihr einen schnellen Kuss auf die Wange, bevor er sich verabschiedete, um seinen Wagen zu holen.

Jacob brachte Viv nach oben. Er überzeugte sich davon, dass in ihrer Wohnung alles in Ordnung und Viv in Sicherheit war.

Sie wandte sich zu ihm um. »Du warst ein bisschen unhöflich zu dem Mann, der mir gerade das Leben gerettet hat. Wir hätten ihn wenigstens reinbitten sollen.«

»Er versteht das, Viv. Du bist es, die bedroht wird. Nicht er. Und meine Aufgabe ist es, dich zu beschützen.«

»Aber da draußen hat *Mark* mich beschützt.« Ihre Stimme klang jetzt lauter, anklagender.

Das tat weh. Vor allem, weil sie hundertprozentig recht hatte. »Ja, ich habe den Fehler begangen, zu viel Abstand zu halten. Das wird nicht wieder vorkommen.« Er hatte zu viel Rücksicht genommen und deswegen wäre Viv beinahe getötet worden.

Viv fuhr sich mit einer Hand durch die Haare. »Tut mir leid. Ich weiß, dass das alles nicht deine Schuld ist. Ich bin es nur nicht gewöhnt, Kugeln auszuweichen.« Sie ließ sich aufs Sofa fallen. »Was soll ich denn jetzt machen?«

»Ich muss dringend mit Direktor Phillips reden. Die Textnachricht an ihn ist schon raus.«

Viv rappelte sich mühsam auf und packte Jacobs Arm. »Aber ich will nicht aus der Taskforce abgezogen werden.«

»Ich glaube, du begreifst es nicht, Viv. Hier geht es um viel mehr als nur um die Taskforce. Wir reden hier von deinem Leben! Jemand hat vor, dich umzubringen.«

Viv fröstelte. »Das verstehe ich ja, aber ich kann mich doch nicht für immer verstecken.«

»Niemand hat was von ›für immer‹ gesagt. Wir werden eine Lösung finden, aber jetzt hat erst einmal deine Sicherheit Vorrang.«

»Warum haben sie mich bei dem ersten Überfall nicht einfach getötet?«

Darauf hatte Jacob auch keine gute Antwort. »Ich weiß es nicht. Aber wir müssen in Betracht ziehen, dass sie von Samir etwas erfahren haben, das sie umgestimmt und zu dem Angriff heute Abend veranlasst hat.«

Viv schüttelte den Kopf. »Samir konnte ihnen nichts über mich erzählen.«

»Männer sagen eine Menge Dinge, wenn sie gefoltert werden – unter Umständen auch Dinge, die nicht wahr sind.«

Viv riss die Augen auf. »Nein! Das glaube ich einfach nicht. Es muss eine andere Erklärung geben!«

»Wir werden es herausfinden, aber ich bin so gut wie sicher, dass man dich woanders hinbringen wird. Vermutlich so schnell wie möglich.«

Viv vergrub den Kopf in ihren Händen. »Was für ein Albtraum! Und ich dachte, es könnte nicht mehr schlimmer kommen. Ich könnte jetzt tot sein.«

»Aber du bist es nicht. Darauf müssen wir uns konzentrieren. Du bist eine Kämpfernatur. Wir stehen das durch.«

»Da bin ich mir nicht so sicher.«

»Ich weiß, dass ich einen Fehler begangen habe, als ich mich heute zu weit habe zurückfallen lassen. Aber ich gebe dir mein Wort, dass es nicht wieder vorkommen wird. Unter keinen Umständen. Ich bin hier.«

Und er würde sein Leben opfern, um ihres zu beschützen.

* * *

Viv versuchte, ihr Zittern in den Griff zu bekommen, während Jacob und zwei FBI-Agenten sie am späten Freitagabend zu einem sicheren Versteck in einem Vorort von Arlington brachten. Sie hatte keine klare Erinnerung an die vergangenen zwei Stunden, aber wenigstens war sie in Sicherheit. Im Moment jedenfalls.

Agenten durchsuchten jetzt ihre Wohnung, nur für den Fall, dass es irgendetwas gab, was man dort finden konnte. Man hatte ihr unmissverständlich klargemacht, dass dieses Versteck derzeit ihre einzige Option war.

Als sie den starken Südstaatenakzent des FBI-Direktors von den Wänden des Hauses widerhallen hörte, stöhnte sie. Dass Phillips höchstpersönlich erschienen war, verhieß nichts Gutes.

»Vivian, Jacob, wir müssen reden.« Direktor Phillips verschwendete keine Zeit mit höflichen Floskeln, als er das Wohnzimmer betrat. »Alle anderen, bitte geben Sie uns ein paar Minuten.«

Die anderen FBI-Agenten verzogen sich rasch. Viv sah zu Jacob hinüber, der seine typische finstere Miene aufgesetzt hatte.

»Ich habe mit dem Direktor der CIA telefoniert. Ehrlich gesagt habe ich allmählich Zweifel, dass man mir alles über den Einsatz erzählt hat, bei dem Sie mit den Agenten von der CIA zusammengearbeitet haben, Vivian.«

Das klang nicht gut. Viv rechnete mit dem Schlimmsten.

»Nachdem ich Direktor Mince gehörig in die Mangel genommen habe, hat er mir endlich ein paar Antworten auf meine Fragen gegeben und ich fürchte, was ich gleich sagen werde, wird Ihnen nicht gefallen.«

Jacob räusperte sich. »Sir? Viv hatte einen ziemlich heftigen Abend hinter sich. Könnten wir vielleicht morgen früh darüber reden?«

Bevor der FBI-Direktor antworten konnte, schaltete Viv sich ein. »Nein, ich will lieber jetzt darüber reden. Ich bin bereit. Wenn es noch mehr schlechte Neuigkeiten gibt, legen Sie die Karten bitte auf den Tisch.«

Direktor Phillips sah sie an. »Okay. Ich war davon ausgegangen – und Sie auch, denke ich –, dass Sie bei dieser CIA-Mission als Rechtsberaterin des Außenministeriums im Einsatz waren, um dafür zu sorgen, dass nicht gegen internationale Gesetze verstoßen wurde und alles streng nach Vorschrift lief. Zuerst hieß es, alles sei glattgelaufen. Die Männer wurden den Ägyptern übergeben und der Einsatz war ein Erfolg, weil man die Gefangenen, sobald sie in der Obhut der ägyptischen Behörden waren, dazu benutzen konnte, die radikalen Kräfte in Regierungskreisen aufzuspüren.«

»Ja, so habe ich das auch verstanden«, bestätigte Viv.

Phillips räusperte sich. »Was ich nicht wusste – und Sie wahrscheinlich auch nicht –, war, dass es sich nicht um eine einseitige Gefangenenübergabe gehandelt hat.«

»Wie meinen Sie das?«

Der Direktor rutschte unbehaglich auf seinem Sessel herum. »Die CIA hat selbst einige wertvolle Gefangene in Empfang genommen, die von den Ägyptern festgenommen worden waren. Nach dem, was ich Direktor Mince aus der Nase ziehen konnte, waren diese Gefangenen hochrangige Mitglieder von Al-Nidal, einer Terrorgruppe, die gegen amerikanische Interessen kämpft. Vivian, Sie erinnern sich vielleicht nicht an diese Männer, weil sie keine Gefängniskleidung trugen. Um das Ganze so geheim wie möglich zu halten, waren sie gezwungen, sich unter die ägyptischen Beamten zu mischen, die den Einsatz durchführten. Die ägyptischen Geheimdienste hatten Samir den Auftrag gegeben, diese Gefangenen zu betreuen, bis sie den Amerikanern übergeben waren.«

Viv zermarterte sich das Hirn, aber sie konnte sich beim besten Willen nicht erinnern. »Davon hat Samir nie etwas erzählt.«

Phillips nickte. »Samir musste Stillschweigen bewahren. Der ganze Einsatz wurde geheim gehalten. Verschiedene Teile, die hin und her geschoben wurden, und niemand kannte sie alle, abgesehen von ein paar hohen Tieren ganz oben in Langley.«

Viv fragte sich, wieviel Layla wusste. War auch ihre beste Freundin gezwungen gewesen, Dinge vor ihr zu verheimlichen?

Jacob war aufgestanden und schritt unruhig auf und ab. »Irgendwas ergibt für mich immer noch keinen Sinn. Die Typen sitzen hier im Knast. Wie können sie hinter alldem stecken? Wo ist die Verbindung?«

»Das wollte die CIA uns nicht sagen«, erwiderte der Direktor. »Aber zwei der Männer sind vor etwa einem Monat aus dem CIA-Gewahrsam geflohen.«

Viv sog scharf die Luft ein. »Sind Sie sicher?«

»Hundertprozentig. Wie gesagt, es hat eine Weile gedauert, bis ich eine klare Antwort hatte, aber die zwei sind verschwunden. Und das bedeutet, dass sie auf freiem Fuß sind und wahrscheinlich nicht nur Rache üben wollen, sondern auch noch anderes im Sinn haben.«

»Zum Beispiel?«, fragte Viv.

»Ich bin davon überzeugt, dass diese Männer Ihre Rolle als Juristin im Außenministerium für eine Tarnung halten und glauben, Sie seien in Wirklichkeit eine Agentin und könnten ihnen vielleicht sagen, wo sich die anderen Gefangenen aufhalten, die immer noch im Gewahrsam der CIA sind. Wenn ich recht habe, Vivian, dann haben Sie eine riesige Zielscheibe auf dem Rücken.«

Das war doch verrückt. »Aber ich bin keine Agentin! Ich bin Anwältin. Ich bin nicht bei der CIA.«

Phillips schüttelte den Kopf. »Es spielt leider keine Rolle, was wahr ist. Wichtig ist, was diese Männer glauben, und davon werden Sie sie auch nicht abbringen können. Sie haben die Männer dort mit eigenen Augen gesehen. Was die betrifft, sind Sie der Feind, egal, wie Ihre offizielle Position ist.«

Jacob blieb stehen. »Und Langley war nicht der Meinung, dass diejenigen, die potenziell in Gefahr sind, sofort informiert werden sollten, nachdem diese beiden Männer ausgebrochen sind? Und wie ist es überhaupt dazu gekommen?«

Der Direktor hob eine Hand. »Ich verstehe, dass Sie deshalb wütend sind. Das bin ich auch. Vor allem, wenn es jemanden in Gefahr bringt, der in diese Dinge überhaupt nicht reingezogen werden sollte, aber so ist es nun mal. Die CIA versucht noch herauszufinden, wie diese Männer entkommen konnten, aber unsere oberste Priorität ist Vivians Sicherheit.«

»Was ist mit der Taskforce?«, fragte Viv.

»Wir richten Ihnen hier einen Arbeitsplatz ein, aber draußen rumlaufen können Sie im Moment nicht. Das ist zu gefährlich. Ich habe vor ein paar Minuten mit Ihrem direkten Vorgesetzten gesprochen und ihm eine abgemilderte Fassung berichtet, also weiß er in etwa Bescheid. Delaney und Weston haben die Ermittlungen in Sachen Botschafterin King im Griff. Wir müssen überlegen, ob diese Gefangenen vielleicht hinter dem Tod von Botschafter Zidan stecken. Nach allem, was Direktor Mince mir erzählt hat, sind sie entschiedene Gegner des ägyptischen Präsidenten und seiner Verbündeten.«

»Wissen wir ihre Namen?«, fragte Jacob.

Der Direktor runzelte die Stirn. »Noch nicht. Ich versuche, Druck auf Langley auszuüben, aber bislang ohne Erfolg. Direktor Mince behauptet, es gäbe andere Faktoren dabei, die sie berücksichtigen müssen. Aber Sie können mir glauben, dass ich nicht lockerlasse.«

»Das heißt, ich werde eine Weile hier sein?«, fragte Viv.

»Erst einmal ja«, nickte Phillips. »Jacob ist für Ihre Sicherheit zuständig. Ich kann Ihnen garantieren, dass wir Sie nicht aus den Augen lassen, nicht eine Sekunde lang.«

Vivs Magen zog sich zusammen. Sie war sich nicht sicher, was sie von dieser Äußerung halten sollte, denn sie bedeutete, dass der FBI-Direktor die Situation wirklich für gefährlich hielt. »Danke.«

»Kommen Sie noch kurz mit raus, Jacob?«, sagte Phillips.

Viv wusste, dass der Direktor unter vier Augen mit ihm sprechen wollte. Wie leid sie doch all die Geheimnisse war!

Als die beiden Männer das Zimmer verlassen hatten, schloss sie die Augen und versuchte, die Worte des Direktors zu verdauen. Sie dachte an den Tag zurück, an dem sie die Gefangenen übergeben hatten, und versuchte, sich an die Männer zu erinnern. Sie mussten in Samirs Nähe gewesen sein. Aber sie hatte dort so viele unbekannte Gesichter gesehen. Vivs Aufgabe war es lediglich gewesen, dafür zu sorgen, dass die Gefangenen, die aus dem US-Gewahrsam übergeben wurden, nach geltendem internationalem Recht behandelt wurden. Und dabei hatte die CIA gleichzeitig Gefangene aus Ägypten herausgeschmuggelt, ohne dass Viv etwas davon gemerkt hatte. Sie erinnerte sich daran, dass es für die vielen am Einsatz beteiligten Personen mehrere Flüge gegeben hatte. Vermutlich hatten die Gefangenen in einem anderen Flieger in die USA gesessen.

Jacob kam wieder herein und setzte sich neben Viv aufs Sofa. Sie hatte gedacht, er würde sofort etwas sagen, aber das tat er nicht. Einige Augenblicke saßen sie schweigend da, bevor Viv das Wort ergriff.

»Ich bin nicht sicher, was ich sagen oder tun soll.«

Er wandte sich ihr zu. »Was dir widerfahren ist, tut mir unendlich leid. Ich bin ein SEAL. Für mich ist es nicht ungewöhnlich, jeden Augenblick so zu leben, als könnte es mein letzter sein, aber es ist nicht fair, das jemandem zuzumuten, der darauf nicht vorbereitet ist. Es war nicht deine freie Entscheidung. Du hast nur deine Arbeit gemacht, und weil die CIA zu viele Geheimnisse hat, ist dein Leben jetzt in Gefahr.« Er nahm ihre Hand. »Viv, die Sache ist richtig, richtig ernst. Diese geflohenen Männer haben viel Einfluss. Denk daran, was sie Samir angetan haben.«

Viv zog ihre Hand fort. »Du brauchst mich nicht daran zu erinnern, Jacob. Ich habe sowieso schon Albträume, in denen man ihm die Kehle durchschneidet und ich dabei bin, ohne dass ich sie aufhalten könnte.« Ihre Stimme zitterte.

Jacob legte einen Arm um ihre Schulter. »Hey, ich will nicht, dass du Angst hast. Nur dass du das alles nicht auf die leichte Schulter nimmst. Ich verspreche dir, dass ich dich beschützen werde.«

Sie blickte in seine dunklen Augen hinauf. »Du magst mich doch nicht mal. Warum tust du dir das alles hier an?«

Er seufzte. »Zuerst mochte ich dich wirklich nicht, stimmt. Aber ich habe mich an dich gewöhnt.« Er drückte ihre Schulter und zog einen Mundwinkel hoch.

Vivian fühlte sich in seiner Umarmung tatsächlich sicher und geborgen. Aber als sie ihm in die Augen sah, fragte sie sich unwillkürlich, was sie sonst noch fühlte.

* * *

Jacob starrte in Vivs Augen und sein Magen zog sich zusammen. So viel ging ihm durch den Kopf, aber vor allem wollte er Viv beschützen.

»Du siehst aus, als wolltest du noch was sagen«, sagte er leise.

»Ich weiß nicht mal, wo ich anfangen soll.« Sie hielt inne. »Wer wird denn jetzt eigentlich hier wohnen?«

»Du natürlich. Ich werde auch hier sein und das Sicherheitsteam leiten. Zusätzlich zu mir werden ständig zwei weitere Agenten hier sein. Es war dem Direktor ernst, als er sagte, dass wir dich nicht aus den Augen lassen werden. Die beiden Agenten der ersten Schicht sind draußen. Ich bin immer mit ihnen in Kontakt.«

»Wir sind so schnell aus meiner Wohnung raus. Was ist mit Kleidung und meinen persönlichen Dingen?«

»Eine Agentin ist gerade in deiner Wohnung und packt ein paar Sachen für dich. Sie kommt gleich. Ich dachte, es ist dir bestimmt lieber, wenn eine andere Frau in deinen Sachen kramt, aber zuerst musste die Spurensicherung alles untersuchen. Ehrlich gesagt glaube ich nicht, dass sie etwas finden werden. Wir haben nichts gesehen, woraus man schließen könnte, dass überhaupt jemand in der Wohnung war. Aber diese Typen sind gut und ich glaube, sie haben ein ganzes Netzwerk mit Profis, die so was für sie erledigen.«

Viv riss die Auge auf. »Du meinst Attentäter?«

»Auftragskiller, Söldner, Fremdfirmen und ja, Attentäter. Alles. Diese Typen haben eine Geldquelle und nutzen sie auch. Ich glaube nicht, dass die geflohenen Terroristen diejenigen sind, die Samir umgebracht haben. Vielmehr glaube ich, dass sie jemanden angeheuert haben. Die Terroristen halten sich wahrscheinlich bedeckt, bis sie zum endgültigen Schlag bereit sind.«

»Glaubst du, sie haben die Männer angeheuert, die mich auf dem Weg zu dem Treffen mit Samir überfallen haben?«

»Ja, das glaube ich.«

»Und glaubst du, dass es heute wieder so war? Dass der Schütze eine Art Auftragskiller war?«

Jacob zog eine Grimasse. »Ja. Zuerst dachte ich, sie wollten dich lebend haben, um herauszufinden, was du weißt. Aber nach dem, was heute Abend passiert ist, scheint mir der Rachegedanke wichtiger zu sein als das Wissen.« Er spürte, dass Viv fröstelte. »Ich passe auf dich auf, Viv. Heute Nacht wird dir nichts passieren.«

»Ich bete, dass du recht hast.«

Jacob sah sie an. »Das ist das erste Mal, dass du Beten erwähnst.«

»Ich rede nicht oft über meinen Glauben, aber ich bin fest davon überzeugt, dass Gott mich liebt und in meinem Leben handelt.«

»Ich auch. Obwohl ich gestehen muss, dass dies so eine Situation ist, in der ich Gott frage, warum er so etwas zulässt.«

Viv lächelte schwach. »Wir kennen nicht alle Antworten, aber ich weiß, dass Gott treu ist, und daran halte ich mich fest. Nachdem meine Eltern gestorben waren, war ich völlig verwirrt, weil ich nicht wusste, warum Gott sie mir genommen hatte. Irgendwann habe ich dann erkannt, dass ich nie ganz verstehen werde, warum sie sterben mussten, aber dass ich für die Zeit, die ich mit ihnen hatte, dankbar sein sollte. Und wenn Gott findet, dass meine Zeit gekommen ist, dann muss ich damit auch meinen Frieden machen.«

»Nein. Wir werden nicht schwarzsehen. Es ist okay zu glauben, dass Gott dein Leben in der Hand hat und dass du es akzeptierst, wenn deine Zeit gekommen ist, diese Erde zu verlassen. Aber aufgeben ist etwas anderes. Wir werden kämpfen. Ich werde für dich kämpfen. Daran habe ich keinerlei Zweifel. Der Gott, an den ich glaube, ist größer als das alles hier, Viv.«

Er sah, dass Viv Tränen in den Augen hatte. Sie seufzte. »Das weiß ich, aber ich kann meine Angst nicht unterdrücken.«

»Und das ist völlig in Ordnung. Verlass dich einfach auf mich, okay? Ich bin für so was gebaut.«

Sie zögerte und sah ihn nachdenklich an. »Du hast mir gar nicht erzählt, warum du kein SEAL mehr bist.«

Darüber sprach er nicht gerne.

»Wenn du es mir nicht sagen willst, verstehe ich das.« Viv senkte den Blick.

»Ich bin nicht freiwillig gegangen.«

»Was ist passiert?«

»Wir waren bei einem Einsatz. Zuerst lief alles nach Plan, aber dann ging es schief. Jemand hat mir in die Schulter geschossen. Ich habe brav die ganze Reha und alles gemacht, aber die Chefs waren trotzdem der Meinung, dass ich nicht mehr fit genug war für den Job. Mein Vorgesetzter und ich hatten einen riesigen Streit deswegen. Ich habe Sachen gesagt. Er hat Sachen gesagt. Ich war mein ganzes Erwachsenenleben beim Militär gewesen und konnte plötzlich nicht mehr das machen, was meine Berufung war.«

»Du glaubst, dass du immer noch stark genug bist, um da draußen zu sein, oder?«

»Ja, das glaube ich. Aber es gibt alle möglichen Regeln und Tests und mehrere Ärzte haben an mir rumgezerrt und -gezogen. Am Ende wurde mir die Entscheidung aus der Hand genommen.«

»Das erklärt eine Menge.«

»Wie meinst du das?«

»Warum du immer so traurig wirkst. Du musstest das aufgeben, was du mit Leidenschaft gemacht hast. Du hast gerade gesagt, dass du dein ganzes Erwachsenenleben beim Militär warst. Das hat deine Identität geprägt. Und dann haben sie dir das weggenommen – zu Unrecht, wie du denkst. Das würde jeden fertigmachen.«

Jacob nickte. »Genau. Das gehört zu den schlimmsten Zeiten in meinem Leben.« Er überlegte, dass er gerne noch viel mehr sagen würde.

»Du leidest immer noch. Hast du mal mit jemandem darüber gesprochen?«

»Die Navy hat mich gleich nach der Verwundung für ein paar Sitzungen zu einem Psychologen geschickt, aber das war alles. Falls du das noch nicht gemerkt hast: Über meine Gefühle zu sprechen, fällt mir nicht gerade leicht.«

Viv blickte ihn an. »Ich kann deinen Schmerz fühlen, Jacob. Er wird deutlich in allem, was du tust.«

»Dann bin ich offensichtlich total leicht zu durchschauen.«

Viv schüttelte den Kopf. »Nein. Ich meine, dass ich es spüre, weil wir viel Zeit zusammen verbringen. Ich weiß, dass du leidest.

Du verbirgst es natürlich, aber es hat Auswirkungen auf dein Leben.«

Noch nie hatte jemand ihn so ehrlich und umfassend zur Rede gestellt – und das ohne jegliche Verurteilung.

Sie nahm seine Hand. »Du hilfst mir. Ich würde dir auch gerne helfen. Wenn es etwas gibt, was ich tun kann, dann sag es einfach.«

»Du hilfst mir schon dadurch, dass du mir zuhörst.« Wie hatten seine Gefühle für Viv sich so grundlegend ändern können? Jacob hatte jede Menge Vorurteile gehabt, wie sie sein würde, aber Viv hatte sie alle widerlegt. Sie war lieb, fürsorglich und klug. Und er fühlte sich unwiderstehlich zu ihr hingezogen. Allerdings war er nicht sicher, ob es in ihrem Sinne wäre, wenn er ihr sagte, was er mittlerweile für sie empfand. Und wahrscheinlich war es angesichts der Umstände sowieso keine gute Idee.

Viv drückte seine Hand. »Wir stehen diese Sache zusammen durch.«

KAPITEL 12

Jacob hatte den größten Teil der Nacht damit verbracht, mit allen Agenten zu sprechen, die für Vivs Schutz abgestellt worden waren. Er hatte zwei Personen vom DSS hinzugezogen, um das FBI-Team zu ergänzen. Angesichts der Umstände war es ein Leichtes gewesen, die Genehmigung dafür von seinem Vorgesetzten zu erhalten.

Zum Glück versetzte seine militärische Ausbildung ihn in die Lage, mit kurzen Powernaps und ansonsten wenig Schlaf auszukommen. Am Morgen fühlte er sich deswegen nicht übermüdet, sondern eher energiegeladen. Wachsam. Was Direktor Phillips ihnen erzählt hatte, war für ihn schwer zu verdauen gewesen, aber Viv zuliebe hatte er sich nichts anmerken lassen. Die Tatsache, dass sie die Zielscheibe einer terroristischen Vereinigung war, machte selbst ihm Angst.

Und er war wütend, weil die CIA Viv überhaupt erst in diese Lage gebracht hatte. Die Verantwortlichen hätten sie einweihen müssen oder ihr zumindest die Chance geben sollen, den Auftrag abzulehnen. Diese freie Entscheidung hatte man ihr genommen und sie stattdessen in Gefahr gebracht. Außerdem – und das war das Schlimmste – befürchtete Jacob, dass die CIA ihnen noch immer etwas verschwieg. Er hoffte, der FBI-Direktor würde alle verfügbaren Informationen erhalten, aber er war nicht naiv. Er wusste, dass es zwischen CIA und FBI Grenzen gab, die nicht überschritten wurden.

Einer der anderen Agenten vom DSS hatte Jacob eine Tasche aus seiner Wohnung gebracht. Dieses Versteck würde auf absehbare Zeit auch sein Zuhause sein. Aber wenn er auch nur den geringsten Verdacht hatte, dass sie hier nicht mehr sicher waren, würde er nicht eine Sekunde zögern, Viv woanders hinzubringen.

»Guten Morgen.« Viv kam in die Küche. »Warst du die ganze Nacht auf?«

»Ich habe ab und zu ein Nickerchen gemacht. Alles gut.« Hier ging es nicht um ihn. »Konntest du denn schlafen?«

Sie nickte. »Doch, etwas zumindest. Es war vielleicht nicht die erholsamste Nacht aller Zeiten, aber es hätte schlimmer sein können, also will ich nicht klagen. Ich muss zugeben, es hat echt geholfen zu wissen, dass ihr hier wart.«

»Das ist gut. Ich habe auch schon Kaffee gemacht.«

Viv grinste. »Du bist mein Held. Ohne Kaffee willst du nicht wirklich mit mir zu tun haben.« Sie fing an, eine Schranktür nach der anderen zu öffnen.

»Der letzte auf der linken Seite«, sagte Jacob.

»Danke.« Sie fand einen Becher, füllte ihn mit Kaffee und setzte sich neben Jacob. »Ich habe an Layla gedacht. Weiß sie Bescheid?«

»Ja. Die CIA kümmert sich um sie. Leider kann sie nicht herkommen. Keine deiner Freundinnen. Es ist zu gefährlich.«

Viv kaute auf ihrer Unterlippe. »Das verstehe ich. Und ich will nicht, dass ihnen was passiert.«

Noch wichtiger war es für ihre eigene Sicherheit, aber das sagte Jacob nicht.

»Haben deine Kollegen einen Computer für mich gebracht?«

»Ja. Wir haben Laptops und unregistrierte Handys.« Zu Vivs Enttäuschung hatte er am Abend zuvor ihr Telefon an sich genommen und die SIM-Karte entfernt.

»Gut.« Sie trank einen Schluck Kaffee. »Ich muss arbeiten.«

»Ich habe Bilder von den geflohenen Gefangenen, die ich dir zeigen kann, wann immer du bereit bist.«

»Oh, ich bin bereit.« Sie zögerte. »Ich weiß, dass ich in letzter Zeit schwache Momente hatte, aber du darfst nicht glauben, dass ich der Sache nicht gewachsen bin. Zugegeben, ich bin keine ausgebildete Agentin, aber ich werde tun, was ich kann.«

Jacob musste unwillkürlich lächeln. »Oh doch, du bist eine

Kämpferin. Vielleicht nicht mit den Händen, aber auf jeden Fall mit Kopf und Herz.«

Viv berührte seinen Arm. »Danke. Das bedeutet mir viel, wenn du das sagst. Wir müssen uns ansehen, wie diese Terroristen entkommen konnten. Was ist, wenn jemand bei der CIA ihnen geholfen hat?«

»Genau das ist einer der Gründe, warum Direktor Phillips niemandem dort von diesem Versteck erzählt hat. Nur diejenigen erfahren davon, die es unbedingt wissen müssen, und das sind nur sehr wenige Menschen. Ich habe ein paar Jungs von meinem Team beim DSS eingeweiht, aber das sind Kollegen, denen ich vertraue. Ich wollte sicher sein, dass du rundum geschützt bist.«

Viv nickte. »Ich bin bereit, mich an die Arbeit zu machen, wenn du es auch bist.«

* * *

Delaney saß in dem schalldichten Besprechungsraum und wartete darauf, dass sie mit Penelope Kings Assistenten Murray Hertz sprechen konnte. Mit ihr im Raum waren Weston und Cody. Sicherlich konnten sie sich alle schönere Orte vorstellen, an denen man einen Samstagvormittag verbringen konnte, aber wenn man Teil einer Taskforce wie dieser war, musste man eben auch am Wochenende arbeiten.

Seit dem Zwischenfall am Donnerstagabend war nichts mehr geschehen, aber Delaney blieb trotzdem wachsam. Sie hatte Weston erklärt, dass er nicht mehr bei ihr übernachten musste, und obwohl es ihm nicht passte, hatte er nachgegeben. Sie konnte nicht zulassen, dass ihr Partner rund um die Uhr den Babysitter für sie spielte.

Sie nahm ihren extragroßen Kaffeebecher, den sie an diesem Morgen brauchte. Es war eine lange Nacht gewesen, nachdem sie erfahren hatte, dass jemand aus einem fahrenden Wagen auf Vivian geschossen hatte. Offenbar war das, was Direktor Phillips ihr erzählt hatte, noch nicht alles, aber Vivian war jetzt in einem sicheren Versteck und würde von dort aus weiterarbeiten. Die Tatsache, dass der Direktor ihr nicht gesagt hatte, wo Vivian war, ließ vermuten, dass ihre Kollegin echte Probleme hatte – und dass die ganze Angelegenheit sehr heikel war. Delaney war so schlau, von einem Vorgesetzten keine Informationen zu fordern, die er nicht von selbst rausrückte, und wenn dieser Vorgesetzte der Direktor des FBI war, würde sie sich erst recht zurückhalten. Phillips hatte ihr deutlich zu verstehen gegeben, dass sie sich einzig und allein dem Anschlag auf Botschafterin King widmen sollte.

Cody nahm die Fernbedienung, um den Videobildschirm einzuschalten. »Murray müsste gleich kommen.«

Es war wichtig, mit Murray zu reden, da er der Stabschef in der Botschaft war. Delaney hoffte, aus dem, was er ihnen sagte, schließen zu können, welche Aktivitäten die Botschafterin in Brüssel zur Zielscheibe gemacht haben könnten.

»Sind wir noch stumm geschaltet?«, fragte Delaney.

»Ja.« Cody zeigte auf das rote Lämpchen an der Soundbox.

»Ich fange an, aber du kannst dich jederzeit einschalten, wenn du es für nötig hältst, Weston.«

»Alles klar«, erwiderte ihr Partner.

»Und wenn es etwas gibt, was wir wissen müssen, dann unterbrich das Gespräch, Cody. Dann muss Murray eben warten, während wir unter uns reden.« Delaney hatte vor, sein Wissen so gut wie möglich zu nutzen.

»Wir können das Mikrofon ausmachen oder auch die Kamera, um ungestört zu sein, das ist also kein Problem.« Cody lächelte.

Etwas an der Art, wie er sie mit seinen großen braunen Augen ansah, ließ Delaney stutzen. Er sah wirklich gut aus, dachte sie plötzlich. Aber wieso dachte sie überhaupt darüber nach, dass sie ihn attraktiv fand? Seit Ryans Tod hatte sie nur eine Handvoll Dates gehabt und die waren allesamt von Freunden eingefädelt worden und gescheitert, noch bevor sie richtig begonnen hatten.

Delaney trank noch ein paar Schlucke Kaffee und schob jeden

Gedanken an attraktive Kollegen oder aufregende Dates energisch beiseite. Jetzt erschien Murray Hertz auf dem Bildschirm. Sie hatte seine Akte gelesen und musterte ihn. Er war Mitte vierzig, untersetzt, hatte dunkle Haare und trug eine Brille sowie einen schlecht sitzenden grauen Anzug. Die letzten fünf Jahre hatte er in Brüssel verbracht und war bei der Ankunft der Botschafterin zu ihrem Stabschef ernannt worden.

»Vielen Dank, dass Sie sich Zeit für uns nehmen, Mr Hertz. Ich weiß, dass Sie schon mit meinen Kollegen gesprochen haben, und bin dankbar, dass wir noch mal nachhaken können. Ich bin Special Agent Delaney O'Sullivan und das hier ist Special Agent Weston Lee. Ich glaube, Cody Rico kennen Sie schon.«

»Guten Morgen in die Runde«, sagte Murray Hertz. »Bitte nennen Sie mich Murray. Wir brauchen hier nicht so förmlich zu sein. Gibt es Neuigkeiten von der Botschafterin?«

Delaney schüttelte den Kopf. »Leider nicht. Sie ist immer noch in einem kritischen Zustand.«

Murray senkte den Blick. »Tut mir leid, das zu hören.«

Sie beschloss, mit einer einfachen Frage zu beginnen. »Wie lange arbeiten Sie schon mit Penelope King zusammen?«

»Seit sie vor etwa drei Jahren nach Brüssel gekommen ist.«

Delaney überlegte, ob sie die Themen, über die Murray mit den anderen Agenten gesprochen hatte, noch einmal durchgehen sollte, da sie die Protokolle ihrer Kollegen aufmerksam gelesen hatte, aber es gab noch eine andere Möglichkeit. »Sie haben den Kollegen, mit denen Sie gesprochen haben, erzählt, Sie hätten keinen Grund zu der Annahme, jemand könnte es auf die Botschafterin abgesehen haben. Sind Sie immer noch dieser Meinung?«

Murray zog eine Augenbraue hoch. »Gibt es etwas, das ich nicht weiß?«

Delaney beugte sich vor. »Sagen Sie es mir.«

Der Stabschef seufzte. »Ich weiß nichts Neues. Penelope ist beliebt. Eine begabte Politikerin und sehr gut vernetzt. Sie bemüht sich immer sehr, niemanden zu verärgern. Sie bildet lieber Koalitionen, als Leute gegeneinander auszuspielen. Initiiert Vereinbarungen. Alle kommen gerne zu ihr, alle wollen Penelope gerne einladen. Ergibt das einen Sinn?«

»Das tut es«, antwortete Delaney. »Wissen Sie von irgendwelchen Beziehungen, die der Botschafterin Schwierigkeiten gebracht haben könnten?« Sie formulierte die Frage bewusst vage, weil sie sehen wollte, wie Murray sie auffasste.

»Also, ehrlich gesagt rede ich nicht gerne über das Privatleben der Botschafterin.«

Da war es wieder, das heikle Thema. »Ich meinte nicht irgendwelche romantischen Beziehungen.«

»Oh.« Murray runzelte die Stirn. »Dann verstehe ich Ihre Frage nicht.«

»Irgendwelche anderen Beziehungen, die vielleicht nicht ganz astrein sind?«

Murray sah sie misstrauisch an. »Nein. Penelope ist immer korrekt.«

»Ich kann verstehen, dass Sie Ihre Chefin nicht anschwärzen wollen«, mischte sich Weston ins Gespräch ein. »Aber dies wäre der Zeitpunkt, uns zu erzählen, was Sie wissen. Es kann gut sein, dass Botschafterin King diesen Anschlag nicht überlebt, und dann reden wir bei den Ermittlungen von Mord anstatt von versuchtem Mord. Und ich hoffe, Sie wollen, dass die Person, die das getan hat, dafür bezahlt.«

Murray wirkte nervös, während er an seiner Krawatte zog. »Ich würde ja wirklich gerne helfen, aber ich kann Ihnen nichts sagen. Ich habe das Gefühl, dass Sie etwas wissen und glauben, ich wüsste auch etwas, aber das ist nicht der Fall.«

»Geben Sie uns bitte einen Moment, Murray.« Delaney gab Cody ein Zeichen, der Mikro und Kamera ausschaltete.

»Er weiß was«, sagte Weston.

»Das sehe ich auch so, aber er wird nicht auspacken, wenn wir nicht anfangen, ein bisschen Druck auszuüben. Was meinst du, Cody?«

Cody sah in seinen Laptop, der aufgeklappt vor ihm auf dem Tisch stand. »Ich bin seine Akte durchgegangen und habe ein paar Informanten über ihn abgefragt. Dabei ist nichts rausgekommen.«

»Wir müssen ihm den Eindruck vermitteln, als wüssten wir schon etwas.« Delaney überlegte einen Moment. »Kannst du dich so hinsetzen, dass er dich nicht sieht, Cody? Vielleicht redet er freier, wenn er glaubt, dass niemand vom Außenministerium im Raum ist.«

»Verstanden.« Cody erhob sich. »Klick auf die Symbole hier, wenn du so weit bist.«

Sie wartete, bis Cody sich mit seinem Laptop in den hinteren Teil des Raumes zurückgezogen hatte und von der Kamera nicht mehr erfasst wurde, dann schaltete sie Kamera und Mikrofon wieder ein. »Wir sind wieder da, Murray. Sorry.«

Hertz lehnte sich zurück. »Ich bin noch da.«

»Wir sind unter uns, Murray. Es tut mir wirklich leid, aber wir müssen diese schwierigen Themen mit Ihnen durchsprechen.«

»Okay. Aber wie gesagt, ich weiß nichts.«

»Darum geht es ja«, widersprach Weston. »Sie wissen etwas und wir wollten Ihnen die Möglichkeit geben, es uns zu erzählen. Helfen Sie uns, Murray.«

Hertz seufzte. »Die Botschafterin ist nicht nur meine Vorgesetzte, sondern auch eine Freundin.«

Jetzt kamen sie allmählich voran. »Ich verstehe, dass Sie in einer schwierigen Lage sind, aber Ihre Freundin ringt um ihr Leben. Wir versuchen herauszufinden, wessen Schuld das ist. Wenn Sie irgendwas wissen, auch wenn es Ihnen unwichtig erscheint, selbst wenn es nur Gerüchte sind – uns interessiert alles.«

Einige Augenblicke herrschte Schweigen. Delaney ermahnte sich, nichts zu sagen, sondern darauf zu warten, dass Murray den nächsten Schritt machte.

Er stand auf und zog seine graue Anzugjacke aus, bevor er sich wieder setzte. »Die Botschafterin ist eine komplizierte Frau.«

Oh-oh. Das klang nicht gut.

»Inwiefern?«, fragte Weston.

Murray stieß einen dramatischen Seufzer aus. »Ich bin sicher, Sie wissen inzwischen von den Problemen, die sie und ihr Mann hatten.«

Jetzt waren sie wieder bei der Untreue. »Ja, grundsätzlich wissen wir davon. Aber gibt es noch etwas, das Sie uns sagen können, damit wir es besser einordnen können?«

Murray hatte die Hände auf der Tischplatte so krampfhaft gefaltet, dass seine Knöchel ganz weiß wurden. »Sie haben von Gerüchten gesprochen, also gut. Die Botschafterin scheint eine enge und freundschaftliche Beziehung zu Sergej Popow zu haben.«

»Wer ist Popow?«, fragte Delaney.

»Er ist einer der Diplomaten, die in Brüssel in der russischen Botschaft arbeiten.«

Delaney musste es genauer wissen. »Wenn Sie ›enge und freundschaftliche Beziehung‹ sagen, meinen Sie dann eine Liebesbeziehung oder eher ein Vertrauensverhältnis?«

Murray senkte den Blick. »Ich denke an etwas Romantisches, aber ehrlich gesagt weiß ich nichts Genaues.« Er wand sich auf seinem Stuhl und ein feiner Schweißfilm hatte sich auf seiner Stirn gebildet. »Also, ich habe einmal gesehen, wie sie sich geküsst haben. Es war spät am Ende einer langen Party, deshalb bin ich nicht sicher, ob es etwas Ernstes war, obwohl ich irgendwie den Eindruck einer gewissen Vertrautheit hatte. Aber es ging mich ja nichts an.«

Die Erwähnung eines russischen Diplomaten machte diesen Fall noch um einiges brisanter. »Wissen Sie, ob Popow momentan in Brüssel ist?«

»Er ist hier stationiert, aber er reist viel, deshalb weiß ich nicht mit Sicherheit, ob er jetzt gerade hier ist.«

»Haben Sie die Botschafterin mal auf ihre Beziehung zu Popow angesprochen?«

Murray schüttelte den Kopf. »Das hätte mir nicht zugestanden,

Agent O'Sullivan. Die Botschafterin ist in vielen gesellschaftlichen Kreisen unterwegs und ich habe nie hinterfragt, mit wem sie ihre Freizeit verbringt.«

»Auch dann nicht, wenn es ein *russischer* Diplomat ist?«

»Auch dann nicht.« Offenbar begann Murray jetzt, auf stur zu stellen. »Und wie ich Ihnen schon sagte, ich bin nicht sicher, wie ernst das mit ihm ist. Es kam mir nur so vor, dass Penelope ihm gegenüber mehr Zuneigung empfindet als bei vielen anderen Männern, mit denen sie privat zu tun hat. Aber an Ihrer Stelle würde ich das, was ich gesagt habe, nicht für bare Münze nehmen, ohne unabhängige Nachforschungen anzustellen. Und selbst wenn die beiden was miteinander haben oder mal hatten, wüsste ich nicht, was Popow mit der Sache zu tun haben sollte. Er ist ein erfahrener Diplomat und hat ganz offensichtlich eine gute Beziehung zur Botschafterin.«

»Was Popow mit der Sache zu tun haben könnte, müssen wir herausfinden, Murray«, erklärte Delaney. »Wir wissen es jedenfalls zu schätzen, dass Sie heute so offen mit uns geredet haben. Wenn Ihnen noch etwas einfällt, dann lassen Sie es uns bitte wissen.«

Weston gab ihm die Kontaktdaten, bevor er die Verbindung beendete.

Cody trat wieder an den Tisch und stellte seinen Laptop ab. »Ich habe gerade eine Nachricht an die Russlandabteilung geschickt und nach Popow gefragt.«

»Wir sollten auch unsere CIA-Kontakte anzapfen.« Delaney würde nichts unversucht lassen, nachdem sie diese Information erhalten hatten. »Wir haben ungewöhnliche Geldeingänge auf einem Offshore-Konto der Botschafterin und jetzt einen russischen Diplomaten. Bin ich die Einzige, die sich ernsthafte Sorgen macht?«

Weston und Cody sahen sie an, aber bevor sie etwas antworten konnten, klingelte Delaneys Telefon. Es war der Direktor. Delaney nahm das Gespräch an. »O'Sullivan.«

»Ich habe schlechte Neuigkeiten«, sagte Phillips.
Delaneys Magen zog sich zusammen »Was ist passiert?«
»Botschafterin King hatte einen Herzstillstand. Sie ist tot.«

KAPITEL 13

Jacob sah, wie Viv stirnrunzelnd auf ihren Laptop starrte.

»Das sind die Terroristen, die entkommen sind? Bist du sicher?«, fragte sie.

»Ja. Warum zweifelst du daran?«

Sie starrte noch eine ganze Minute auf den Bildschirm, bevor sie sich wieder Jacob zuwandte. »Leider erinnere ich mich nicht an diese Männer. Aber damals war viel los und ich habe mich auf die Gefangenen konzentriert, die wir an die Ägypter übergeben haben.«

»Das war ja auch dein Job. Du hast gemacht, was du solltest. Du wusstest ja nicht einmal, wer diese Männer waren.« Er zögerte. »Ich vermute, die beiden sind nicht die Männer, die dich überfallen haben, oder?«

»Auf keinen Fall. Da bin ich hundertprozentig sicher. Wenn ich die Angreifer noch mal sehe, werde ich sie erkennen. Kannst du mehr über diese Kerle erzählen?«

»Mitglieder der Terroristengruppe Al-Nidal. Äußerst wertvolle Personen mit Insiderwissen, das wir brauchen, um Anschläge in den USA und der ganzen Welt zu verhindern. Hochgefährlich. Da die CIA ihre Identitäten nicht verrät, ist das alles, was wir wissen.«

»Ich bin kein Experte, was Al-Nidal und ihr Netzwerk betrifft. Das ist Laylas Spezialgebiet. Wir sollten mit ihr reden, vielleicht kann sie uns mehr erzählen.«

Jacob wollte ihr keine Hoffnungen machen. »Ich sage das nur ungern, aber ich wette, die Behörde hat ihr verboten, etwas zu sagen. Wahrscheinlich darf sie nicht mehr über dieses Thema reden.«

»Ich bin ihre beste Freundin. Ich verstehe, dass sie tut, was sie tun muss, um die nationale Sicherheit nicht zu gefährden und die Regeln zu befolgen, aber ich finde, wir sollten es wenigstens versuchen. Schließlich haben wir nichts zu verlieren.«

»Dann brauchen wir eine sichere Telefonleitung. Sie kann nicht herkommen.«

»Ja, das weiß ich.«

Jacobs Telefon vibrierte und er blickte auf das Display, wo er die schlechten Neuigkeiten las. »Es tut mir leid, Viv, aber Penelope King ist gestorben.«

Einige Sekunden lang saß Viv reglos da, dann stand sie auf. »Entschuldige bitte, ich brauche einen Moment für mich.« Sie verließ das Zimmer. Jacob folgte ihr nicht.

Er erinnerte sich, dass Viv erwähnt hatte, dass sie die Botschafterin näher gekannt hatte. Zusätzlich zu all den anderen Dingen brachte ihr Tod Viv vermutlich an den Rand des Zusammenbruchs. Jacob durfte nicht zulassen, dass sie die Hoffnung verlor. Er musste ihr Mut machen.

Nach wenigen Minuten kam Viv zurück. Ihre Augen waren gerötet, aber ansonsten schien sie relativ gefasst zu sein angesichts der Umstände. »Du glaubst nicht, dass ihr Tod mit all den anderen Dingen zu tun hat, oder?«

»Delaney und Weston sind fleißig, haben aber noch nichts gefunden, was die Botschafterin mit den Ereignissen bei den Ägyptern in Verbindung bringt. Höchstwahrscheinlich gibt es überhaupt keinen Zusammenhang zwischen den beiden Vorfällen. Wir können nach wie vor nicht ausschließen, dass Botschafter Zidan einen Herzinfarkt hatte. Aber unabhängig davon hat sein Tod eine Kette von Reaktionen ausgelöst.«

Viv setzte sich. »Ist das wirklich ein Rachefeldzug dieser Al-Nidal-Anhänger? Da muss doch mehr dahinterstecken als Rache, oder?«

Leider irrte sie sich da. »Ich fürchte, nein. Diese Männer sind Terroristen. Sie würden nicht zögern, jemanden als Racheakt zu töten. Ihr einziges Ziel ist es, anderen Leid zuzufügen. Das sind keine politischen Dissidenten. Es geht nicht um Diplomatie, wie du sie kennst. Das sind einfach nur böse Menschen. Verstehst du?«

Viv atmete hörbar aus. »Ich weiß. Es fällt mir nur schwer, mir das vorzustellen.«

»Das liegt daran, dass du das Helle in den Menschen siehst und nicht die Dunkelheit. Meine Spezialität ist, das Dunkel zu sehen und zu bekämpfen.«

»Was für ein schweres Leben«, flüsterte sie.

»Das ist alles, was ich kann.« Er zögerte. »Aber zu deiner ursprünglichen Frage: Ich glaube, wir haben es hier mit verschiedenen Ereignissen zu tun. Penelope Kings Tod scheint ein ganz anderes Szenario zu sein. Es gibt keinen Grund, warum sie mehr in der Schusslinie sein sollte als alle anderen Diplomaten, wenn die Bedrohung von Al-Nidal ausging. Nur wissen wir nicht, ob diese Typen für den Tod von Zidan verantwortlich sind oder ob das für sie nur der Auslöser war, aktiv zu werden.«

* * *

Irgendwann am Abend fiel Viv ein, dass sie Mark anrufen musste, weil er ihre neue Telefonnummer noch nicht hatte. Sie wollte aber nicht, dass Jacob das mitbekam, also ging sie in ihr Schlafzimmer, um den Anruf zu tätigen. Zum Glück war Marks Visitenkarte in ihrem Portemonnaie, sodass sie seine Nummer hatte.

Nach mehrmaligem Läuten ging er dran. »Hallo.«

»Hi, Mark. Viv hier.«

»Viv! Mensch, was ist denn los? Ich habe ständig versucht, dich zu erreichen, aber bei deinem Telefon ging immer nur die Mailbox dran und auf meine Textnachrichten hast du auch nicht geantwortet. Ich habe mir echt Sorgen gemacht!«

»Es tut mir wirklich leid, Mark. Alles war so chaotisch.«

»Was ist denn passiert?«

»Ich bin in einem sicheren Versteck, während die Situation näher untersucht wird.«

»Wow. Ich bin froh, dass sie die Sache so ernst nehmen. Es ist wirklich wichtig, dass du in Sicherheit bist. Wahrscheinlich solltest du mich nicht mal anrufen, oder?«

»Ich mache es kurz. Aber ich musste dir doch Bescheid sagen, dass es mir gut geht, weil ich wusste, dass du dir Sorgen machen würdest. Es ist alles so ärgerlich.« Viv zögerte. »Ich muss immer daran denken, was gestern Abend geschehen ist. Du hast so schnell reagiert und jetzt hast du mir schon zweimal das Leben gerettet. Ich stehe wirklich in deiner Schuld, aber Danke zu sagen, scheint mir so banal, wenn man die Folgen bedenkt.«

»Das darfst du nicht denken, Viv. Ich weiß, dass wir uns noch nicht lange kennen, aber ich mag dich sehr und ich bin froh, dass ich diese Leute daran hindern konnte, dir etwas anzutun.«

»Aber dabei habe ich dich in Gefahr gebracht und das ist unverzeihlich.«

»Mach dir um mich keine Gedanken. Ich bin zäher, als ich aussehe.« Er lachte leise.

»Ich finde, du siehst ganz schön zäh aus.«

»Kann ich dich wiedersehen?«

»Ich weiß es nicht. Die Sicherheit ist sehr streng und sie haben mir gesagt, dass ich niemandem sagen darf, wo ich bin.«

»Das verstehe ich. Ist am besten so. Sie wollen eben auf Nummer sicher gehen. Haben sie schon gesagt, ob sie Spuren haben, was die Täter betrifft? Glauben sie immer noch, dass es mit den Botschaftern zu tun hat?«

»Daran arbeiten wir noch. Leider habe ich keine Antworten und ich glaube auch nicht, dass jemand anders es weiß.«

»Was kann ich tun? Du brauchst es nur zu sagen.«

»Du hast schon so viel getan, Mark.«

»Wenn irgendwas ist, sag Bescheid. Ich bin hier für dich, wenn du was brauchst.«

Ein Klopfen an der Tür ließ Viv zusammenzucken. »Ich muss Schluss machen, aber danke noch mal.«

»Ruf bald wieder an und sag mir, wie es dir geht. Oder wenn du nicht anrufen kannst, schick mir eine Mail, damit ich weiß, dass alles in Ordnung ist.« Er nannte ihr seine E-Mail-Adresse.

»Mach ich.«

Viv legte auf und öffnete dann ihre Schlafzimmertür. Jacob stand davor.

»Mit wem hast du gesprochen?«

»Mit Mark«, erwiderte sie.

»Gib mir dein Handy.«

»Wie bitte?«

»Gib mir dein Handy.«

Sie gab es ihm, woraufhin er es umdrehte und die SIM-Karte herausnahm. Dann zerbrach er sie.

»Hey! Warum hast du das gemacht?«

»Weil niemand deine Nummer nachverfolgen und dadurch das Versteck finden darf.«

Jetzt musste Viv lachen. »Jacob, das war der Mann, der mir gestern Abend das Leben gerettet hat! Ich sollte ihn nicht anrufen und ihm Bescheid sagen, dass es mir gut geht?« Allmählich nahm ihr Frust überhand.

»Ich verstehe, warum du das tun wolltest, aber du darfst im Moment nicht mit anderen kommunizieren.«

Sie blickte zu Jacob auf. »Das gefällt mir überhaupt nicht.«

Er ließ den Kopf hängen. »Ich versuche nur, dich am Leben zu erhalten.«

Als sie ihn ansah, legte sich Vivs Ärger über diese Bevormundung. Jacob war ganz offensichtlich erschöpft und besorgt. Angesichts der Umstände sollte sie mehr Rücksicht auf ihn nehmen.

»Da ist noch was.«

»Was denn?« Bei dem Gedanken, dass es noch mehr schlechte Nachrichten gab, wurde ihr ganz flau im Magen.

»Wir sind nach Langley zitiert worden«, antwortete Jacob.

»An einem Samstagabend? Warum?« Was war denn jetzt passiert? Viv war nicht sicher, ob sie noch mehr verkraften konnte.

»Keine Ahnung. Aber wir müssen hin. Sie haben gesagt, so bald wie möglich.«

* * *

Vivs Magen war bereits völlig verkrampft, als sie in der Zentrale der CIA einen Hochsicherheitsbereich betraten, um eine abgeschirmte Unterredung zu führen. Sie war nicht sicher, wer alles dabei sein würde, aber als Jacob sie zu ihrem Stuhl führte, wurde diese Frage zum Teil beantwortet.

Direktor Phillips war dort und CIA-Direktor Mince saß am Kopfende des Tisches. Viv wurde übel. Dann sah sie Layla an der anderen Seite sitzen und atmete erleichtert auf. Es tat gut, sie zu sehen, aber Layla lächelte nicht und schien sich nicht zu freuen, Viv zu sehen. Ganz im Gegenteil. Laylas ernster Gesichtsausdruck machte Viv nur noch nervöser. Konnten die Direktoren ihr etwas sagen, das diese Situation noch schlimmer machte?

Viv warf Jacob einen Blick zu und sah, dass auch er sein Pokerface aufgesetzt hatte.

Direktor Phillips stand auf und alle Blicke im Raum richteten sich auf ihn. »Ich glaube, wir sind alle da. Ich habe diese Sitzung einberufen, weil mir zugetragen wurde, dass es in dem aktuellen Fall zusätzliche Informationen gibt, die wir austauschen müssen. Direktor Mince hat freundlicherweise eingewilligt, uns an einigen wertvollen Kenntnissen teilhaben zu lassen, und außerdem haben wir ein paar Fotos für Sie, Vivian.« Er sprach langsam, sodass sein Südstaatenakzent besonders deutlich zu hören war. »Wir möchten wissen, ob Sie irgendjemanden davon erkennen.«

Direktor Mince trat zu ihr und streckte ihr die Hand entgegen. »Ich glaube, wir sind uns noch nicht begegnet, Vivian, aber Direktor Phillips hat mich umfassend informiert. Wir sind bereit, die Identitäten dieser beiden Männer preiszugeben, die geflohen sind, aber vorher möchte ich Sie bitten, dass wir gemeinsam einige Videoaufzeichnungen und Fotos ansehen. Wir möchten wissen, ob Sie diese Männer vom Diplomatendinner, von dem Gefangenenaustausch oder auch irgendwo anders her wiedererkennen. Ist das für Sie in Ordnung?«

»Ja, danke, Herr Direktor.« Was sollte sie auch sonst sagen? Sie sah Layla an, die ihr aufmunternd zunickte. Viv war noch immer nicht klar, inwieweit Layla in die ganze Sache involviert war, doch in ihrem tiefsten Innern fürchtete sie, dass Layla mehr wusste, als sie gesagt hatte.

»Okay, lassen Sie die Bilder ablaufen«, sagte Direktor Phillips.

Viv knetete unter dem Tisch ihre Hände und versuchte, Ruhe zu bewahren. Sie erinnerte sich daran, dass niemand ihr etwas tun konnte, während sie mit ihrem persönlichen Leibwächter in einem sicheren Raum bei der CIA war. Sie musste sich auf den Bildschirm konzentrieren und versuchen zu helfen, so gut sie konnte.

Sie ließ den Monitor nicht aus den Augen, während dort ein Foto nach dem anderen von verschiedenen Männern erschien, die sie nicht erkannte. Viv zermarterte sich das Hirn und versuchte, die Gesichter mit der vagen Erinnerung an die Männer zu vergleichen, die bei der Gefangenenübergabe mit Samir zusammen gewesen waren, aber es führte zu nichts.

Mehrere Minuten lang atmete Viv tief ein und aus und verfolgte die Diashow auf dem Bildschirm. Dann erschien ein Gesicht auf dem Monitor und dieser Anblick versetzte ihr förmlich einen Schlag in die Magengrube. Sie sprang auf. »Halt! Warten Sie!«

Direktor Mince sah sie an. »Kennen Sie diesen Mann?«

Viv starrte auf den Bildschirm und hatte das Gefühl, als würde die Welt über ihr einstürzen. Wie hatte alles so schrecklich schieflaufen können? Sie warf Jacob einen Blick zu, um zu sehen, ob sie verrückt war, aber er sah genauso schockiert aus wie sie. »Wer ist das?«

»Was glauben Sie denn, wer das ist?«, fragte Direktor Phillips.

»Ich kenne diesen Mann als Mark Pullman. Er ist der barmherzige Samariter, der mich bei dem Überfall gerettet hat.« Sie holte noch einmal tief Luft. »Und der Mann, der mich gestern Abend davor bewahrt hat, erschossen zu werden.«

Im Raum war es totenstill. Viv konnte nur das Summen des Ventilators an der Decke hören.

Direktor Mince ging zu dem großen Bildschirm und zeigte auf den Mann, den Viv als Mark kannte. »Sind Sie sicher? Sind Sie sich ganz sicher?«

»Ich kann das bestätigen«, schaltete Jacob sich ein. »Das ist eindeutig Mark Pullman. Viv, am besten erzählst du ihnen, dass du vorhin noch mit ihm gesprochen hast, bevor wir hergekommen sind.«

Viv stand auf und begann auf und ab zu gehen. »Zuerst will ich wissen, wer er ist. Wer er *wirklich* ist. Ich habe ein Recht darauf, das zu wissen.«

Direktor Mince knöpfte sein Jackett auf und setzte sich. »Das ist Paul Joubert. Französischer Staatsbürger. Er ist einer der wichtigsten Geldgeber von Al-Nidal. Er hat sich vor etwa zehn, zwölf Jahren in Frankreich radikalisiert. Bei seiner Arbeit hat er schon die unterschiedlichsten Pseudonyme angenommen, aber wir glauben, dass Paul Joubert sein richtiger Name ist. Aber lassen Sie sich nicht von der Finanztarnung des Mannes täuschen. Tödlicher geht es nicht. Wir konnten seine Arbeit in den letzten fünf Jahren beobachten und er trägt die unmittelbare Verantwortung für die Finanzierung mehrerer Terroraktionen in Europa und im Nahen Osten. An seinen Händen klebt das Blut unzähliger unschuldiger Zivilisten.«

Viv musste sich wieder setzen. Alles drehte sich vor ihren Augen, während ihre Gedanken sich überschlugen. Sie hatte Angst, in Ohnmacht zu fallen. »Aber er hat mich gerettet. Er hat mich gerettet.« Sie wiederholte diese Worte immer wieder, als würde das helfen zu verstehen, was hier vor sich ging.

Jacob ging nach vorne. »Okay, gehen wir mal alles der Reihe nach durch. Viv erhält eine Textnachricht von jemandem, der sich als Samir ausgibt, und lockt sie damit zu einer Verabredung. Zwei Männer überfallen sie, aber der Zufall will es, dass ein barmherziger Samariter genau zum richtigen Zeitpunkt auftaucht, um Viv zu retten.« Er zeigte auf den Bildschirm. »Jetzt wissen wir, dass dieser Mann, der ihr zu Hilfe kommt, Paul Joubert ist. Dann nimmt Viv verständlicherweise Kontakt zu ihm auf, die beiden verstehen sich gut und gestern Abend rettet er sie erneut aus einer Gefahr.«

Allmählich wurde Viv klar, was geschehen war. »Das war alles geplant. Er sollte mich retten, damit ich ihm vertraue. Er hat versucht, mir näherzukommen. Aber warum? Warum diese aufwendige Inszenierung?«

Endlich ergriff Layla das Wort. »Du musst uns genau erzählen, was passiert ist, als du ihn nach dem Überfall getroffen hast.«

Viv sah erneut zu Jacob hinüber. »Ich habe ihn zweimal getroffen. Das erste Mal, als ich ihn zu einem Kaffee eingeladen habe, um ihm zu danken, und das zweite Mal, als er mich gestern Abend zum Essen ausgeführt hat. Und, wie Jacob gerade schon sagte, vorhin habe ich mit ihm telefoniert, bevor wir hierhergekommen sind.«

Wieder senkte sich ein unbehagliches Schweigen auf den Raum.

Viv spürte, wie ihre Nackenmuskeln sich verspannten. »Natürlich hatte ich keine Ahnung.«

Direktor Mince richtete sich auf seinem Stuhl auf. »Es ist von allergrößter Wichtigkeit, dass Sie sich genau an jede Unterhaltung mit diesem Mann erinnern, Vivian. Was haben Sie ihm über Ihre Arbeit gesagt, falls Sie darüber gesprochen haben, und über das, was Ihnen zugestoßen ist?«

Sie versuchte, sich zu erinnern, was genau sie gesagt hatte. Sie wusste, dass sie ihm Informationen vorenthalten hatte, aber damals hatte sie das nur unter dem Gesichtspunkt der professionellen Geheimhaltung betrachtet und nicht unter der Prämisse, dass er der Feind war. In ihren Augen war er ein Freund gewesen. Jemand, der sie vor einem Angriff und vielleicht sogar vor dem Tod gerettet hatte.

Bevor sie antworten konnte, schaltete Direktor Phillips sich ein. »Dies ist nicht der Zeitpunkt, um irgendwas zu verschweigen, Vivian. Wenn Sie ihm mehr gesagt haben, als Sie sollten, ist das verständlich, denn Sie standen noch unter Schock und er war ja Ihr Retter. Legen Sie die Karten auf den Tisch, dann können wir damit arbeiten.«

»Warum gehen denn alle davon aus, dass Vivian dem Typen ihr Herz ausgeschüttet hat?«, fragte Jacob. »Warum lassen wir sie nicht selbst erzählen, bevor wir irgendwelche voreiligen Schlüsse ziehen?«

Wieder einmal versuchte Jacob, sie zu beschützen. Viv warf ihm ein halbherziges Lächeln zu. Aber sie musste alles berichten, was sie Mark gesagt hatte, denn wahrscheinlich war es mehr, als sie hätte sagen sollen.

»Okay, wir hatten das erste Treffen zum Kaffee und da haben wir überwiegend Small Talk gemacht. Mark hat mir erzählt, er sei Anwalt, also hatten wir sofort eine Gemeinsamkeit. Ich habe ihm erzählt, dass ich fürs Außenministerium arbeite. Ich glaube nicht, dass wir bei diesem Treffen mehr über mich geredet haben.« Sie versuchte wieder, sich genau zu erinnern. »Moment mal, ich habe bei der Gelegenheit erwähnt, dass wir nicht sicher seien, ob der Überfall etwas mit meiner Arbeit zu tun hatte, aber das war alles. Aber als wir gestern Abend essen waren, wusste er, dass etwas los war, weil Jacob mit dabei war. Er hat weitere Fragen gestellt, aber ich dachte, es sei aus Besorgnis oder Neugier und nicht, weil er der Feind ist!«

Layla stand auf und setzte sich neben sie. »Nichts davon ist deine Schuld, Viv. Du hast nichts falsch gemacht.«

Viv wusste zu schätzen, dass ihre Freundin für sie eintrat. Vor allem vor diesen beiden Direktoren. »Er hat mich gefragt, ob er mir einen Privatdetektiv empfehlen könne. Darauf habe ich geantwortet, dass das nicht geht wegen der fehlenden Sicherheitsfreigabe. Und dann hat er gefragt, ob ich an den Anschlägen auf die Botschafter arbeite. Ich hatte davon gar nicht gesprochen.

Wenn ich jetzt überlege, war das eine merkwürdige Frage, aber ich dachte, es gehe ihm darum, dass ich in Gefahr war, und weil er wusste, dass ich im Außenministerium arbeite, hat er eins und eins zusammengezählt. Ich habe ihm gesagt, dass ich das nicht sagen kann und dass wir immer noch versuchen herauszufinden, warum jemand es auf mich abgesehen hat. Er hat einen Witz gemacht, ob ich bei der CIA sei, und ich habe es genau dafür gehalten – einen Witz. Es kann sein, dass er noch mal nachgehakt hat, aber ich erinnere mich nicht daran, ihm irgendwelche Informationen gegeben zu haben. Ich habe versucht, das Thema zu wechseln, um weitere knifflige Fragen zu vermeiden.« Sie überlegte. »Oh, ich habe zu ihm gesagt, dass er als Anwalt ja versteht, dass ich einer Schweigepflicht und Geheimhaltung unterliege.«

Direktor Mince stieß seinen Stift auf die Tischplatte auf. »Sind Sie sicher, dass das alles ist?«

Viv schwieg einen Moment lang, während sie überlegte. »Nein.« Sie stöhnte, als es ihr wieder einfiel. »Ich habe ihm erzählt, dass jemand, der mir nahestand, ermordet wurde, aber ich habe keine Namen genannt. Das ist alles, woran ich mich erinnere. Falls mir noch etwas einfällt, sage ich Ihnen natürlich sofort Bescheid. Als ich heute Abend mit ihm gesprochen habe, wollte er wissen, ob es mir gut geht. Er hat gefragt, ob wir schon wüssten, wer hinter allem steckt, und ich habe Nein gesagt.« Viv holte noch einmal tief Luft. »Es scheint mir ein sehr aufwendiger Plan für ein paar Verabredungen.«

»Sie haben nach Informationen gefischt.« Layla schob eine Haarsträhne hinter ihr Ohr. »Ich glaube, sie wollten wissen, wer du bist und was du vielleicht weißt. Die CIA-Bemerkung war in Wirklichkeit kein Witz. Er hat versucht, etwas über dich in Erfahrung zu bringen. Dann rettet er dir zum zweiten Mal das Leben und jetzt vertraust du ihm wirklich. Wenn ich wetten müsste, würde ich sagen, dass sie dich benutzen wollen, um den Aufenthaltsort der anderen Gefangenen herauszufinden – und was weiß ich, was sonst noch.«

Lang Phillips nickte. »Ich bin sicher, das ist ein Faktor. Außerdem könnte er, wenn er eine Beziehung zu Vivian aufbaut, immer mitbekommen, wie die Ermittlungen laufen. Vielleicht denkt er, wenn er Ihnen näherkommt, würden Sie ihm vertrauen und etwas sagen, was Sie nicht sagen sollten. Wir brauchen uns nicht vorzumachen, dass so etwas nicht passiert. Er hat sich als vertrauenswürdig, fürsorglich und als Beschützer erwiesen. Ein ziemlich beeindruckender Schachzug. Und wenn sie etwas über die Ermittlungen wissen wollen, stützt das die Theorie, dass ein Verbrechen hinter dem Tod von Botschafter Zidan steckt.«

Direktor Mince rieb sich das Kinn. »So ungern ich das sage, aber wir müssen überlegen, wie wir diese Tatsache zu unserem Vorteil nutzen können. So eine Gelegenheit bietet sich nicht noch einmal.«

»Das können Sie Viv nicht antun«, wandte Jacob sofort ein. »Sie hat schon genug durchgemacht und ist unfreiwillig zur Zielscheibe geworden. Und jetzt wollen Sie – was? Dass sie so tut, als hätte sie eine Beziehung mit diesem Wer-auch-immer, um Informationen zu erhalten? Das funktioniert vielleicht mit einer ausgebildeten Agentin der CIA, aber nicht bei ihr.«

»Entschuldigung, habe ich da vielleicht auch ein Wörtchen mitzureden?«, fragte Viv.

Niemand antwortete ihr. Sie sah Layla an, die entschieden den Kopf schüttelte. Es war offensichtlich, dass sie das nicht für eine gute Idee hielt. Aber genauso offensichtlich hielt der Direktor der CIA seine Überlegungen für einen großartigen Vorschlag.

Layla beugte sich vor. »Viv ist für so etwas nicht ausgebildet. Das können Sie auf keinen Fall von ihr verlangen.«

Direktor Mince räusperte sich. »Jetzt mal langsam, damit wir in Ruhe nachdenken können. So wie ich es verstanden habe, geht Joubert bereits davon aus, dass Vivian Personenschutz hat, also kann das so bleiben, was ihre Sicherheit gewährleistet und ihr trotzdem die Gelegenheit gibt, ihn nach Informationen auszuhorchen. Er denkt vielleicht, dass er sie benutzt, aber in Wirklichkeit werden wir ihn benutzen. Es könnte sein, dass er unsere beste Fährte bei der Suche nach den beiden geflohenen Gefangenen ist.«

»Apropos«, warf Jacob ein, »wann sagen Sie uns endlich, wer die beiden Kerle sind? Ich habe Viv die Fotos gezeigt, die wir von der CIA bekommen haben, und sie hat die Männer nicht erkannt. Aber Sie haben noch andere Bilder. Ich finde, es wäre gut, wenn Viv sich diese auch noch ansieht.«

»Bevor wir dazu kommen, möchte ich die Mark-Thematik klären. Oder Joubert oder wie auch immer wir ihn nennen werden.« Viv kam sich schrecklich naiv vor. Sie war gnadenlos benutzt worden und das machte sie wütend. Dieser Mann hatte ihr nachgestellt und war dann als Retter in der Not aufgetreten, aber in Wirklichkeit war er ein Wolf im Schafspelz. »Ich möchte wenigstens wissen, was für Alternativen ich habe.«

Der CIA-Direktor sah seinen FBI-Kollegen an und dann wieder Viv. »Geben Sie uns ein paar Minuten?«

»Natürlich«, sagte Layla. »Kommt, ihr zwei. Ich hole uns einen Kaffee.«

Layla führte Viv und Jacob hinaus und den Gang hinunter zu einem Pausenraum.

»Layla, du wusstest das mit Mark nicht, oder?«, fragte Viv.

Ihre Freundin schüttelte den Kopf. »Nein, das wusste ich nicht. Ich musste dir einige Dinge verschweigen, was mir gar nicht recht war. Aber wenn ich *das* gewusst hätte, dann hätte ich es niemals für mich behalten. Ich wäre sofort zum Direktor gegangen, um dafür zu sorgen, dass wir dir erzählen können, was los ist.«

Jacob füllte einen Becher mit Kaffee und wandte sich an Layla. »Du wusstest von den geflohenen Terroristen und hast nichts gesagt.« Es klang eher wie eine Anschuldigung als eine Feststellung.

»Mir waren die Hände gebunden. Ich durfte nichts sagen. Und solange ich wusste, dass Viv in Sicherheit ist, weil du auf sie aufpasst, war ich nicht so besorgt. Das hier geht weit über meinen Zuständigkeitsbereich hinaus.« Layla sah Viv an. »Bei der Übergabe damals hatte ich keine Ahnung, was los war. Ich dachte wie du, dass die Sache einseitig wäre. Erst vor Kurzem hat man mich in alle Einzelheiten des Einsatzes eingeweiht. Und ich war auch wütend, das stimmt, aber Wut löst keine Probleme und holt dich auch nicht aus der Gefahrenzone. Wir müssen klug sein, um diese Terroristen zu schnappen.«

»Spricht das nicht dafür, dass ich so tue, als wüsste ich nicht, wer Mark ist, und mich weiter mit ihm treffe?«, fragte Viv.

Layla und Jacob wechselten einen Blick, bevor er sprach. »Wie Layla schon sagte – du bist nicht als Agentin ausgebildet, Viv. Du bist Anwältin im diplomatischen Dienst. Was weißt du über Täuschung und Tarnung und Spionage? Vermutlich nichts. Und so sollte es auch bleiben. Denn so können wir dich am besten schützen. Das ist jedenfalls meine Meinung.«

Viv sah zu Layla hinüber. »Aber du könntest mir beibringen, was ich wissen muss.«

»Natürlich würde ich dir helfen, wenn du meine Hilfe brauchst, aber ich wäre sehr froh, wenn es eine andere Möglichkeit gäbe, diesen Fall aufzuklären. Eine, bei der du dich nicht unmittelbar in Gefahr begibst.«

»Ich möchte genau verstehen, was für Möglichkeiten ich habe. Diese ganze Sache ist ein einziger Albtraum. Wenn ich in irgendeiner Weise dabei helfen kann, dem allen ein Ende zu bereiten, dann möchte ich darüber nachdenken.«

»Auch, wenn du dabei dein Leben aufs Spiel setzt?«, fragte Jacob. »Das hier ist kein Krimi, den du im Fernsehen anschaust. Hier geht es um mächtige, gefährliche Terroristen, die vor nichts haltmachen, um ihre Ziele zu erreichen. Und wenn du nicht hundertprozentig bereit bist, Dinge zu tun, die du normalerweise niemals tun würdest, finde ich wirklich, dass das keine Option ist, die wir überhaupt in Betracht ziehen sollten.«

»Leider muss ich sagen – weil ich Direktor Mince kenne und weiß, was auf dem Spiel steht –, dass er ziemlichen Druck ausüben wird.« Layla sah ihre Freundin an.

Das hatte Viv sich schon gedacht.

In diesem Augenblick streckte Phillips den Kopf durch die Tür. »Wir sind so weit, Sie können zurückkommen.«

Vivs Magen zog sich zusammen, während sie den anderen in den Besprechungsraum folgte und sich fragte, ob man sie einsetzen oder beiseiteschieben würde.

* * *

Jacob musste sehr an sich halten, um nicht mit der Faust auf den Tisch zu schlagen und lautstark zu protestieren. Dieser skrupellose CIA-Direktor würde von einer Juristin des Außenministeriums verlangen, dass sie verdeckte Ermittlungen bei einem bekannten Terroristengeldgeber übernahm! Viv war damit völlig überfordert, aber auf keinen Fall wollte Jacob das so formulieren. Sie hatte schon genug mitgemacht und er wollte sie einfach nur beschützen. Aber er fürchtete, dass diese Chance für die beiden Direktoren viel zu verlockend war, um sie auszulassen. Diese Gefangenen wieder in Gewahrsam zu nehmen, war ihre oberste Priorität. Und Joubert wusste höchstwahrscheinlich genau, wo die beiden Männer waren. Also hing alles zusammen und Viv hatte einen wertvollen Zugang zu diesem Netzwerk.

Sie nahmen wieder auf ihren Stühlen Platz, abgesehen von Direktor Mince, der vorne im Raum stand. »Ich habe die Sache mit Direktor Phillips besprochen. Wir möchten gerne, dass Sie weiter den Kontakt zu Joubert suchen, Vivian, aber wir können Sie nicht dazu zwingen. Wir halten es für das Beste, wenn Sie eine Nacht darüber schlafen. Reden Sie mit Layla. Sie müssen verstehen, was das bedeuten würde, und dann sagen Sie uns morgen Bescheid, ob Sie mitmachen oder nicht. Wenn nicht, haben wir dafür Verständnis. Sie sind Anwältin, keine ausgebildete Agentin. Aber wir wissen auch, dass Sie verstehen, wie wichtig dieser Auftrag ist, und wir glauben, dass Sie die Fähigkeiten und den klugen Kopf dafür haben, diesen Job zu machen.«

Jacob gefiel es gar nicht, dass die beiden Direktoren Viv so unter Druck setzten. Dass sie es so darstellten, als wäre es ihr Problem, obwohl es das gar nicht war. Schließlich war es die CIA gewesen, die diese Männer überhaupt hatte entkommen lassen. Noch etwas, das Jacob ärgerte.

»Danke. Ich werde darüber nachdenken und Ihnen Bescheid sagen.« In Vivs braunen Augen lag Entschlossenheit. Und diese Entschlossenheit machte Jacob Angst, weil er das Gefühl hatte, schon zu wissen, dass sie nicht Nein sagen würde.

»Danke, Vivian«, erwiderte Direktor Phillips. »Wenn Sie sich dafür entscheiden, diese Aufgabe zu übernehmen, werde ich mit Ihrem Vorgesetzten im Ministerium reden, damit er genau Bescheid weiß. Ich bin sicher, ihm wird die Idee nicht gefallen, aber wenn es so weit ist, werden wir schon mit ihm fertig.«

Die nächste Stunde verbrachten sie damit, weitere Fotos von Al-Nidal-Mitgliedern anzusehen, darunter auch von den beiden Männern, die geflohen waren, Omar Hassan und Ali Abboud. Bei der Gelegenheit erfuhren sie, dass diese beiden noch schlimmer waren, als Jacob erwartet hatte. Er rieb sich die Augen. Würde dieser Albtraum denn nie aufhören?

Dann holte er tief Luft. Er musste sich konzentrieren, denn er hatte eine Aufgabe. Er musste dafür sorgen – was auch immer geschah –, dass Viv das alles überlebte.

KAPITEL 14

Es war schon mitten in der Nacht, als Viv endlich in ihr Versteck zurückkehren konnte. Gemeinsam mit Layla saß sie im Wohnzimmer. Die Direktoren waren zu dem Schluss gekommen, dass Layla den Ort des Verstecks wissen durfte, da sie auch eine zuverlässige Absicherung war, falls mit dem Sicherheitsteam irgendwas war. Jacob hatte sich nach oben zurückgezogen, damit Viv ungestört mit ihrer Freundin sprechen konnte. Er wusste mittlerweile, wie eng ihre Beziehung zu Layla war.

Layla ergriff Vivs Hände. »Bevor wir über irgendwas anderes reden, möchte ich mich dafür entschuldigen, dass ich dir Informationen vorenthalten habe. Aber ich hatte klare Anweisungen von ganz oben. Du musst mir glauben, dass ich Himmel und Erde in Bewegung gesetzt hätte, um für deine Sicherheit zu sorgen, wenn ich gedacht hätte, dass du in unmittelbarer Gefahr bist.«

Viv war erleichtert, als sie die Worte ihrer Freundin hörte. »Das weiß ich, Layla. Du bist seit Jahren ein Fels in der Brandung für mich. Ich hätte niemals an dir gezweifelt und du musst dich nicht entschuldigen. Aber ich brauche deine Hilfe. Können wir alles in Ruhe durchgehen?«

Layla nickte. »Fangen wir mit der eigentlichen Entscheidung an. Ich weiß, dass die Direktoren Druck auf dich ausgeübt haben, aber du kannst wirklich Nein sagen. Das will ich ganz deutlich machen. Das ist nicht dein Job und du hast keinerlei Verpflichtung, dich darauf einzulassen.«

Viv starrte in Laylas dunkle Augen und fragte sich, ob sie nicht vielleicht doch die Pflicht hatte, es zu tun. »Es ist jedenfalls nicht Teil meiner Arbeitsplatzbeschreibung als Juristin für das Außenministerium, aber überleg mal, was hier auf dem Spiel steht. Soll ich Nein sagen, weil ich Angst habe? Oder weil ich nicht gut gerüstet bin für diese Herausforderung?«

Layla seufzte. »Wenn es so einfach wäre ... Theoretisch klingt es natürlich gut, das Richtige zu tun. Mutig zu sein. Für dein Land zu kämpfen. Aber ich bin hier, um dir die harten Tatsachen zu schildern. Wie es wirklich aussehen wird, wenn du dich dafür entscheidest, und nicht irgendeine aufgehübschte Version, die andere dir vielleicht vorspielen. Du bist mir zu wichtig, als dass ich irgendetwas anderes tun würde.«

Viv wusste, dass Layla die Wahrheit sagte. Sie versuchte, unvoreingenommen an die Sache heranzugehen. »Also gut. Du hast meine ungeteilte Aufmerksamkeit. Sag mir, was ich wissen muss.«

Layla schien nicht still sitzen zu können. Sie rutschte unruhig auf dem Sofa hin und her und sprang immer wieder auf, um sich dann sofort in die Kissen zurückfallen zu lassen. Sie holte tief Luft. »*Falls* du dich entscheidest, das hier zu tun, musst du deine Beziehung zu Mark schnell klären. Du willst nicht, dass mehr daraus wird.«

Viv starrte ihre Freundin mit großen Augen an. »Das ist nicht dein Ernst, oder? Glaubst du, ich könnte mich tatsächlich in diesen Typen verlieben, nachdem ich jetzt weiß, wer er ist?«

Layla schüttelte den Kopf. »So meinte ich das nicht. Ich rede von Taktik. Von der Basis für eure Beziehung. Du solltest ihm sagen, dass in deinem Leben gerade zu viel los ist und du nur mit ihm befreundet sein willst. Damit erreichst du zweierlei. Erstens verringert es die Notwendigkeit, dass du dich auf eine romantische Beziehung einlässt. Denn ich weiß, dass du das nicht willst. Wenn es dazu käme, könnte die Sache schnell unbehaglich werden. Zweitens bietet es ihm einen Ausweg aus einer sexuellen Beziehung, denn er weiß ja nicht, was wir mittlerweile alles über ihn wissen. Er kann also mit dir befreundet bleiben und versuchen, dir Informationen zu entlocken. Glaub mir, der Gedanke wird ihm gefallen. Du darfst auf keinen Fall übereifrig wirken. Du öffnest die Tür für eine Freundschaft und überlässt ihm den nächsten Schritt. Ich bin sicher, er wird darauf eingehen.«

»Und du meinst, er wird mich nicht bedrängen und mehr wollen?« Das bereitete Viv große Sorgen.

Layla schüttelte den Kopf. »Denk daran, dass er ein Ziel hat. Wenn er das Gefühl hätte, eine intime Beziehung wäre der beste Weg zu diesem Ziel, dann würde er ganz sicher in diese Richtung steuern. Aber wenn Freundschaft funktioniert, wird ihm das recht sein. Es geht hier nicht um irgendeinen Typen, der auf einen Flirt aus ist. Wir haben es mit einem skrupellosen Terroristen zu tun, der für eine Sache kämpft, und er wird tun, was immer nötig ist, um diesen Kampf zu gewinnen. Verstehst du, was ich meine?«

Viv spürte, wie ihr ein Schauer über den Rücken lief. »Es klingt ein bisschen beängstigend, wenn du es so formulierst.«

»Ich habe doch gesagt, dass ich nichts schönreden werde, und das war mein Ernst. Du musst wissen, dass es nicht einfach sein wird. Wahrscheinlich wird dies die schwierigste Sache sein, die du jemals getan hast. Und vor allem musst du eins verstehen.« Layla zögerte. »Sobald er merkt, dass du weißt, wer er ist, könnte das dein Todesurteil bedeuten.«

Viv sog scharf die Luft ein. »Ich bin nicht sicher, was ich dazu sagen soll.«

»Lass es erst einmal sacken. Wenn er denkt, dass du ihm auf die Schliche gekommen bist, ist dein Leben in Gefahr. Solange er glaubt, dass du ihm nützliche Informationen geben kannst, bleibst du am Leben. Das muss das Ziel sein.«

Viv hatte so viele Fragen. »Falls ich mich entscheide, es zu machen – wie würde ich ihn denn dazu bringen, dass er mir das alles glaubt?«

»Wir haben keine Zeit, dich zu schulen. Eine richtige Ausbildung zum Agenten dauert Monate. Aber wir haben den Wissensvorteil. Mark hat keine Ahnung, dass wir seine richtige Identität kennen. Trotzdem: Du musst dich im Spiegel ansehen und dich ernsthaft fragen, ob du das schaffst. Kannst du in seiner Nähe sein,

Zeit mit ihm verbringen, ohne dass er merkt, dass du Angst hast? Kannst du dich verstellen und ein Pokerface aufsetzen? Weiterhin so tun, als wäre er der tapfere Held, der dich gerettet hat, und nicht das Ungeheuer, das sich hinter der Fassade verbirgt? Kannst du lügen, wenn es sein muss? Kannst du ihn manipulieren? Das alles sind Fragen, die nur du allein beantworten kannst. Ich habe meine eigene Meinung, aber hier geht es um dich und darum, wie es dir damit geht. Ich will, dass du dir das bewusst machst.«

Viv schloss die Augen und überlegte verzweifelt, was sie tun sollte. »Ich bin mir wirklich nicht sicher.«

»Du musst mir heute Nacht noch keine Antwort geben, aber morgen werden die Direktoren eine Antwort haben wollen, denn wenn das funktionieren soll, musst du schnell wieder einsteigen. Die Zeit ist gegen uns. Aber auch hier gilt, dass es deine Entscheidung ist. Wenn du beschließt, es zu tun, bin ich hier und helfe dir. Wir können Rollenspiele machen und manche Dinge gemeinsam durchgehen. Manchmal kann man mit solchen Situationen am besten umgehen, wenn man so nah wie möglich an der Wahrheit bleibt. Je mehr Lügen du dir außerhalb deines Erfahrungsbereiches zusammenstrickst, desto wahrscheinlicher ist, dass du dich verhedderst. Wenn du stattdessen so oft wie möglich die Wahrheit sagst, ist weniger Raum für Fehler. Aber du musst dir der Gefahr bewusst sein. Auch wenn Jacob in der Nähe ist und dir Rückendeckung gibt – wenn du auffliegst, könnte Mark dich umbringen, bevor Jacob bei dir ist. Kannst du mit diesem Risiko leben?«

Viv fragte sich, ob sie das konnte und ob sie diese Aufgabe wirklich übernehmen sollte. »Ich möchte ja gerne glauben, dass ich dieser Sache gewachsen bin, aber ich habe so etwas noch nie gemacht. Meine juristische Ausbildung und die Arbeit als Staatsanwältin haben sich um Regeln und Gesetze gedreht, um Recht und Gerechtigkeit. Da geht es nicht um Täuschung. Und ich bin nicht sicher, ob ich gut darin bin, ein Pokerface aufzusetzen, wie du es formulierst.«

»Mir hilft es in solchen Situationen ungemein zu wissen, dass Gott an meiner Seite ist. Mein Glaube schenkt mir die Ruhe und Gelassenheit, die ich bei solchen Operationen brauche. Aber das kann ich nur von mir sagen. Wie es dir dabei gehen wird, kann ich nicht vorhersagen, auch wenn ich dich so gut kenne. Ich weiß es, ehrlich gesagt, nicht, ob du dieser Aufgabe gewachsen sein wirst.«

»Ich weiß, dass Gott immer bei mir ist, aber das bedeutet nicht, dass ich eine unkluge Entscheidung treffen sollte. Ich will Für und Wider abwägen. Und, wie du gesagt hast, wirklich herausfinden, ob ich dieser Aufgabe gewachsen bin.«

»Das ist auf jeden Fall der richtige Weg. Und übrigens: Ich weiß, dass wir heute seinen wahren Namen aufgedeckt haben, aber denk nicht so an ihn. Betrachte ihn als Mark und nur als Mark. Wenn du ihn mit seinem richtigen Namen ansprichst, fliegt garantiert alles in die Luft.«

»Das ist ein gutes Argument. Also, sollte ich es machen, würde ich mich mit ihm in Verbindung setzen und ihm sagen, dass ich mir eine Freundschaft wünsche. Und was passiert dann?«

»Dann überlässt du es Mark, den nächsten Schritt zu tun. Ich vermute, er wird eine Verabredung zum Kaffee vorschlagen oder wieder mit dir zum Essen ausgehen wollen. Und dann müssen wir entscheiden, wie viel und was wir ihm sagen. Er wird versuchen, dir weitere Informationen zu entlocken. Das ist sein Job. Wir können ihm falsche Infos geben, aber sie dürfen nicht zu abwegig sein, damit er nichts merkt. Die Geschichte, die du ihm erzählst, würde nicht ganz dir überlassen werden. Ein CIA-Team würde daran arbeiten.« Layla senkte den Blick und sah dann wieder auf. »Und um ganz offen zu sein, sollte ich dir sagen, dass dieses Team schon jetzt daran arbeitet. Da dies nicht dein Spezialgebiet ist, wirst du viel mehr Unterstützung und Rückendeckung bekommen als ein normaler CIA-Agent bei einem Einsatz. Kannst du das bis hierher nachvollziehen?«

»Klar.« Aber Viv hatte noch viel mehr Bedenken und Fragen.

»Trotz dieser Rückendeckung wirst du allein da draußen sein. Ich kann dir garantieren, dass Mark irgendwann etwas fragen oder sagen wird und du nicht weißt, wie du damit umgehen sollst. Dann musst du deinem Instinkt folgen und dein Bestes geben. Wir werden dir so viele Informationen wie möglich geben, damit du auf eine Vielzahl von Situationen vorbereitet bist. Ich werde mit dir zusammen üben und dir Optionen für die unterschiedlichen Szenarien anbieten.«

Viv war nicht sicher, ob sie stark genug war für einen solchen Einsatz. Sie hatte im Leben schon viel verkraftet, aber noch nie so etwas. Sie dachte an Willow und daran, was sie wohl tun würde, wenn Viv getötet wurde. Das wäre ihrer Zwillingsschwester gegenüber schrecklich unfair, die schon so viel verloren hatte. Ein ungutes Gefühl rumorte in ihrem Magen und Viv fühlte, wie ihr die Tränen kamen. »Tut mir leid, Layla. Ich bin völlig durcheinander.«

Layla nahm sie in den Arm. »Es ist total in Ordnung zu weinen. Hier und jetzt ist der sichere Ort, um das zu tun. Denn wenn du erst mal da draußen im Einsatz bist, wirst du stark sein müssen. Du darfst keine Zweifel haben. Wenn du es machst, musst du ganz davon überzeugt sein, okay? Keine halben Sachen. Halbe Sachen sind dein Tod.«

Viv ließ Laylas Worte sacken. »Das verstehe ich. Danke für deine Hilfe. Ich weiß nicht, was ich ohne dich machen würde. Und ich weiß auch nicht, wie du jeden Tag mit dieser Situation leben kannst. Ich kriege schon graue Haare, wenn ich nur über all das nachdenke.«

»Jetzt weißt du, warum ich Analystin bleiben wollte, aber ich musste mich umstellen, weil es von mir erwartet wurde. Diese Einsätze sind knifflig, aber sie sind auch ausgesprochen wichtig. Der Auftrag meiner Behörde liegt mir am Herzen und ich möchte dazu beitragen, dass die Menschen in unserem Land in Sicherheit leben können. Deshalb bin ich bereit, ein Risiko einzugehen, auch wenn ich Angst habe.«

»Du bist genau die Inspiration, die ich brauche.«

»Aber denk dran, dass man mich für so etwas ausgebildet hat. Ich habe eine Basis, von der aus ich meine Arbeit mache. Selbst für eine erfahrene Agentin wäre dies ein gefährlicher Auftrag.«

Diese Worte waren beängstigend.

»Ich will, dass du über all das nachdenkst. Wenn du mich brauchst, ruf einfach an. Jederzeit. Aber nimm dir Zeit, um alles, was wir besprochen haben, zu verdauen.«

Viv nickte und verabschiedete sich von ihrer besten Freundin. Es war ein sehr langer Tag gewesen und die Nacht würde noch länger werden.

* * *

Als Jacob das Wohnzimmer betrat, stellte er fest, dass Viv im Dunkeln auf dem Sofa saß.

»Bist du okay?«, fragte er.

»Ja. Ich denke nur nach.«

»Darf ich mich zu dir setzen?«

»Klar.«

Er nahm neben ihr Platz. »Du willst es machen, oder?«

Sie sah ihn an. »Habe ich denn wirklich eine Wahl? Es wäre richtig, es zu tun, denn es ist unsere beste und einzige Chance, diese Männer zu fassen.«

Jacob legte eine Hand auf ihr Knie. »Das verstehe ich, aber du wirst dich mit diesem Typen in eine sehr gefährliche Situation begeben. Einem Typen, von dem wir wissen, dass er hinter vielen Terroranschlägen steckt. Die Gefahr für dein Leben ist jenseits von Gut und Böse.«

»Ich weiß«, murmelte Viv. »Das Einzige, was mich noch zurückhält, ist Willow.«

»Deine Schwester.«

»Ich will nicht, dass sie allein bleibt, falls mir etwas zustößt. Ich weiß aber auch, dass sie hundertprozentig dafür wäre, dass ich es mache, wenn sie über die Fakten Bescheid wüsste. So ist sie einfach.«

»Hat es dir geholfen, mit Layla zu reden?«, fragte Jacob.

Viv nickte. »Sie hat mir die Wahrheit gesagt und das war wichtig für mich. Ich glaube, ich könnte das schaffen. Es bedeutet aber, dass ich in meine Wohnung zurückmuss.«

»Noch etwas, das mir nicht gefällt, aber ich kann mich gut anpassen. Als SEAL habe ich ständig Pläne gemacht und dann kam es meistens anders. Ich betrachte diese Sache wie einen Einsatz und meine oberste Priorität ist, meine Agentin am Leben zu erhalten.«

Viv lächelte. »Ich bin *deine* Agentin?«

»In diesem Kontext ja.«

»So etwas Süßes hat noch kein Mann zu mir gesagt.« Sie lachte.

Jacob wusste, dass sie versuchte, die Stimmung etwas aufzulockern, aber er war nicht bereit, diese ganze Sache mit einem Lachen abzutun. Stattdessen ergriff er Vivs Hände. »Du musst dich ganz in deine Rolle begeben, Viv. Wenn Mark den Eindruck hat, dass etwas nicht stimmt, könnte er sich ganz schnell gegen dich wenden. Ich werde so gut wie möglich in der Nähe bleiben, aber wenn ich zu dicht dran bin, wird er misstrauisch werden.«

»Ich weiß. Das haben Layla und ich schon besprochen. Es ist viel verlangt und mir ist bewusst, dass alles an mir und meiner Fähigkeit hängt, ihn zu manipulieren. Ich habe so etwas noch nie gemacht, aber ich war auch noch nie in einer Situation, bei der so viel auf dem Spiel stand, dass eine solche Aktion nötig gewesen wäre. Ich verstehe, wie verfahren die Situation ist, und wenn ich mit dem Rücken zur Wand stehe, werde ich mich wehren.«

Jacob drückte ihre Hände, bevor er sie losließ. »Das bezweifle ich nicht. Außerdem bist du schlauer als Mark, deshalb wirst du ihn überlisten.«

»Danke für deinen Vertrauensvorschuss.« Sie zögerte. »Aber ich muss dich um etwas bitten.«

»Was immer du willst.« Er war für jede Bitte gewappnet.

»Wenn mir etwas zustößt, musst du dafür sorgen, dass meine Schwester es versteht. Ich will nicht, dass sie die beschönigte offizielle Version der Ereignisse hört. Es ist wichtig für sie, dass sie die Wahrheit kennt, damit sie es verarbeiten kann.«

Jacob legte eine Hand auf ihre Schulter. »Dazu wird es nicht kommen, Viv.«

»Das kannst du nicht versprechen und deshalb bitte ich dich, mir zu helfen. Es wird mich beruhigen, wenn ich weiß, dass du mit Willow über alles reden wirst. Geheimhaltung ist mir egal. Mir ist klar, dass ich dich de facto bitte, gegen die Richtlinien zu verstoßen, aber wenn ich sterbe, muss es sein. Kannst du mir das versprechen?«

Jacob senkte den Blick. »Ich werde nicht zulassen, dass du stirbst.«

Sie legte die Hände um sein Gesicht und hob es an, sodass er sie ansehen musste. »Ich weiß, dass du tun wirst, was immer du kannst, aber ich muss sicher sein, dass Willow die Wahrheit erfährt. Und dabei verlasse ich mich ganz auf dich. Versprichst du es mir?«

Jacob war bewusst, wie nah Viv ihm jetzt war. Am liebsten hätte er sie jetzt geküsst, aber natürlich lag ihr nichts ferner als das. »Ich verspreche es. Wenn dir etwas zustößt, werde ich persönlich mit Willow sprechen. Ich gebe dir mein Wort.«

Sie legte ihre Stirn an seine. »Danke«, flüsterte sie.

Die Intimität des Augenblicks war unerwartet und es fühlte sich ganz natürlich an, die Arme um sie zu legen. Sie sagte kein Wort, sondern lehnte nur den Kopf an seine Schulter.

Was Viv brauchte, waren seine Unterstützung und sein Schutz. Und genau das würde Jacob ihr geben.

KAPITEL 15

Delaney reichte dem aufgelösten Jeff King ein Taschentuch, während sie in der exklusiven Wohnung in Georgetown saßen, in der die Kings wohnten, wenn sie in den USA waren.

»Tut mir leid«, sagte Jeff. »Ich dachte, ich hätte mich heute unter Kontrolle. Gestern war ein Albtraum. Aber als ich anfing, mit Ihnen zu sprechen, ist alles wieder hochgekommen.«

Delaney hasste es, dass sie diese Befragung so bald nach Penelopes Tod durchführen mussten, aber wegen der jüngsten Erkenntnisse nach ihrem Gespräch mit Murray blieb ihnen leider nichts anderes übrig. »Ich weiß, dass es sehr schwierig für Sie ist, sich auf unsere Fragen zu konzentrieren, aber jetzt müssen wir der Sache mehr denn je auf den Grund gehen und Gerechtigkeit für Ihre Frau erwirken. Das verstehen Sie doch, oder?«

Jeff schniefte. »Ja, das verstehe ich.«

Delaney sah Weston an, um ihm zu bedeuten, dass er an der Reihe war.

»Jeff, sagt Ihnen der Name Sergej Popow etwas?«, fragte Weston.

Jeff putzte sich die Nase, bevor er antwortete. »Ja. Sergej ist ein russischer Diplomat in Brüssel. Er war gut mit Penelope befreundet.«

»Wie gut?«, hakte Weston nach.

Jeff verzog missmutig die Lippen. »Ich verstehe, dass Sie eine Affäre vermuten, wenn man Penelopes Vergangenheit bedenkt, aber die beiden waren einfach nur gute Freunde. Jedenfalls hat sie nicht versucht, ihre Freundschaft mit ihm vor mir zu verbergen.«

»Und wie oft haben Sie Sergej gesehen?«, wollte Delaney wissen.

Jeff trank einen Schluck Wasser. »Ach, keine Ahnung. Vielleicht zehn Mal oder so. Er war immer bei den protzigen diplomatischen Empfängen in der Stadt dabei, wie die meisten Angestellten der Botschaften. Gesellschaftliche Kontakte zu pflegen, war ein wichtiger Teil von Penelopes Job. Von mir als ihrem Ehemann wurde auch erwartet, dass ich dort auftauche.«

»Und Sie glauben, Sergej und Penelope waren wirklich nur gute Freunde?« Delaney bedrängte den Witwer nur ungern, aber es musste sein.

Jeff nickte. »Sie waren in denselben diplomatischen Kreisen unterwegs. Diese Diplomaten-Community ist eine ziemlich gut vernetzte Gemeinschaft und Penelope hat dafür gesorgt, dass sie alle Kollegen kannte, vor allem die der einflussreichen Länder.«

»Es ist nicht so leicht, das zu sagen, angesichts der Umstände …«, leitete Delaney ihre nächste Feststellung ein.

»Im Moment ist nichts leicht, Agent O'Sullivan«, sagte Jeff tonlos.

Sie beschloss, das Pflaster mit einem Ruck zu entfernen. »Wir glauben, dass Ihre Frau möglicherweise ein Verhältnis mit Sergej Popow hatte. Und darüber hinaus müssen wir feststellen, ob das Geld, das auf Penelopes Konto eingezahlt wurde, etwas mit Popow zu tun hat.«

Jeff fuhr sich mit einer Hand durchs Haar. »Ich weiß nicht, was ich sagen soll. Mir war nicht bewusst, dass Penelope mich wieder betrogen hat, aber mit Blick auf unsere Vergangenheit kann ich es nicht ausschließen.« Er zögerte. »Aber ich wüsste nicht, was eine Affäre mit dem Geld zu tun haben sollte.«

Weston beugte sich vor. »Das alles nehmen wir genau unter die Lupe.«

Jeff rieb sich das Kinn. »Machen Sie sich Sorgen, dass Sergej etwas mit dem Anschlag auf Penelope zu tun haben könnte?«

Delaney sah ihn an. »Im Moment schließen wir noch gar nichts aus und deshalb wollten wir hören, ob Sie mehr über die Beziehung der beiden wissen.«

Jeff murmelte etwas Unverständliches und seufzte schwer. »Ich hatte nicht einmal an die Möglichkeit einer intimen Beziehung gedacht, bis Sie mich darauf gebracht haben.«

Das war der Teil, den Delaney hasste. »Ich weiß und das tut mir sehr leid, aber wie Sie sich vorstellen können, ist es angesichts der schwierigen Beziehung zwischen den USA und Russland möglich, dass die Sache weit über ein Verhältnis hinausgeht. Das müssen wir herausfinden.«

King ließ die Schultern hängen. »Ich werde tun, was ich kann, um Ihnen behilflich zu sein. Ich muss mich bald um die Beerdigung kümmern, aber im Moment warte ich noch ab, bis Penelopes Mutter morgen kommt.«

»Wenn Ihnen noch irgendetwas einfällt, rufen Sie uns bitte an. Wir melden uns.«

Als sie draußen waren, wandte Delaney sich an ihren Partner. »Und? Was denkst du?«

»Er tut mir leid«, erwiderte Weston, während er den Motor des SUVs anließ und losfuhr. »Was das für ein Albtraum für ihn sein muss!«

»Es ist bestimmt schlimm zu erfahren, dass man mehrfach betrogen wurde, aber wir müssen in Betracht ziehen, dass Jeff von Popow wusste und dies der berühmte Tropfen war, der das Fass zum Überlaufen gebracht hat.«

»Wir haben aber noch keine Beweise, die ihn mit dem Anschlag in Verbindung bringen«, gab Weston zurück.

»Ein Mangel an Beweisen bedeutet nicht automatisch, dass es keine gibt. Es bedeutet nur, dass wir noch keine gefunden haben. Unvoreingenommen zu bleiben, ist in Fällen wie diesem entscheidend.« Diese Botschaft wollte sie ihrem jungen Kollegen einschärfen. Hier ging es um mehr als nur diesen einen Fall. Sie wollte ihm beibringen, wie er alle Ermittlungen in der Zukunft betrachten sollte.

»Ach, Delaney …?«

»Ja?«

»Der Pick-up ist wieder hinter uns.«

Allmählich war sie diese Überwachung leid. »Wenn diese Leute nicht gesehen werden wollen, stellen sie sich nicht besonders geschickt an.«

»Bedeutet das, dass wir es mit einem Amateur zu tun haben? Oder vielleicht mit jemandem von der Presse, der eine große Story wittert?«

»Auf die Idee mit den Medien bin ich noch gar nicht gekommen. Das klingt logisch, wenn man bedenkt, dass in den Nachrichten über die Botschafterin berichtet wurde.«

»Was soll ich jetzt machen?«, fragte Weston.

Delaney überlegte kurz, welche Möglichkeiten sie hatten. »Wir stellen sie zur Rede. Bei der nächsten Gelegenheit, wo du sicher anhalten kannst, machen wir das.«

Sie fuhren noch ein Stück weiter, bis Weston schließlich an den Rand fuhr.

»Okay, sehen wir mal, was der Pick-up macht.« Delaney drehte sich um und beobachtete den Wagen.

Das schwarze Fahrzeug wurde weder schneller noch langsamer, sondern fuhr in seinem Tempo weiter. Als es näher kam, sah Delaney, dass die Scheiben dunkel getönt waren, sodass sie nicht hineinsehen konnten.

Ohne das Tempo zu verringern, fuhr der Pick-up an ihnen vorbei. Delaney schrieb sich das Kennzeichen auf, um es überprüfen zu lassen, obwohl sie keine großen Hoffnungen hatte, dass sie etwas Brauchbares finden würde.

»Hm, das ist merkwürdig«, sagte Weston.

»Stimmt.« Delaney hatte ein ungutes Gefühl in der Magengegend, das signalisierte, dass womöglich mehr hinter der Sache steckte. »Jemand hat offensichtlich ein Interesse daran, uns im Auge zu behalten.«

»Oder vielleicht nur dich«, wandte Weston ein. »Niemand war bei mir zu Hause oder ist mir beim Joggen gefolgt. Ich weiß, dass es höchstwahrscheinlich mit den Ermittlungen zusammenhängt, aber ich mache mir immer noch Sorgen, dass es ein Stalker sein könnte.«

Delaney runzelte die Stirn. »Das bezweifle ich.«

»Trotzdem. Du musst vorsichtig sein. Ich werde dafür sorgen, dass du heute sicher nach Hause kommst.«

Delaney beschloss, nicht zu widersprechen. Vielleicht hatte Weston recht. Es gab keinen Grund, ein Risiko einzugehen.

Ihr Telefon klingelte. Als sie sah, dass es Cody war, schaltete sie ihr Handy laut.

»Hi, ich bin hier mit Weston.«

»Ich habe Neuigkeiten«, sagte Cody. »Große Neuigkeiten. Unsere Leute im Außenministerium und der CIA sind der Meinung, es könnte sein, dass Sergej Popow nicht nur ein Diplomat ist.«

»Wie meinst du das?«, fragte Weston.

Delaney kannte die Antwort schon.

»Sie glauben, er könnte von der GRU sein, vom Militärnachrichtendienst. Also im Grunde ein russischer Spion«, erklärte Cody.

Weston stieß einen leisen Pfiff aus. »Das wirft auf jeden Fall ein anderes Licht auf die Situation.«

Delaney wollte immer noch keine voreiligen Schlüsse ziehen, aber diese Information war ausgesprochen wichtig. »Wir müssen unsere Quellen anzapfen und sehen, ob wir weitere Beweise für Treffen zwischen der Botschafterin und Popow erhalten. Wenn Murray vermutete, dass die beiden was miteinander hatten, bleibt die Frage: Hatte die CIA das auch auf dem Schirm? Und wenn ja, warum in aller Welt haben sie nichts gesagt?«

»Ich bin schon an der Sache dran«, erwiderte Cody. »Außerdem wurde Popow seit zwei Wochen nicht mehr in Brüssel gesehen.«

»Was bedeutet, dass er hier gewesen sein könnte, als Botschafterin King vergiftet wurde.«

* * *

Am Sonntagnachmittag betrat Viv wieder ihre Wohnung. Sie wusste, was sie tun musste, und jetzt ging es nur noch darum, es zu tun. Jacob hatte die Wohnung überprüft und wartete draußen vor der Tür. Viv hatte entschieden, dass sie lieber mit Mark sprechen wollte, wenn Jacob nicht im Raum war. Auch ohne Publikum würde es schon schwierig genug sein.

Und Jacob war nicht irgendein Publikum. Gestern Abend hatte es ein Knistern zwischen ihnen gegeben. Viv war nicht sicher, was sich verändert hatte, aber sie hatte keinen Zweifel daran, dass sie anfing, etwas für diesen Mann zu empfinden. Es hatte einen Moment gegeben, in dem sie sich gefragt hatte, ob er diese Gefühle möglicherweise erwiderte, aber dann hatte er sich zurückgezogen und war wieder in seinen typischen SEAL-Beschützer-Modus gewechselt.

Während sie ihr Handy anstarrte, versuchte sie, den Gedanken an Jacob beiseitezuschieben und sich auf Mark zu konzentrieren. Auf den Mann, von dem sie geglaubt hatte, er hätte ihr das Leben gerettet, und der sie stattdessen nur angelogen hatte. Wie sollte sie sich die ganze Zeit verstellen? Mark war ein völlig skrupelloser Terrorist und sie musste so tun, als ob er ein hilfsbereiter Freund wäre. *Gott, bitte hilf mir.* Dieses Gebet wurde in letzter Zeit zu einer festen Gewohnheit.

Viv wusste, dass sie die Sache offensiv angehen musste. Sie wählte Marks Kontakt aus ihrer Liste und betätigte die Anruftaste.

Nach zweimaligem Läuten nahm Mark ab.

»Hi, Mark. Viv hier.«

»Hi«, sagte er fröhlich. »Wie geht es dir?«

Viv holte tief Luft und wappnete sich für ihre Geschichte. »Ob du es glaubst oder nicht, sie haben mich in meine Wohnung zurückgelassen.«

»Warum denn das? Ich dachte, du solltest in dem sicheren Versteck bleiben.«

Sie musste ihn mit ihrer Erklärung überzeugen, nachdem sie

ihm schon von dem Versteck erzählt hatte. »Ich habe echt Druck gemacht. Es war furchtbar da. Nachdem ich so einen Aufstand gemacht hatte, haben sie nachgegeben und gesagt, verstärkte Sicherheitsmaßnahmen bei meiner Wohnung würden ihnen auch reichen.«

»Und, wie fühlst du dich jetzt?«

»Ich bin total froh, wieder zu Hause zu sein. Lieber bleibe ich hier in meiner vertrauten Umgebung, bis die Gefahr vorbei ist. Das Versteck war so kalt und unpersönlich. Zu Hause zu sein, ist beruhigend für mich, falls du verstehst, was ich meine.«

»Klar. Kann ich irgendwas für dich tun?«, fragte Mark.

»Das ist der Hauptgrund, warum ich anrufe. Ich habe unsere Verabredung neulich sehr genossen, aber ehrlich gesagt, habe ich im Moment nicht die Energie für eine neue Beziehung.« Sie zögerte. »Was ich jetzt vor allem brauche, ist ein Freund. Jemand, dem ich vertrauen kann.« Viv wartete und hoffte, dass er den Köder schlucken würde.

»Du machst eine traumatische Zeit durch, da verstehe ich, dass Männer derzeit nicht ganz oben auf der Liste stehen. Aber wenn du einen Freund brauchst, kannst du auf mich zählen. Ich verspreche, dass ich dich nicht zu mehr als Freundschaft drängen werde. Ich merke doch, dass das im Moment nicht das ist, was du brauchst.«

»Danke für dein Verständnis.« Wieder schwieg Viv einen Moment lang. »Ehrlich gesagt gibt es nicht viele Menschen, denen ich wirklich total vertrauen kann. Aber bei dir habe ich das Gefühl, dass ich es kann. Ich weiß, dass es albern klingt, weil wir uns erst so kurz kennen, aber du hast mir schließlich zweimal das Leben gerettet. Du warst da, als sonst niemand da war, und hast mir geholfen, obwohl du das nicht hättest tun müssen. Das bedeutet mir viel. Unglaublich viel.«

»Und ich würde es sofort wieder tun. Ich bin einfach froh, dass ich am Freitagabend so schnell reagiert habe.«

»Wem sagst du das!«

»Arbeitest du eigentlich noch?«, fragte er.

»Ja, ich versuche es, aber ich muss alles vom Homeoffice aus machen.«

»Soll ich rüberkommen? Brauchst du irgendwas? Was Essbares oder was anderes?«

»Ich weiß nicht …« Die Mitarbeiter von der CIA hatten ihr eingeschärft, sie solle nicht zu eifrig erscheinen, aber andererseits hatte sie auch nicht viel Zeit. »Aber wenn du später Zeit hast und Lust auf eine Pizza oder so, wäre das nett.«

»Das klingt doch perfekt. Wie wäre es, wenn ich eine Pizza hole und dann gegen sechs Uhr zu dir komme? Dann können wir uns weiter unterhalten.«

»Klingt gut.«

»Ich bin froh, dass du angerufen hast, Viv. Du schaffst das schon. Ich bin für dich da.«

Sie verabschiedeten sich. Als Viv das Handy weggelegt hatte, krümmte sie sich und tastete nach einem Stuhl, um sich daran festzuhalten. Sie hatte noch nie eine Panikattacke gehabt, aber sie hatte das Gefühl, dass es jetzt so weit war. Mann, das war heftig.

Nach einigen Augenblicken richtete sie sich wieder auf. Sie hatte es getan. Die anderen hatten gesagt, der erste Anruf sei vielleicht am schwersten, und sie hatte ihn überstanden. Aber eigentlich wusste sie, dass dieses Telefonat nicht das Schwierigste sein würde. Mark vor sich zu sehen, würde noch einmal etwas ganz anderes sein. Viv konnte nur beten, dass sie dieser riesigen Herausforderung gewachsen war.

Sie ging zur Tür und ließ Jacob wieder herein.

»Und, wie ist es gelaufen?«, fragte er.

»Wie geschmiert.« Diese Beschreibung überraschte sie selbst, aber es war wirklich reibungslos verlaufen. »Mark kommt um sechs Uhr mit einer Pizza zu mir.«

Jacob runzelte die Stirn. »Meinst du, er hat das mit der Freundschaft wirklich verstanden?«

»Ja. Er ist sofort darauf angesprungen. Ich habe betont, dass es mir um Vertrauen geht und dass ich im Moment keine Beziehung brauche oder will. Meiner Meinung nach werde ich diesbezüglich sicher sein, zumindest eine Zeit lang.« Wenn die Sache länger dauerte als erwartet, könnte es sein, dass er doch wieder auf die Romantikschiene umschwenkte, um ihr mehr Informationen zu entlocken, aber darüber würde sie sich Gedanken machen, wenn es so weit war. Layla hatte ihr eingeschärft, dass sie einen Schritt nach dem anderen machen sollte.

Jacob trat zu ihr. »Wenn Mark hier ist, werde ich vor der Tür Wache stehen, aber wir haben zusätzlich überall Abhörgeräte installiert, also werde ich alles hören.«

»Das hast du mir vor dem Anruf gar nicht gesagt.«

»Ich wollte dich nicht nervös machen, aber ich werde alles mithören. Außerdem brauchen wir ein Codewort oder eine Formulierung, wenn du das Gefühl hast, in unmittelbarer Gefahr zu sein. Hast du eine Idee, was das sein könnte?«

»Es müsste etwas sein, das man nicht oft sagt, oder?«

»Genau. Aber nicht so ausgefallen, dass Mark sofort Verdacht schöpft.«

Viv überlegte einen Augenblick. »Wie wäre es mit ›Ich brauche dringend eine Auszeit‹?«

»Das geht. Und denk dran, dass du das nur sagst, wenn du glaubst, dass du in Gefahr bist, deine Tarnung aber nicht auffliegen lassen willst für den Fall, dass du dich irrst. Wenn du dir sicher bist, dass er dir auf die Schliche gekommen ist, dann schrei wie am Spieß oder was auch immer. Dann hat es keinen Sinn mehr, Spielchen zu spielen.«

»Verstanden.« Sie sah auf ihre Uhr. »Ein paar Stunden Zeit habe ich noch, um mich vorzubereiten.«

Jacob legte die Hände auf ihre Schultern. »Mach dich nicht verrückt, Viv. Ich habe genügend Einsätze mitgemacht, um zu wissen, dass du das nicht tun darfst. Wenn du dich vorbereitet hast, lass es los. Wenn du dir den restlichen Nachmittag permanent Sorgen machst, wirst du mit den Nerven völlig am Ende sein, wenn dieser Kerl hier auftaucht. Die erste Begegnung ist entscheidend. Sie gibt den Ton für alles Weitere an.«

»Das weiß ich. Hast du irgendwelche Tipps, wie ich es schaffe, mich nicht verrückt zu machen?« Sie war offen für alle Vorschläge. Schließlich hatte sie so etwas noch nie gemacht.

»Gibt es hier im Gebäude einen Fitnessraum?«, fragte er.

»Ja.«

»Was hältst du davon, wenn du ein bisschen auf dem Laufband trainierst oder Gewichte stemmst?«

»Willst du damit sagen, dass ich nicht fit genug bin?« Viv grinste.

Jacob schüttelte den Kopf. »Damit will ich sagen, dass Sport hilft, Stress abzubauen. Es könnte dir guttun. Ich weiß nicht, welche Sportart du bevorzugst.«

Sie lächelte. »Du gehst davon aus, dass ich überhaupt Sport mache.«

»Ich habe ein gutes Auge für solche Dinge.«

Mit einem Mal war Viv verlegen. Sie war schon lange unzufrieden mit den letzten fünf Kilos, die sie einfach nicht loswurde, egal, wie oft sie ins Fitnessstudio ging. »Ich bin eher der Crosstrainer- und Gewichte-Typ. Keine Marathonläuferin oder so.«

Er neigte den Kopf ein wenig zur Seite. »Das ist doch perfekt. Wie wäre es, wenn du dich umziehst und wir dann gehen? Ich verspreche dir, dass du dich danach besser fühlen wirst.«

Wenige Minuten später betraten sie zusammen den Fitnessraum. Sie waren die einzigen Personen dort. Viv hatte sich für ein T-Shirt und eine Jogginghose entschieden und die Haare zu einem Zopf zusammengebunden. Jacob war ebenfalls in Sportsachen geschlüpft. Wie es aussah, hatte sie einen Sportkumpan. Sie hätte nie gedacht, dass sie mit einem Navy-SEAL trainieren würde. Sie hoffte nur, dass er nicht über ihre Fitness urteilte.

»Ignorier mich einfach«, sagte er. »Mach das, wozu du Lust hast.«

Viv sprang auf einen der Ellipsentrainer, steckte sich ihre

Ohrstöpsel in die Ohren und fand ihren Rhythmus. Jacob ging zu einem Laufband, nachdem er den Raum zweimal umrundet hatte. Sosehr sie auch versuchte, es nicht zu tun, musste sie ihn doch immer wieder ansehen. Er fing mit einem lockeren Joggen an, das wahrscheinlich ihrem schnellsten Tempo an einem guten Tag entsprach. Als er die Geschwindigkeit erhöhte und dabei kaum außer Atem geriet, dachte Viv wieder daran, dass dieser Mann ein echter Kämpfer war. Und dass er sie beschützen würde.

Nachdem sie etwa eine Dreiviertelstunde Kardiotraining absolviert hatte, beschloss Viv, sich den Boxsack vorzunehmen. Das war eine ihrer liebsten sportlichen Beschäftigungen. Als sie die ersten Schläge ausführte, erschien Jacob neben ihr.

»Ich halte den Sack«, sagte er.

Viv schlug erneut zu, doch weil Jacob den Boxsack festhielt, rührte der sich nicht vom Fleck.

»Lass es raus«, sagte Jacob.

Und das tat sie. Sie stellte sich vor, der Boxsack wäre Marks Gesicht, und schlug und hieb und trat danach. Alles, was sie beim Kickboxen gelernt hatte. Während sie auf den Boxsack einprügelte, kam ihr ein Bild von Samir in den Sinn. Sie war wütend über seinen Tod. Und sie boxte weiter, bis ihr bewusst wurde, dass Tränen über ihre Wangen liefen.

»Das reicht«, sagte Jacob leise.

Als Viv nicht aufhörte, ging er um den Boxsack herum und zog sie in seine Arme.

»Schon gut. Lass alles raus.«

Sie fühlte sich bei ihm vollkommen geborgen und es schien ihr ganz natürlich, dass sie sich an ihn lehnte und sich von ihm halten ließ, während sie weinte. Nach einer Weile versiegten ihre Tränen. Die Wut brodelte immer noch unter der Oberfläche, aber Viv hatte ihre Gefühle wieder unter Kontrolle.

»Ich bin total verschwitzt.« Sie versuchte, sich von Jacob zu lösen, aber er hielt sie nur noch fester an sich gedrückt.

»Ich auch. Und das hat dir gutgetan. Nicht nur der Sport, sondern auch, deine Gefühle rauszulassen.«

Es war schon ironisch, dass ausgerechnet Jacob das sagte, der seine eigenen Gefühle so sorgfältig verbarg, aber sie würde ihn nicht darauf hinweisen. Er half ihr und sie wusste zu schätzen, dass seine starken Arme sie stützten.

Ihr Blick wanderte zu seinen dunklen Augen hinauf. Er schob eine Haarsträhne, die sich aus ihrem Zopf gelöst hatte, hinter ihr Ohr.

»Jacob«, flüsterte sie.

Er beugte sich vor, bis ihre Lippen sich beinahe berührten. Viv schloss die Augen und wartete darauf, dass sie seine Lippen auf ihrem Mund spüren würde. Als nichts geschah, öffnete sie die Augen. Er sah sie an, hatte sich aber nicht bewegt.

»Was ist?«, fragte sie.

»Ich will dir nicht wehtun«, antwortete er leise.

»Du tust mir nicht weh.«

»Aber das werde ich, wenn wir hier keinen Schnitt machen.«

»Warum?«

»Weil ich das immer tue, Viv.«

»Nur weil das in der Vergangenheit deine Methode war, muss es das in Zukunft doch nicht sein.« Sie hatte genug von seinen Ängsten und Ausreden. Sie hob sich auf die Zehenspitzen und küsste ihn.

Zuerst schien er überrascht und Viv fragte sich, ob sie ihn falsch verstanden hatte. Aber nach ein paar Sekunden zog er sie fester an sich.

Sie war nicht sicher, was sie sich von einem Kuss mit Jacob erträumt hatte, aber die Wirklichkeit war eindeutig besser als alles, was sie sich hätte ausmalen können. So sicher, wie sie sich in seinen Armen fühlte, hatte sie doch nicht das Gefühl, dass er sich zurückhielt – ganz im Gegenteil. Der Kuss, der sanft begann, wurde schnell leidenschaftlich. Viv vergaß alles um sich herum. Von ihrer ersten Begegnung an hatten sie sich gestritten, aber jetzt war das heftige Knistern zwischen ihnen nicht zu leugnen.

Irgendwann löste sie sich von Jacob und trat einen Schritt zurück. Die Art, wie er sie ansah, ließ einen Schauer über ihren Rücken laufen. Aber es war ein guter Schauer.

»Ich habe doch gesagt, dass wir das nicht hätten tun sollen«, sagte er.

»Und ich finde, wir sollten.« Sie musste unwillkürlich lächeln, bevor sie ihn erneut küsste. Diesmal war der Kuss leichter und spielerischer und nach einer Minute war er derjenige, der sich von ihr löste.

»Wahrscheinlich sollten wir jetzt damit aufhören und dich für deine Verabredung fertig machen.«

»Du hast doch gesagt, ich soll das alles vergessen.«

»Das stimmt, aber ich habe nicht erwartet, dass die Folge davon Küsse von dir sind.« Er lachte.

Sie ergriff seine Hände. »Ich weiß nicht, was gerade geschieht, Jacob. Mein Leben ist ein völliges Durcheinander. Wer weiß, ob ich aus der Sache überhaupt lebend rauskomme. Aber hier in diesem Raum bei dir zu sein …« Viv holte tief Luft. »Dich zu küssen, hat sich so richtig angefühlt wie schon lange nichts mehr. Bitte versuch nicht, das jetzt zu leugnen.«

Er senkte den Blick und sah ihr dann wieder in die Augen.

»Was?«, fragte sie.

Er zog sie wieder an sich. »Das ist das Problem, Viv. Ich kann es nicht leugnen. Du bist so wunderbar, aber ich habe die Angewohnheit, alle guten Dinge in meinem Leben zu vermasseln.«

Viv weigerte sich, diesen Gedanken zuzulassen. »Dann machen wir mit dieser Angewohnheit ein für alle Mal Schluss. Ich öffne mich dir, Jacob. Ich zeige dir ganz ehrlich meine Gefühle. Und ich hoffe, du versuchst, das auch zu tun.«

Sie dachte, er würde ihr widersprechen, doch stattdessen küsste er sie noch einmal.

»Ich kann besser demonstrieren als erklären«, murmelte er dann.

Viv hatte das Gefühl, als würde ihr Herz explodieren – und nicht nur von dem anstrengenden Training. Wenn sie Jacob ansah, empfand sie die Zuversicht, die sie brauchte, um Mark die Stirn zu bieten und sich dem zu stellen, was auf sie zukam.

KAPITEL 16

Viv hatte geduscht und eines ihrer langweiligsten Outfits angezogen, die sie in ihrem Kleiderschrank gefunden hatte. Sie wollte Mark auf keinen Fall den Eindruck vermitteln, dass es sich um ein Date handelte. Die Jeans und der schlabbrige Pullover wären für einen Mädelsabend passender gewesen.

Während sie ein wenig Make-up auftrug, wanderten ihre Gedanken zu Jacob zurück. Sie konnte nicht fassen, dass sie den ersten Schritt gemacht und ihn geküsst hatte. Wahrscheinlich war das sogar das erste Mal, dass sie so etwas getan hatte. Aber sie hatte einfach das Gefühl gehabt, dass es richtig war. Er war stur und sie musste diejenige sein, die handelte – und sie war froh, dass sie es getan hatte.

Sie glaubte nicht, dass irgendein Mann sie jemals so angesehen hatte, wie Jacob es tat, und schon bei dem Gedanken daran hatte sie Schmetterlinge im Bauch. Sie wusste, dass er versuchen würde, sich zurückzuziehen, aber sie war hartnäckig. Ja, sie war eine hoffnungslose Romantikerin, aber was, wenn Jacob der Eine war, den sie all die Jahre gesucht hatte, und sie inmitten dieser Krise zueinanderfanden?

Viv hoffte und betete, dass er sie nicht komplett auflaufen ließ, denn sie fühlte sich viel stärker in dem Wissen, dass er an ihrer Seite war. Nicht nur als Teil seines Jobs, sondern mehr als das. Sie merkte, dass sie dabei war, sich bis über beide Ohren in ihn zu verlieben, aber sie musste ihre Gefühle unter Kontrolle behalten, damit sie ihn nicht verjagte.

Ihre Erfahrung mit Beziehungen war, gelinde gesagt, ziemlich trostlos. Entweder hatte sie Gefühle entwickelt und der Mann nicht oder es war andersherum gewesen. Sie hatte noch nie eine ernsthafte Beziehung gehabt, bei der beide tiefergehende Gefühle entwickelt hatten.

Viv betrachtete sich im Spiegel und stellte zufrieden fest, dass sie für ihren Job perfekt aussah. Und genau das war dieser Abend – ein Job.

Als sie aus dem Schlafzimmer trat, stockte ihr Atem, als sie Jacob am großen Wohnzimmerfenster stehen sah. Er hatte ebenfalls geduscht und trug jetzt ein blaues Hemd und eine Baumwollhose.

Er drehte sich um und runzelte die Stirn.

»Was ist?«, fragte Viv. »Stimmt etwas nicht mit meinen Klamotten? Ich kann mich immer noch umziehen.«

Er ging zu ihr. »Nein. Das war mein normaler finsterer Blick, wie du sagen würdest. Dein Outfit ist okay.«

»Es signalisiert ›Kumpel‹ oder was denkst du?«

Er sah sie an, und als ihre Blicke sich begegneten, war von Kumpelhaftigkeit nichts zu spüren. Sie erwartete, dass Jacob sie wieder küssen würde, aber er tat das Gegenteil und wandte sich wieder zum Fenster um. »Ja. Bist du bereit?«

Viv entging nicht, dass er schnell das Thema gewechselt hatte. »Ja. So bereit wie möglich.«

»Denk an das Codewort.«

»Ja. *Ich brauche eine Auszeit.*«

»Und an seinen Namen.«

»Mark.« Das hatte sie sich tausendmal eingebläut. Wenn sie seinen richtigen Namen benutzte, war alles vorbei. Damit würde sie ihr eigenes Todesurteil unterzeichnen.

»Ich bin gleich draußen vor der Tür, aber denk dran, dass ich mithören kann. Wenn du mich brauchst, bin ich sofort da.« Jacob nahm seine Waffe vom Couchtisch und schob sie in das Halfter an seiner Schulter. »Ich bleibe hier, bis er kommt. Dann gehe ich raus.«

»Alles klar.« Viv ging in die Küche und holte eine Flasche Wasser aus dem Kühlschrank. »Das Training war ganz schön heftig.«

Er warf ihr einen Blick zu. »Das war es.«

»Wie viele Kilometer bist du gelaufen?«

»Ein paar.«

Sie hielt ihm die Flasche hin. »Du bist zu bescheiden.«

Er nahm das Getränk von ihr entgegen. »Sport gehört einfach zu meinem Leben. Aber ich laufe gerne. Es hilft mir, den Kopf frei zu kriegen, und hat keine negativen Folgen für meine Schulter.«

»Da hattest du deine Verletzung, nicht wahr?«

Wieder zog er die Stirn kraus. »Ja. Aber laufen kann ich problemlos.«

»Das habe ich gemerkt.« Viv lachte.

Er trat zu ihr und ergriff ihren Arm. »Bitte sag mir, dass du bereit bist für diesen Einsatz, Viv, und dass du nach dem, was vorhin zwischen uns geschehen ist, immer noch einen klaren Kopf hast.«

Er machte sich Sorgen, aber sie nicht. Jedenfalls nicht in dieser Hinsicht. »Was zwischen uns geschehen ist, hat keine Auswirkungen auf meine Begegnung mit Mark. Wenn überhaupt, fühle ich mich jetzt eher selbstbewusster und klarer. Also danke dafür.«

Jacob zog eine Augenbraue hoch.

Bevor sie antworten konnte, klingelte es an der Tür.

Er beugte sich hinunter und flüsterte ihr ins Ohr: »Du schaffst das, Viv. Ich bin bei dir.«

Gemeinsam gingen sie zur Tür, die Jacob öffnete, während Viv sich etwas im Hintergrund hielt.

Mark kam mit mehreren Pizzaschachteln herein. »Hi, Viv. Ich habe mehr mitgebracht, weil ich mir schon dachte, dass Sie auch hier sind, Jacob.«

Die beiden Männer begrüßten sich mit Handschlag.

»Danke, Mann. Ich bin draußen vor der Tür, damit ihr zwei ungestört reden könnt.« Jacob trat einen Schritt zurück.

»Nehmen Sie die hier mit.« Mark hielt ihm eine Pizza hin.

Viv dachte, Jacob würde sie nicht nehmen, aber das tat er, bevor er die Tür schloss und sie allein mit Mark zurückließ.

»Wie geht es dir?«, fragte Mark.

»Komm, wir setzen uns und essen, dann können wir reden.« Viv spürte plötzlich, wie hungrig sie war. Wenn sie sich auf das Essen konzentrieren konnte, würde ihr das die Unterhaltung erleichtern.

»Diese Wohnung ist echt der Hammer«, sagte Mark bewundernd.

»Danke. Ich habe sie von meinen Eltern geerbt.« Sie hatte sich überlegt, dass sie mit ihm über Dinge sprechen konnte, die er sowieso schon wusste.

»Oh, tut mir leid.« Er setzte sich an den Tisch.

Viv holte Teller und Servietten. »Willst du eine Limo oder Eistee?«

»Gerne eine Limo.«

Sie gab ihm eine Flasche und nahm sich selbst einen Tee.

»Gibt es irgendwas Neues?« Mark griff nach einem Pizzastück.

»Wir versuchen immer noch, der Sache auf den Grund zu gehen.« Sie zögerte. »Es gibt so viele unterschiedliche Teile bei dem Puzzle, Mark. Und wie gesagt, ich finde es sehr schwierig zu entscheiden, wem ich trauen kann. Findest du, dass ich paranoid bin?«

Er schüttelte den Kopf. »Überhaupt nicht. Du musst wachsam sein. Schließlich wurdest du überfallen. Und dann hat jemand auf dich geschossen. Außerdem hast du mir doch erzählt, dass jemand, den du kennst, ermordet wurde, oder?«

Viv seufzte und dachte an Samir. »Ja.« Sie trank einen Schluck Tee. »Er war ein Diplomat aus Ägypten. Mehr kann ich nicht sagen, aber er ist tot.« Sie musste die Gefühle, die sie in diesem Augenblick überkamen, nicht vortäuschen.

Mark nahm sein Getränk. »Ihr zwei müsst euch nahegestanden haben.«

»Ja. Er war ein guter Mensch. Du weißt, was ich meine – es gibt Menschen, die einfach einen guten Kern haben. Samir war so ein Mensch.« Sie sog scharf die Luft ein und schlug sich erschrocken die Hand vor den Mund. Natürlich war ihr der Name nicht versehentlich rausgerutscht, sondern sie hatte ihn bewusst genannt, aber das sollte Mark ja nicht wissen. »Bitte behalte den Namen für dich. Du erzählst das nicht weiter, oder?« Viv suchte Marks Blick.

Er beugte sich vor. »Das habe ich doch gesagt, Viv. Du kannst mir völlig vertrauen. Ich bin Jurist, so wie du, also weiß ich, wie man den Mund hält.«

Viv stieß einen gespielten Seufzer der Erleichterung aus. »Danke.« Sie lehnte sich auf ihrem Stuhl zurück und aß noch ein paar Bissen ihrer Pizza, während sie darauf wartete, dass er den nächsten Schritt machte.

»Organisiert das Außenministerium eigentlich zusätzlichen Schutz für dich oder macht Jacob das allein?«

»Im Moment ist er allein. Aber er ist echt gut in seinem Job, deshalb fühle ich mich sicher.«

»Er macht auf jeden Fall einen ausgesprochen zuverlässigen Eindruck«, stimmte Mark zu. »Irgendwelche Fährten, was deine Angreifer betrifft?«

Sie stöhnte. »Gar nichts. Ich bezweifle, dass sie die Typen jemals finden werden.«

»Was erzählt die Polizei dir denn?«

Sie tat so, als würde sie zögern. »Kann ich dir was sagen?«

Er beugte sich vor. »Klar.«

Sie holte tief Luft. »Die Polizei hat die Sache komplett ans FBI übergeben.«

»Ans FBI?«

Viv nickte. »Sie untersuchen jetzt, warum mein Freund getötet wurde. Und warum ich überfallen wurde und wer danach noch versucht hat, mich zu erschießen.«

Er sah sie an. »Und du hast gar keine Ahnung?«

»Ich wünschte, ich wüsste was. Wenn du irgendwelche Ideen hast, bin ich ganz Ohr.«

Mark rieb sich das Kinn. »Von einem Anwalt ist das kaum zu

glauben, ich weiß … aber es ist schwierig, eine Meinung zu äußern, wenn man nicht alle Fakten kennt.«

»Was müsstest du denn sonst noch wissen?«

»Ich weiß ja nicht, was ich nicht weiß.« Er lachte.

Sie war froh, dass er lachte, denn die Atmosphäre war gerade etwas angespannt. »Sie glauben, dass alles mit dem Tod des ägyptischen Botschafters zu tun hat.«

Mark runzelte verwirrt die Stirn. »Ich dachte, er wäre an einem Herzinfarkt gestorben.«

»Ich habe wahrscheinlich schon zu viel gesagt.« Alles, was Viv sagte, war mit der CIA abgesprochen. Diese Geschichte sollte er glauben, aber sie sollte auf keinen Fall etwas über den Einsatz oder die wirkliche Gefahr dahinter ausplaudern.

Mark sah sie nachdenklich an. »Du siehst traurig aus. Lass uns von was anderem sprechen.«

»Ja, gerne.«

Mark erzählte ein paar Geschichten von seiner Arbeit. Viv fragte sich, ob er seinen Anwaltsjob als Teil seiner Tarnung tatsächlich machte oder alles erfunden war, aber sie wagte nicht, ihn auf die Probe zu stellen. Sie lächelte und nickte nur und stellte Fragen, wenn es passte.

Sie hatte strenge Anweisungen erhalten, an diesem Abend keine Grenzen zu überschreiten. Es war ihr erstes Treffen und Mark sollte einfach nur glauben, dass sie ihn als Vertrauensperson brauchte. Das gab ihr die Sicherheit, dass sie erst einmal am Leben blieb, und ermöglichte ihnen vielleicht später die Chance, Mark irgendwelche Informationen zu entlocken. Aber im Moment musste sie Geduld haben.

»Jetzt habe ich aber genug von mir geredet. Was kann ich denn sonst noch für dich tun?«, fragte Mark.

»Es hilft schon total, dass du hier bist. Dass ich über alles mit dir reden kann. Ich weiß, dass ich über viele Einzelheiten nicht sprechen darf, aber du verstehst meine Situation. Du hast selbst miterlebt, was mir zugestoßen ist. Du warst beide Male dabei.

Diese Ungeheuer! Ich bin nur eine einfache Juristin. Ich bin doch für niemanden eine Gefahr.«

Mark runzelte die Stirn. »Ich sage das nur ungern, Viv, aber könnte es sein, dass die Leute, die es auf dich abgesehen haben, dich für etwas anderes als eine Anwältin halten?«

Sie zog die Augenbrauen hoch. »Was sollte ich denn sonst sein?«

»Eine Spionin oder so.«

Viv lachte. »Sehe ich etwa wie eine Spionin aus, Mark? Ich habe an der Uni in Georgetown Jura studiert und arbeite seit meinem Abschluss als Juristin im Außenministerium. Ich kenne ein paar Leute vom Geheimdienst und ich kann dir versichern, dass ich überhaupt nicht so bin.«

Er neigte den Kopf ein wenig seitwärts. »Wieso sagst du das?«

Sie hob die Arme. »Ich bin total leicht zu durchschauen. Mein Leben ist unspektakulär. Ich mache meine juristische Arbeit. Ich arbeite an politischen Programmen. Aber ich bin keine CIA-Agentin. Es gibt überhaupt keinen Grund, warum die Männer, die mich überfallen haben, das glauben sollten.«

»Vielleicht liegt es daran, dass du bei deiner Arbeit viele ausländische Kontakte hast.«

»Vielleicht, aber es gibt viele Menschen mit internationalen Kontakten, die keine Spione sind. Ich wäre die schlechteste Agentin aller Zeiten. So wie ich gestrickt bin, könnte ich mich gar nicht so verstellen.«

»Die Typen, die dir wehtun wollen, wissen aber nicht, wie du wirklich bist.«

»Das stimmt natürlich.« Viv seufzte. »Ich kenne die Wahrheit. Aber ich weiß nicht, wie ich diese Leute überzeugen könnte, dass ich nicht bin, wofür sie mich womöglich halten.«

Mark schien zu glauben, was sie sagte, aber sie wusste auch, dass sie in die Augen eines Menschen blickte, der viel Erfahrung darin hatte, andere zu täuschen. Im Moment gab ihr nichts Sicherheit.

Sie täuschte ein lautes Gähnen vor, um das Treffen zu beenden. »Sorry. Die letzten beiden Tage waren ziemlich anstrengend.«

Er legte die Hände auf ihre und sie musste sich zwingen, ihre Hände nicht instinktiv zurückzuziehen.

»Ich weiß. Ich gehe jetzt, damit du schlafen kannst, aber ich melde mich morgen wieder, okay?«

»Danke, Mark. Du bist ein echter Freund.« Viv lächelte.

Er gab ihr einen flüchtigen Kuss auf die Wange. »Behalte die Reste von der Pizza. Wenn du sie nicht isst, tut es dein Muskelprotz draußen bestimmt.«

Es gefiel Viv nicht, wie er von Jacob sprach, aber sie durfte ihre Verärgerung nicht zeigen. »Danke.« Sie brachte Mark zur Tür und er verabschiedete sich schnell.

Eine Minute später betrat Jacob das Zimmer. Bevor Viv noch den Mund aufmachen konnte, zog er sie an sich und küsste sie leidenschaftlich. Viv war völlig überrumpelt. Nicht dass es ihr etwas ausmachte, auch wenn es sie wunderte. Als er sich von ihr löste, legte er einen Finger auf ihre Lippen.

Da wurde ihr bewusst, was er tat. Das war kein *Bin-ich-froh-dich-wiederzusehen*-Kuss. Das war ein *Halt-den-Mund*-Kuss.

Jacob ging ins Gästezimmer und kam mit einem Gerät zurück, von dem Viv vermutete, dass er damit Wanzen aufspüren konnte – abgesehen von denen, die sie selbst installiert hatten.

Nach einer kompletten Durchsuchung der Wohnung wandte Jacob sich ihr zu. »So, jetzt können wir reden.«

Viv atmete erleichtert aus. »Das war heftig.«

»Du hast das super gemacht. Ich konnte ja keinen von euch beiden sehen, aber nach seinem Tonfall und dem, was er gesagt hat, scheint es mir, als hätte er dir alles abgekauft.«

Viv ließ sich aufs Sofa fallen, mit einem Mal ganz erschöpft. »Ich hatte Angst, er würde mich sofort durchschauen, aber ehrlich gesagt glaube ich das nicht. Layla hat recht. Je näher man an der Wahrheit bleibt, desto besser ist es. Bei jedem Wort, das mir über die Lippen kam, hatte ich Angst, er würde etwas merken.

Aber das hat er anscheinend nicht, also habe ich einfach weitergemacht. Es war irgendwie unwirklich.«

»Du warst fantastisch, Viv. Die Kollegen von der CIA werden die Aufnahmen genau untersuchen und dir dann sagen, was der nächste Schritt ist. Heute Abend kannst du nichts weiter tun.«

»Nicht ins Versteck, oder? Ich bleibe hier?«

»Im Moment ja. Wir sind der Meinung, dass sich die Sache mit Mark so besser regeln lässt, aber ich übernachte im Gästezimmer oder auf dem Sofa. Wir lassen dich nicht ohne Schutz.«

Wie sollte sie nach dem, was geschehen war, es aushalten, ihm so nahe zu sein? Sie wusste, dass es zu ihrer eigenen Sicherheit keine andere Möglichkeit gab. »Kein Problem. Fühl dich wie zu Hause. Sag mir, wenn du irgendwas brauchst.«

Jacob setzte sich neben sie aufs Sofa. »Wir müssen aber noch über unsere Unterhaltung von vorhin reden.«

Das klang nicht gut. »Inwiefern?« Sie würde es ihm nicht so leicht machen. Auf keinen Fall würde sie von sich aus Zugeständnisse machen.

»Das mit uns muss strikt platonisch bleiben. Wir dürfen keinen Fehler machen.«

Viv merkte, wie Verärgerung in ihr aufstieg. »Wie – du verkündest das jetzt einfach so und ich muss mich dran halten?«

»Soweit ich weiß, gehören immer zwei dazu.«

Wut machte sich in ihr breit. Sie war frustriert, und zwar nicht nur seinetwegen, sondern wegen der ganzen Situation. »Du versuchst, mich zu ärgern. Mich wegzustoßen. Weißt du was, Jacob? Die Ereignisse der letzten Tage haben mich daran erinnert, wie kostbar das Leben ist und dass es keine Garantie für auch nur einen einzigen zusätzlichen Augenblick gibt.«

»Das leugne ich ja gar nicht.« Er ließ den Kopf hängen. »Ich bin nur nicht der richtige Mann für dich.«

Viv weigerte sich nachzugeben und hob das Kinn an, damit sie ihm direkt in die Augen sehen konnte. »Das ganze ›Es liegt nicht an dir, es ist meine Schuld‹-Ding ist echt nervig, Jacob. Ich wünschte, du könntest einfach die Wahrheit zugeben. Vor mir und vor dir selbst. Diese Küsse heute haben etwas zu bedeuten. Sieh mir in die Augen und widersprich mir, wenn du das anders siehst.«

Er hielt den Blickkontakt zu ihr. »Ich leugne ja gar nicht, dass ich mich zu dir hingezogen fühle. Sehr sogar.«

»Hingezogen? Hier geht es um mehr als rein körperliche Anziehungskraft und das weißt du auch.« Viv holte Luft und versuchte, ihre aufgewühlten Gefühle in Schach zu halten. »Wenn du Zeit brauchst, um über meine Sicht der Dinge nachzudenken, dann bekommst du sie. Aber ich werde uns nicht einfach aufgeben. Oder das, was wir haben könnten. Zusammen.« Viv stand auf. Sie öffnete die Tür zu ihrem Schlafzimmer und zögerte kurz, bevor sie sich noch einmal umdrehte und über die Schulter sagte: »Gute Nacht, Jacob.«

* * *

Vivs Worte hallten in seinem Kopf nach. *Ich werde uns nicht einfach aufgeben. Oder das, was wir haben könnten. Zusammen.*

Er war in der Nacht mehrmals kurz eingenickt, aber jetzt war es beinahe sechs Uhr und Jacob beschloss, dass es an der Zeit war aufzustehen.

Viv verstand ihn einfach nicht. Natürlich wäre er wahnsinnig gerne mit ihr zusammen. Auch er träumte von der perfekten Beziehung. Aber Männer wie er hatten keine Beziehungen zu Frauen wie Vivian Steele.

Jacob wusste, dass jeder Mensch irgendwelche Altlasten hatte, aber er trug nicht nur ein Päckchen Probleme, sondern einen ganzen Zweitonner mit sich herum. Alles, was er in seinem Job als SEAL erlebt hatte. Die Verletzung, die seine Karriere beendet hatte. Und auch wenn er Viv in groben Zügen davon erzählt hatte, gab es eine Menge, wovon sie nichts wusste. Zum Beispiel von seiner völlig gestörten Familie und wie verkorkst er selbst deshalb war.

Nachdem er heiß geduscht hatte, ging Jacob in die Küche. Viv war noch in ihrem Zimmer, also beschloss er, Kaffee aufzusetzen. Wie sollte er ihr klarmachen, dass eine Beziehung zwischen ihnen niemals funktionieren würde? Er hatte schnell gelernt, dass sie eine eigensinnige und hartnäckige Frau war. Sie würde die Sache nicht auf sich beruhen lassen, wenn er nicht ganz klare Grenzen setzte und dafür sorgte, dass diese Grenzen nicht überschritten wurden. Aber das war seine Aufgabe, egal, wie schwer es war. Letzten Endes tat er es, weil er etwas für sie empfand und weil sie etwas brauchte, das er ihr nicht geben konnte.

Sein Smartphone klingelte. Jacob sah, dass es Direktor Phillips war.

»Sir. Guten Morgen.«

»Morgen, Jacob. Wie hat Vivian sich gestern Abend geschlagen?«

Er würde die Wahrheit sagen, auch wenn es bedeutete, dass die Direktoren Viv dazu drängen würden, weiter für ihre Zwecke zu arbeiten. »Super. Man sollte nicht meinen, dass sie keinerlei Erfahrung mit so etwas hat.«

»Gut. Ich hatte den Eindruck, dass sie zäh ist. Wir beobachten unsere Zielperson. Wenn sie mit jemandem Kontakt aufnimmt, werden wir es wissen.«

»Und was passiert jetzt?«

Der Direktor seufzte. »Bei der CIA wird gerade darüber debattiert, ob wir Abhörgeräte in Jouberts Wohnung deponieren müssen.«

Jacob ballte die Hand zur Faust. »Moment mal. Sie wollen doch wohl nicht vorschlagen, dass Viv das tut?«

»Das ist der Haken. Ich bezweifle nicht, dass sie es schaffen würde, aber wenn Joubert die Wanzen findet, ist ihre Tarnung dahin. Ich glaube, die CIA will abwarten, wie das nächste Treffen läuft, und dann entscheiden.«

Es war, wie Jacob befürchtet hatte. Viv drohte im Treibsand zu versinken. »Die Sache wird für Viv mit jeder Minute gefährlicher.

Wir dürfen sie nicht zum Bauernopfer machen. Ich hoffe, das verstehen Sie.«

»Natürlich. Und auch auf die Gefahr hin, dass ich meine Nase in Sachen stecke, die mich nichts angehen: Sie scheinen Vivian zu mögen, Jacob. Angesichts dessen, was auf dem Spiel steht, hoffe ich, dass Sie die Beziehung zu ihr streng beruflich halten.«

Da sah man es wieder: Alle außer Viv verstanden, dass es besser so war. »Natürlich, Sir. Ich bin da ganz Ihrer Meinung.«

»Und Vivian?«

Was sollte er dazu sagen?

»Na, egal. Das brauchen Sie nicht zu beantworten. Machen Sie einfach Ihren Job, mein Junge. Passen Sie auf Vivian auf. Ich muss Ihnen nicht sagen, dass wir es hier nicht mit ein paar kleinen Verbrechern zu tun haben, sondern mit extrem gefährlichen Terroristen, die alles tun würden, um ihre Ziele zu erreichen.«

»Verstanden.«

Direktor Phillips beendete das Gespräch. Als Jacob sich umdrehte, sah er Viv mit verschränkten Armen im Türrahmen stehen.

»Wer war das?« Sie betrat die Küche.

»Der FBI-Direktor. Er wollte hören, wie es gelaufen ist. Sie beschatten Mark.«

»Und was ist, wenn er das merkt?

»Wird er nicht. Die Leute vom FBI wissen, was sie tun.«

»Ich hoffe es«, murmelte Viv. »Und was jetzt?«

»Was Mark betrifft, warten wir ab, bis wir weitere Instruktionen bekommen.«

»Ich würde aber in der Zwischenzeit gerne weiter die Akten durchgehen, die wir über Botschafter Zidan haben. Ich will sicher sein, dass wir nichts übersehen haben.«

»Das geht in Ordnung. Ich werde Delaney anrufen und hören, ob sie irgendwas von uns braucht, während wir warten.«

Viv nahm sich einen Becher. »Ich glaube, es wird ein langer Tag werden.«

Das befürchtete Jacob auch.

KAPITEL 17

Die Verbindung einer amerikanischen Botschafterin zu einem russischen Spion ließ die Alarmglocken in mehreren Behörden schrillen, aber sie hatten immer noch keine konkreten Beweise für etwas, das über eine Affäre zwischen den beiden hinausging.

Delaney war mit Weston in der Einsatzzentrale. Sie wusste gar nicht mehr, der wievielte Becher mit mittelprächtigem Ministeriumskaffee mittlerweile vor ihr stand.

Weston blickte auf. »Hier sind die jüngsten Informationen von CIA und Interpol.« Er rief mehrere Fotos auf dem Bildschirm auf. »Das sind Bilder, auf denen die Botschafterin und Popow zusammen zu sehen sind. Die meisten davon wurden bei diplomatischen Anlässen geschossen, aber es gibt ein persönlicheres Foto aus der Brüsseler Innenstadt, auf dem sie ziemlich intim wirken. Er hat den Arm um sie gelegt.«

Delaney betrachtete die Bilder. Popow war eindeutig ein gut aussehender Mann – groß gewachsen, sportliche Figur, blond. Aber noch auffälliger war der Blick, mit dem er die Botschafterin ansah. »Sieht das nach lediglich befreundeten Diplomaten aus?«

Weston grinste. »Nein. Der ist total verknallt.«

»Genau das dachte ich auch, obwohl die Botschafterin etwas zurückhaltender wirkt. Wie sicher sind die Geheimdienste, dass Popow beim GRU ist?« Sie wollte zuverlässige Antworten.

Weston beugte sich vor. »Das ist nicht so einfach. Niemand will sich festlegen. Mein CIA-Kontakt hat es so formuliert: Es gibt einen starken Verdacht, Popow könnte ein russischer Agent sein, aber er steht nicht auf der Liste der bestätigten Spione. Das erklärt auch, warum die Spionageabwehr sich mit ihm befasst, aber nicht so intensiv wie mit den bekannten Geheimagenten.«

»Und was macht die Nachverfolgung der Gelder, die auf das

Konto der Botschafterin überwiesen wurden?« Da mussten sie endlich mal etwas erreichen.

»Sie sagen, unsere besten FBI-Finanzanalysten seien dran, aber noch gibt es keine konkreten Antworten.«

Delaney ging zu dem Whiteboard an der Wand. »Also, wir haben Folgendes.« Sie fing an zu schreiben. »Wir haben den Stabschef der Botschafterin, der glaubt, dass sie eine Affäre mit Popow hat, und sagt, er habe gesehen, wie die beiden sich geküsst haben. Wir haben Bilder, die darauf hindeuten, dass sie sich zumindest nahestanden. Deshalb vermute ich, dass die beiden tatsächlich was miteinander hatten.«

Weston nickte. »Jeff King sagt, er kannte Popow, habe aber keinen Verdacht geschöpft.«

»Ich glaube, Jeff macht sich was vor.« Delaney schrieb *Will es nicht wahrhaben* an die Tafel. »Aber wir müssen auch in Betracht ziehen, dass Jeff sehr wohl von einer Affäre wusste und immer noch ein möglicher Verdächtiger ist.«

Weston verschränkte die Arme. »Ich weiß nicht, Delaney ... der arme Kerl ist völlig fertig. Glaubst du wirklich, dass er ein so guter Schauspieler ist?«

Sie kaute auf ihrer Unterlippe und überlegte. »Ich sage es ja ungern, aber auch ich habe mich schon in Menschen getäuscht, von deren Unschuld ich mindestens genauso überzeugt war. Aber lassen wir Jeff im Moment mal beiseite und reden wir über Popow.« Sie machte weitere Notizen auf dem Whiteboard. »Wenn wir davon ausgehen, dass die Botschafterin ein Verhältnis mit ihm hatte – warum sollte er sie dann umbringen?« Sie malte ein Fragezeichen.

Weston trat näher. »Du wirst gleich sagen, ich würde zu viele Spionagekrimis lesen, aber hör mir erst mal zu.«

»Es gibt hier keine schlechten Ideen, Weston.« Delaney wollte nicht, dass ihr junger Kollege seine Gedanken von vornherein filterte. Er war einer der intelligentesten Menschen, die sie kannte, und das wollte sie für die Ermittlungen ausnutzen.

Er tippte mit dem Stift gegen das Whiteboard. »Was ist, wenn die Beziehung zwischen den beiden mehr war als eine beiläufige Affäre und die russische Regierung Angst hatte, die Botschafterin könnte Popow auf die andere Seite ziehen?«

Delaney dachte darüber nach. »Damit diese Theorie funktioniert, müsste Popow eine zentrale Figur sein. Ich glaube nicht, dass die Russen für einen Spion der mittleren Ebene ein so großes Risiko eingehen und einen Auftragskiller auf eine amtierende US-Botschafterin ansetzen würden. Wenn die russische Regierung hinter der Vergiftung steckt, könnte das diplomatisch und politisch gesehen ganz schnell ganz schön kritisch werden.«

Weston seufzte. »Ja, scheint etwas extrem, oder?«

»Extrem ja, aber angesichts der geopolitischen Lage sollte jedes mögliche Szenario auf den Tisch.« Delaney wandte sich wieder dem Whiteboard zu. »Überlegen wir mal das Gegenteil. Angenommen, die Botschafterin hat Geheimnisse an die Russen verraten und wurde dafür bezahlt? Vielleicht gab es Dinge, die sie nicht tun konnte oder wollte und sie haben sie aus dem Verkehr gezogen, damit sie ihnen nicht im Weg ist.«

Westons Augen leuchteten auf. »Ich hatte gerade eine andere Idee, die funktionieren könnte, wenn man das bedenkt, was du gerade geschildert hast.«

»Schieß los.«

Er fing an, im Raum auf und ab zu gehen. »Was ist, wenn der Giftanschlag gar nicht von der russischen Regierung ausging, sondern einen sehr persönlichen Grund hatte? Was, wenn Popow wollte, dass die Botschafterin ihren Mann verlässt? Und als sie sich weigerte, hat er sie aus Eifersucht umgebracht.«

»Auch möglich, aber wie passt das Geld zu dieser Theorie?«

»Sie könnte ja trotzdem für die Russen gearbeitet haben, aber die wollten sie nicht umbringen. Vielleicht sind sie sogar wütend auf Popow, weil sie eine Doppelagentin verloren haben. Wir haben von der Botschafterin gehört, dass sie sehr gut vernetzt, klug, geschickt und ein Machtmensch war. Wenn sie und Popow ein

Paar waren und er tatsächlich ein Spion ist, kann ich mir kaum vorstellen, dass sie es nicht wusste.«

»Das leuchtet ein.« So viele Ideen schwirrten in Delaneys Kopf herum. »Das Problem ist, dass wir diese großartigen Theorien haben, aber nicht viele konkrete Beweise.« Sie seufzte.

»Ich frage mich, ob Penelopes Freundin Nan von Popow wusste.« Weston verschränkte die Arme.

»Es kann nicht schaden, sie zu fragen.« Delaney legte den Stift auf die Ablage des Whiteboards. »Was hältst du davon, wenn wir ihr einen Besuch abstatten?«

»Klingt gut.«

Es dauerte nicht lange, bis sie die kurze Strecke von Foggy Bottom bis Arlington zurückgelegt hatten. Delaney konnte nur hoffen, dass Nan zu Hause war, da sie beschlossen hatten, sie zu überraschen, anstatt sich vorher anzumelden.

Sie näherten sich dem Haus und klingelten an der Tür. Kurz darauf erschien Nan. »Bitte kommen Sie doch rein.«

»Danke, Mrs Kennedy. Herzliches Beileid.«

Nans Augen glänzten. »Danke. Es ist schrecklich.«

Delaney musterte die Frau. »Tut mir leid, dass wir noch mehr Fragen stellen müssen, aber Sie verstehen hoffentlich, dass die Täter zur Rechenschaft gezogen werden müssen.«

»Kommen Sie und setzen Sie sich. Kann ich Ihnen etwas anbieten?« Nan war noch immer die perfekte Gastgeberin, obwohl sie gerade eine gute Freundin verloren hatte.

»Nein danke, nicht nötig«, erwiderte Delaney.

»Wie kann ich Ihnen denn helfen?« Nan sah Weston an und dann wieder Delaney.

Delaney beschloss, dass sie am besten gleich zur Sache kam und das Gespräch angesichts von Nans Trauer so kurz wie möglich hielt. »Bei unserem letzten Gespräch haben Sie uns von den Eheproblemen der Botschafterin erzählt. Sie hatten den Eindruck, dass es besser geworden war, seit Jeff nach Brüssel gezogen war. Erinnern Sie sich?«

Nan faltete die Hände auf dem Schoß und nickte. »Ja natürlich.«

Delaney holte tief Luft. »Ich muss von Ihnen hören, was Sie über Sergej Popow wissen.«

Nan wich ihrem Blick aus. »Ich weiß nicht, was Sie meinen.«

Weston beugte sich vor. »Mrs Kennedy, Ihre beste Freundin ist tot. Ihre Geheimnisse zu bewahren, nützt jetzt niemandem mehr. Okay?«

Wieder kamen Nan die Tränen. »Ja, ich wusste von dem Russen.« Sie zögerte. »Penelope hat ihn geliebt.«

Geliebt? Das hatte Delaney nicht erwartet. Sie hätte Nan schütteln können, weil sie ihnen diese Information vorenthalten hatte, aber sie beherrschte sich. Sie waren auf die Kooperation von Penelopes Freundin angewiesen. Sie brauchten mehr Informationen. »Das hat die Botschafterin Ihnen gesagt?«

Nan wickelte in einer nervösen Geste eine Haarsträhne um ihren Finger. »Ja. Penelope hatte bei ihren Männergeschichten immer das Sagen. Die meisten waren für sie nur eine nette Abwechslung. Ehrlich gesagt, war es für sie beinahe wie ein Spiel. Aber bei Sergej war es anders. Sie war wirklich gerne mit ihm zusammen. Sie haben sich bei denselben Veranstaltungen getroffen. Penelope hatte das Gefühl, dass sie und Sergej wirklich in jeder Hinsicht ebenbürtig waren. Sie hat mir erzählt, er sei klug, witzig, fürsorglich.« Nan wurde rot. »Und eine Menge anderer Dinge, auf die ich lieber nicht eingehen möchte.«

Delaney verstand den Wink mit dem Zaunpfahl. »Wissen Sie, wie lange die beiden schon ein Paar waren?«

»Ungefähr ein Jahr«, erwiderte Nan.

»Glauben Sie, dass Jeff davon wusste?«, fragte Weston.

Nan schüttelte den Kopf. »Wahrscheinlich nicht. Penelope war ziemlich clever, was diese Dinge betraf.«

Delaney musste noch etwas fragen. »Hat die Botschafterin mit Ihnen über Sergejs Arbeit gesprochen?«

»Nicht viel. Ich wusste, dass er ein Diplomat ist, der in Brüssel bei der russischen Botschaft arbeitet, und dass sie sich deshalb bei vielen Gelegenheiten gesehen haben. So haben sie sich auch kennengelernt und die Beziehung hat sich aus einer Freundschaft zu etwas Leidenschaftlicherem entwickelt.«

»Sind Sie sicher, dass Penelope Ihnen nicht noch mehr erzählt hat?«, fragte Delaney nach.

»Ja. Warum, ist da denn noch was?«

Den Spionageverdacht würden sie für sich behalten. »Wir versuchen nur, gründlich zu sein.«

»Sie glauben doch nicht etwa, dass Sergej Penelope etwas angetan haben könnte, oder? Ich hatte nie den Eindruck, dass er für sie gefährlich war – ganz im Gegenteil. Sie hätte sogar in Betracht gezogen, Jeff zu verlassen, wenn es nicht bedeutet hätte, dass sie ihren Job verloren hätte.«

»Wieso denn das?«, fragte Weston.

»Unsere Regierung hätte sie niemals als Botschafterin weiterarbeiten lassen, wenn sie offiziell mit einem hochrangigen russischen Diplomaten liiert gewesen wäre.« Nan seufzte. »Penelope hat ihr Herz nicht leicht verschenkt – nur sehr selten. Aber ich glaube, dass sie Sergej wirklich geliebt hat. Sehr sogar.«

Und aus Liebe tat man die verrücktesten Dinge. Sogar sein eigenes Land verraten.

* * *

Viv saß im Café und wartete auf Layla. Jacob hatte sich an einem Tisch ein Stück weiter niedergelassen, von dem aus er sie gut im Blick behalten konnte. Seit sie Vivs Wohnung verlassen hatten, war er in höchster Alarmbereitschaft, aber das konnte sie ihm nicht verdenken.

Ihr Telefon klingelte und sie sah, dass es ihre Schwester war. Viv hatte ihr die Nummer ihres neuesten Wegwerfhandys gegeben, weil sie sich weigerte, überhaupt keinen Kontakt zu ihrer einzigen Angehörigen zu haben. Jacob hatte es widerwillig erlaubt, weil sie nicht mehr in dem Versteck war. »Hi, Willow. Wie geht es dir?«

»Gut. Aber die Frage ist, wie es dir geht.«

»Besser. Viel besser sogar.« Es schmerzte, dass sie ihrer Schwester nichts von der neuen Gefahr erzählen konnte, mit der sie konfrontiert war, aber das ging nun mal nicht.

»Du bist meine Zwillingsschwester, Viv. Ich merke doch, dass du mir etwas verschweigst.«

»Hier ist einfach eine Menge los.« Sie holte tief Luft. »Aber du weißt, dass ich dich liebe, oder?«

»Ja, das weiß ich und ich liebe dich auch. Aber jetzt machst du mir noch mehr Angst.«

Das wollte Viv natürlich auf keinen Fall. »Es tut mir leid. Ich reagiere im Moment wohl einfach ein bisschen emotional.«

»Du kannst mir sagen, wenn du etwas auf dem Herzen hast oder in irgendwelchen Schwierigkeiten steckst.«

Viv musste schnell das Thema wechseln. »Also, dieser SEAL …«

»Oh! Also da liegt der Hase im Pfeffer! Wusste ich doch, dass was zwischen euch ist.«

»War es nicht. Na ja, genau genommen *ist* es auch nicht. Er will nicht.«

»Aber du willst.«

Sie seufzte. »Ja. Er ist ein Sturkopf.«

»Du wirst ihn im Handumdrehen überzeugen. Was war denn zwischen euch?«

»Wir haben uns geküsst.«

Willow stieß einen kleinen Aufschrei aus. »Du magst den Typen also wirklich. Ich fasse es nicht!«

»Ja, aber er schiebt mich immer weg.«

»Gib ihm Zeit. Männer müssen sich einreden, dass es ihre eigene Idee war.« Willow lachte.

Viv sah, dass Layla hereinkam, und winkte ihr zu. »Du, Willow, ich treffe mich gerade mit Layla zum Kaffee. Kann ich dich später zurückrufen?«

»Klar. Und dann will ich ein Update in Sachen SEAL hören.«

Viv lachte, verabschiedete sich von ihrer Schwester und legte auf. Layla lächelte und nahm gegenüber von Viv Platz.

»Ich habe das Übliche für dich bestellt.« Viv schob ihrer Freundin einen Milchkaffee zu.

Layla nahm ihn und trank einen Schluck. »Mhmm. Super. Danke.« Ihr Blick wanderte zu dem Tisch hinüber, an dem Jacob saß. »Wie ich sehe, ist dein Bodyguard voll im Einsatz.«

Viv musste ihrer Freundin sagen, was los war. »Darüber muss ich mit dir reden.«

Layla sah sie prüfend an. »Ist alles in Ordnung?«

Viv beugte sich vor. »Wir haben uns geküsst. Mehrmals.«

Layla strahlte sie an. »Echt jetzt? Ist das dein Ernst?«

Viv versuchte, ihr Herzklopfen zu verbergen, aber schließlich sprach sie hier mit ihrer besten Freundin. Seit ihrem Studium war Layla treu an ihrer Seite gewesen und kannte sie so gut wie fast kein anderer Mensch, also brauchte sie sich bei ihr nicht zu verstellen. »Ja. Wir haben im Fitnessraum in meinem Haus trainiert und ich habe mich am Boxsack ausgetobt, weil ich mir Sorgen wegen Mark gemacht habe, und dann plötzlich …« Viv hob die Hände.

Layla zog eine Augenbraue hoch. »Und das war alles?«

Viv nickte. »Ja, eindeutig. Und Jacob hat keinen Zweifel daran gelassen, dass es nicht weiter gehen soll als diese Küsse.«

»Aber du siehst das anders«, entgegnete ihre Freundin.

»Du weißt, dass es für mich wirklich ungewöhnlich ist, mich so schnell in jemanden zu verlieben. Und das werde ich mir nicht einfach durch die Lappen gehen lassen.« Viv zögerte. »Und bevor du anfängst, mir irgendwelche Vorträge zu halten, und mir tausend Gründe nennst, warum das keine gute Idee ist, werde ich dir sagen, dass ich mir meiner Gefühle ziemlich sicher bin.«

Layla blickte zu Jacob hinüber. »Ich wollte gar nicht sagen, dass es keine gute Idee ist. Sei aber vorsichtig. Ich will nicht, dass du verletzt wirst. Und wenn er Warnschilder aufstellt, musst du sie vielleicht akzeptieren, auch wenn es dir schwerfällt.«

»Das ist es ja. Keiner seiner Gründe ergibt einen Sinn. Er hat einfach Angst. Ja, er hatte viele Probleme und daran arbeitet er noch, aber das ist kein Grund, allein zu bleiben. Schon gar nicht, wenn man eine besondere Beziehung findet. Er versucht, den edlen Retter zu spielen, und behauptet, dass er mir nicht wehtun will. Nach dem Motto: Ich bin nicht das, was du brauchst.«

Layla lächelte. »Und das kaufst du ihm nicht ab. Ich kann es dir nicht verübeln, aber ich glaube, du musst Geduld haben. Klingt so, als müsste Jacob noch eine Menge Dinge verdauen, abgesehen von seinen Gefühlen für dich. Ganz zu schweigen von der Tatsache, dass es sein Job ist, für deine Sicherheit zu sorgen. Seine oberste Priorität ist, dich vor diesen Gefahren zu beschützen. Das ist seine Aufgabe.«

Viv seufzte. »Ja, ich weiß. Ich wollte dir nur erzählen, was los ist. Ich wusste, dass du es verstehen würdest.«

Layla drückte ihre Hand. »Und ich bin froh, dass du es mir erzählt hast. Wir haben schon so viel zusammen erlebt und du weißt, dass du mir alles sagen kannst. Ich wünsche dir von Herzen, dass du glücklich wirst.« Layla nahm ihren Becher und trank einen Schluck Kaffee. »Aber um das Thema zu wechseln: Was meinst du, wie dein Treffen mit Mark gelaufen ist? Ich habe das Transkript gelesen und mir die Aufnahmen angehört, aber ich möchte gerne deine Einschätzung hören.«

Es war ein merkwürdiges Gefühl, dass so viele Menschen sich ihre Unterhaltung vom Abend zuvor angehört hatten und vermutlich jedes Wort, das sie gesagt hatte, beurteilten. Viv hoffte, dass sie ihre Sache gut gemacht hatte. »Ich war furchtbar aufgeregt, aber ich habe versucht, all die Ratschläge zu beherzigen, die du mir gegeben hast. Mark schien mir zu glauben. Aber wer weiß, vielleicht hat er mich ja auch total durchschaut.«

Layla schüttelte den Kopf. »Ich glaube überhaupt nicht, dass er dich durchschaut hat. Im Gegenteil. Wir beschatten ihn ja und es gibt keinerlei Hinweise darauf, dass er irgendwas gemerkt hat.

Und nach dem, was ich bei den Aufnahmen gehört habe, hast du dich selbst übertroffen. Ich bin zuversichtlich, dass du das Ganze bis zum Ende durchziehen kannst.«

»Und was genau gehört dazu?« Viv war nicht sicher, was die Behörde von ihr erwarten würde.

»Darüber reden sie bei der CIA und beim FBI noch, aber auf jeden Fall werden sie wollen, dass du dich wieder mit ihm triffst. Im Idealfall meldet er sich bei dir. Wenn er das nicht innerhalb von ein, zwei Tagen tut, solltest du ihn anrufen.«

Es war gut, dass sie sich Layla anvertrauen konnte. Ihre beste Freundin war nicht nur jemand, dem sie voll und ganz vertraute, sondern auch jemand, der sie auf eine Weise verstand, wie niemand sonst es tat. »Es ist nur so seltsam. Ich habe versucht, mich an die Wahrheit zu halten, wie du es gesagt hast, aber es gab ein paar Momente, als ich Mark in die Augen gesehen habe … Er hat sich als harmloser Anwalt ausgegeben, während ich doch wusste, dass er etwas ganz anderes ist.« Viv fröstelte. »Es war total beängstigend. Mir ist dabei klar geworden, dass man einen anderen Menschen gar nicht kennen kann, wenn er das nicht will. Ich sehe jetzt einige Dinge eindeutig in einem neuen Licht.«

»Das ist ganz normal. Aber ich muss dich warnen – du hast deine Sache so gut gemacht, dass meine Freunde von der CIA möglicherweise irgendwann an deine Tür klopfen, wenn das alles hier vorbei ist, und dich rekrutieren wollen.« Layla lachte.

Viv schüttelte energisch den Kopf. »Das wird nie im Leben geschehen. Ich bin gerne Juristin. Schon als ich mich gestern Abend für das Treffen fertig gemacht habe, stand ich kurz vor einem Nervenzusammenbruch.«

Layla nickte. »Ich weiß genau, was du denkst. Denk daran, mit wem du redest. Ich wollte auch nur eine Analystin sein und wir wissen alle, wie das gelaufen ist.«

»Aber du kannst das alles total gut. Ich dagegen kenne meine Grenzen.«

»Du bist viel zu streng mit dir, Viv. Stell dein Licht nicht unter den Scheffel. Aber ich warne dich noch mal, weil du wirklich vorsichtig sein musst. Beim ersten Mal hat alles super geklappt. Aber es wird mit jedem Mal schwieriger werden, nicht einfacher. Das Netz wird immer engmaschiger und Mark wird auf immer mehr Informationen drängen. Wir müssen uns alle einig sein, was du sagst und wann.«

Viv seufzte. »Ich habe nicht vor, einen Alleingang zu starten. Ich werde genau befolgen, was ihr anderen mir sagt. Schließlich bin ich hier nur das Werkzeug. Ich bin nicht die Expertin bei diesem Einsatz und werde garantiert nicht so tun, als wäre ich es.«

Wieder trank Layla einen Schluck von ihrem Milchkaffee, bevor sie antwortete. »Aber genau das bist du. Du wirst Mark besser kennen als wir alle. Du wirst diejenige sein, die Zeit mit ihm verbringt, ihm in die Augen sieht, seine Mimik deutet. Diese Dinge sind von unschätzbarem Wert. Wir brauchen von dir so viel Rückmeldung wie möglich.«

Diese Worte erschreckten Viv. Zu viel Verantwortung für diese Operation lastete auf ihren Schultern. »Wenn ich nicht wüsste, was ich weiß, könnte ich das niemals von ihm glauben, Layla. Er ist so überzeugend. Lieb, witzig, klug. Ich habe mich von ihm überhaupt nicht bedroht gefühlt. Abgesehen von der Tatsache, dass ich weiß, wer er wirklich ist. Ergibt das einen Sinn?«

»Auf jeden Fall. Je mehr Informationen du ihm geben kannst, desto mehr Zeit haben wir, diese geflohenen Terroristen zu finden. Mark ist sehr vorsichtig. Es geht für dich jetzt darum, Zeit zu schinden und zu hoffen, dass er versehentlich etwas sagt, was uns hilft.«

»Ich weiß nicht, Layla. Ich glaube nicht, dass Mark einen Fehler machen wird. Dafür ist er zu schlau. Aber ich werde tun, was ich kann, um ihn dazu zu bringen.«

»Ich muss dir noch etwas sagen. Etwas, was CIA und FBI gerade diskutieren und was genau mit diesem letzten Punkt zu tun hat, dass er keinen Fehler macht.«

Viv hatte ein ungutes Gefühl. Das klang nicht gut. »Was denn?«

Layla schob sich eine ihrer dunklen Haarsträhnen hinters Ohr.

»Es gibt Überlegungen, ob du dich zu ihm nach Hause einladen solltest, damit du dort Abhörgeräte installieren kannst.«

Viv starrte ihre Freundin mit offenem Mund an. »Ihr wollt, dass ich Marks Haus verwanze? Während er da ist? Habt ihr den Verstand verloren?«

»Das ist nicht meine Idee. Ich berichte dir nur, was ich höre. Es gibt eine Fraktion, die meint, dass die Informationen, die wir so bekommen könnten, extrem wertvoll wären. Aber wenn er seine Wohnung absucht und die Wanzen findet, ist deine Tarnung aufgeflogen. Ich persönlich bin nicht für diese Strategie. Ich glaube, wir sollten zuerst andere Möglichkeiten ausschöpfen.«

»Können sie nicht machen, was sie in Filmen immer machen? Der Verdächtige verlässt das Haus und dann geht das FBI oder die CIA rein und platziert die Abhörgeräte?«

Layla lachte. »So ähnlich, aber wir glauben, dass Marks Wohnung wahrscheinlich abgeschirmt ist. Dann wäre diese Methode eher schwierig umzusetzen. Und wenn andere auf seiner Seite ihn im Auge behalten, würden sie das sofort bemerken und ihn warnen. Wenn du reinkommst, weil er dich selbst eingeladen hat, ist das unsere beste Chance, unbemerkt eine Wanze zu verstecken.«

»Dabei hätte ich echt kein gutes Gefühl – aber wobei habe ich das im Moment schon?« Allmählich hatte Viv den Eindruck, dass jegliche Kontrolle, die sie in Bezug auf die Situation gehabt hatte, ihr entglitt. Es war offensichtlich, dass die CIA einfach beschließen würde, was sie zu tun hatte, und sie musste die Befehle dann befolgen. Selbst wenn es bedeutete, dass sie ihr Leben noch mehr gefährdete. Ein inzwischen allzu vertrautes Gefühl breitete sich in ihrem Magen aus.

»Aber mach dir deswegen jetzt noch keine Gedanken. Sie reden darüber, aber noch ist nichts beschlossen. Konzentriere dich auf deine Aufgabe.«

In diesem Augenblick begriff Viv plötzlich. »Layla, bist du jetzt meine … meine Vorgesetzte oder so?«

Layla lächelte. »Ich glaube nicht, dass es eine genaue Bezeichnung für das gibt, was wir gerade machen. Ehrlich gesagt improvisieren wir hier ziemlich. Wir schieben Menschen in verschiedene Rollen, die sie sich nie hätten träumen lassen – und das alles, um die Sicherheit unseres Landes zu stärken. Die beiden geflohenen Gefangenen zu fassen, ist oberste Priorität der Regierung.«

»Ich weiß immer noch nicht, wie die beiden überhaupt entkommen konnten.« Bei dem Gedanken daran wurde Viv flau im Magen.

Layla runzelte die Stirn. »Diesbezüglich ermittelt der Inspector General. Aber darüber wird Stillschweigen bewahrt. Wenn ich raten müsste, wird jemand seinen Job verlieren und wahrscheinlich im Knast landen.«

»Warum gibt es so viel Böses auf der Welt?« Viv seufzte tief. Ihr war klar, dass Layla auch nicht auf alles Antworten wusste, aber es half schon, darüber zu reden.

»An dieser Stelle ist unser Glaube wichtig. Er ist ein Grund dafür, warum ich die dunklen Zeiten überstanden habe – ich weiß, dass unser Gott größer ist als alle diese finsteren Dinge, mit denen wir zu tun haben. Das tröstet und stärkt mich.«

So ging es Viv auch. »Ja, ich merke, dass ich mich immer mehr auf Gott verlassen muss.« Vielleicht hatte diese schreckliche Erfahrung ja auch ihre positiven Seiten. Dazu gehörte, dass sie im Glauben wuchs, und das nahm sie gerne an.

»Ich muss zurück ins Büro. Gibt es noch etwas, was du von mir wissen musst?«, fragte Layla.

»Nein. Danke für alles.«

Layla stand auf und Viv umarmte sie. Sie drückte ihre Freundin eine Sekunde länger als sonst, dankbar für diese Freundschaft. Dann sank sie auf ihren Stuhl zurück und sah Layla hinterher, die rasch das Café verließ.

Nach wenigen Minuten trat Jacob zu ihr an den Tisch.

»Alles in Ordnung?«, fragte er.

»Ja. Ich wollte nur noch ein bisschen hier sitzen bleiben.«

»Nimm dir so viel Zeit, wie du brauchst. Soll ich mich wieder an den anderen Tisch setzen?«

Auf keinen Fall. »Bitte bleib hier. Ich möchte mit dir reden.«

Sein typisches Stirnrunzeln erschien wieder. »Okay.«

»Ich hatte das Gefühl, dass du dich mir ein bisschen geöffnet hast – und dann, nachdem wir uns geküsst hatten, hast du wieder komplett dichtgemacht.«

»Ist das Beste so.«

»Ich weiß, dass du das immer wieder sagst, aber ist es wirklich das Beste, wenn du alle diese Gefühle unterdrückst? Du hast gesagt, dass du dich besser gefühlt hast, als du mit mir über manche Dinge gesprochen hast. Ich möchte dieses Angebot einfach wiederholen. Willst du über irgendetwas reden? Keine Verpflichtungen. Dann bin ich für dich da.«

Jacob saß einen Moment schweigend da. »Ich weiß nicht, wie ich dich beschreiben soll, Vivian Steele.«

Sie lachte. »Ich glaube nicht, dass das ein Kompliment war.«

»Du bist ganz anders als alle anderen Menschen, die ich kenne. Ich versuche, dich wegzustoßen, und du kommst trotzdem zu mir zurück und bist immer noch freundlich. Das bin ich nicht gewohnt.«

Viv ergriff seine Hand. Jacob zuckte zusammen, zog die Hand aber nicht fort. »Ich weiß, dass du leidest. Es gibt Probleme, die du noch verarbeiten musst. Wahrscheinlich gibt es Dinge, von denen ich gar nichts weiß. Eine Menge. Aber ich bin ehrlich in meinem Leben. Manchmal bedeutet es, dass ich verletzt werde. Und oft werde ich falsch verstanden. Aber ich will etwas Gutes in diesem ganzen Albtraum sehen.«

»Du findest gerne das Gute in schlimmen Situationen, oder?«

»Nur so habe ich das Leben bisher gemeistert. Als meine Eltern so plötzlich starben, hat das meine Welt erschüttert. Aber an jedem Tag danach war ich entschlossen, eine Sache zu finden, für die ich dankbar sein kann. Das war nicht immer einfach. Aber mit Gottes Hilfe habe ich es geschafft. Allein wäre mir das niemals gelungen.«

Jacob senkte den Blick.

»Noch ein schmerzliches Thema?« Viv wurde bewusst, dass sie immer noch seine Hand hielt, und sie drückte sie leicht. »Du musst es mir nicht erzählen, wenn du nicht willst, aber ich würde sehr gerne mehr über dich und deine Geschichte erfahren.«

Er seufzte. »Ich weiß nicht mal, wo ich anfangen soll.«

Vielleicht drang sie ja doch zu ihm durch. »Wo immer du willst.«

* * *

Jacob hatte gewusst, dass es nur eine Frage der Zeit sein würde, bis sie auf dieses Thema zu sprechen kommen würden, wenn man bedachte, wie oft sie über Vivs Familie gesprochen hatten. Einen Moment lang rang er mit sich, ob er einfach wieder dichtmachen und sagen sollte, sie müssten jetzt gehen. Andererseits, überlegte er, würde es Viv vielleicht ablenken, wenn er ihr von seinen eigenen familiären Problemen erzählte, weil sie sich dann auf etwas anderes als auf Mark konzentrieren konnte, wenn auch nur für ein paar Minuten. Also beschloss er zu reden.

»Ich wurde in Südflorida geboren. Meinen Dad habe ich nie kennengelernt. Und leider hatte meine Mom sehr viele Probleme und einen ausgesprochen schlechten Geschmack, was Männer betraf. Meine Großmutter hat mich erzogen. Aber sie starb, als ich elf Jahre alt war, und von da an ging es bergab.«

»Was ist geschehen?«

Wie sollte er das erklären? »Meine Mom kam nicht gut damit klar, dass ihre Mutter gestorben war, und der Kerl, mit dem sie zusammen war, brachte sie mit harten Drogen in Kontakt. Irgendwann hat sie dann beschlossen, dass sie genug hatte. Und dann war sie tot.« Jacob fühlte, dass ihm die Tränen kamen. Etwas, das so gut wie nie geschah. Aber andererseits sprach er auch nie mit jemandem über den Tod seiner Mutter.

Viv kaute auf ihrer Unterlippe. »Das tut mir wirklich sehr leid. Ich weiß, dass es für solche Situationen keine Worte gibt.«

»Stimmt. Es war echt hart.«

»Was wurde aus dir, nachdem sie gestorben war?«

»Ich kam ins Waisenhaus, leider in kein gutes. Ich war auf dem besten Weg, auf die schiefe Bahn zu geraten und mich mit den falschen Leuten einzulassen. Das ist einer der Gründe, warum ich zum Militär gegangen bin. Ich brauchte dringend Struktur und Disziplin.«

»Weißt du überhaupt, wer dein Vater ist?«

Jacob nickte. »Meine Großmutter hat es mir erzählt, bevor sie starb, aber er hatte sich mit Kriminellen eingelassen, die ihn ermordet haben, als ich sechs Jahre alt war.«

Viv wurde blass.

Diese Reaktion war der Grund dafür, dass er nie über seine Familie sprach. »Tut mir leid. Ich habe dir ja gesagt, dass meine Familiengeschichte eine Katastrophe ist. Wahrscheinlich hätte ich dich nicht damit belasten sollen.«

Viv schüttelte den Kopf und nahm auch seine andere Hand, sodass sie jetzt seine beiden Hände hielt. »Ich habe dich gebeten, dich zu öffnen, und genau das hast du getan. Ich kann nur erahnen, wie schwierig das für dich war. Aber als jemand, der auch beide Eltern verloren hat, kann ich zumindest teilweise nachempfinden, was für einen Verlust du erlitten hast. Allerdings hatte ich wenigstens meine Schwester. Es klingt so, als hättest du niemanden gehabt, oder?«

»Stimmt. Ich war allein. Als ich klein war, habe ich mir immer einen Bruder gewünscht. Und das habe ich am Ende beim Militär gefunden. Eine ganze Truppe Brüder.«

»Und als du kein SEAL mehr sein konntest, hat man dir das auch noch genommen.« Viv senkte den Blick, bevor sie ihm wieder in die Augen sah. »Du hast mehr Verletzungen erfahren, als die meisten Menschen jemals erleben werden, Jacob. Ich glaube wirklich, dass es dir helfen würde, wenn du mit einem Therapeuten darüber redest. Ich habe immer ein offenes Ohr für dich, aber jemanden zu haben, der sich auskennt und der dir hilft, das alles zu verarbeiten … das könnte dir wirklich guttun. Ob du es glaubst oder nicht: Der ganze Schmerz bestimmt immer noch sehr dein Leben. Das wird bei jedem Atemzug deutlich.«

Vivs Worte erschütterten ihn, weil er wusste, dass sie die Wahrheit sagte. Vielleicht hatte sie ja recht. Vielleicht war es an der Zeit, dass er sein Ego beiseiteschob und Hilfe in Anspruch nahm. Ein paarmal war er auf dienstliche Anweisung hin gezwungen gewesen, mit dem Psychiater der Navy zu sprechen, aber das war unproduktiv gewesen, um es vorsichtig auszudrücken. Damals war er noch so verschlossen gewesen, dass er über gar nichts hatte reden können. Aber wenn er mit Viv zusammen war, dann war es, als würde er weicher werden. Jacob war sich noch nicht ganz sicher, ob das gut oder schlecht war.

»Bitte versprich mir, dass du darüber nachdenkst«, sagte sie leise. »Du musst dich nicht festlegen. Es ist nur ein Gedanke. Und wie gesagt, mit mir kannst du auch immer reden, nur dass du mich nicht wieder los wirst. Betrachte es als kostenlose Therapie.«

Darüber musste Jacob lachen. »Okay, das hilft.«

»Wie bist du eigentlich beim DSS gelandet? Das frage ich mich schon die ganze Zeit.«

»Jemand vom SEAL-Team hatte Beziehungen. Er hat ein paar Bekannte angerufen und mir geholfen, schnell diesen Job zu finden. Ich wusste, dass es eine super Gelegenheit ist, in der Sicherheit beziehungsweise für die Behörden zu arbeiten. Obwohl ich nicht genau wusste, was eigentlich meine Aufgabe sein würde, war mir klar, dass es dumm gewesen wäre, die Chance nicht zu nutzen.«

»Der Job passt doch zu dir und du machst ihn wirklich gut.«

»Es sieht nicht besonders gut aus, wenn zwei Botschafter bei einer meiner Veranstaltungen umgebracht werden.«

»Alle wissen, dass das nicht deine Schuld ist, sonst hätten sie dich nie in die Taskforce berufen.«

Das wusste Jacob. »Aber mir gefällt es trotzdem nicht, wenn etwas schiefläuft. So arbeite ich nicht. Das ist etwas, was ich beim Militär gelernt habe. Ich habe in meiner Jugend so viel abgrundtiefes Scheitern um mich herum erlebt. So viele Menschen, die sich aus dem Staub gemacht haben. Das Militär hat mich zu dem Mann gemacht, der ich heute bin. Und es hat auch meinen Glauben gestärkt.«

»Mit Layla habe ich auch gerade über den Glauben gesprochen. Es ist schön, wenn andere unsere Probleme verstehen und mittragen. Ich weiß, dass unser Gott für uns da ist, was auch immer passiert.«

»Wenn ich ehrlich bin, weiß ich, dass ich das allein nicht schaffe.«

»Das kann keiner von uns.«

Vivs Handy klingelte. Sie blickte auf das Display. »Das ist Mark.«

»Geh dran.«

KAPITEL 18

Am nächsten Morgen saßen Delaney und Weston im Wohnzimmer der Kings, um noch einmal mit Jeff zu reden. Sie hatten die Genehmigung der CIA, ihm von Popow zu erzählen.

»Haben Sie Neuigkeiten?«, fragte Jeff.

»Die haben wir«, nickte Delaney.

Jeff stieß einen tiefen Seufzer aus. »Es wird auch echt Zeit. Ich hatte gehofft, dass Sie deshalb heute hier sind.«

Delaney verzog keine Miene. »Leider wird Ihnen nicht gefallen, was wir zu sagen haben.«

Jeff blickte zu Boden. »Sagen Sie es einfach.«

Das mit dem Verhältnis seiner Frau mit Popow hatte sie ihm schon gesagt, sodass ihn das, was jetzt kam, hoffentlich nicht völlig kalt erwischen würde. »Letztes Mal haben wir ja über die Beziehung zwischen Ihrer Frau und Sergej Popow gesprochen.«

»Es ist nicht nötig, mich daran zu erinnern, Agent O'Sullivan. Sie können mir glauben, dass ich das nicht vergessen habe.«

»Und es tut mir leid, dass wir noch mal auf dieses Thema zu sprechen kommen müssen, aber nach unserer letzten Begegnung haben wir neue Informationen in Bezug auf Popow erhalten.«

»Was für Informationen?«

»Unsere Regierung glaubt, dass Sergej Popow möglicherweise für den russischen Geheimdienst arbeitet und seine diplomatische Tätigkeit nur eine Tarnung ist.«

»Das heißt, meine Frau hat nicht nur eine Affäre gehabt, sondern sogar eine Affäre mit einem russischen Spion?« Kings Stimme brach bei dem letzten Wort.

Delaney sah Weston an und der übernahm. »Ich weiß, dass das schwer zu verdauen ist. Aber wir müssen mit Ihnen darüber sprechen, weil wir versuchen herauszufinden, ob Popow oder die

Russen möglicherweise etwas mit der Vergiftung Ihrer Frau zu tun haben könnten.«

Jeff riss die Augen auf. »Sie glauben, die Russen haben sie umgebracht?«

Delaney wollte nicht, dass er voreilige Schlüsse zog. »Das wissen wir nicht. Wir sind nicht einmal hundertprozentig sicher, dass Sergej Popow tatsächlich für den russischen Geheimdienst arbeitet, aber es besteht der Verdacht. Es könnte sein, dass die romantische Beziehung zwischen Ihrer Frau und Popow sich zu etwas Geschäftlichem entwickelt hat.«

»Und ich dachte, es könnte nicht mehr schlimmer werden.« Jeff stöhnte. »Muss das jetzt sofort rauskommen? Morgen ist die Beerdigung. Ich möchte nicht, dass Penelopes Ruf ausgerechnet jetzt so beschädigt wird.«

Weston schüttelte den Kopf. »Nein, nein. Wir haben nicht vor, das öffentlich zu machen. Am besten nie, wenn wir es vermeiden können.«

»Gut.«

»Die Botschafterin wurde ermordet. Wir werden dafür sorgen, dass die Täter gefasst werden, aber auf keinen Fall wollen wir den Namen Ihrer Frau dabei in den Schmutz ziehen«, erklärte Delaney. »Es wird eine Gratwanderung sein, aber ich verspreche Ihnen, dass nichts von alldem in absehbarer Zeit rauskommen wird. Wir ermitteln noch in verschiedene Richtungen, um sicher zu sein, dass wir die ganze Geschichte kennen.«

Jeff seufzte. »Das weiß ich wirklich zu schätzen. Es ist schon so hart genug. Vor allem für Penelopes Eltern.«

Weston nickte. »Das verstehen wir. Wir drehen jeden Stein um. Ist Ihnen seit unserer letzten Unterhaltung noch etwas eingefallen?«

Jeff sah Delaney an. »Ich gehe in Gedanken ständig alle Gelegenheiten durch, bei denen ich Sergej und Penelope zusammen gesehen habe. Ich wollte erst nichts sagen, aber nachdem Sie davon angefangen haben, muss ich es wohl doch tun.«

Delaney spürte, wie ihr Pulsschlag sich beschleunigte. »Bitte sagen Sie uns, woran Sie sich erinnern.«

»Einmal habe ich gesehen, wie Penelope Sergej etwas gegeben hat. Ich glaube, es war ein USB-Stick, aber ehrlich gesagt bin ich nicht sicher. Damals habe ich mir nichts dabei gedacht. Ich dachte einfach, es hätte was mit der Arbeit zu tun, und auf keinen Fall wäre ich darauf gekommen, dass es mit Spionage zusammenhängen könnte.« Wieder brach seine Stimme und Jeff starrte aus dem Fenster. »Ich kann einfach nicht fassen, dass Penelope für die Russen spioniert haben soll.« Er lachte freudlos. »Andererseits dachte ich auch nicht, dass sie mich noch immer betrügt. Allmählich glaube ich, dass ich sie gar nicht gekannt habe.«

Delaney wollte nicht, dass Jeff in Selbstmitleid versank. »Wir wissen nicht genau, was da gelaufen ist. Aber wir werden es herausfinden. Sie sollten nicht vom Schlimmsten ausgehen. Es könnte eine ganz unschuldige Erklärung geben.«

»Nicht für die Affäre«, gab er scharf zurück.

Seine Reaktion überraschte Delaney, aber sie vermutete, dass es eine normale Reaktion war, wütend und verletzt zu sein, nach allem, was er durchgemacht hatte.

Weston beugte sich ein wenig vor. »Wir wollen kein Salz in Ihre Wunden streuen. Wir sind nur auf der Suche nach der Wahrheit und wollen Gerechtigkeit für Ihre Frau.«

Jeff fuhr sich mit den Fingern durchs Haar. »Ich dachte wirklich, dass die Dinge sich ändern würden, wenn ich nach Brüssel ziehe. Und ich dachte, das hätten sie auch. Da habe ich mich wohl geirrt.« Er ließ den Kopf hängen. Als sein Handy klingelte, warf er einen Blick auf das Display und seufzte. »Tut mir leid, da muss ich rangehen, das ist der Bestatter.«

»Wir finden allein raus.«

Als sie kurz darauf wieder im Auto saßen, wandte Delaney sich an Weston. »Wir müssen uns mit Cody und jemandem von der CIA treffen. Es wird Zeit, dass die CIA uns Antworten gibt.«

»Ich arrangiere das.«

* * *

Viv saß mit Jacob und Layla in ihrer Wohnung. Sie versuchte immer noch zu begreifen, was von ihr verlangt wurde.

Layla sah sie an. »Mark hat dich zu sich eingeladen, Viv. Wenn du Nein sagst, wird er Verdacht schöpfen.«

»Ich habe ihm gesagt, dass ich Jacob mitbringen muss. Dagegen hat er nichts eingewendet.«

Jacob stand auf und begann, unruhig im Wohnzimmer hin und her zu gehen. »Das gefällt mir überhaupt nicht. Ja, ich werde dort sein, aber draußen. Ich kann nicht sehen, was im Haus vor sich geht. Und das finde ich viel zu riskant.«

Layla seufzte. »Das ist noch nicht der riskanteste Teil. Die CIA will, dass Viv Abhörgeräte deponiert. Vielleicht bekommt sie keine zweite Gelegenheit, in Marks Haus zu gelangen. Dies ist vielleicht unsere beste und einzige Chance.«

Jacob drehte sich zu Viv um. »Sag bitte, dass du das nicht ernsthaft in Erwägung ziehst.«

»Was bleibt mir denn anderes übrig? Wenn ich Nein sage, wird er sich fragen, warum ich ihm einen Korb gebe. Wenn ich näher an ihn herankomme, kann ich Zeit schinden und wir haben eine bessere Chance, die geflohenen Terroristen zu fassen.« Viv hatte in der Sache sowieso nichts zu sagen, also versuchte sie, der Gefahr so mutig wie möglich ins Auge zu sehen.

»Sobald du das Haus dieses Mannes betrittst, setzt du dein Leben aufs Spiel. Ist dir das nicht klar?«, fragte Jacob.

Viv spürte, wie ihr Frust zunahm. »Du bist mir keine große Hilfe. Ich muss das tun, also reden wir nicht mehr davon, ob ich es mache oder nicht, sondern darüber, wie ich dabei möglichst sicher sein kann.«

Jacob murmelte etwas Unverständliches. So aufgebracht hatte sie ihn noch nie gesehen und sie fragte sich, ob dies einer der Gründe war, warum er keine Beziehung mit ihr eingehen wollte. Weil unweigerlich seine Gefühle ins Spiel kamen. Für sie bestand kein Zweifel, dass er Feuer und Flamme für den Plan gewesen wäre, wenn es um jemand anderen gegangen wäre und nicht um sie.

Jacob hob die Hände. »Okay, ich verstehe. Es gefällt mir nicht, aber ich verstehe es. Hast du die Ausrüstung dabei, Layla?«

Layla öffnete ihre Handtasche und zog einen kleinen Beutel heraus. »Die Dinger sind total winzig.« Sie zog eine kleine Scheibe in der Größe eines 10-Cent-Stücks heraus.

»Wie viele hast du davon?«

»Wir werden dir zehn geben, aber die wirst du nicht alle brauchen. Das ist nur für den Fall, dass es Probleme gibt. Im Idealfall verteilst du sie in so vielen Räumen wie möglich.«

Vivs Puls hämmerte. »Das wird nicht einfach sein.«

»In manchen Räumen schon, in anderen nicht. Wir wollen lediglich, dass du tust, was du kannst.«

Layla erklärte noch ein paar technische Einzelheiten in Bezug auf die Abhörgeräte, bevor sie Viv umarmte und sie dann mit Jacob allein ließ.

Er fuhr sich mit einer Hand durch die Haare. »Ich weiß, dass du sauer auf mich bist.«

Viv schüttelte den Kopf. »Es ist nur so, dass ich keine Wahl habe, also brauche ich deine Hilfe, um diesen Auftrag zu erledigen, anstatt mir Sorgen über die Tatsache zu machen, dass ich es überhaupt tun muss.«

»Ich traue dir zu, dass du das kannst, Viv. Wirklich. Aber ich mache mir einfach Sorgen.«

Sie ging zu ihm und nahm seine Hand. »Ich bin ja froh, dass ich dir nicht egal bin.«

»Alles andere als das. Und das ist ein Problem«, erwiderte er leise.

Viv wartete nicht, bis er seine Aussage näher erklärte. Stattdessen stellte sie sich auf Zehenspitzen und küsste ihn. Zuerst wehrte er sich nicht, aber nach einer Minute zog er sich zurück.

»Das geht nicht, Viv.«

»Warum nicht?«

Er stöhnte. »Du weißt genau, warum. Die Sache wird viel zu kompliziert. Du musst dich voll und ganz auf diesen Einsatz konzentrieren. Mich zu küssen, sollte das Letzte sein, woran du denkst.«

»Ist es aber nicht«, gab sie zurück.

Wieder fuhr Jacob sich mit den Fingern durchs Haar. »Du machst mich wahnsinnig, weißt du das?«

Viv lächelte. »Etwas in der Art hast du tatsächlich schon mal erwähnt.«

»Abgesehen von meinem ersten Argument, das am wichtigsten ist, würde das mit uns niemals funktionieren. Überleg mal, wie unterschiedlich wir sind. Wir zanken uns doch ständig.«

»Wir zanken uns aber nicht über die wesentlichen Dinge, oder? Ich weiß, dass wir beide unsere Arbeit sehr ernst nehmen. Wir haben die gleichen Glaubensüberzeugungen. Diese Dinge sind viel wichtiger als irgendwelche albernen Kleinigkeiten. Über den Punkt, an dem du dich über Anwälte geärgert hast, sind wir längst hinweg, also lass uns realistisch bleiben.«

»Ich habe dir doch schon erklärt, dass ich dich nicht verletzen will, und ich weiß, dass ich es tun werde. Ich habe bisher jede Frau verletzt, mit der ich eine Beziehung hatte.«

»Und warum ist das so?«

»Meinst du, das wüsste ich nicht auch gerne?«

»Ich glaube, ich weiß es«, schoss sie zurück.

»Spielst du wieder Psychoanalyse?«

»Meiner Meinung nach glaubst du nicht, dass du wahres Glück verdienst und jemanden, der dich bedingungslos liebt. Aus dem bisschen, was du mir über deine Kindheit erzählt hast, kann man auch Schlüsse ziehen, ohne Psychologe zu sein.«

»Und jetzt, wo du mir eine Diagnose verpasst hast, was willst du diesbezüglich tun?«, knurrte Jacob.

»Ich werde an deiner Seite sein, während du all diese Dinge verarbeitest. Während du dich deinen Problemen stellst und nach vorne blickst, um in einer echten, gesunden Beziehung zu leben.«

Viv zögerte. »Mit mir.« Sie war ohnehin dabei, die Karten auf den Tisch zu legen, da konnte sie genauso gut alles sagen. »Ich verstehe, dass du Angst davor hast, dich der Vergangenheit zu stellen und mit echten Gefühlen umzugehen – aber weißt du was? Ich habe auch Angst.« Ihre Stimme zitterte. »Ich habe Angst, dass ich heute Abend in Marks Haus gehe und nie wieder rauskomme. Ich habe Angst, dass ich keine Chance bekomme, etwas mit dir aufzubauen. Denn du bist mir wichtig, Jacob.« Sie blickte ihm in die Augen, während sie ihr Herz offenbarte.

Jacob zog sie fest an sich. »Ich werde alles in meiner Macht Stehende tun, damit du heute Abend sicher bist.«

»Ich will mehr als sicher sein, Jacob. Ich will dich.« Sie blickte zu ihm auf.

»Ich weiß nicht, ob ich dir geben kann, was du brauchst.«

»Das Risiko bin ich bereit einzugehen, wenn du bereit bist, es zu versuchen.« Viv hielt die Luft an, während sie auf Jacobs Reaktion wartete.

Plötzlich klingelte ihr Handy – der Zeitpunkt hätte kaum schlechter sein können. Widerwillig befreite sich Viv aus Jacobs Umarmung und ging zum Couchtisch, wo ihr Handy lag. »Das ist Mark.«

»Du solltest drangehen und auf laut stellen.«

Sie nickte und nahm das Gespräch an. »Hi, Mark.«

»Hallo. Ich wollte nur noch mal nachfragen, ob heute Abend immer noch steht.«

»Klar. Sechs Uhr? Soll ich was mitbringen?«

»Nein. Ich habe doch gesagt, dass ich für uns kochen werde, und das war mein Ernst.«

»Klingt gut. Ich freu mich drauf.« Sie drehte sich zu Jacob um und zuckte mit den Schultern. Sie war nicht sicher, wie begeistert sie klingen sollte.

»Also bis dann.«

Nachdem sie aufgelegt hatte, kam Viv ein Gedanke. »Du glaubst doch nicht, dass er mein Essen vergiften würde, oder?«

Jacob runzelte die Stirn. »Er glaubt ja immer noch, dass er dir Informationen entlocken kann. Solange er glaubt, dass du ihm nutzen kannst, wird dir nichts passieren.«

»Sagst du das nur, damit ich mich besser fühle?«

Er schüttelte den Kopf. »Das würde ich nicht tun. Du kannst dich darauf verlassen, dass ich dir immer die Wahrheit sagen werde, was die Arbeit betrifft.«

»Und was ist mit deinem Privatleben?«

Jacob wandte den Blick ab. »Können wir das bitte vorerst auf Eis legen?«

Viv beschloss, dass sie ihn für einen Tag genug gepiesackt hatte. »Können wir.« Sie ging zu ihm und schlang die Arme um ihn. Zuerst rührte er sich nicht, aber dann drückte er sie ganz fest.

»Du wirst das schaffen, Viv«, flüsterte er ihr ins Ohr.

Sie hoffte, dass er recht hatte – und dass sie den Abend überleben würde.

KAPITEL 19

Delaney saß zusammen mit Weston und Cody im Außenministerium. Ihnen gegenüber kauerte Lydia Major auf einem Stuhl. Die zierliche CIA-Beamtin wollte ganz offensichtlich nicht dort sitzen, aber angesichts der Umstände blieb ihr nichts anderes übrig.

»Danke, dass Sie gekommen sind, Lydia.« Delaney hoffte, dass sie die Frau milde stimmen konnte. CIA-Agenten waren bekannt dafür, dass sie wortkarg waren, vor allem dem FBI gegenüber.

»Kommen wir gleich zur Sache«, sagte Lydia kühl. »Wie ich Weston schon am Telefon gesagt habe, können wir Ihnen nicht viel bieten.«

Das wollte Delaney nicht akzeptieren. »Am Anfang haben Sie so getan, als hätten Sie überhaupt nichts für uns. Dann haben wir ein paar Bilder von Ihnen bekommen. Was haben Sie uns sonst noch vorenthalten?«

Lydia seufzte. »Ehrlich gesagt, wissen wir nicht viel über Popow. Ein Teil seines Verhaltens deutet auf Geheimdienstaktivitäten hin. Wir haben aber keine konkreten Beweise, um behaupten zu können, dass er tatsächlich ein Spion ist, so wie es bei anderen russischen Diplomaten der Fall ist, die ihre Jobs als Tarnung benutzen.«

»Haben Sie Grund zu der Annahme, dass irgendwelche sensiblen, geheimen Informationen, über die die Botschafterin verfügte, in die Hände der Russen gefallen sind?«

Lydia runzelte die Stirn. »Bis jetzt gibt es da nichts, aber ich muss sagen, dass wir diese Dinge nicht immer erfahren, und erst recht nicht so schnell.«

»Aber Sie haben keinen Grund anzunehmen, dass die Botschafterin Informationen an die Russen weitergeleitet hat?«

Lydia schüttelte den Kopf. »Überhaupt keinen. Ich gebe zu, dass es mir unangenehm ist, wie die Beziehung zwischen den beiden aussieht, und ich sage nicht, dass es dabei nicht zu einem Austausch von Geheiminformationen gekommen sein könnte – aber ich habe bislang nichts, was diesen Verdacht bestätigen würde.« Sie straffte die Schultern. »Die Beziehung zwischen den USA und Russland war schon immer kompliziert und ist es jetzt noch mehr. Ich halte es für eine sehr weit hergeholte Theorie, dass die Regierung einen Killer auf die Botschafterin ansetzen würde – erst recht in dieser Öffentlichkeit.«

Weston schnaubte verächtlich. »Jemand hat sie aber vergiftet.«

Lydia hob die Hände. »Ich sage Ihnen nur, was ich denke, ausgehend vom Standpunkt der Gegenspionage.«

»Wir sind einfach frustriert, weil wir nicht weiterkommen«, versuchte Delaney zu vermitteln. »Wenn Sie irgendwelche Ideen haben, sind wir ganz Ohr.«

Lydia schob ihre Brille auf der Nase nach oben. »Ich bin schon mein ganzes Berufsleben lang mit amerikanisch-russischen Beziehungen befasst und das sind mehrere Jahrzehnte. Ich kann Ihnen nur sagen, dass ich diesen Anschlag nicht für einen Auftrag der Regierung halte. Abgesehen davon, fürchte ich, sind Sie auf sich selbst gestellt.« Sie stand auf. »Ich muss zurück nach Langley.«

Delaney erhob sich ebenfalls. »Bitte melden Sie sich bei uns, wenn sich bei Ihnen etwas an der Situation ändert.«

»Mach ich.«

Lydia ging, ohne sich zu verabschieden, und Delaney setzte sich wieder neben die Männer.

»Ganz schön bissig«, bemerkte Weston.

»Du gewöhnst dich besser daran. So ist das normalerweise, wenn wir mit der CIA zu tun haben.«

Cody lehnte sich vor. »Ich habe heute Morgen mit ein paar Kollegen vom Russland-Team hier im Außenministerium gesprochen. Sie sehen es auch so wie Lydia und haben gesagt, ein Anschlag durch die Russen sei so gut wie ausgeschlossen.«

»Warum sind sich da alle so sicher?«, wollte Weston wissen.

»Ich verstehe, dass es äußerst ungewöhnlich wäre, aber an diesem Fall ist alles ungewöhnlich.«

Delaney verstand Westons Frust. »Ich weiß, was du meinst, aber ich glaube, sie haben recht. Und wenn es so ist, bleiben uns noch zwei mögliche Verdächtige auf dem Tisch.«

Cody lehnte sich wieder zurück. »Popow und der Ehemann.«

»Bingo. Wir müssen die Finanzexperten fragen, ob sie mit ihrer Analyse der Geldüberweisungen fertig sind. Das könnte der einzige Hinweis für uns sein, der über Andeutungen und Vermutungen hinausgeht.«

»Während ihr zwei euch darum kümmert, will ich noch intern mit jemandem reden.« Cody nahm seine Sachen und verließ den Raum.

»So, so«, sagte Weston.

»Was meinst du?«

Weston grinste breit. »Cody mag dich.«

»Du bist verrückt.« Delaney spürte, wie eine warme Röte von ihrem Nacken bis in ihr Gesicht hinaufkroch.

Weston riss die Augen auf. »Und du magst ihn auch!« Er ließ die flache Hand auf den Tisch sausen. »Das ist super.«

»Ich hab keine Ahnung, wovon du redest.«

»Und warum ist dein Gesicht dann leuchtend rot? Das ist doch genial. Wirst du den ersten Schritt machen?«

Delaney versuchte, Ruhe zu bewahren. »Was habe ich über deine Verkupplungsversuche gesagt, Weston?«

Er hob die Hand. »Ich versuche gar nichts. Ich sage nur, was sich vor meinen Augen abspielt. Cody konnte den Blick gar nicht von dir abwenden. Selbst wenn Lydia oder ich was gesagt haben, war er ganz auf dich konzentriert.«

»Wahrscheinlich hat er nur nachgedacht.«

Weston lachte. »Ich bin doch nicht blind, Delaney! Ich sehe, wenn sich ein Mensch für einen anderen Menschen interessiert, und du siehst es auch, sonst sähest du jetzt nicht aus wie eine Tomate. Dein Gesicht passt zu deinen Haaren.«

»Jetzt reicht's aber! Wir müssen uns wieder an die Arbeit machen. Ruf bitte beim Finanzteam an und sag ihnen, dass wir so schnell wie möglich etwas brauchen.«

»Gut. Aber denk dran, dass ich es als Erster bemerkt habe.«

»Es gibt nichts zu bemerken.« Delaney schlug die Akte auf ihrem Schreibtisch auf und versuchte, sich zu konzentrieren.

Aber sie fragte sich unwillkürlich, ob an Westons Worten etwas dran war. Hatte sie sich wirklich in Cody Rico verliebt?

* * *

»Denk dran – ich bin die ganze Zeit hier draußen im Wagen.«

Viv sah Jacob an und holte tief Luft. Sie parkten unmittelbar vor Marks Haus in Alexandria. Viv war so übel, dass sie Angst hatte, sich jeden Moment übergeben zu müssen, aber für Jacob tat sie so, als wäre alles in Ordnung.

Es war eine Sache, Mark in ihrer eigenen Wohnung zu sehen, während Jacob auf dem Flur stand, aber dies war etwas anderes. Jacob konnte ihr Gespräch nicht hören. Ja, er war gleich hier im Wagen, aber letzten Endes war sie auf sich allein gestellt. *Bitte hilf mir, Herr.*

»Ich muss dich ein letztes Mal fragen: Bist du sicher, dass du das wirklich machen willst?«, fragte Jacob.

»Nein. Aber ich muss.« Sie drückte Jacobs Hand.

»Denk daran, dass die Verstärkung von der CIA nur ein paar Häuserblocks entfernt ist. Wir passen auf dich auf.«

»Ich weiß.« Allmählich schien es Viv, dass er nicht nur sie, sondern auch sich selbst beruhigen wollte. »Ich muss jetzt los.«

Einen Moment lang blickten sie einander in die Augen. Viv wusste, dass er etwas für sie empfand, und diese Hoffnung für eine gemeinsame Zukunft war es, die ihr die Kraft gab weiterzumachen.

Sie nahm ihre Handtasche, stieg aus dem SUV und ging die Auffahrt hinunter und dann die Stufen zur Veranda hinauf. Sie klingelte an der Tür und holte noch einmal tief Luft, um sich zu wappnen.

Wenige Augenblicke später ging die Tür auf. Mark begrüßte sie mit einem breiten Lächeln und einem schnellen Kuss auf die Wange. »Willkommen bei mir zu Hause.«

Viv betrat das Haus und versuchte, sich auf ihren Auftrag zu konzentrieren. Sie würde das schaffen.

»Ich hoffe, du magst Hähnchenspieße vom Grill und Rohkost.«

Viv fragte sich, ob er versuchte, sie auszuhorchen, aber als sie zu ihm aufblickte, wirkte er ganz entspannt. »Ja, sehr gerne.« Ihr Blick fiel auf den Teller mit dem Gemüse, der auf dem Tisch stand. »Und ich liebe Hummus.«

Mark lächelte. »Perfekt. Nimm dir schon mal Hummus und Gemüse, dann können wir auf die Veranda gehen und die Spieße grillen.«

So weit, so gut. »Du hast gefragt, ob wir reden können. Ist alles in Ordnung?« Viv musste wohl oder übel etwas essen. Bevor sie in das erste Stück Karotte biss, das sie vorher in den Hummus getunkt hatte, sprach sie im Stillen ein kurzes Gebet.

Als Mark ein Stück Gurke in den Hummus dippte und aß, unterdrückte sie einen Seufzer der Erleichterung.

»Ich habe über deine Situation nachgedacht«, begann er.

»Die Lage ist ganz schön verfahren, ich weiß.«

»Stimmt. Genau genommen bist du eingesperrt und das ist nicht fair.«

Viv hatte keine Ahnung, worauf er hinauswollte. »Aber das lässt sich nicht ändern. Mein Leben ist in Gefahr. Menschen sind gestorben.«

Mark berührte ihren Arm. »Oh, das leugne ich auch gar nicht. Ich sage nur, dass du mehr darauf drängen solltest zu erfahren, was sie mit dir machen.«

»Wie zum Beispiel?« Je mehr sie ihn reden ließ, desto besser.

»Ich habe dir doch von meinem Freund erzählt, der Privatdetektiv ist. Ich habe mit ihm über dich gesprochen. Keine Angst, ich habe alles ganz theoretisch gehalten, aber er glaubt, dass er dir helfen kann.«

Wer war dieser Freund eigentlich? Viv war nicht sicher, wie sie reagieren sollte. »Ich will nichts tun, was die eigentlichen Ermittlungen behindert.«

»Aber untersuchen sie denn wirklich, was dir zugestoßen ist? Oder kümmern sie sich nur um die Anschläge auf die Botschafter?«

Viv biss sich auf die Unterlippe. »Natürlich haben die Botschafter oberste Priorität, aber mein Freund Samir wurde auch ermordet, erinnerst du dich?« Dies war der Zeitpunkt, in dem sie falsche Fährten legen musste. »Ich weiß ja, dass ich dir vertrauen kann.«

Mark nahm ihre Hand und drückte sie kurz, bevor er wieder losließ. »Ja, du kannst mir alles sagen. Ich will nur, dass du in Sicherheit bist und diese Sache so schnell wie möglich hinter dich bringen kannst. Wie gesagt, ich bin hier und höre dir zu und helfe, so gut ich kann.«

»Wahrscheinlich sollte ich dir das gar nicht sagen«, flüsterte sie in der Hoffnung, dass es dadurch dramatischer klang.

»Ich weiß, dass das alles für dich sehr schwierig ist.«

Viv nickte. »Das stimmt. Ich will nur das Richtige tun.« Sie zögerte. »Die Taskforce glaubt, dass jemand in der ägyptischen Regierung hinter der ganzen Sache stecken könnte.«

Er sah sie prüfend an. »Wirklich? Wieso denn das?«

»Radikalere Menschen mögen den progressiven Kurs des ägyptischen Präsidenten nicht. Sowohl Botschafter Zidan als auch Samir standen auf der Seite des Präsidenten.«

Mark runzelte die Stirn. »Aber was hast du damit zu tun?«

»Ich habe Samir in der Botschaft besucht, bevor ich überfallen wurde. Die Behörden glauben, dass ich dadurch zur Zielscheibe geworden sein könnte.« Sie seufzte. »Ich könnte echt Ärger kriegen, weil ich dir das erzählt habe.«

Er legte eine Hand auf seine Brust. »Ich habe dir mein Wort gegeben, Viv. Dein Geheimnis ist bei mir sicher.«

»Jetzt verstehst du sicher, warum ich keinen Privatdetektiv engagieren kann.«

Mark nickte. »Ja klar. Wahrscheinlich arbeitet ihr in der Sache eng mit der ägyptischen Regierung zusammen, oder?«

»Natürlich.«

Er trank einen Schluck Tee, bevor er weitersprach. »Ich habe eine Frage: Was ist, wenn sie sich irren?«

»In Bezug worauf?« Viv nahm sich noch ein Stück Karotte.

»Gibt es vielleicht noch einen anderen Grund, weswegen ihr beide, du und dein Freund Samir, ins Kreuzfeuer geraten sein könntet?«

Mist. Jetzt wurde es unangenehm. Immerhin hatte sie einen Moment zum Überlegen, während sie auf der Karotte kaute. »Ich glaube nicht.«

»Woher kanntest du Samir überhaupt?«

»Oh, wir haben vor ungefähr einem Jahr bei einem Projekt zusammengearbeitet.«

»Worum ging es denn da?«

Die CIA hatte mit Viv ausführlich über darüber gesprochen, was sie sagen sollte, wenn Mark das Gespräch auf die Geheimaktion brachte. Sie hatte die Anweisung bekommen, ihm in diesem Fall davon zu erzählen, weil er wissen würde, wenn sie log, und das hätte Folgen für alles, was sie zu tun versuchten. »Das ist auch eine ziemlich heikle Angelegenheit.«

»Ich weiß. Das ist bei all diesen Dingen so.«

Die Situation wurde immer schwieriger. Viv war der Meinung, dass sie ihn nicht länger hinhalten konnte. »Ich habe bei einer Gefangenenübergabe mit ihm zusammengearbeitet. Ich war für die Rechtsberatung zuständig.«

»Bezüglich des internationalen Rechts und so?«

»Genau. Ich sollte dafür sorgen, dass wir uns an alle betreffenden Gesetze hielten und dass die Gefangenen menschlich behandelt wurden. Das war mir auch sehr wichtig.«

»Und? Wurden sie?« Mark zog eine Augenbraue hoch.

Viv nickte. »Während ich dabei war, auf jeden Fall.«

Er überlegte einen Moment. »Haben sie dir damals gesagt, wie es zu der Übergabe gekommen war?«

Sie schüttelte den Kopf. »Jeder bekam nur so viele Infos, wie er brauchte, haben sie gesagt. Und meine Aufgabe war rein juristischer Natur. Ich wusste nicht, was der tiefere Grund war, und ich hatte auch das Gefühl, dass ich besser nicht fragen sollte. Verstehst du, was ich meine?«

»Ja, ich weiß, was du meinst.«

»Ehrlich gesagt war ich mit der Aufgabe vermutlich überfordert, aber niemand hat mich gefragt, ob ich den Auftrag übernehmen will oder nicht.«

»Du bist zu streng mit dir selbst.«

Sie spielte mit einem Stück Karotte und sah ihn bittend an. »Können wir mal über was anderes reden? Die Sache macht mich ziemlich fertig.«

Mark tätschelte ihre Schulter. »Klar. Wollen wir rausgehen?«

Dies würde ihr wenigstens eine Gelegenheit geben, ihren Job zu erledigen. Sie gingen auf die Terrasse hinter dem Haus, wo Mark einen Grill aufgebaut hatte und jetzt das Fleisch auf den Rost legte. Ein paar Minuten unterhielten sie sich über nebensächliche Dinge, bis Viv beschloss, dass es an der Zeit war.

»Ich gehe mal kurz auf die Toilette«, sagte sie.

»Durchs Wohnzimmer durch und dann den Flur entlang, das Bad ist auf der rechten Seite. Kannst du gar nicht übersehen.«

»Danke.« Viv lächelte und ging zurück ins Haus, wo sie ihre Handtasche nahm. Mark würde sich nichts dabei denken, wenn eine Frau ihre Tasche mit ins Bad nahm.

Als sie zum Fenster hinausblickte, sah sie, dass er sich abgewandt hatte, sodass sie schnell eine der Wanzen unter dem Couchtisch im Wohnzimmer anbringen konnte. Eine zweite versteckte sie im Esszimmer, bevor sie ins Bad ging. Sie konnte sich nicht vorstellen, dass im Bad viel geredet wurde, aber da sie allein war, öffnete sie das Schränkchen über dem Waschbecken und befestigte ein Abhörgerät unter einem Regalbord im Schrank.

Sie ging schnell aufs Klo und wusch sich dann die Hände. Die große Frage war, ob sie versuchen sollte, eine Wanze in seinem Schlafzimmer zu verstecken. Es schien ihr zu riskant, aber jetzt war sie schon so weit gekommen, oder?

Sie holte tief Luft und trat aus dem Bad auf den Flur. Auf dem Weg zurück sah sie eine Zimmertür halb offen stehen. Das Schlafzimmer. Schnell platzierte sie eine Wanze unter der Kommode.

So, das war geschafft. Jetzt musste sie hier raus. Sie atmete einmal tief durch.

Dann drehte sie sich um und stieß fast gegen Mark.

»He«, sagte er.

»Sorry. Ich war neugierig und habe mir dein Haus angesehen.«

Er zog eine Augenbraue hoch. »Mein Schlafzimmer?«

Oh-oh. Und jetzt? Sie hatte den Bogen wirklich überspannt. »Du hast ein schönes Haus. Es gefällt mir.« Sie versuchte, so zu tun, als wäre nichts gewesen, und wandte sich zur Tür um, aber Mark packte sie am Arm und drehte sie zu sich um.

»Bist du sicher, dass du nur mein Haus angucken wolltest?«

»Ja. Tut mir leid. Ich wollte nicht unhöflich sein.«

Er kam näher. »Wenn du deine Meinung geändert hast und doch mehr als Freundschaft willst, kannst du das ruhig sagen.«

Oh nein! Einerseits war Viv erleichtert, weil er ihr nicht auf die Schliche gekommen war, andererseits war sie starr vor Panik. Der Blick, mit dem er sie ansah, machte ihr aus ganz anderen Gründen Angst. Mark schob sie an die Wand, lehnte sich an sie und küsste sie. Sie musste ihre ganze Selbstbeherrschung zusammennehmen, um nicht um sich zu schlagen, aber konnte sie das wirklich tun? Was würde er dann denken?

Sie hielt den Kuss so lange aus, wie sie konnte, dann löste sie sich von ihm und trat einen Schritt zurück. »Es tut mir leid, Mark. Dafür bin ich im Moment einfach noch nicht bereit.« Sie spürte, dass sie die Luft anhielt. Und sie hoffte inständig, er würde sie gehen lassen.

Mark lächelte und nahm ihre Hand. »Gehen wir essen.«

* * *

Jacob konnte es kaum ertragen, nicht aus dem Wagen zu springen und Viv vor diesem Irren zu retten. Er wusste genau, wann sie angefangen hatte, die Abhörgeräte zu installieren, weil er von dem Moment an die Unterhaltung im Schlafzimmer mit anhören konnte. Viv hatte die Sache wie ein Profi gemeistert, aber Jacob ahnte, was geschehen war, und er hoffte, dass Mark Viv nicht angefasst hatte.

Als sie wieder auf die Veranda hinausgingen, musste Jacob warten, während die Minuten quälend langsam verstrichen. Vivs Worte kamen ihm wieder in den Sinn.

Ja, er hatte eine Menge Probleme, aber wer hatte die nicht? War das wirklich der Grund, warum er nie eine echte, gesunde Beziehung führen konnte? So hatte er das noch nie betrachtet. Er hatte einfach gedacht, dass er eben nicht für Beziehungen gemacht war. Es war alles unkomplizierter, wenn er allein war. Was konnte er einer Frau schon bieten?

Aber während diese Fragen durch seinen Kopf geisterten, erkannte er, dass sie vielleicht auch von seiner Vergangenheit beeinflusst waren. Die größere Frage war doch, was er deswegen unternehmen wollte.

Als Viv ihm erzählt hatte, ihre größte Angst sei es, den heutigen Abend nicht zu überleben und deshalb nicht die Chance auf eine Beziehung mit ihm zu haben, hatte er nicht einmal gewusst, was er darauf sagen sollte. Ihre schonungslose Offenheit und Ehrlichkeit waren eine Wohltat. So viele Frauen in seinem Leben hatten mit ihm nur gespielt. Angefangen mit seiner eigenen Mutter, Gott sei ihrer Seele gnädig. Seine Großmutter war die einzige Frau gewesen, die er jemals geliebt und der er wirklich vertraut hatte.

In seinem Erwachsenenleben hatte es bislang keine Frau gegeben, die eine besondere Rolle gespielt hatte. Jacob war mit Frauen ausgegangen und hatte auch kürzere Beziehungen gehabt, aber tiefere Gefühle waren von seiner Seite nicht im Spiel gewesen. Viv hingegen verlangte hundert Prozent. In gewisser Weise faszinierte ihn das, aber es machte ihm auch richtig Angst.

Er mochte sie wirklich und wollte ihr auf keinen Fall das Herz brechen. Aber es fiel ihm schwer, sich ein Happy End vorzustellen. Viv war Romantikerin. Das erkannte er in ihren Augen und an ihrem Verhalten. Jacobs Leben dagegen las sich eher wie eine Tragödie denn wie eine Liebesgeschichte. Wahrscheinlich sollte er wirklich mit einem Profi über seine Probleme reden, wenn er es recht überlegte. Er war lange sehr stur gewesen, was das betraf, aber wenn die Erfahrung jetzt ihm etwas gezeigt hatte, dann war es die Erkenntnis, dass er Hilfe brauchte, um nicht in der Vergangenheit gefangen zu bleiben.

Als Viv die Wagentür öffnete, riss ihn das aus seinen Gedanken. »Bist du fertig?«

»Ja.«

Jacob blickte auf die Uhr und sah, dass es fast neun Uhr war. Er war eine ganze Weile in seinen Gedanken versunken gewesen.

»Bist du okay?« Er wandte sich ihr zu und sah, dass Tränen über ihre Wangen kullerten. »Hat er dich verletzt?«

Sie schüttelte den Kopf.

»Sprich mit mir. Was ist geschehen?«

»Fahr bitte los. Ich beruhige mich gleich.«

Sie sah eindeutig nicht so aus, als würde sie sich beruhigen, aber er trat aufs Gaspedal und brachte sie von diesem Ort weg. Viv schien nicht reden zu wollen, also fuhren sie schweigend.

Aber nachdem sie wohlbehalten wieder in Vivs Wohnung waren, konnte Jacob sich nicht mehr zurückhalten. »Bitte sprich mit mir, Viv. Lass mich nicht außen vor.«

»Ich weiß nicht, ob ich damit weitermachen kann.« Ihre Stimme zitterte.

Jacob überlegte gar nicht erst. Er zog sie in seine Arme und hielt sie ganz fest. »Ich passe auf dich auf. Niemand kann dir was tun.«

Als sie anfing, in seinen Armen zu beben, war er kurz davor, die Beherrschung zu verlieren. Was hatte der Kerl ihr getan? Dafür würde er bezahlen. Jacob würde dafür sorgen.

»Ich dachte, die Überfälle wären das Schlimmste, was ich jemals erleben würde, aber nach heute Abend glaube ich das nicht mehr.«

Jacob streichelte ihr beruhigend über den Rücken. »Was ist da drin geschehen?«

»Konntest du uns im Schlafzimmer reden hören?«

»Ja.«

»Aber du hast nicht gehört, wie er mich an die Wand gedrückt und mich geküsst hat.«

Jacob spürte, wie die Wut in ihm aufstieg. Er betete, dass das alles gewesen war. »Konntest du ihn aufhalten?«

»Ja, aber ich hatte Angst, wenn ich zu heftig reagiere, würde er Verdacht schöpfen. Das Ganze hat mich total aus dem Konzept gebracht und dann musste ich den restlichen Abend über so tun, als wären wir Freunde und alles wäre in Ordnung. Und ich musste darauf achten, was ich sage und was nicht.«

»Wir werden einen anderen Weg finden. Du solltest das nicht noch einmal durchmachen müssen.«

»Ich habe ihm die Infos gegeben, wie ich es tun sollte.«

Jacob hörte konzentriert zu, während sie ihm genau berichtete, wie der Abend verlaufen war, aber seine Gefühle wüteten immer noch, weil Mark Viv so bedrängt hatte.

Viv sah zu Boden. »Ich habe nicht das Zeug für diesen Job, Jacob. Ich dachte, ich könnte damit umgehen, aber ich habe mich geirrt.«

»Du hast alles getan, was die CIA von dir verlangt hat, und noch mehr als das. Du hast einfach zu hohe Erwartungen an dich selbst. Du warst erfolgreich und hast heute Abend mehrere Abhörgeräte in sein Haus geschmuggelt. Das ist ein riesiger Sieg.«

»Ich weiß, aber ich fühle mich nicht wie eine Siegerin«, erwiderte sie leise.

»Ich bin für dich da.« Er drückte ihre Schulter.

»Lass mich nicht allein«, flüsterte sie. »Ich fürchte, er wird mich verfolgen. Er wird herausfinden, dass ich diese Wanzen versteckt habe, und herkommen.«

»Ich gehe nirgendwohin.« Und obwohl er eigentlich wusste, dass er Abstand zu Viv halten musste, beugte er sich vor und küsste sie.

KAPITEL 20

Am Mittwoch betrat Delaney die Einsatzzentrale und sah, dass Cody an seinem Laptop arbeitete. Als er aufblickte und sie anlächelte, erwiderte sie sein Lächeln unwillkürlich.

»Wo ist Weston?«, erkundigte sie sich.

»Er hat gerade angerufen und gesagt, dass er eine Spur verfolgt und wir ohne ihn anfangen sollen.«

»Ach ja?« War das ein Verkupplungsversuch von Weston oder war der Grund wirklich eine Spur? So oder so mussten sie an die Arbeit gehen. »Also, legen wir los.«

Cody wandte sich ihr zu. »Ich habe in Brüssel einige Leute angerufen, die mir noch was schuldig sind.«

Delaneys Herz schlug schneller. »Und hast du was erfahren?«

»Nichts, was wir nicht schon wussten. Mehrere Quellen haben bestätigt, dass sie die Botschafterin und Popow zusammen gesehen haben und dass die zwei ausgesprochen vertraut miteinander umgingen.«

»Ich glaube, wir sind an dem Punkt, an dem wir einigermaßen sicher sagen können, dass die beiden ein Verhältnis hatten.« Delaney biss sich auf die Unterlippe. »Aber nachdem Jeff nach Brüssel gezogen war … müsste er da nicht bemerkt haben, dass sie oft mit einem anderen Mann aus war?«

»Das sollte man meinen, aber ich bin sicher, dass Penelope so oft wie möglich ihren Job als Tarnung benutzt hat. Es gibt viele diplomatische Anlässe und Jeff hat sie sicher nicht immer dazu begleitet. Die Ehepartner sind in der Regel bei größeren Veranstaltungen dabei, aber nicht bei jedem Routinetreffen. Penelope konnte also kurz bei den Events auftauchen und dann ihren eigenen Geschäften nachgehen.«

»Das heißt, sie hatte mehr als nur eine kurze Affäre mit dem

Mann. Ihre beste Freundin glaubt, dass Penelope sich ernsthaft in ihn verliebt hatte.« Delaney trommelte mit den Fingern auf den Schreibtisch.

»Was denkst du?«, fragte Cody.

»Vielleicht sehen wir die Sache in zu großen Zusammenhängen. Es könnte doch sein, dass es rein persönlich ist. Wenn wir den Ehemann ausschließen, können wir unsere Energie auf Popow konzentrieren. Aber wenn er schuldig ist, wird es echt schwierig, das zu beweisen, und noch schwieriger, ihn zur Rechenschaft zu ziehen, wegen seiner diplomatischen Immunität.«

»Warum konzentrieren wir uns nicht erst mal auf Jeff King? Dann kannst du den Kreis der Verdächtigen eingrenzen, unabhängig vom Ergebnis.«

Delaney seufzte. »Mein erster Reflex war, dass es Jeff war, aber dann fing alles an, in eine andere Richtung zu zeigen.«

Codys Blick schweifte zum Fenster und für einen Moment wirkte er gedankenverloren. »Ich weiß aus eigener Erfahrung, wie es ist, betrogen zu werden, deshalb verstehe ich den Schmerz und die Enttäuschung«, sagte er leise. »Aber Mord ist etwas ganz anderes.«

Delaney dachte daran, was Cody über seine Vergangenheit gesagt hatte. »Es tut mir leid, was du mitgemacht hast.«

Er zuckte mit den Schultern. »Ich bin deshalb ein bisschen nervös, während ich mich auf die Zukunft einlasse. Ohne viel Erfolg«, fügte er lachend hinzu.

Delaney tätschelte seinen Arm. »Sei doch nicht so streng mit dir selbst.« Als sie in seine dunklen Augen sah, entschied sie, dass sie ihm die Wahrheit sagen würde. Sie war nicht sicher, warum ihr diese Unterhaltung nicht unangenehm war, aber irgendwie fühlte es sich richtig an. »Ich bin nicht sicher, ob du das weißt, aber mein Mann wurde vor zwei Jahren im Dienst getötet.«

Cody riss die Augen auf. »Ich hatte keine Ahnung! Das tut mir wirklich leid, Delaney. Ich kann mir nicht einmal vorstellen, wie das sein muss.«

»Das ist zwar ein ganz anderer Schmerz, aber es ist trotzdem Schmerz und ich verstehe ein wenig, wie du dich fühlst.«

Er beugte sich ein wenig vor. »Darf ich dich was fragen?«

»Klar.«

»Konntest du nach vorne blicken und wieder eine neue Beziehung führen?«

Delaney senkte den Blick und sah ihn dann wieder an. »Ehrlich gesagt noch nicht. Meine oberste Priorität war, zu trauern und die Trümmer zusammenzufegen. Jetzt habe ich endlich das Gefühl, dass ich so weit bin, auch wenn es lange gedauert hat. Weston hat versucht, mich mit seinen Freunden zu verkuppeln, aber da bin ich skeptisch. Ich hätte lieber jemanden, der eher in meinem Alter ist.«

»Also fünfundzwanzig, richtig?« Cody grinste.

»Sehr schlau.« Delaney lachte, aber sie hatte kein Problem damit, ihr wahres Alter zu verraten. »Ich bin einundvierzig.«

Cody holte tief Luft. »Delaney … was würdest du denn davon halten, wenn wir beide mal zusammen essen gehen?«

Delaney antwortete nicht, sondern ließ seine Worte erst einmal sacken.

Er hob die Hand. »Tut mir leid. Wie es aussieht, war ich zu forsch. Vergiss bitte, dass ich etwas gesagt habe.«

Sie konnte nicht zusehen, wie er litt, deshalb ergriff sie seine Hand. »Essen gehen wäre toll.«

Seine Augen leuchteten auf. »Wirklich?«

»Aber während wir bei der Arbeit sind, sollten wir das Ganze rein dienstlich halten.«

»Natürlich.«

Delaney lachte. »Da ich diejenige bin, die deine Hand genommen hat, sollte ich mir das vielleicht selber sagen.« Sie drückte seine Hand kurz, bevor sie sie losließ.

Die Tür ging auf und Weston kam herein. »Was habe ich verpasst?«

»Nichts«, sagten sie beide wie aus einem Mund.

Weston sah Delaney prüfend an, sagte aber nichts mehr. »Ich glaube, uns ist endlich ein Durchbruch gelungen.« Er stellte seinen Laptop auf den Schreibtisch und schloss ihn an den Bildschirm an. »Unsere Finanzabteilung hat gerade diese Infos geschickt.«

Delaney sah zu Cody hinüber, bevor sie sich dem Bildschirm zuwandte. Sie konnte noch gar nicht fassen, dass sie gerade in ein Date eingewilligt hatte. Aber erstaunlicherweise fühlte sie sich bei dem Gedanken gut. Das war wirklich eine unerwartete Wendung der Ereignisse.

»Seht euch das an«, sagte Weston. »Unsere Analysten mussten tief bohren, aber sie konnten schließlich die Überweisungen auf das Konto der Botschafterin zu diesem Konto zurückverfolgen.«

Delaney starrte auf die Kontonummer, die auf dem Bildschirm zu sehen war. »Und wem gehört dieses Konto?«

Weston lächelte. »Einer Briefkastenfirma. Aber nach intensiven Nachforschungen konnten die Kollegen sie mit Jeff Kings privatem Sparkonto in Verbindung bringen.«

Delaney wurde ganz flau im Magen. »Sind die Kollegen sicher?«

Weston nickte. »Ja. Wie es aussieht, war dein anfängliches Bauchgefühl in Bezug auf Jeff richtig.«

Sie seufzte. »Warum sollte er so eine aufwendige Aktion starten, um Geld auf das Offshore-Konto seiner Frau zu befördern? Könnte es ein Fall von Steuerhinterziehung sein?«

Cody räusperte sich. »Vielleicht bin ich zynisch, aber was ist, wenn er sie reinlegen will?«

Weston schnipste mit den Fingern. »Eifersüchtiger Ehemann findet heraus, dass seine Frau ihn mal wieder betrügt, obwohl er extra nach Brüssel gezogen ist, und beschließt, sich zu rächen.«

»Also lässt er es so aussehen, als würde sie Bestechungsgelder erhalten. Jeff hofft, dass wir das Geld mit Popow in Verbindung bringen, weil sie mit ihm eine Affäre hatte.« Delaney überlegte, wie es gewesen sein könnte. »Aber bedeutet das automatisch, dass Jeff derjenige war, der sie vergiftet hat?«

Weston zuckte mit den Schultern. »Nicht sicher. Was sollen wir jetzt mit diesen Informationen anfangen?«

»Wir setzen ihn unter Druck. Mal sehen, ob wir ihm ein Geständnis entlocken können.«

»Ich weiß, dass ich kein FBI-Agent bin, aber wenn Jeff diese ganze Sache inszeniert hat, um seine Frau reinzulegen … meint ihr wirklich, dass er dann gestehen wird?«, fragte Cody.

Er hatte recht. »Deshalb zeigen wir ihm die finanziellen Beweise und warten ab, welche Ausrede er vorbringt«, erklärte Delaney.

Cody zog die Augenbrauen hoch. »Ah.«

Weston lachte. »Delaney sieht harmlos aus, aber sie hat schon erwachsene Männer zum Heulen gebracht.«

»Danke für den Vertrauensvorschuss, Partner.«

»Braucht ihr beiden irgendwelche Hilfe von mir?«, wollte Cody wissen.

»Im Moment nicht. Wir knöpfen uns erst mal Jeff vor«, erwiderte Delaney.

»Haltet mich auf dem Laufenden.« Cody stand auf und warf Delaney noch einen Blick zu, bevor er ging. Sie lächelte ihm zu.

»Gute Arbeit, Weston«, sagte sie dann.

Ihr Kollege setzte sich neben sie. »Nix da. Moment. Bevor wir weitermachen: Was läuft zwischen euch beiden?«

»Nichts«, antwortete sie schnell.

Weston legte eine Hand auf sein Herz. »Ach, komm schon, Delaney. Überleg mal, mit wem du redest.«

»Eben. Ich glaube, du hast zu viel Fantasie.«

Weston grinste. »Die Tatsache, dass du abblockst, sagt mir alles, was ich wissen muss. Ich werde einfach Cody fragen.«

Delaney packte ihn am Arm. »Bitte nicht!«

»Dann raus mit der Sprache.«

Sie stieß einen genervten Seufzer aus. »Er hat mich zum Essen eingeladen. Bist du jetzt zufrieden?«

Weston lachte. »Das bin ich. Meiner Meinung nach passt ihr zwei super zusammen.«

»Aber bitte behalte das für dich. Ich will, dass hier im Büro alles rein dienstlich bleibt.«

»Ich schweige wie ein Grab.« Er fuhr sich mit den Fingern über den Mund, als würde er einen Reißverschluss zuziehen.

»Das ist mein Ernst, Weston.«

»Ich ziehe dich doch nur auf. Ehrlich, von mir erfährt niemand was. Es hat lange genug gedauert, bis du an diesen Punkt gekommen bist, und ich werde nichts tun, um das zu gefährden. Versprochen.«

»Danke.«

»Aber falls du Rat brauchst – ich habe einige Erfahrung, was Dates betrifft.«

Delaney lachte. »Nein danke.« Dann stand sie auf. »Ich werde mit diesen neuen Beweisen, die Jeff belasten, Agent Miller im Drogendezernat anrufen. Er war Ryans Partner und ich weiß, dass er uns helfen wird. Ich will ihn fragen, wie schwierig es ist, auf dem Schwarzmarkt an Fentanyl zu kommen. Vielleicht kommen wir auf diese Weise weiter. Wenn Jeff schuldig ist, muss er das Fentanyl von jemandem gekauft haben.«

»Das ist eine gute Idee. Ich habe das Gefühl, dass der Fall endlich Gestalt annimmt.«

»Das tut er. Aber jetzt geh ich. Wir sehen uns morgen früh, okay?«

»Pass auf dich auf«, sagte Weston.

»Immer.«

Delaney war froh, Westons Verhör zu entkommen und etwas Zeit zu haben, damit sie über das nachdenken konnte, was zwischen ihr und Cody geschehen war. Sie hoffte, dass sie keinen Fehler gemacht hatte, aber irgendwann musste sie schließlich anfangen, gewisse Risiken einzugehen, und nach allem, was sie über Cody wusste, war er ein anständiger Kerl. Würde es zwischen ihnen ein romantisches Knistern geben? Sie hatte keine Ahnung, aber sie war stolz darauf, dass sie sich auf die Einladung eingelassen hatte – es war ein riesiger Schritt für sie.

Als sie zu Hause ankam, überlegte Delaney, was sie zu Abend essen sollte, nachdem sie das Mittagessen ausgelassen hatte. Ihr Magen knurrte, als sie in die Küche ging, um nachzusehen, welche Optionen sie hatte.

Als sie die Kühlschranktür öffnete, wanderten ihre Gedanken wieder zu Codys warmen braunen Augen. Wie sollte sie sich jetzt darauf konzentrieren, etwas zu kochen? Delaney musterte ihre sehr übersichtlichen Vorräte und überlegte, ob sie sich etwas zu essen bestellen sollte und worauf sie Appetit hatte.

Plötzlich umklammerten zwei starke Hände ihren Körper – eine hielt ihr den Mund zu und die andere legte sich um ihre Taille. Delaney versuchte, sich zu wehren, wobei sie alle Tricks ihrer Ausbildung anwandte. Sie kam sich wie ein Dummkopf vor, weil sie den potenziellen Stalker nicht ernster genommen hatte. Aber jetzt war keine Zeit, sich Vorwürfe zu machen. Zuerst musste sie mit diesem Angriff fertigwerden.

»Beruhigen Sie sich«, sagte eine Männerstimme leise an ihrem Ohr. »Ich werde Ihnen nichts tun, aber ich muss mit Ihnen reden.« Die Stimme hatte einen Akzent, aber sie konnte ihn nicht sofort einordnen, weil sie zu sehr damit beschäftigt war, den Angreifer abzuschütteln.

Außerdem glaubte sie ihm nicht. Sie warf den Kopf in den Nacken, um dem Mann einen Stoß zu versetzen, aber sie traf ihn nicht richtig. Also trat sie ihrem Angreifer stattdessen mit voller Wucht auf den Fuß und stieß ihn mit dem Gesäß fort, wodurch sie sich schließlich aus seinen Armen befreien und ihre Waffe ziehen konnte.

Der Mann hob die Hände und jetzt konnte sie ihn endlich ansehen. Groß, blond … russischer Akzent.

»Sergej Popow«, flüsterte sie.

Er lächelte. »Ich dachte mir, dass Sie mich erkennen würden.«

Delaney ließ ihre Waffe nicht sinken. Immerhin war Popow in ihr Haus eingedrungen und hatte sie angegriffen. »Was machen Sie hier?«

»Ich muss mit Ihnen reden.« Er sah sie eindringlich an.

Dann kam ihr noch ein Gedanke. »Sind Sie mir gefolgt?«

Er nickte. »Ja.«

»Warum?«

»Sie können die Waffe runternehmen«, sagte Popow.

»Beantworten Sie meine Frage.« Er mochte ein angesehener russischer Diplomat sein, aber es war immer noch nicht ausgeschlossen, dass er auch für den Geheimdienst arbeitete.

Popow hob die Hände. »Es geht um Penelope. Ich weiß, dass Sie in dem Fall ermitteln und dabei eine Menge Fragen über mich stellen.«

»Woher wissen Sie das?«

Er lächelte. »Ich habe überall Freunde und Kontakte.«

»Warum sind Sie in den USA?«

»Ich bin sofort hergekommen, als ich hörte, was bei dem Dinner passiert ist.« Er senkte den Blick. »Penelope und ich haben uns geliebt.«

Als sie in seine blauen Augen blickte, konnte Delaney seinen Schmerz fühlen. Er schien die Wahrheit zu sagen. »Weshalb wollen Sie mit mir reden?«

Er machte einen Schritt zurück. »Ich habe mit der ganzen Sache nichts zu tun. Ich hätte ihr niemals etwas getan.«

»Hat sie mit Ihnen zusammengearbeitet?«

Popow lachte. »Nein. Obwohl ich gehofft hatte, dass sich irgendwann vieles zwischen uns ändern würde – nämlich dass sie ihren Job und ihren Mann verlassen würde. Aber nein, sie hat definitiv keine Informationen an mich weitergegeben, wenn Sie das meinen. Ich weiß auch, dass Sie mich für einen Agenten des GRU halten. Bin ich aber nicht.«

Delaney war nicht sicher, ob sie ihm auch das glauben sollte. »Also, was haben Sie für mich?«

Er ließ langsam die Arme sinken. »Jeff King ist der Mann, der Penelope umgebracht hat. Ich weiß, dass er den trauernden Ehemann spielt, aber Sie dürfen ihm nicht glauben.«

»Haben Sie dafür irgendwelche Beweise?« *Bitte sag Ja.*

Popow senkte den Blick. »Daran arbeiten meine Kontakte noch.«

»Hände dahin, wo ich sie sehen kann!« Sie bedeutete ihm, dass er sich an den Küchentisch setzen sollte.

Popow gehorchte. »Wie gesagt: Wenn ich Ihnen etwas hätte tun wollen, hätte ich es längst getan. Die ersten beiden Male beim Jogging haben Sie gar nichts bemerkt. Für eine FBI-Agentin wäre es ratsam, vorsichtiger zu sein.«

Delaney zog eine Grimasse. Dieser Hieb saß, aber sie wollte sich jetzt nicht darauf konzentrieren. »Sind Sie Jeff persönlich begegnet?« Sie wollte überprüfen, ob seine Antwort zu der von King passte.

Popow nickte. »Mehrmals.«

»Warum glauben Sie, dass er es war?«

Er seufzte. »Weil Penelope befürchtete, Jeff hätte herausbekommen, dass sie sich mit einem anderen Mann traf. Das war noch ein Grund, warum ich wollte, dass sie Jeff verlässt, selbst wenn wir wegen ihrer Arbeit nicht offiziell liiert sein konnten. Hätte ich sie mehr gedrängt, wäre sie vielleicht noch am Leben. Damit muss ich wohl oder übel leben.«

Popow verstummte. Delaney wartete, ob er weitersprechen würde, die Waffe immer noch auf ihn gerichtet.

»Ich wollte einfach, dass Penelope ihn meinetwegen verlässt, aber offensichtlich ist es für eine wichtige amerikanische Diplomatin schwierig, eine Beziehung mit einem Mann wie mir zu führen.« Wieder schwieg er. »Ich bin ein großes Risiko eingegangen, als ich herkam, aber ich habe Recherchen über Sie angestellt, Agent O'Sullivan. Ich glaube, Sie versuchen wirklich, Penelope Gerechtigkeit zu verschaffen. Ich werde nicht zulassen, dass Jeff King davonkommt. Wenn Sie ihn nicht zur Rechenschaft ziehen, werde ich es tun. Dies ist erst mal ein Höflichkeitsbesuch.«

Dazu durfte es auf keinen Fall kommen. Nicht bei ihrem Fall.

Jetzt klang Popow doch wie ein Geheimagent und nicht wie ein Diplomat. »Sie wissen, dass ich das nicht gutheißen kann.«

»Deshalb müssen Sie Ihre Arbeit machen, Agent O'Sullivan.« Popow stand auf. »Und Sie sollten diese Unterhaltung für sich behalten. Ich war nie hier. Verstanden?«

»Drohen Sie mir jetzt etwa?« Der Mann war nicht zu fassen.

Er schüttelte den Kopf. »Nein. Ich sage nur, was offensichtlich ist. Für beide von uns ist es nicht gut, wenn herauskommt, dass wir uns auf diese Weise getroffen haben.« Er machte einen Schritt in Richtung Tür.

»Immer mit der Ruhe.«

Er hob die Hände. »Ich habe meine Pflicht getan, aber ich bin nicht sehr geduldig. Wenn Sie sich Jeff King nicht schnappen, tue ich es.«

* * *

Am nächsten Tag saß Viv mit Jacob an ihrer Seite in einem Konferenzraum der CIA. Sie warteten auf Layla und die beiden Direktoren von CIA und FBI.

»Irgendwas muss passiert sein«, sagte Viv.

Jacob sah sie an. »Stimmt. Ich bezweifle, dass wir für ein Routine-Update hierherzitiert würden. Vielleicht haben die Wanzen, die du angebracht hast, etwas ergeben.«

»Ich hoffe es«, flüsterte sie. Seit ihrer letzten Begegnung mit Mark – oder wer auch immer er in Wirklichkeit war – war sie nicht sie selbst gewesen. Er hatte ihr Angst gemacht. In dem Augenblick, als er sie an die Wand gedrückt hatte, war sie vollkommen hilflos gewesen. Rückblickend hatte sie vielleicht überreagiert, aber gegen ihre Gefühle in dem Moment hatte sie nichts machen können. Es war eindeutig ein Machtspielchen gewesen und das gefiel ihr gar nicht. Der Gentleman, der sie gerettet hatte, war in diesem Augenblick endgültig gestorben.

Schon bei dem Gedanken lief ihr ein Schauer über den Rücken.

»Ist dir kalt?«, fragte Jacob.

»Nein, alles gut. Ich hoffe, sie lassen uns nicht noch länger warten.«

Jacob nahm ihre Hand. »Ich bin bei dir und gehe auch nirgendwohin.«

Der leichte Druck seiner Hand war tröstlich. Viv hatte keine Angst, wenn Jacob an ihrer Seite war. Aber allein mit Mark in dessen Haus zu sein, war zu viel gewesen. Sie war nicht zur CIA-Agentin gemacht.

Die Tür ging auf und Layla kam als Erste herein, gefolgt von den Direktoren Phillips und Mince.

Viv wurde bewusst, dass sie die Luft anhielt, und atmete aus, während sich alle setzten.

»Was ist passiert?« Jacob verschwendete keine Zeit, sondern kam direkt zur Sache.

»Es gibt gute und schlechte Neuigkeiten«, erwiderte Phillips.

Viv setzte sich aufrechter hin. »Können wir mit der guten Nachricht anfangen? Ich könnte eine gebrauchen.«

»Die Abhörgeräte, die du installiert hast, waren ein voller Erfolg, Viv«, sagte Layla. »Die erste große Neuigkeit ist, dass wir gehört haben, wie Mark über den Anschlag auf Botschafter Zidan gesprochen hat. Das ist ein eindeutiger Beweis für eine Verbindung der verschiedenen Dinge.«

»Wow«, sagte Viv nur.

Layla nickte. »Das ist noch nicht alles. Ausgehend von dem, was Mark gesagt hat, konnten wir einen der geflohenen Gefangenen aufspüren. Ali Abboud wurde verhaftet.«

»Das ist super. Er ist also in Gewahrsam?«, fragte Viv.

»Ja. Abboud sagt nicht viel«, erklärte Direktor Mince, »aber wir haben herausgefunden, dass er sich während seiner Zeit in ägyptischer Gefangenschaft den oppositionellen Kräften des Landes angeschlossen hat. Wir wussten schon, dass er ein aktives Mitglied von Al-Nidal war, aber die Zeit in Ägypten hat ihn dazu gebracht, die radikale Opposition zu unterstützen. Abboud wollte den Tod von Zidan und hat seine Quellen im Netzwerk von Al-Nidal angezapft, um das zu bewerkstelligen.«

»Ich könnte ihn doch mal in die Mangel nehmen«, schlug Jacob vor. »Vielleicht kann ich ihm ja noch mehr entlocken.«

»Auf keinen Fall«, erwiderte Phillips. »Die CIA hat die Situation unter Kontrolle. Leider hatte die Festnahme von Abboud Nebenwirkungen.«

»Was denn?« Viv hatte beinahe Angst zu fragen.

Direktor Phillips sah sie an. »Als Abboud sich nicht gemeldet hat, wurde Omar Hassan nervös und hat Mark kontaktiert. Wir haben dieses Gespräch aufgezeichnet, aber das ist die letzte Aufnahme, die wir haben. Wir glauben, dass Mark, nachdem er mit Omar geredet hat, die Wanzen gefunden hat, also müssen wir davon ausgehen, dass Sie aufgeflogen sind.«

»Und was mache ich jetzt?«, fragte Viv.

»Wir bringen dich in ein neues Versteck«, erklärte Layla. »Du darfst keinen Kontakt mehr zu Mark haben, das wäre zu gefährlich.«

Viv stieß einen Seufzer der Erleichterung aus. »Puh, bin ich froh, das zu hören.«

Direktor Mince räusperte sich. »Allerdings wird Mark Sie auf jeden Fall sehen wollen. Das heißt, er wird sich melden.«

»Und was mache ich dann?«

»Nichts«, schaltete Jacob sich ein. »Nach dem, was passiert ist, können Sie nicht erwarten, dass Viv mit dem Typen auch nur spricht.«

»Es ist Ihre Entscheidung, Vivian«, sagte Direktor Phillips. »Es könnte sein, dass wir durch ein weiteres Gespräch noch mehr erfahren. Aber wenn Sie lieber jeglichen Kontakt abbrechen wollen, können wir damit leben. Sie haben schon viel riskiert und das wissen wir alle zu schätzen.«

Noch einmal mit Mark reden? Sie war sich nicht sicher, ob sie das konnte. Viv war froh, dass sie Mark nicht noch einmal sehen musste, aber wenn er wusste, was sie getan hatte – was sollte ein Gespräch mit ihm dann bringen? »Warum mit ihm reden? Er weiß doch, was ich gemacht habe.«

»Es gibt immer noch eine geringe Chance, dass er Sie wegen der Wanzen nicht verdächtigt.«

»Das geht zu weit.« Jacob beugte sich vor. »Viv hat genug mitgemacht. Wir sollten unsere Energie darauf konzentrieren, Omar zu finden.«

Direktor Phillips nickte. »Das tun wir auch. Und Mark behalten wir ebenfalls im Auge. Ein FBI-Team überwacht ihn rund um die Uhr, auch wenn wir ihn nicht mehr abhören können.«

»Denken Sie darüber nach, Vivian«, fügte Direktor Mince hinzu. »Sie müssen nicht sofort antworten.«

Würden sie immer noch mehr von ihr verlangen? Sie sah Layla an, deren Miene jedoch undurchdringlich war.

»Ist das alles?«, fragte Jacob.

»Ja. Wir bringen Sie jetzt zu einem neuen Versteck und holen die Sachen, die Sie brauchen, aus Ihrer Wohnung«, sagte Direktor Mince.

»Danke.« Aber eigentlich hätte Viv gerne gefragt, wann das alles endlich vorbei sein würde.

KAPITEL 21

Viv war zu einem sicheren Versteck in McLean, Virginia, gebracht worden. Wie es schien, wollte die CIA sie im Blick behalten. Das zweigeschossige Gebäude im Cape-Cod-Stil in einer Sackgasse eines scheinbar ruhigen Viertels war das perfekte Versteck – jedenfalls hoffte Viv das.

Jacob war ausgesprochen schlechter Laune, seit sie Langley verlassen hatten. Er wollte ganz offensichtlich nicht, dass sie noch einmal mit Mark sprach, und nach allem, was sie Jacob anvertraut hatte, konnte sie es ihm nicht verdenken.

Sie hatte ein ganz gutes Gefühl, was die Sicherheit ihres Verstecks betraf. Zusätzlich zu Jacob, der nicht von ihrer Seite wich, war ein vierköpfiges Team für sie zuständig.

Jacob und sie hatten etwas vom Thailänder gegessen und saßen jetzt auf dem Sofa, während die Nachrichten im Hintergrund liefen. Viv hörte kaum zu, aber als ihr Telefon klingelte, schreckte sie hoch.

Sie nahm das Handy und stieß einen Seufzer der Erleichterung aus. »Das ist meine Schwester«, sagte sie zu Jacob, bevor sie das Gespräch annahm. »Bin ich froh, dass du anrufst, Willow.«

»Hi, Viv. Wahrscheinlich hast du nicht erwartet, von mir zu hören«, antwortete eine Männerstimme.

»Mark? Wieso … woher hast du Willows Handy?« Vivs Herz stockte, als sie über ihre eigene Frage nachdachte. Willow war doch nicht mal in den Vereinigten Staaten, oder?

Jacob gab ihr mit wilden Gesten zu verstehen, dass sie das Gespräch laut stellen sollte, und Viv drückte auf die entsprechende Taste.

»Ich bin froh, dass du meine Stimme erkannt hast, Viv. Weißt du, beinahe hättest du mich überzeugt. Du hast deine Rolle hervorragend gespielt. Die ganze Show, dass du nur Juristin bist und nicht für die CIA arbeitest.«

Viv spürte Wut in sich aufsteigen. »Ich bin wirklich nur Juristin. Und ich arbeite nicht für die CIA.«

»Weißt du, warum ich Verdacht geschöpft habe? Ich habe gemerkt, dass du Angst hattest, als ich dich geküsst habe. Du hättest niemals so reagiert, wenn du nicht gewusst hättest, wer ich wirklich bin. Du warst ganz dicht dran, aber dann hast du es vermasselt.«

Sie musste auf das zu sprechen kommen, was wirklich wichtig war – und zwar schnell. »Das alles ist mir egal. Wo ist Willow?«

»Tja, das ist so, Viv. Wir haben uns Willow geschnappt, weil wir dachten, sie wäre du. Durch eine intensive Befragung sind wir zu dem Schluss gekommen, dass sie deine Zwillingsschwester ist. Es kränkt mich, dass du mir nichts von deiner Schwester erzählt hast. Sie sieht genauso aus wie du. Und offenbar hat sie ihren Wohltätigkeitsjob im Ausland verlassen, um nach dir zu sehen. Schlechtes Timing für sie. Aber hervorragendes Timing für mich.«

Viv stockte der Atem, als sie daran dachte, was diese Männer ihrer Schwester angetan haben konnten, aber dieses Gefühl wich schnell einem Zorn, der in ihr aufstieg wie ein kraftvoller Vulkan. »Wenn du meiner Schwester wehgetan hast, bringe ich dich um.«

Mark lachte. »Du bist wohl kaum in der Lage, irgendwelche Forderungen zu stellen.«

Es war, als würde die Welt um sie herum einstürzen. Zuerst ihre Eltern. Und jetzt ihre Zwillingsschwester? »Woher weiß ich denn, dass sie überhaupt noch am Leben ist? Dass du sie nicht umgebracht hast?«

»Hier. Sag Hallo zu deiner Schwester, Willow.«

»Viv?« Die Stimme ihrer Schwester brach.

»Bist du okay? Haben sie dir wehgetan?«

»Mir geht es gut«, flüsterte Willow. »Aber bitte tu, was sie dir sagen. Ich glaube nicht, dass sie bluffen.«

»Wo bist du?«

»Das reicht!« Mark war jetzt wieder am Handy. »Ich sage dir, was jetzt passiert. Wenn du deine Schwester lebend wiedersehen willst, werdet ihr Ali rausgeben. Morgen um Mitternacht. Ich schicke dir kurz vorher eine E-Mail mit dem Übergabeort. Verstanden?«

»Ja.«

»Und noch etwas gehört zu dem Deal.«

»Was denn?«

»Du wirst Ali begleiten.«

Viv sog scharf die Luft ein. »Was willst du von mir?«

Aber Mark hatte schon aufgelegt. Viv sah Jacob an und merkte, wie Panik sich in ihr breitmachte. Mark hatte Willow in seiner Gewalt! Viv presste eine Hand auf ihre Brust, weil sie mit einem Mal keine Luft mehr bekam.

Jacob sagte irgendetwas, aber Viv konnte die Worte nicht verstehen. Sie zitterte am ganzen Körper, während Bilder von den schlimmsten Szenarien durch ihren Kopf tanzten. Die einzige Angehörige, die sie noch hatte, wurde von einem Terroristen und Mörder bedroht.

»Viv, hörst du mich?«

Endlich drangen Jacobs Worte zu ihr durch. Sie nickte.

»Wir müssen die Kollegen informieren. Wir werden einen Weg finden, deine Schwester zu retten.«

Jacob sprach die Worte aus, aber als Viv ihm in die Augen sah, wusste sie, dass er selbst nicht glaubte, was er sagte. Und als sie sich vorstellte, was Mark Willow antun könnte, und als die panische Angst, ihre Schwester zu verlieren, sie überrollte, war alles zu viel.

Ihr wurde schwarz vor Augen.

* * *

Als Viv in Ohnmacht gefallen war, hatte Jacob sich völlig hilflos gefühlt. Aber seit sie wieder wach war, war es noch schlimmer, denn jetzt mussten sie sich der Realität stellen. Er hatte Viv gesagt, dass sie ihre Schwester retten würden, aber aus Erfahrung wusste er, wie unwahrscheinlich es war, dass Willow diese Situation überleben würde. Natürlich würde er das Viv jetzt nicht erzählen, so erschüttert wie sie war, aber irgendwann würde er ihr die Wahrheit sagen müssen. Sie musste sich für die harte Wirklichkeit wappnen. Terroristen hatten ihre Schwester entführt und sie waren auf Rache aus.

Jacob hatte den FBI-Direktor angerufen und ihm gesagt, dass sie Viv so schnell wie möglich in ein anderes Versteck bringen mussten, da Mark versuchen konnte, Vivs Wegwerfhandy zu orten. Außerdem mussten die Direktoren zu Viv kommen, da sie in ihrem jetzigen Zustand unmöglich nach Langley fahren konnte. Deshalb saßen sie jetzt mit Phillips und Mince und Layla in dem neuen Versteck um einen großen Küchentisch.

Jacob berichtete von dem Telefonat, damit Viv es nicht tun musste. Sie stand immer noch unter Schock, aber Jacob hatte sie zugleich noch nie so wütend gesehen. Ihre Liebe zu ihrer Zwillingsschwester war unerschütterlich und sie war offenbar bereit, alles zu tun, um Willow zu retten.

»Wir müssen meine Schwester finden«, sagte Viv.

»Ich verstehe Ihren Frust«, sagte Direktor Phillips.

Vivs braune Augen funkelten wütend. »Das glaube ich nicht. Meine Zwillingsschwester ist in der Gewalt von Terroristen, weil diese Kerle dachten, sie wäre *ich*. Sie hat es nicht verdient, in diese Sache hineingezogen zu werden, und ihr Leben ist in Gefahr. Mir ist egal, was Sie für richtig oder falsch halten, weil ich weiß, was ich tun muss. Ich werde mich selbst ausliefern, um Willow zu retten.«

Jacob wollte gerade protestieren, aber Layla kam ihm zuvor. »Ich weiß, wie sehr du deine Schwester liebst, Viv, aber dich selbst zu opfern, ist auch nicht die Lösung. Wir müssen hier klug vorgehen.« Sie legte eine Hand auf Vivs Arm.

Viv wand sich aus ihrem Griff. »Du auch? Von den Direktoren habe ich diese Reaktion erwartet, aber nicht von meiner besten Freundin. Ich kann – ich *werde* – Willow nicht diesen Ungeheuern opfern. Ich werde tun, was nötig ist, um sie zu retten, mit deiner Hilfe oder ohne sie.«

Laylas Blick wurde weich. »Ich meine doch nicht, dass wir nicht versuchen sollen, Willow da rauszuholen. Ich wollte nur sagen, dass wir dich dabei nicht aufgeben sollten. Es gibt andere Wege.«

»Und zwar?«

»Wir müssen uns einen Plan überlegen. Einen gut durchdachten Plan«, erwiderte Layla.

Jacob hatte Angst, dass die Situation ihnen entglitt. »Was Layla sagen will, ist Folgendes: Wenn du dich freiwillig in Marks Gewalt begibst, haben wir kein Druckmittel mehr. Und die Sicherheit deiner Schwester ist trotzdem nicht garantiert.«

»Dann verschwenden wir Zeit, indem wir hier sitzen, anstatt uns zu überlegen, wie wir Willow retten können. Sie könnten sie jederzeit umbringen!«

Jacob beugte sich vor. »Ja, das könnten sie, aber sie wollen dich und Ali Abboud. Ich vermute, dass sie Abboud sogar mehr wollen als dich. Mark weiß, dass du alles tun würdest, um deine Schwester zurückzubekommen, und das nutzt er aus. Er verlässt sich darauf, dass du einen Weg finden wirst, den Austausch durchzuführen.«

Direktor Mince räusperte sich. »Ich bin nur ungern der Überbringer schlechter Nachrichten, aber ich muss es sagen. Unter keinen Umständen werden wir Ali Abboud aushändigen. Das ist absolut unmöglich.«

»Aber –«, begann Viv.

Mince hob die Hände. »Aber wir könnten bei unserem Plan, Ihre Schwester zu retten, ein Double einsetzen und die Terroristen fassen. Vorausgesetzt natürlich, dass Omar sich am selben Ort aufhält wie Mark. So oder so werden wir alle festnehmen, die bei der Übergabe anwesend sind.«

»Damit werden sie aber rechnen«, wandte Jacob ein.

»Ja, aber einen besseren Plan haben wir nicht«, gab der CIA-Direktor zurück.

»Wird es für Viv auch ein Double geben?«, fragte Layla.

»Nein«, sagte Viv. »Ich muss das durchziehen. Mark würde sonst sofort wissen, dass ich es nicht bin.«

»Das ist viel zu gefährlich«, widersprach Layla. »Am Ende kommt ihr noch *beide* um.«

Viv stand auf. »Als ihr mich alle in diesen schlecht geplanten Einsatz geschickt habt, hat das auch keinen interessiert. Meine Schwester wäre in Sicherheit, wenn ich diesen Auftrag nicht übernommen hätte. Einen Auftrag, zu dem ihr mich mehr oder weniger genötigt habt. Ja, natürlich habt ihr alle immer gesagt, es wäre meine Entscheidung – aber hatte ich wirklich eine Wahl?«

Layla ging zu ihr. »Kann ich kurz mit dir sprechen, Viv?«

»Okay«, antwortete Viv widerstrebend.

Die beiden Freundinnen gingen ins Obergeschoss. Jacob hoffte, dass Layla wusste, was zu tun und zu sagen war.

Er wandte seine Aufmerksamkeit wieder den Direktoren zu. »Sie wissen, dass Viv recht hat. Sie beide haben sie in diese katastrophale Lage gebracht. Sie verdient Ihre volle Unterstützung dabei, ihre Schwester da rauszuholen.«

Direktor Phillips nickte. »Aber sie denkt im Moment nicht rational. Um ihre Schwester zu retten, ist Vivian bereit, alle Vorsicht in den Wind zu schlagen, und das können wir uns nicht leisten. Hier steht mehr auf dem Spiel.«

»Es steht immer mehr auf dem Spiel, aber eben auch das Leben einer unschuldigen Frau. Das sollte doch auch Gewicht haben.« Jacob würde kein Blatt vor den Mund nehmen.

Direktor Mince hob die Hand. »Wir müssen eine Lösung finden. Vivian darf nichts tun, was sie und andere gefährdet.«

»Das sehe ich auch so«, nickte Direktor Phillips. »Jacob, können Sie dabei helfen, eine FBI-Sturmtruppe zusammenzustellen? Wir wissen, dass wir Verstärkung brauchen.«

»Natürlich, Sir.«

Der FBI-Direktor runzelte die Stirn. »Jetzt, wo Vivian nicht hier ist, möchte ich Ihre ehrliche Einschätzung hören, Jacob. Sie sind ein SEAL. Ich weiß, dass Sie schon oft mit gefährlichen Einsätzen zu tun hatten. Wie wahrscheinlich ist es, dass Willow Steele die Sache überlebt?«

Jacob seufzte. »Die Wahrscheinlichkeit liegt bei weniger als zehn Prozent. Oder was meinen Sie, Sir?«, fügte er an den CIA-Direktor gerichtet hinzu.

Mince nickte. »Noch ein Grund, Vivian bei unserem Vorgehen nicht zu opfern. Das ist es nicht wert.«

»Für sie schon«, erwiderte Jacob. »Und das ist das Problem. Wir müssen sie komplett da heraushalten, sonst versucht sie, die Sache auf eigene Faust zu regeln.«

Dieser Gedanke machte ihn starr vor Angst, denn in diesem Augenblick wurde ihm erst richtig bewusst, wie wichtig sie ihm geworden war.

* * *

Viv wandte sich an ihre beste Freundin, um ihrer Empörung Luft zu machen, aber Layla zog sie in ihre Arme und flüsterte ihr ins Ohr: »Ich werde dir helfen, Willow zu retten, das verspreche ich.«

Viv lehnte sich zurück. »Wie meinst du das?«

»Das gerade war nur gespielt für die Bosse. Für sie wird der Gefangene immer wichtiger sein als deine Schwester. Immer.«

Endlich sagte ihr jemand, was Sache war. »Das weiß ich, aber was sollen wir dagegen unternehmen? Ich fühle mich ziemlich hilflos.«

»Wir brauchen Jacobs Hilfe. Allein schaffen wir das nicht, aber wir müssen sicher sein, dass wir ihm hundertprozentig vertrauen können.«

»Er ist mir gegenüber loyal. Das weiß ich.«

Layla zog eine Augenbraue hoch. »Ich dachte mir schon, dass zwischen euch mehr läuft.«

Viv nickte. »Es ist schon ziemlich ernst.«

»Wir können nichts dagegen machen, dass die Direktoren Ali Abboud niemals rausrücken werden, aber wir können trotzdem eine Rettungsaktion für Willow starten. Hör zu: Damit es funktioniert, müssen wir es für uns behalten, wenn Mark dir den Übergabeort schickt. Das dürfen wir den Direktoren nicht sagen.«

»Wirst du deswegen keinen Ärger kriegen?«

Layla zuckte mit den Schultern. »Lass das mal meine Sorge sein. Es gibt politische Fäden, die ich ziehen kann.«

Vivs Gedanken überschlugen sich. »Ich darf Willow nicht verlieren.«

»Ich weiß.« Layla drückte ihre Hand. »Deshalb wusste ich, dass wir handeln müssen.«

»Ich hätte nie an dir zweifeln dürfen.« Layla hatte sie noch nie im Stich gelassen.

»Es musste überzeugend wirken.«

»Das hast du gut hingekriegt. Was soll ich jetzt machen?«

»Wir gehen wieder runter und dann sage ich, dass wir geredet haben und uns jetzt einig sind. Dass du verstehst, warum du selbst nicht in Erscheinung treten solltest.«

Viv stöhnte. »Ich hoffe, ich kriege das hin.«

»Du hast für Mark eine Rolle gespielt, dann schaffst du das hier auch.«

Viv seufzte. »Aber nicht gut genug. Er ist mir auf die Schliche gekommen.«

»Es hat aber eine Weile gedauert und wir haben wichtige Informationen erhalten. Du hast genau das getan, was du tun musstest, und noch mehr als das. Es geht hier nur um dich und Willow. Und lass dir nichts anderes einreden.«

Viv umarmte Layla noch einmal. »Danke, dass du auf meiner Seite bist, egal, was geschieht.«

»Immer.«

KAPITEL 22

Delaney hatte lange über ihre Begegnung mit Sergej Popow nachgedacht und beschlossen, trotz Popows Warnung Weston davon zu erzählen. Er war ihr Partner und sie hatte ihm von Anfang an gepredigt, dass Partner keine Geheimnisse voreinander haben sollten. Geheimnisse konnten tödlich sein. Also hatte sie Weston im Detail berichtet, was mit Popow vorgefallen war, und gemeinsam hatten sie die nächsten Schritte überlegt.

Noch am selben Abend hatten sie Jeff angerufen und ihn gebeten, am nächsten Morgen ins Hauptquartier des FBI zu kommen. Offenbar glaubte er, dass sie ihm wichtige Neuigkeiten mitteilen wollten, und hatte die Hoffnung geäußert, dass sie einen großen Durchbruch in ihren Ermittlungen erlebt hatten. Er hatte offensichtlich keine Ahnung, dass sie ihn ins Kreuzverhör nehmen würden wegen der Informationen, die die Finanzanalysten des FBI gefunden hatten.

Delaney war mehr denn je unter Zeitdruck. Popow würde ihr im Nacken sitzen, wenn sie den Fall nicht aufklärte, und auch wenn sie wollte, dass Jeff King seine gerechte Strafe erhielt, konnte sie nicht zulassen, dass ein selbst ernannter Rächer das übernahm. Es gab gute Gründe für das existierende Rechtssystem und deshalb musste dieses Verhör ein Erfolg werden.

Sie hatte abends noch lange gearbeitet, um die Befragung vorzubereiten. An diesem Morgen trug sie ihren schwarzen Lieblingshosenanzug und eine rote Bluse.

»Du bist in voller Montur, wie ich sehe«, bemerkte Weston.

»Wir können uns nicht leisten, die Sache zu vermasseln.«

»Ich folge wie immer dem, was du vorgibst.«

Sie hatten am Abend zuvor lange telefoniert und ihre Notizen verglichen, um sicherzustellen, dass Weston Bescheid wusste und

Delaney in ihrer Strategie unterstützte. Sie hatten nur eine Chance, Jeff mit den finanziellen Dingen zu konfrontieren, die sie in Erfahrung gebracht hatten, und die mussten sie nutzen.

Weston sah auf seine Uhr. »Jeff ist spät dran.«

Delaney hoffte, dass er sie nicht versetzte.

»Während wir warten …« Weston lächelte. »Hast du heute schon mit Cody gesprochen?«

»Ja, aber nicht so, wie du es meinst. Es ging nur um die Arbeit.«

Ein *Pling* von ihrem Handy zeigte an, dass eine Textnachricht eingegangen war. Sie stammte von dem Agenten, der Jeff in den Verhörraum brachte. »Sie sind gleich hier.«

Weston klopfte ihr auf den Rücken. »Du machst das schon, Delaney.«

Sie war froh, dass Weston an sie glaubte. Sie hatte als FBI-Agentin unermüdlich gearbeitet, um immer besser zu werden, und jetzt war der Zeitpunkt gekommen, wo all ihre Bemühungen sich bewähren mussten.

Jeff kam herein und sah an diesem Morgen besonders unordentlich aus – seine Haare waren zerzaust und sein kariertes Hemd zerknittert. »Was gibt es?«, fragte er.

»Bitte setzen Sie sich«, sagte Weston.

Jeff sah sich im Raum um. »Warum sind wir hier drin?«

»Damit wir reden können«, antwortete Delaney. »Wir müssen einiges mit Ihnen besprechen.«

Jeffs Augen leuchteten auf. »Haben Sie jemanden verhaftet?«

Delaney rutschte mit ihrem Stuhl nach vorne. »Wir stehen kurz davor und deshalb müssen wir mit Ihnen reden.«

King setzte sich auf seinen Stuhl. »Ich helfe, wo ich kann. Das habe ich immer gesagt. Wir müssen Gerechtigkeit für Penelope erreichen. Ihre Beerdigung war einer der schlimmsten Tage meines Lebens. Ich kann noch immer nicht fassen, dass sie wirklich tot ist.«

Delaney setzte zum Sprung an. »Aber das ist sie. Ermordet.«

Jeff rieb sich die Augen. »Bitte sagen Sie mir, dass Sie den Täter haben.«

Sie legte den Kopf ein wenig schief. »Kann ich offen mit Ihnen über etwas sprechen, Jeff?«

»Natürlich.«

»Als wir uns das erste Mal begegnet sind, dachte ich, Sie wären der Täter.«

Er nickte. »Das war nicht zu übersehen. Es ist eigentlich immer der Ehemann, richtig?«

»Richtig«, erwiderte Weston.

Delaney holte tief Luft. »Ich bin seit beinahe zwanzig Jahren Agentin, ob Sie es glauben oder nicht.«

»Dafür sehen Sie gar nicht alt genug aus«, gab Jeff King zurück.

Er versuchte, ihr zu schmeicheln. Aber mit null Aussicht auf Erfolg. »Und ich habe die Erfahrung gemacht, dass mein erster Instinkt beinahe immer richtig ist.«

Jeff runzelte die Stirn.

»Ich dachte am Anfang, dass Sie es waren, und jetzt, wo ich hier mit Ihnen sitze, bin ich wieder an genau demselben Punkt. Nur dass ich jetzt konkrete Beweise habe, die mein Bauchgefühl untermauern.« Sie beugte sich vor. »Was sagen Sie dazu?«

»Das ist doch verrückt.« Jeff wandte sich an Weston. »Mann, Sie müssen Ihre Partnerin zur Vernunft bringen. Ich weiß, dass Sie diesen Fall aufklären und abschließen wollen, aber Sie können nicht einfach mit dem Finger auf mich zeigen, weil bei Ihren Ermittlungen nichts rauskommt und ich eine leichte Beute bin. Nicht nach allem, was ich durchgemacht habe. Ich habe gerade meine Frau beerdigt!«

Delaney hatte nicht vor einzulenken, denn sie musste seine Reaktion sehen. Wenn sie sich irrte, was ihn betraf, würde sie die Folgen zu spüren bekommen. »Die Beweise lügen nicht, Jeff.«

»Sie täuschen sich.« Er senkte den Blick. »Ich glaube, ich brauche einen Anwalt.«

So leicht würde sie ihn nicht davonkommen lassen. »Sind Sie sicher? Wenn Sie sich hinter einem Rechtsbeistand verstecken, wird die Staatsanwältin keinen Grund mehr haben, mit Ihnen einen Deal abzuschließen.«

Jeff biss sich auf die Unterlippe. »Es wird keinen Deal geben, weil ich unschuldig bin. Ich kenne meine Rechte. Ich will einen Anwalt. Sofort.«

»Kein Problem.«

Auf diese Reaktion war Delaney vorbereitet. Jeff war nicht dumm. Sobald er begriff, dass sie ihn im Visier hatten, war klar, dass er einen Anwalt einschalten würde, aber sie hatte trotzdem versuchen müssen, es ihm auszureden. Nachdem ihr das nicht gelungen war, musste sie jetzt die nächste Phase ihres Plans in Angriff nehmen. Auf keinen Fall würden sie ihn gehen lassen.

Nach etwa einer Stunde, die er allein im Verhörraum verbracht hatte, erschien sein schicker, teurer Anwalt. Alle stellten sich vor.

Gerard Newton knöpfte sein dunkelblaues Designerjackett auf und setzte sich neben seinen Klienten. »Also, wo liegt das Problem, Agents?«

Delaney war gespannt, wie die Strategie des Rechtsanwalts aussehen würde. »Ich bin sicher, Ihr Klient hat Ihnen das bereits am Telefon erzählt: Er ist unser Hauptverdächtiger im Mordfall Penelope King.«

Gerard lachte. »Da haben Sie sich aber komplett und völlig verrannt. Ich muss Ihnen leider sagen, dass ich das FBI nach all dem Kummer und Trauma, die mein Klient durchgemacht hat, wegen dieser unerhörten Drangsalierung verklagen werde. Das ist wirklich der Gipfel.«

»Sparen Sie sich die Theatralik.« Delaney würde keinen Zentimeter nachgeben. »Wissen Sie, dass es eine Straftat ist, einen FBI-Agenten zu belügen, Mr King?«

Jeff zuckte mit den Schultern. »Das überrascht mich nicht, aber ich habe Sie nicht belogen.«

So wollte er die Sache also angehen. Einfach leugnen. »Oh doch, das glaube ich sehr wohl. Fangen wir mit der Tatsache an, dass Sie uns erzählt haben, Sie hätten keine Ahnung, wie das Geld auf dem Offshore-Konto Ihrer Frau gelandet ist.«

»Sagen Sie nichts dazu«, wies Newton seinen Klienten an. »Ich habe gar keine Frage gehört, Agent O'Sullivan.«

»Das war nur die Vorbemerkung.« Delaney zog einen dicken Stapel Aktenmappen aus ihrer Tasche und legte ihn vor sich auf den Tisch. »Mr King, es muss sehr schmerzhaft gewesen sein, als Sie erfahren haben, dass Ihre Frau Sie noch immer betrügt, nicht wahr?«

Keine Antwort.

»Sie hatten ihr schon unzählige Male vergeben. Öfter, als die meisten Männer es tun würden. Dann haben Sie Ihr Leben umgekrempelt und sind nach Brüssel gezogen und Ihre Frau hat eine heiße Affäre mit einem russischen Diplomaten, der vielleicht sogar ein Spion ist.« Delaney schlug die erste Mappe auf und schob die Bilder, auf denen Penelope und Popow sich offensichtlich sehr nahe waren, über den Tisch. Jeff warf einen Blick darauf, sagte aber nichts.

Gerard seufzte laut. »Agent O'Sullivan, diese Bilder beweisen gar nichts.«

»Beweisen ist vielleicht ein zu starkes Wort, aber ich glaube, dass sie ein handfestes Motiv verdeutlichen.«

Gerard nahm eines der Fotos in die Hand. »An den Bildern können Sie ja nicht einmal sehen, dass zwischen der Botschafterin und diesem Mann irgendeine unerlaubte Beziehung besteht. Ich sehe da nichts Problematisches, geschweige denn ein Motiv.«

Delaney zeigte auf die Fotos. »Was diese Bilder betrifft, haben Sie recht. Aber ich habe noch mehr.«

Jeffs Gesicht rötete sich. Gut, sie machte ihn also nervös.

Sie schlug die nächste Akte auf – sie enthielt Kontoauszüge. »Beinahe hätten Sie uns überzeugt, Mr King, aber wie Sie und Ihr Anwalt sehen können, wenn Sie diese Unterlagen betrachten, konnten wir die Einzahlungen auf das Konto Ihrer Frau zu Ihnen und Ihren Privatkonten zurückverfolgen.«

Gerard zuckte nicht einmal mit der Wimper. »Mein Mandant hat das Recht, die Aussage zu verweigern.«

»Das ist wahr, aber er hat in diesen Dingen bereits ausgesagt und uns angelogen. Unsere Zeit verschwendet. Es ist die perfekte Rache, abgesehen von der Tatsache, dass Mr King seine Spuren nicht vollständig verwischt hat.«

»Jetzt reicht's aber!« Jeff hieb mit der Faust auf den Tisch.

Newton legte eine Hand auf Kings Arm. »Agent O'Sullivan, ich werde diese Unterhaltung auf der Stelle beenden, wenn Sie nicht aufhören, meinen Mandanten zu drangsalieren.«

Delaney schüttelte den Kopf. »Sie haben nicht das Recht, dieses Verhör zu beenden. Es handelt sich hier nämlich ganz und gar nicht um eine Unterhaltung, also machen wir weiter.«

»Beschuldigen Sie meinen Mandanten denn ganz offiziell?« Die Augen des Anwalts funkelten wütend.

Er zwang sie, Farbe zu bekennen. Delaney beugte sich vor. »Wollen Sie wirklich, dass ich diese Frage beantworte?«

»Na gut, dann machen Sie.« Er stieß einen übertrieben theatralischen Seufzer aus.

Dieser Mann war kein Amateur. Er wusste, dass es keinen Rauch ohne Feuer gab. Außerdem hatte er ein strategisches Interesse daran, dass die Befragung weiterging, damit er herausfinden konnte, was das FBI gegen seinen Mandanten in der Hand hatte.

»Wenn Sie nicht anfangen zu reden und eine andere Erklärung für diese Einzahlungen liefern können, ist die einzige relevante Frage, ob die Staatsanwältin ein Interesse an einem Deal hat. Ehrlich gesagt, neige ich dazu, ihr zu sagen, dass das FBI im Moment nicht für einen Deal zu haben ist. Letzten Endes wird sie das selbst entscheiden, aber es sieht für Sie nicht besonders gut aus, Mr King. Sie haben uns von Anfang an belogen. Sie waren verletzt und wütend über die wiederholte Untreue. Der Schmerz und die Demütigung, die Sie empfanden, haben Sie dazu gebracht, diesen ausgeklügelten Plan zu schmieden. Sie haben Ihre Frau wie eine Drogensüchtige aussehen lassen, die ihr Land verrät. Dies ist die letzte Chance, mir einen Grund zu nennen, warum ich der Staatsanwältin eine andere Empfehlung geben sollte.«

»Ich muss kurz unter vier Augen mit meinem Mandanten reden«, sagte Newton.

Delaney unterdrückte ein Lächeln. Weston und sie verließen den Raum und sie atmete erleichtert aus.

Weston klopfte ihr auf die Schulter. »Das war erste Sahne, was du da drinnen abgezogen hast.«

»Aber ich weiß nicht, ob es reicht. Wenn ich sein Anwalt wäre, würde ich ihm wahrscheinlich raten, nicht zu reden. Wir haben noch keine konkreten Beweise, die ihn mit der Vergiftung in Verbindung bringen.«

»Stimmt. Aber die Chance, einen Deal zu machen, könnte zu gut sein, als dass er sie vertut.«

»Wir müssen wohl abwarten, was passiert.«

Delaney hoffte nur, dass ihre Strategie am Ende aufging.

* * *

Jacob blickte auf, als Viv sich in ihrem Versteck neben ihm aufs Sofa setzte. Seit knapp einem Tag waren sie jetzt hier, bewacht von zahlreichen Personenschützern an der Tür und auf der Straße. Die Zeit verstrich quälend langsam, ohne dass sie etwas Neues von Mark hörten.

»Ich muss mit dir reden«, begann Viv.

»Mir ist klar, dass dir die Besprechung von gestern zu schaffen macht.«

»Stimmt, aber es geht nicht nur darum.«

»Was denn noch?«, fragte er.

»Ich werde dich um einen sehr großen Gefallen bitten.«

Jacob glaubte zu wissen, was gleich kommen würde. »Okay.«

»Wenn Mark mir eine E-Mail schickt, müssen wir die Sache mit Laylas Hilfe selbst in die Hand nehmen. Wir dürfen das FBI-Team nicht informieren und nicht tun, was die Direktoren aushecken.«

Genau das, was er befürchtet hatte. »Ich habe sie gewarnt, dass du einen Alleingang versuchen könntest.«

»Du kennst mich mittlerweile recht gut.«

Er musste sie zur Vernunft bringen. »Das gefällt mir nicht, Viv. Mit der Unterstützung von FBI und CIA haben wir die besten Chancen.«

Sie lehnte den Kopf an die Sofalehne. »Ich glaube, die Direktoren haben nicht wirklich vor, eine Rettungsaktion zu starten.«

»Warum denkst du das?«

Viv wandte sich ihm zu und packte seinen Arm. »Sie versuchen nur, mich zu besänftigen. Die ganze Sache mit den Doubles und Täuschungsplänen. Wenn ich ihnen den Übergabeort nenne, bin ich aus der Sache raus. Sie werden tun, was sie für richtig halten, um die Männer zu fassen, die sie haben wollen. Meine Schwester ist zweitrangig, wenn sie überhaupt eine Rolle spielt. Kollateralschaden.«

»Sag das nicht.«

»Du weißt, dass es stimmt. Sag mir, dass es nicht so ist.«

Und das war das Problem. Das konnte er nicht. »Ich kann nichts versprechen, was nicht in meiner Hand liegt.« Jacob hatte nur sein eigenes Handeln unter Kontrolle, das der CIA eindeutig nicht.

»Und deshalb muss ich meine Schwester retten. Ich weiß, dass es viel verlangt ist, aber ich glaube nicht, dass wir ohne dich irgendeine Chance auf Erfolg haben.« Viv sah ihn mit flehendem Blick an.

Jacob war hin- und hergerissen. Das FBI und, was noch wichtiger war, die CIA hatten bei diesem Einsatz ein anderes Ziel. Viv dachte nur an ihre Schwester, was er ihr nicht verdenken konnte. Und sein Hauptanliegen waren Viv und ihre Sicherheit. Es gab einfach viel zu viele konkurrierende Interessen bei dieser Geschichte.

Er sagte es nur ungern, aber er musste es tun. »Ich verstehe, dass du bereit bist, für deine Schwester alles zu riskieren, aber ich muss schonungslos ehrlich zu dir sein. Bei jeder Aktion – egal ob das FBI, die CIA oder wir sie planen – gibt es nur eine ganz geringe Chance, Willow lebend zurückzubekommen. Ich will, dass du dir deswegen keine Illusionen machst, Viv. Es ist schwer, das zu akzeptieren, aber diese Terroristen spielen nicht nach irgendwelchen Regeln.«

Viv biss sich auf die Lippe und ihre Augen wurden feucht.

»Ich will dir nicht wehtun, aber du musst wissen, womit wir es zu tun haben.«

Sie nickte. »Das verstehe ich. Und das ist noch ein Grund, warum wir versuchen müssen, Willow selbst zu retten, anstatt uns darauf zu verlassen, dass irgendeine Behörde es tut.«

Jacob war bewusst, dass das, was er ihr jetzt sagen würde, wahrscheinlich jede Beziehung zwischen ihnen beendete, bevor sie überhaupt begonnen hatte – und vielleicht war das auch besser so. »Ich will dir helfen. Wirklich. Aber ich kann nicht bei einer Aktion mitmachen, von der ich weiß, dass deine Schwester und du sie höchstwahrscheinlich nicht überleben werdet.«

Vivs Unterlippe bebte. »Du weigerst dich, mir zu helfen?«

Das tat weh, aber sie konnte jetzt nicht klar denken. »Layla, du und ich können diese Aufgabe nicht allein bewältigen. Es ist einfach unmöglich. Es wäre wie ein Todesmarsch und du bist mir zu wichtig, als dass ich das unterstützen könnte. Mir ist klar, dass du mich dafür hassen wirst, aber ich habe keine andere Wahl. Wir sollten wirklich mit FBI und CIA zusammenarbeiten und ihre Ressourcen nutzen, um deine Schwester zurückzubekommen. Das ist die beste Chance, die wir haben. Besser gesagt – es ist die *einzige* Chance, die wir haben. Das verspreche ich dir. Es ist kein unberechenbarer Einsatz. Ich habe zusammen mit den Kollegen vom FBI einen taktischen Angriffsplan entwickelt. Wir sind auf die verschiedensten Eventualitäten vorbereitet.«

»Aber du hast doch im Grunde schon zugegeben, dass Willow nicht ihre Priorität ist.«

Es hatte keinen Sinn, ihr zu widersprechen. »Stimmt, aber sie ist unsere Priorität und wir brauchen die Hilfe der anderen, wenn wir auch nur die geringste Chance haben wollen, Willow zu retten.«

Viv blickte zu Boden. »Ich brauche Zeit zum Nachdenken.«

Jacob würde ihr diese Zeit geben, aber er würde den Personenschützern gleichzeitig einschärfen, dass Viv auf keinen Fall ohne ihn das Haus verlassen durfte.

* * *

Delaney war so frustriert, dass es sie fast in den Wahnsinn trieb. Nachdem Jeff mit seinem Anwalt gesprochen hatte, hatte sie zugeben müssen, dass sie noch nicht genug in der Hand hatte, um Anklage zu erheben, also musste sie ihn laufen lassen. Sie hatte den FBI-Kollegen vom Überwachungsteam jedoch gesagt, dass sie King genau im Auge behalten sollten.

Nach einem weiteren frustrierenden Tag im Büro war Delaney früh nach Hause gegangen. Während sie allein zu Hause im Dunkeln auf ihrem Sofa saß, versuchte sie, tief Luft zu holen, um sich zu beruhigen. Sie brauchte mehr Beweise gegen Jeff King. Und das bedeutete, dass sie aufhören musste, sich selbst leidzutun, und sich besser wieder an die Arbeit machte.

Sie stand auf, ging zu ihrem kleinen Schreibtisch und schaltete ihren Laptop an. Es musste einen Weg geben, diesem Typen das Handwerk zu legen, und den würde sie finden.

Während sie durch ihre Notizen scrollte, ging Delaney alles noch einmal durch. Was für Schwächen hatte Jeff King? Wo könnte er einen Fehler gemacht und Spuren hinterlassen haben?

Wer hatte Penelope tatsächlich getötet? Hatte Jeff einen Killer angeheuert? Oder hatte er es selbst getan? Er war bei dem Dinner gewesen und hätte die Gelegenheit gehabt, das Fentanyl in ihr Glas zu tun. Delaney war in engem Kontakt zu Agent Miller von der Drogenbehörde, um zu erfahren, ob es irgendwelche Spuren zu Dealern gab, die Fentanyl auf der Straße vertrieben und es an Jeff verkauft haben könnten. Aber bis jetzt hatten sie noch niemanden zum Reden gebracht.

Delaneys Handy klingelte. So spätabends verhieß das nichts Gutes.

»O'Sullivan«, sagte sie, als sie den Anruf entgegennahm.

»Agent O'Sullivan, Price hier. Ich bin einer der Agenten, die Jeff King beschatten.«

Delaneys Magen zog sich zusammen.

»Vor seiner Wohnung hat es einen Anschlag auf sein Leben gegeben. Wir waren rechtzeitig bei ihm und er ist jetzt auf dem Weg zur Notaufnahme. Schusswunde in der Schulter. Leider konnten wir den Schützen nicht verfolgen, weil wir so ein kleines Team sind und bei Mr King Erste Hilfe leisten mussten.«

»Aber er ist nicht lebensgefährlich verletzt?«

»Zum Glück nicht, aber es war gut, dass Sie uns gewarnt haben. Vermutlich müssen wir jetzt den Personenschutz ausdehnen?«, fragte Price.

»Ja. Ich komme zu Ihnen ins Krankenhaus. Ich möchte selbst mit Jeff King sprechen.«

»Okay. Bis gleich.«

Delaney sprang auf und raffte schnell ihre Sachen zusammen. Sie wusste nicht, ob Popow nur einen Warnschuss abgefeuert hatte oder ob Jeff Glück gehabt hatte, aber vielleicht brachte diese Begegnung mit dem Tod Jeff King ja zum Reden.

KAPITEL 23

Viv sah zum tausendsten Mal auf ihre Uhr. Es war beinahe elf Uhr abends und noch immer hatte sie nichts von Mark gehört.

Das FBI hatte sich in Vivs E-Mail-Programm eingeloggt und ließ den Posteingang keine Sekunde aus den Augen. Sie selbst war von den Beamten abhängig, was Updates betraf, weil man ihr den Laptop weggenommen hatte. So viel zu dem Versuch, irgendetwas vor ihnen geheim zu halten.

War ihre Schwester schon tot? Viv wusste nicht, was sie tun sollte, deshalb hatte sie den größten Teil des Tages in ihrem Zimmer verbracht und Gott um Bewahrung angefleht. War sie bereits ganz allein in der Welt? Sie hatte gedacht, sie würde merken, wenn ihre Zwillingsschwester tot war, aber jetzt war sie sich nicht mehr sicher.

Eine Million Fragen schwirrten ihr im Kopf herum. Sie war wütend auf Jacob, aber tief im Innersten wusste sie, dass er recht hatte und sie wirklich keine Chance hätten, Willow ohne Verstärkung zu retten. Sie hatte immer noch schreckliche Angst, dass niemand sonst sich für Willows Schicksal interessierte. Den Behörden ging es nur darum, die Gefangenen zurückzubekommen, weil die CIA den Fall vermasselt hatte. Und ihre Schwester war diejenige, die dafür bezahlen musste.

Aber letzten Endes war es Vivs eigene Schuld, dass ihre Schwester in dieser Gefahr schwebte. Und wie es aussah, war das eine weitere Last, mit der sie würde leben müssen.

Schließlich beschloss sie, ins Erdgeschoss hinunterzugehen und herauszufinden, ob es irgendwelche Neuigkeiten gab.

Im Haus war es merkwürdig still. Sie sah Jacob nicht, aber ein anderes Mitglied des Sicherheitsteams saß am Küchentisch und trank einen Becher Kaffee, während er an seinem Laptop arbeitete.

»Wo ist Jacob?«, fragte Viv.

Der Mann blickte zu ihr auf. »Nicht hier.«

»Wie meinen Sie das? Wo ist er?«

Der Personenschützer wich ihrem Blick aus und sah zu Boden. Und dann verstand sie plötzlich.

»Er ist ohne mich gegangen, oder? Mark hat schon geschrieben?«

Der Mann stand auf. »Es tut mir leid, Ma'am. Ich befolge nur Befehle.«

»Und die wären?«

»Für Ihre Sicherheit zu sorgen und Sie nicht aus dem Haus zu lassen.«

»Wie heißen Sie?«

»Agent Pete Marino.«

Viv biss sich auf die Zunge. Der arme Kerl machte schließlich nur seine Arbeit, aber sie hätte Jacob erwürgen können, weil er sie zurückgelassen hatte. »Wissen Sie, wohin alle gegangen sind?«

Pete schüttelte den Kopf. »Tut mir leid, Ma'am. Die Kollegen haben die Nachricht erhalten, auf die sie gewartet hatten, und dann sind alle schnell weg.«

Viv ging unruhig in der Küche auf und ab. Sie fragte sich, ob Layla auch eingeweiht gewesen war. Und jetzt war sie völlig hilflos. Sie konnte nichts tun, außer zu warten.

* * *

Der Schweiß rann Jacob über den Rücken, während er die Sturmtruppe zu dem Lagerhaus führte, das Mark in seiner E-Mail an Viv genannt hatte. Er fürchtete das Schlimmste, aber Viv zuliebe würde er alles geben. Wenn sie die Sache doch überlebten, würde Viv ihn vielleicht umbringen, weil er sie übergangen hatte, aber sich davonzuschleichen, war die einzige Möglichkeit gewesen, um sie zu beschützen. Und für sie würde er alles riskieren.

Natürlich hatten sie Ali Abboud nicht dabei, denn die CIA würde einem Tausch niemals zustimmen. Bei diesem Einsatz gab es zwei Ziele: Rettung und Festnahme.

Lautlos lief Jacob mit seinem Team um das Grundstück herum und näherte sich dem Haupteingang. Dann gab er das letzte Signal und die Tür wurde aufgesprengt.

Er stürmte hinein, seine Waffe gezogen und von Agenten umgeben. Im Lagerhaus war alles dunkel und es roch muffig. Jacob zog ein Nachtsichtgerät heraus und sah sich schnell zwischen den Regalen um.

»Alles klar!«, rief jemand.

»Alles klar!«, kam das Echo von einer anderen Stimme.

Jacob sah oder hörte nichts. Was war los? »Lagebericht«, rief er.

»Hierher!«, antwortete einer der Agenten.

Jacob lief zu dem Kollegen. »Wir brauchen einen Arzt!«

Er ging in die Hocke. Jemand richtete das helle Licht einer Stablampe auf einen Körper, der in einer Blutlache lag. Ein Blick und Jacob wusste, dass es sich um Willow Steele handelte.

Er fühlte nach einem Puls und fand ihn, wenn auch schwach. Man hatte Vivs Schwester die Kehle durchgeschnitten, aber sie war noch am Leben. Es war eine ganz frische Wunde, was bedeutete, dass Mark – oder wer auch immer das getan hatte – noch in der Nähe war.

»Das Team soll ihn verfolgen. Er kann noch nicht weit sein.« Jacob rief noch einige Anweisungen, während einer der Agenten versuchte, die Blutung zu stillen, und die Sanitäter herbeiströmten.

Bitte, Herr, lass Willow nicht sterben.

* * *

Wie ein gefangener Tiger lief Viv immer noch im Erdgeschoss des Hauses auf und ab. Agent Marino war so schlau, nichts dazu zu sagen, auch wenn sie sicher war, dass sie ihn wahnsinnig machte. Was sollte sie auch sonst machen?

Das Telefon des Agenten klingelte und Viv wandte sich um in der Hoffnung auf ein Update. Als sie Marinos Gesichtsausdruck sah, zog sich ihr Magen zusammen. Das konnten keine guten Neuigkeiten sein.

Er legte auf, trat zu Viv und packte sie am Arm. »Wir müssen los. Sofort.«

»Was ist passiert?« Sie hatte Angst vor der Antwort.

»Ich erkläre Ihnen alles im Wagen.«

Sie hatten noch nicht die Küchentür erreicht, als zwei Schüsse die Stille zerrissen. Marino brach zusammen und Viv schrie auf. Der Agent war in den Kopf getroffen worden. Bevor sie noch etwas tun konnte, wurde sie von starken Armen gepackt und Finger gruben sich in ihre Haut.

Sie kämpfte gegen den Klammergriff und erkannte den Angreifer. Mark!

»Wo ist meine Schwester?« Viv wehrte sich, so gut sie konnte.

Marks Griff wurde noch fester, als er sie durch die Wohnung zerrte. »Ich habe ihr die Kehle durchgeschnitten.«

Viv sog scharf die Luft ein. Bluffte er oder war das sein Ernst? Sie machte sich steif und drückte die Fersen in den Teppich. »Hast du nicht.«

Er blieb stehen und sah auf sie hinunter. »Doch. Kurz bevor deine Freunde gekommen sind, damit sie zusehen können, wie dein Schwesterlein verblutet. Ich bin sicher, inzwischen ist sie tot.«

Glühende Wut überwältigte Viv und sie kämpfte mit allem, was sie hatte. Es gelang ihr, sich loszureißen, und sie versuchte, in die andere Richtung zu entkommen, aber Mark rang sie zu Boden.

Viv trat und kreischte, aber Mark war stärker als sie. Und er hatte eine Waffe. Aber er hatte sie noch nicht getötet und das bedeutete, dass er sie lebend brauchte.

Ein Adrenalinstoß durchfuhr Vivs Körper. Mit aller Wucht stieß sie Mark ihr Knie in die Lendengegend. Er stöhnte. Sie riss sich erneut los und rannte in die Küche, wo sie ein Messer aus der Schublade zog. Aber er war schon wieder über ihr. Sie schlug um sich und rammte ihm das Messer in den Arm.

Mark fluchte, als Blut über seinen Arm lief, aber die Wunde war nicht tief genug, um ihn aufzuhalten. Schnell packte er Vivs Handgelenk und drückte so fest zu, dass sie gezwungen war, das Messer auf den Küchenboden fallen zu lassen.

Er schlang einen Arm um Vivs Taille und zog sie in den Flur, der zur Haustür führte. »Bei deiner Schwester hat die CIA vielleicht nicht gespurt, aber ich denke, bei einer ihrer eigenen Agentinnen werden sie schon reagieren.«

Sie schüttelte den Kopf. »Du irrst dich, Mark. Ich bin nicht bei der CIA. War ich nie.«

Er zog sie fester an sich, sodass sein Gesicht sich ganz nah an ihrem befand. »Du kannst mit der Schauspielerei aufhören, Viv. Ich weiß, dass du Agentin bist, und mit deiner Hilfe werde ich Ali und die anderen freibekommen.«

Viv musste Zeit schinden. Hatte Mark den anderen Personenschützer vor der Tür auch getötet? Sie befürchtete das Schlimmste. »Ich komme nicht mit!«

Mark lachte und sah sie verächtlich an. »Du hast keine Wahl. Du entscheidest nur, ob es eine schmerzhafte Erfahrung wird oder nicht.«

»Hast du meinen anderen Bodyguard auch getötet?«

»Jetzt guck nicht so empört, Viv. Auf naiv machen zieht wirklich nicht mehr. Ich weiß, womit du deine Brötchen verdienst.«

Auch wenn Marks Finger sich jetzt noch tiefer in ihren Arm bohrten, würde sie ihm nicht die Genugtuung geben aufzuschreien. »Du bist es, der die schmerzliche Erfahrung machen wird, dass ich nicht bei der CIA bin – der Regierung bin ich genauso egal wie meine Schwester.«

»Offensichtlich können sie auf dich nicht verzichten, sonst würden sie sich nicht so viel Mühe geben, dich zu beschützen – auch wenn ihnen das nicht gelungen ist. Dein persönlicher Leibwächter ist auch nirgends zu sehen, oder? Ach ja. Der arme Jacob dreht sich im Kreis, während ich hier bei dir bin.«

»Wie hast du mich gefunden?« *Er muss weiterreden. Ich brauche Zeit, Zeit, Zeit.*

»Jeder hat seinen Preis.«

Viv stockte der Atem. Das Leck musste also bei der Behörde sein. Sie wusste, dass ihre Chancen von Sekunde zu Sekunde schwanden. So war das also. Sie würde jetzt sterben und danach wieder mit ihren Schwester vereint sein. Und mit ihren Eltern. »Du hast damals den Überfall auf mich arrangiert, oder? Warum hast du dir diese Mühe gemacht?«

Er sah sie prüfend an. »Du warst überhaupt nicht Teil des Plans, bis du in die ägyptische Botschaft spaziert bist. Als wir wussten, wer du bist und dass du die CIA-Agentin bei dem Gefangenenaustausch gewesen warst, haben wir eine wertvolle Gelegenheit gesehen, unsere Operation auszuweiten. Wie es aussieht, hat das Risiko sich mehr als ausgezahlt, denn du wirst dafür sorgen, dass ich meine Männer zurückbekomme.«

»Warum machst du das alles? Warum tötest du unschuldige Menschen?« Das war etwas, das sie wirklich wissen wollte.

Er legte eine Hand um ihre Kehle. »Du bist nicht unschuldig. Guck dir doch an, wie viel Schaden die CIA angerichtet hat. Die Drohnenangriffe, bei denen Unschuldige umkommen. Die Kriege, die dein Land führt, bei denen Unschuldige umkommen. Komm mal von deinem hohen Ross runter!«

»Ich gebe zu, dass wir als Land Fehler gemacht haben, aber Unrecht wird nicht durch neues Unrecht wiedergutgemacht.« Viv überlegte krampfhaft, was sie noch sagen sollte, aber bevor sie weiterreden konnte, ertönten laute Stimmen im Haus.

Mark fuhr herum und zog Viv dicht an sich. Im selben Moment spürte sie, wie er die Waffe an ihre Schläfe drückte.

Sie schrie und auf einmal war der Raum voller FBI-Agenten. Ganz vorne stand Jacob mit gezogener Waffe.

Er machte einen Schritt auf Mark und Viv zu. »Ihre Zeit ist

abgelaufen, Joubert. Lassen Sie Viv gehen, dann bleiben Sie am Leben.«

Marks Griff wurde noch fester. »Kommt nicht infrage. Ihr lasst uns unbehelligt von hier abziehen. Und wenn du sie dann wiedersehen willst, musst du dafür sorgen, dass die CIA die anderen Gefangenen aushändigt. Nicht nur Ali, sondern alle, die ihr aus Ägypten weggebracht habt.«

Viv konnte kaum atmen, so fest war Marks Griff. Jacob hatte gesagt, er sei ein ausgebildeter Scharfschütze. Er würde es schaffen. Daran hatte sie keinen Zweifel.

Sie sprach im Stillen ein kurzes Gebet. Dann suchte sie Jacobs Blick und signalisierte mit lautlosen Lippenbewegungen: *Mach schon.* Sie hielt die Luft an und verhielt sich so ruhig wie möglich, weil sie wusste, dass jede noch so kleine Bewegung für sie lebensgefährlich sein konnte.

Ein, zwei Sekunden verstrichen und Viv glaubte schon, Jacob würde nicht schießen, doch dann hörte sie das Geräusch. Sie atmete aus und fragte sich, ob sie noch am Leben war, aber als Marks Griff sich lockerte, wandte sie sich um und sah ihn zu Boden sinken. Tot. Jacobs Kopfschuss war erstaunlich genau gewesen.

Jacob war sofort bei ihr. »Bist du okay?«

»Ja, und das habe ich nur dir zu verdanken.« Viv versuchte, ruhig zu atmen, um nicht zu hyperventilieren. »Meine Schwester! Wo ist Willow?« Sie packte Jacobs Arme und betete, dass Mark nur geblufft hatte.

Jacob runzelte die Stirn. »Sie ist im Krankenhaus.«

»Sie lebt also?«, flüsterte Viv.

»Gerade noch.«

»Ich muss sie sehen. Bitte. Wir müssen zu ihr.« Sie blickte ihn flehend an.

Er nickte und legte den Arm um sie. »Gehen wir.«

* * *

»Sprich mit mir.« Jacobs Blick war auf die Straße gerichtet, aber er musste sich vergewissern, dass es Viv gut ging. Eine FBI-Eskorte folgte im Wagen hinter ihnen, während sie auf dem Weg zum Krankenhaus waren.

»Nein, du zuerst. Was ist passiert? Du hast mich einfach zurückgelassen!«

Er hatte gewusst, dass ihr das zu schaffen machen würde. »Du hast allen Grund, wütend zu sein. Alle waren der Meinung, dass wir dich so am besten beschützen könnten, und ich habe nicht widersprochen.«

Viv seufzte laut. »Layla wollte es auch so?«

»Zuerst nicht. Sie hat bis zum Schluss für dich gekämpft, aber selbst, wenn sie nicht einverstanden gewesen wäre, hätten die Direktoren über ihren Kopf hinweg entschieden. Das Wichtigste ist jetzt, dass du und Willow noch am Leben seid. Ich weiß, dass du mir böse bist, aber es war zu dem Zeitpunkt die beste Entscheidung.« Er zögerte. »Ich habe diese Entscheidung mitgetragen, weil ich nicht wollte, dass du stirbst. Ich konnte dich nicht verlieren. Nicht, nachdem ich jeden anderen Menschen verloren habe, der mir etwas bedeutet hat.« Jacob merkte, dass seine Stimme zitterte.

»Oh, Jacob«, sagte Viv leise. »Mir geht es gut. Das habe ich dir zu verdanken.«

»Wir hätten es beinahe nicht rechtzeitig zu dir geschafft.«

Aber nur beinahe. »Erzähl mir von Willow, was passiert ist.«

Jacob holte tief Luft und überlegte, wie er es beschreiben sollte.

Doch Viv sprach zuerst. »Mark hat mir erzählt, er hätte ihr die Kehle durchgeschnitten.«

»Das hat er auch. Aber wir waren schnell genug dort, um zu verhindern, dass sie verblutet. Ich glaube, Mark kannte sich damit nicht aus, und das hat deiner Schwester vielleicht das Leben gerettet. Aber ich muss dich warnen. Sie hat trotzdem sehr viel Blut verloren. Ich weiß nicht, wie es ihr jetzt geht.«

»Und genau deshalb muss ich zum Krankenhaus.« Viv berührte

seinen Arm. »Ich bin unendlich froh darüber, dass du dort warst, um ihr zu helfen. Ich kann und will mir ein Leben ohne meine Schwester einfach nicht vorstellen.«

»Und ich bin froh darüber, dass ich rechtzeitig bei ihr und bei dir war. Was hat Mark dir gesagt?«

»Er dachte, die CIA würde die Gefangenen gegen mich austauschen. Deshalb hat er mich nicht sofort getötet. Er war hundertprozentig davon überzeugt, dass ich CIA-Agentin bin.«

Jacob stieß einen leisen Pfiff aus. »Er ist tot. Er kann dir und Willow nichts mehr tun.«

»Aber was ist mit Omar Hassan?«, fragte sie.

»Er hatte vor deinem Versteck für Mark Wache gestanden und wurde verhaftet, insofern kannst du aufatmen, was ihn betrifft. Denk jetzt nicht darüber nach. Die anderen werden sich darum kümmern, damit du dich ganz auf Willow konzentrieren kannst.«

»Ich weiß«, erwiderte Viv. »Ich bete nur, dass sie es schafft. Ich darf sie nicht verlieren.« Ihre Stimme brach.

Jacob ließ eine Hand am Lenkrad liegen und streckte die andere aus, um Vivs Hand zu drücken. »Wir sind schon so weit gekommen, Viv. Gib die Hoffnung nicht auf.«

»Du hast recht. Ich will dir auch dafür danken, dass du mir das Leben gerettet hast. Ich bin nicht mal sicher, was ich anschließend gesagt habe.«

»Du hast unter Schock gestanden. Verständlicherweise.«

»Danke, dass du das Risiko eingegangen bist und geschossen hast.«

»Hattest du Angst, ich würde es nicht tun?«

»Nein. Ich habe die Gewissheit in deinen Augen gesehen. Du bist ein SEAL. Und du hast mir gleich zu Anfang erzählt, dass du Scharfschütze bist, daran habe ich mich erinnert. Ich wusste, dass du ihn treffen würdest. Ich hatte nur Sorge, dass ich nicht still genug stehen könnte.« Sie seufzte. »Nie im Leben hätte ich mir so einen Albtraum ausmalen können. Ich kann noch gar nicht fassen, dass Mark wirklich tot ist.«

»Das ist er. Du musst keine Angst mehr haben, dass er dir etwas antun kann. Ich weiß, dass du dir Sorgen um Willow machst, aber wir gehen einen Schritt nach dem anderen, okay?«

Viv sah zu ihm hinüber. »Ich habe es dir nicht gerade leicht gemacht. Das tut mir leid. Mir ist klar, dass du mich mit allem, was du getan hast, nur beschützen wolltest.«

»Das ist auf jeden Fall so. Als ich in das Versteck kam und dich im Griff dieses Ungeheuers gesehen habe, hat mich eine Angst gepackt, die ich kaum beschreiben kann.« Wahrscheinlich war er ihr gegenüber zu offen, aber Jacob wollte unbedingt, dass sie ihn verstand.

»Du hast aber völlig cool gewirkt.«

»Das liegt an meinem Training. Innerlich habe ich total rot gesehen. Ich wusste, dass Mark dich bedroht hat, und musste ihn aufhalten. Ich wollte dich in die Arme nehmen und dich vor den Gefahren beschützen, die von allen Seiten auf dich zukamen. Dinge, die du einfach nicht verdient hast. Du hast schon so viel geopfert.«

»Solange Willow am Leben ist, habe ich das Gefühl, dass ich weiterkämpfen kann.«

»Wir sind gleich beim Krankenhaus.« Jacob betete, dass Willow noch lebte, wenn sie dort ankamen.

KAPITEL 24

Delaney war von Jeff King nicht gerade mit offenen Armen empfangen worden, aber davon ließ sie sich nicht beeindrucken. Sie hatte Weston angerufen und gemeinsam betraten sie Jeffs Krankenhauszimmer in der Notaufnahme.

»Wer hat denn versucht, mich umzubringen?«, fragte Jeff.

»Ich vermute, das war Sergej Popow«, erwiderte Delaney.

Jeff schüttelte den Kopf. »Kann nicht sein. Der ist doch in Brüssel.«

Dies war der Zeitpunkt, um ihn ernsthaft in die Mangel zu nehmen. »Nach unseren Kenntnissen hält er sich zurzeit in den USA auf.«

Jeff riss die Augen auf. »Meinen Sie das ernst?«

»Todernst.« Delaney zögerte. »Ich weiß, dass Sie meinten, Sie hätten uns nichts weiter zu sagen, aber ich hatte die Hoffnung, dass Sie Ihre Meinung geändert haben.«

»Ich verstehe nicht, was das eine mit dem anderen zu tun haben soll«, gab Jeff zurück.

»Sie glauben nicht, dass Popow Sie töten wollte, weil Sie die Frau ermordet haben, die er geliebt hat?«

Jeff starrte Delaney an. »Das ist doch absurd.«

»Ist es das?«, schaltete Weston sich ein.

Delaney beschloss, den Druck weiter zu erhöhen. »Popow hatte keinen Erfolg, aber ich bin sicher, er wird es noch einmal versuchen.«

»Was? Wollen Sie einfach zusehen, wie er mich abknallt?« Jeffs Stimme klang panisch.

»Natürlich nicht«, antwortete Delaney. »Wir werden Sie durch das FBI rund um die Uhr beschützen, aber ich erwarte, dass Sie uns die Wahrheit sagen.«

King warf ihr einen finsteren Blick zu. »Ohne meinen Anwalt will ich nicht mit Ihnen reden.«

Delaney stand auf. »Natürlich. Ihr Personenschutz steht vor der Tür. Sie wissen, wo wir sind, wenn Sie reden wollen.« Sie wandte sich zum Gehen.

»Und Sie sind sicher, dass draußen jemand steht, der mich beschützt?«, fragte Jeff.

»Ja. Wir werden tun, was in unserer Macht steht, um für Ihre Sicherheit zu sorgen, egal, ob Sie das Richtige tun oder nicht.«

* * *

Viv eilte ins Krankenhauszimmer ihrer Schwester, während Jacob auf dem Flur wartete, gemeinsam mit den Personenschützern, die sie im Krankenhaus stationiert hatten. Viv war erleichtert, als sie einen Arzt neben Willows Bett stehen sah.

Der Arzt drehte sich um, als sie den Raum betrat. »Ich glaube, ich weiß, wer Sie sind.« Er lächelte müde.

»Wie geht es Willow?« Viv sah ihre Schwester an, die in ihrem Bett an verschiedene Maschinen angeschlossen war.

»Sie kann von Glück sagen, dass sie überhaupt noch am Leben ist. Eine Minute länger ohne Behandlung und sie wäre wahrscheinlich nicht hier.«

Viv sog scharf die Luft ein, als ihr das ganze Ausmaß der Situation mit einem Schlag bewusst wurde.

»Sie ist noch nicht völlig über den Berg, aber zum Glück hat die Schnittwunde nichts Wichtiges beschädigt – auch wenn Ihre Schwester dadurch viel Blut verloren hat –, denn der Angreifer hat die Halsschlagader nicht getroffen.«

»Wann wird sie aufwachen?«

»Das könnte sie jederzeit, aber ich möchte sie in den ersten vierundzwanzig Stunden so weit wie möglich ruhigstellen.«

»Kann ich mit ihr reden?«

»Natürlich. Wahrscheinlich wird sie nicht reagieren, aber wenn sie wach wird, klingeln Sie bitte nach einer Pflegekraft und lassen Sie Ihre Schwester nicht viel reden.«

Viv nickte. Sie verstand, dass Willow sich schonen musste, aber sie wollte trotzdem einen Augenblick mit ihrer Schwester allein sein. Der Arzt ging. Viv setzte sich an ihr Bett und nahm ihre Hand.

»Ich bin's, Willow. Mir tut schrecklich leid, was geschehen ist, und es ist alles meine Schuld. Ich liebe dich mehr als alles andere auf der Welt und werde dafür sorgen, dass dir nichts Böses mehr zustößt. Das verspreche ich dir.« Tränen liefen über ihre Wangen, als Viv ihre Zwillingsschwester und den dicken Verband um ihren Hals betrachtete.

»Zusammen schaffen wir das, kleine Schwester.« Auch wenn sie nur ein paar Minuten älter war, hatte sie doch das Gefühl, dass sie für Willow sorgen musste. Es gab nur noch sie beide und sie würde ihrer Schwester helfen, was auch immer dazu nötig war. »Ich liebe dich, Willow.«

Die Lider ihrer Schwester flatterten kurz und Viv sah Angst in ihren Augen. Willow versuchte, sich zu bewegen.

Viv betätigte den roten Knopf, um die Krankenschwester zu alarmieren, und versuchte, ihre Schwester zu beruhigen. »Ich bin's, Willow. Du bist jetzt in Sicherheit. Du bist im Krankenhaus. Und du wirst wieder gesund. Verstehst du, was ich sage?«

Willows Augen waren weit aufgerissen, aber sie nickte.

Viv hielt die Hand ihrer Schwester mit beiden Händen. »Sie werden dir jetzt was geben, damit du weiterschlafen kannst. Du hast eine Schnittwunde am Hals und jede Menge Blut verloren. Du wirst Schmerzen haben, deshalb geben wir dir etwas, damit du noch eine Weile schläfst, bis die Schmerzen nachlassen.«

»Angst«, flüsterte Willow.

Viv schüttelte den Kopf. »Jetzt kann dir niemand mehr was tun. Versprochen. Der Mann, der das getan hat, ist tot. Wir haben Personenschutz vor der Tür stehen.« *Und an mir käme sowieso niemand vorbei.* »Versuch, nicht mehr zu sprechen. Mach einfach die Augen zu.«

»Tut weh«, flüsterte Willow wieder.

Wie auf Kommando kam die Krankenschwester herein. »Schön, dass Sie wach sind, Willow.«

»Ja, aber sie hat Schmerzen«, erklärte Viv. »Und es scheint, als könnte sie nur flüstern.«

»Sie hat eine schwere Verletzung am Hals. Das wird mit der Zeit besser.« Die Schwester füllte ein Medikament in den Tropf.

Willows Augen schlossen sich wieder und Viv atmete erleichtert auf.

»Ich bin mir sicher, dass Ihre Schwester es schaffen wird«, sagte die Krankenschwester. »Ich beobachte sie schon, seit sie eingeliefert wurde. Sie ist eine Kämpfernatur.«

Viv konnte die Tränen nicht länger zurückhalten. Mitfühlend nahm die Krankenschwester sie in den Arm.

»Kann ich hierbleiben?« Viv wischte sich das Gesicht trocken.

»Ja, aber jetzt, nachdem Sie einmal mit ihr gesprochen haben, wecken Sie sie bitte nicht. Wenn sie von allein wach wird, können Sie sehen, wie es ihr geht, und die diensthabende Kollegin rufen, aber was ihr Körper jetzt vor allem braucht, ist Schlaf.«

»Vielen, vielen Dank.« Viv wusste die Freundlichkeit der Frau zu schätzen. Die Bestätigung, dass Willow wahrscheinlich überleben würde, war beinahe mehr, als Viv verkraften konnte. Sie sank wieder auf den Stuhl neben ihrer Schwester und brach erneut in Tränen aus.

* * *

Am nächsten Nachmittag kam der große Durchbruch in den Ermittlungen, auf den Delaney und ihre Kollegen schon so lange warteten. Endlich hatte Agent Miller eine Spur zu einem Dealer, der auf der Straße genau die Version des Fentanyls verkaufte, mit der die Botschafterin umgebracht worden war. Wenn der Dealer Jeff King eindeutig als Käufer identifizierte, konnte Delaney die Handschellen zuschnappen lassen.

Weston und sie warteten in einem der Konferenzräume des FBI darauf, dass Agent Miller mit dem Dealer erschien.

Nach einigen Minuten betrat Miller den Raum, begleitet von einem untersetzten weißen Mann in den Dreißigern, der sich als Lenny O'Shea vorstellte.

Lenny setzte sich. »Bevor ich irgendwas sage, will ich sicher sein, dass mich niemand für die Sache verantwortlich macht. Das hat Agent Miller zwar schon gesagt, aber ich will es schriftlich.«

Delaney und Weston waren für diesen Fall vorbereitet und hatten bereits eine Zusicherung der Staatsanwältin bekommen, dass in Bezug auf den Mord keine Anklage gegen den Mann erhoben werden würde. Delaney schob ihm das entsprechende Papier über den Tisch zu. »Lesen Sie es sich in Ruhe durch.«

Nachdem er einige Minuten auf das Blatt gestarrt hatte, blickte Lenny zu Delaney auf. »Okay. Ich werde reden. Ich betreibe meine Nebentätigkeit von meiner Werkstatt aus. Ich muss sicher sein, dass keiner meiner Angestellten in die Sache reingezogen wird.«

»Kein Problem. Hier geht es nur um Sie und das, was Sie gesehen haben.« Delaney wollte keinen Augenblick verschwenden und öffnete eine Mappe mit mehreren Bildern von Jeff King. Diese Fotos schob sie Lenny zu. »Erkennen Sie diesen Mann?«

Lenny sagte zunächst nichts, sondern starrte nur auf die Bilder.

Sie wollte ihn nicht bedrängen. Er musste ohne ihre Einmischung reagieren, wenn diese Identifizierung funktionieren sollte.

Endlich sah Lenny auf. »Ja. An den erinnere ich mich.«

»Hat er Ihnen seinen Namen genannt?«, fragte Delaney.

Lenny lachte. »In meiner Branche tauschen wir keine Daten aus. Die Leute wollen anonym bleiben.«

»Aber er war einer Ihrer Kunden?«

Lenny nickte. »Ja.«

»Wie hat er bezahlt?«

»Cash. So wie alle anderen.«

Delaney holte tief Luft. »Ich vermute, er hat Ihnen nicht gesagt, was er mit dem Fentanyl vorhatte, das er von Ihnen gekauft hat?«

Lenny beugte sich vor. »Nö. Und ich hab auch nicht gefragt. Mach ich nie. Ist schlecht fürs Geschäft.«

Sie durfte sich kein Urteil über den Drogendealer erlauben. Ihre oberste Priorität war Jeff King. »Wann war das?«

»Maximal vor einem Monat. Aber ich habe ihn zwei Mal gesehen.«

»Wie bitte?«, schaltete Weston sich ein.

Lenny lehnte sich zurück. »Ja. An dem Tag, als er bei mir war, hatte ich kein Fentanyl in Pulverform. Nicht lieferbar sozusagen. Also musste ich schnell Nachschub besorgen. Ich hab gesagt, er soll mir zwei Tage geben. Dann kam er wieder und ich hatte besorgt, was er wollte, also hat er mir für die schnelle Lieferung einen besonders guten Preis gezahlt.«

»Würden Sie unter Eid aussagen, dass der Mann, den Sie beschreiben, der Mann auf diesem Foto ist?«

Lenny nickte. »Wenn meine Immunität garantiert ist, würde ich das, ja.«

Delaney atmete tief durch. Wenn das klappte, würde Lennys Zeugenaussage vielleicht reichen, um Jeff das Geständnis zu entlocken, dass er seine Frau umgebracht hatte.

KAPITEL 25

Die letzten zwei Tage waren an Viv vorbeigezogen wie ein Nebel. Es war Montagnachmittag und sie saß immer noch am Krankenhausbett ihrer Schwester. Aber die Neuigkeiten waren rundum positiv. Willow hatte das Schlimmste überstanden und die Ärzte redeten sogar schon davon, sie möglicherweise am Ende der Woche zu entlassen.

»Warum warst du überhaupt in den USA, Willow?«, fragte Viv.

Willow seufzte. »Ich wusste, dass etwas nicht stimmte, dass du mir etwas verschweigst. Ich hatte einfach Angst, du könntest in Gefahr sein. Und da hatte ich ja wohl auch recht.«

»Es tut mir schrecklich leid, dass du in die Sache reingezogen worden bist.« Viv wusste nicht, wie sie sich das jemals verzeihen sollte.

Willow schüttelte den Kopf. »Nein, mach das nicht, Schwesterlein. Gib dir bloß nicht die Schuld daran. Schuld sind nur die Terroristen, die das getan haben, nicht du.«

Viv ließ den Kopf hängen. »Ich wünschte, es wäre so einfach, aber ich fühle mich einfach verantwortlich.«

»Ich weiß und deshalb sage ich dir, dass du das nicht sollst. Lass es um meinetwillen los, denn mich belastet das sonst auch. Ich mache mir Sorgen um dich. Du hast in den letzten Wochen unglaublich viel durchgemacht. Mir ist völlig schleierhaft, wie du das geschafft hast. Du bist so stark und tapfer. Ich bin total stolz auf dich. Du hast alles gegeben, obwohl du es nicht musstest.«

Viv hatte ihrer Schwester in den vergangenen Stunden Stück für Stück vieles von dem erzählt, was geschehen war.

»Du musst wirklich gnädiger mit dir selbst sein«, sagte Willow. »Überleg doch mal, wie mutig du bist. Die Männer, die uns das alles angetan haben, können uns nicht mehr gefährlich werden. Du solltest erst mal richtig durchatmen.«

Viv war dankbar für die Worte ihrer Schwester. Niemand kannte sie so wie Willow. »Danke, dass du mich verstehst.«

»Das ist mein Job.« Willow lächelte. »Ich will aber immer noch mit Jacob reden. Ich weiß, dass er es war, der mir das Leben gerettet hat.«

»Er kommt gleich. Ich habe ihm gesagt, dass du mit ihm sprechen musst.«

Willow zog eine Augenbraue hoch. »Du bist ziemlich verliebt in ihn, oder?«

Viv seufzte. »Ja, aber das ist alles nicht so einfach.«

Willow drückte ihre Hand. »Glaub mir, das eine habe ich in den letzten Tagen gelernt: Jeder Tag ist ein Geschenk, das wir nutzen sollen, und wir dürfen keine Angst davor haben, das Risiko der Liebe einzugehen. Ich will nicht, dass die Ereignisse dir das nehmen, denn du warst immer die Romantikerin in unserer Familie. Lass nicht zu, dass die Angst dich zurückhält.«

Die Worte ihrer Schwester trafen Viv zutiefst. »Ich weiß nicht, was er dazu sagen wird.«

»Wieso fragst du ihn nicht?«

»Wir reden, wenn du wieder auf den Beinen bist.«

Willow schüttelte den Kopf. »Keine Ausreden – schon gar nicht meinetwegen.«

Es klopfte an der Zimmertür, und als Viv sich umdrehte, sah sie Jacob im Türrahmen stehen.

Er trat ein und sah Willow an. »Wie geht es dir?«

»Es geht schon wieder ganz gut und nur deinetwegen bin ich überhaupt noch am Leben. Die Ärzte sagen, dass die Schmerzen nur vorübergehend sind. Ich kann dir gar nicht genug danken.«

»Es freut mich, dass es dir besser geht«, erwiderte Jacob.

»Ich möchte dich aber um noch etwas bitten«, sagte Willow.

»Jederzeit. Du brauchst es nur zu sagen«, antwortete Jacob.

»Bitte bring meine Schwester hier raus. Sie ist seit Freitagnacht hier.«

»Ich lasse dich nicht allein, Willow«, protestierte Viv.

»Oh doch, das wirst du. Du musst dich ausruhen. Mir geht es gut. Ehrlich. Bitte geh nach Hause, schlaf, iss was, stell dich unter die Dusche.« Sie zog eine Augenbraue hoch. »Du brauchst eine.«

Über die letzte Bemerkung ihrer Schwester musste Viv lachen. »Ich habe verstanden.«

Jacob legte eine Hand auf Vivs Schulter. »Ich kann dich fahren.«

Am Ende lenkte Viv ein, weil sie wusste, dass sie unbedingt ein paar Stunden Schlaf und eine heiße Dusche brauchte.

Sie verabschiedete sich von ihrer Schwester und verließ mit Jacob das Zimmer. Auf dem Weg zu ihrer Wohnung redeten sie nicht viel.

»Ich weiß, dass es albern ist, aber kannst du kurz meine Wohnung überprüfen, bevor du gehst?«, fragte sie.

»Ich gehe nicht.«

»Wie meinst du das?«

»Du solltest jetzt nicht allein sein. Ich will, dass du schläfst, ohne dir Sorgen zu machen.«

Vivs Herzschlag beschleunigte sich. »Aber du hast doch gesagt, dass die Gefahr gebannt ist.«

»Das ist sie auch, aber ich weiß, dass du dir trotzdem Sorgen machen wirst, und das ist auch völlig normal.«

»Danke.« Sie würde das Angebot nicht ausschlagen. Nicht in diesem Augenblick.

Nachdem sie etwa vier Stunden geschlafen und lange unter der heißen Dusche gestanden hatte, fühlte Viv sich endlich wieder wie ein Mensch. Sie öffnete die Tür zum Wohnzimmer und sah, dass Jacob auf dem Sofa schlief. Wie er so dalag, wirkte er ganz friedlich, aber Viv wusste, dass er ein Kämpfer war und sich nicht unterkriegen ließ. Und er war ihr Held – er hatte sowohl ihr als auch ihrer Schwester das Leben gerettet.

Viv sah ihn liebevoll an. Sie sah in ihm weit mehr als nur ihren Beschützer.

»Ich merke, dass du mich beobachtest.« Jacob öffnete die Augen.

»Sorry, ich wollte dich nicht stören.«

»Du störst mich nicht. Ich habe nur kurz die Augen zugemacht. Wie hast du geschlafen?«

»Gut. Es ist erstaunlich, was ein bisschen Schlaf und eine heiße Dusche bewerkstelligen können.«

»Aber du musst auch was essen«, ermahnte er sie.

»Können wir zuerst reden?«

Er stand vom Sofa auf und ging zu ihr. »Klar. Was hast du auf dem Herzen?«

»Uns.« Sie hob die Hand. »Und bevor du anfängst, deine acht Millionen Gründe abzuspulen, warum du findest, dass wir beide zusammen keine gute Idee sind, darf ich bitte was sagen?«

Er lächelte. »Ich höre.«

»Ich weiß, dass du noch immer mit deiner Vergangenheit ringst, und nach allem, was ich in den letzten Tagen erlebt habe, bin ich sicher, dass ich auch noch jahrelang die Auswirkungen davon spüren werde. Aber ich sehe das so: Ich will das alles mit dir zusammen bearbeiten. Ich möchte die Frau an deiner Seite sein und dir helfen – und ich möchte, dass du ebenso für mich da bist. Ja, ich werde ganz sicher nicht mit allem einverstanden sein, aber ich glaube fest daran, dass unsere Beziehung eine tragfähige Basis hat. Dass wir letzten Endes die gleichen Dinge wollen und dieselben zentralen Werte haben.«

»Bist du fertig?« Jacob nahm ihre Hände.

Viv lächelte. »Das hängt von deiner Reaktion ab.«

»Ich will dir nichts vormachen, Viv. Vor Freitagabend hatte ich mir eine Menge Dinge zurechtgelegt, die ich dir sagen wollte. Weil ich dich davon überzeugen wollte, dass wir nicht zusammenpassen. Aber nachdem ich dich beinahe verloren habe, sehe ich das anders. Auch wenn ich es nicht gerne zugebe, Viv, glaube ich, dass du wirklich gut für mich bist. Ich mache mir immer noch Sorgen, dass *ich* nicht gut genug für *dich* bin, aber mir ist klar geworden, dass ich mich auf dich verlassen muss und darauf, dass du sagst, was du willst.«

Viv spürte, dass ihr die Tränen kamen. »Du weißt, was ich will, Jacob. Ich … ich liebe dich.«

Jacob beugte sich vor und wischte sanft die Tränen von ihrem Gesicht. »Ich will nicht in eine Welt zurück, in der ich dich nicht kenne, Viv. Du bist das Licht in meiner Dunkelheit. Ich weiß, dass es eigentlich zu früh ist, das zu sagen, aber ich will mich nicht verstellen. Denn ich weiß, wie schnell alles vorbei sein kann. Ich … ich liebe dich auch.«

Jacob zog sie in seine Arme und küsste sie. Und in diesem Moment hatte Viv das Gefühl, als würde ihr Herz vor Glück zerspringen.

* * *

Delaneys Puls hämmerte heftig, während sie auf und ab schritt und darauf wartete, dass Jeff King mit seinem Anwalt in der FBI-Zentrale eintraf. Ihr Adrenalinspiegel war mit Sicherheit schwindelerregend hoch. Als sie die Information erhielt, dass Jeff King und Gerard Newton im Befragungsraum warteten, wusste sie, dass der Zeitpunkt gekommen war, um Nägel mit Köpfen zu machen.

Zusammen mit Weston betrat sie den Raum. Diesmal war sie im Besitz von äußerst belastenden Beweisen. Die alles entscheidende Frage war, wie hart die Bandagen waren, mit denen die beiden Männer kämpften. Delaney konnte es kaum erwarten, Jeffs Reaktion zu sehen, wenn er mit der Wahrheit konfrontiert wurde.

Noch bevor sie etwas sagen konnte, ergriff Newton das Wort. »Agent O'Sullivan, ich werde nicht zulassen, dass Sie meinen Mandanten ständig belästigen. Es ist reines Entgegenkommen, dass wir hier sind. Das muss ich gleich zu Anfang klarstellen. Wenn Sie wieder mit irgendwelchen absurden und unbegründeten Anschuldigungen kommen, werden wir gehen.«

»Ich glaube, Sie werden mir gleich zustimmen, dass nichts von dem, was ich Ihnen zeigen werde, absurd und unbegründet ist.« Jetzt, wo sie tatsächlich Beweise hatten, die King mit dem Mord in Verbindung brachten, brauchte Delaney keine Spielchen mehr zu spielen.

Der Anwalt sah sie misstrauisch an. »Wie meinen Sie das?«

Delaney spürte Nervosität in sich aufsteigen und ballte die linke Hand unter dem Tisch zur Faust, um sich zu beruhigen. »Wir haben neue Beweise, die wir mit Ihrem Mandanten besprechen müssen.«

»Was für neue Beweise?«, fragte Newton.

Delaney schlug die Aktenmappe auf, die vor ihr lag. »Dies ist eine eidesstattliche Erklärung von Lenny O'Shea.«

Newton setzte seine Brille auf und sah sich das Papier an. »Wer ist Lenny O'Shea und was hat er mit meinem Mandanten zu tun?«

Sie warf einen Blick zu Jeff hinüber, der sich jedoch nichts anmerken ließ. Er trug seinen Arm in einer Schlinge und am Halsausschnitt seines Hemdes konnte Delaney einen Schulterverband herauslugen sehen. Sie hoffte, dass Popow seinen persönlichen Rachefeldzug beenden würde, sobald das FBI Jeff in Gewahrsam hatte.

»Sie können sich alles gerne in Ruhe ansehen, aber kurz gesagt, ist Mr O'Shea bereit auszusagen, dass Ihr Mandant von ihm Fentanyl gekauft hat. Die gleiche Sorte Fentanyl, die bei der toxikologischen Untersuchung von Botschafterin King gefunden wurde. Dasselbe Fentanyl, das die Frau Ihres Mandanten getötet hat.«

Gerard Newton räusperte sich. »Sie verlassen sich also auf die Aussage eines Drogendealers gegen meinen Mandanten, einen sehr angesehenen Mann, der sich noch nie etwas hat zuschulden kommen lassen und der natürlich diese radikalen Anschuldigungen leugnet.«

»Ich würde Mr O'Sheas Aussage nicht so schnell abtun. Wenn Sie gründlich lesen, werden Sie sehen, dass Ihr Mandant nicht nur einmal, sondern sogar zweimal bei ihm war. Und heute Morgen habe ich erfahren, dass Mr O'Shea eine Überwachungskamera in seiner Autowerkstatt hat, wo diese Begegnungen stattgefunden haben. Ich wette, wenn wir das Video anschauen, werden wir Ihren Mandanten identifizieren können. Es hat keinen Sinn, diese Farce noch länger aufrechtzuerhalten.«

Der Anwalt sah Jeff King an. »Ich glaube, ich muss ein paar Minuten unter vier Augen mit meinem Mandanten sprechen.«

Delaney stand auf. »Natürlich. Sie können sich gerne ungestört beraten.«

Sie verließ den Raum und sah Weston an, als der sich zu ihr gesellte. »Wir haben ihn!«

Weston hob die Rechte, um Delaneys erhobene Hand abzuklatschen. »Das war's. Er wird einknicken. Das spüre ich.«

Endlich Gerechtigkeit für Penelope King.

In diesem Moment kam der FBI-Direktor aus dem Raum nebenan und Delaney realisierte, dass er die Befragung verfolgt hatte. »Kann ich Sie kurz in meinem Büro sprechen, Delaney?«, fragte er.

»Natürlich.« Sie sah Weston an, aber der zuckte nur mit den Schultern. Er wusste offensichtlich auch nicht, worum es ging.

Delaney folgte Direktor Phillips zu seinem Büro, wobei sie sich verzweifelt fragte, worüber er wohl mit ihr sprechen wollte. Normalerweise unterhielten sie sich miteinander, wo immer sie gerade waren, und solche förmlichen Besuche im Büro des Chefs waren selten. Sie hoffte, dass sie bei der Befragung keinen Fehler gemacht hatte.

»Bitte setzen Sie sich.«

Delaney nahm in dem großen Sessel gegenüber von seinem Schreibtisch Platz.

»Ihre Arbeit bei diesem Fall war und ist überragend«, begann Phillips.

Das war wenigstens ein vielversprechender Anfang. »Danke, Sir. Ohne Weston und Cody hätte ich es nicht geschafft. Das war echtes Teamwork.«

»Sie reden wie eine wahre Führungspersönlichkeit.« Phillips beugte sich vor. »Ich werde gleich zur Sache kommen, Delaney. Ich befördere Sie zur stellvertretenden Direktorin der Abteilung für kriminalpolizeiliche Ermittlungen. Wie Sie wissen, gab es dort einen kommissarischen Leiter, aber er wechselt in eine andere Abteilung. Sie werden seine Aufgaben übernehmen.«

Das hatte sie nun wirklich nicht erwartet. »Danke, Sir … vielen Dank. Ich weiß gar nicht, was ich sagen soll. Ich wusste nicht einmal, dass ich überhaupt dafür infrage komme.«

»Ehrlich gesagt, waren Sie vor diesem Fall auch nicht in der engeren Auswahl, aber in der weiteren schon. Ich habe beobachtet, wie dieser Fall sich entwickelt hat, und glaube, dass Sie diese Beförderung mehr als verdient haben.«

»Danke, Sir.« Delaneys Gedanken überschlugen sich. Sie war völlig überrumpelt.

Phillips lächelte. »Sie haben sich das erarbeitet, Delaney. Ich weiß, dass Sie sich Sorgen um Weston machen, weil ich merke, dass Sie ihn mögen. Sie können entscheiden, wem er zugeteilt werden soll. Hilft das?«

Sie nickte. »Ja, Sir. Und ich werde Sie nicht enttäuschen.«

»Das weiß ich, sonst hätte ich diese Entscheidung nicht getroffen.« Er erhob sich.

»Vielen Dank.« Sie floh aus dem Büro des Direktors und ging wieder hinunter zu Weston.

»Was sollte das denn?«, fragte Weston.

»Erzähl ich dir, nachdem wir noch mal mit Jeff King gesprochen haben.« Sie wandte sich dem Verhörraum zu, aber Weston hielt sie zurück.

»Kommt nicht infrage. Raus mit der Sprache, aber bitte sofort.«

Sie sah ihn an. »Du wirst es nicht glauben.«

»Ist alles in Ordnung?«

Delaney wollte nicht, dass er sich Sorgen machte. »Mehr als in Ordnung. Ich wurde gerade zur stellvertretenden Direktorin befördert.«

Weston riss die Augen auf, schlang die Arme um sie und wirbelte sie im Kreis herum. »Das ist ja fantastisch! Ich freue mich für dich, Delaney. Niemand hat es mehr verdient als du.« Er stellte sie wieder auf den Boden. »Ich weiß, das war nicht sehr professionell, aber du bist für mich wie Familie.«

»Danke, Weston. Mir geht es genauso, was dich betrifft.«

Noch einmal drückte Weston sie.

»Es ist schön, dass du dich so für mich freust, aber wir dürfen uns nicht ablenken lassen. Wir müssen einem Mörder das Handwerk legen.«

Er nickte. »Okay, aber wenn die Sache hier erledigt ist, feiern wir.«

»Das klingt gut.« Delaney wollte nichts lieber, als die gute Nachricht zu genießen, aber ihre Arbeit war noch lange nicht getan.

EPILOG

Im Vergleich zu dem, was vor vier Monaten gewesen war, schien Vivs Leben jetzt fast langweilig, aber sie würde sich nicht beschweren. Die Taskforce hatte für ihre Arbeit viel Lob geerntet. Ihr Auftrag, den Mord an den beiden Botschaftern aufzuklären, war erledigt. Und Viv war heilfroh, dass sie jetzt wieder ihrer normalen Arbeit als Rechtsberaterin des Außenministeriums nachgehen konnte. Ihre Tage bei der CIA waren vorbei und sie war sich sicher, dass das auch so bleiben sollte.

Penelope King war von ihrem Ehemann Jeff ermordet worden. Im Tausch gegen ein milderes Urteil hatte er ein volles Geständnis abgelegt. Er hatte zugegeben, dass er das Fentanyl beim Diplomatendinner in das Glas seiner Frau getan hatte. Die Dosierung war so stark gewesen, dass das Fentanyl sie eigentlich auf der Stelle hätte töten sollen, aber Penelope war so stark gewesen, dass sie noch tagelang um ihr Leben gerungen hatte. Obwohl nichts sie am Ende hatte retten können.

Jeff hatte gestanden, dass er von Penelopes Verhältnis mit Popow erfahren und daraufhin einen ausgeklügelten Plan geschmiedet hatte, damit es so aussah, als würde seine Frau für die Russen arbeiten. Er hatte eine Unterhaltung zwischen Penelope und Popow belauscht, bei der er den Eindruck gewonnen hatte, Popow wäre beim Geheimdienst. Die CIA wusste noch immer nicht, ob Popow tatsächlich ein Spion war und ob Penelope für den Feind gearbeitet hatte. Deshalb waren zusätzliche Sicherheitsvorkehrungen getroffen worden in Bezug auf alle geheimen Informationen, zu denen sie Zugang gehabt hatte. Klar war, dass Penelope nicht auf der Gehaltsliste der Russen gestanden hatte. Jeff hatte ihr gegenüber behauptet, der Finanzberater hätte ihm geraten, Geld auf dem Konto seiner Frau zu deponieren, und das hatte sie nicht hinterfragt.

Der Fall hatte Delaneys Karriere beim FBI raketenartig beschleunigt. Viv fand ihre Beförderung mehr als gerechtfertigt. Sie war froh, dass Jeff im Rahmen des Gesetzes bestraft wurde. Er würde das Gefängnis nie wieder verlassen.

Was den Mord an Botschafter Zidan betraf, hatte Omar Hassan nach stundenlangen Verhören bestätigt, dass Mark einen Auftragskiller auf ihn angesetzt hatte. Al-Nidal unterstützte die radikalen Kräfte in Ägypten und hatte sich von Zidans Tod einen großen Gewinn versprochen. Durch einen Handschlag beim Diplomatendinner hatte der Killer Zidan die Droge verabreicht, die den Herzstillstand ausgelöst hatte. Dieser Attentäter war jetzt ebenfalls in Polizeigewahrsam und hatte zugegeben, dass Mark ihn für diesen Auftrag angeheuert hatte.

Die CIA hatte zudem den abtrünnigen Agenten in den eigenen Reihen identifiziert und verhaftet, der den Gefangenen bei der Flucht geholfen und Mark den Standort von Vivs Versteck verraten hatte. Der Verräter war angeklagt worden und saß derzeit in Untersuchungshaft.

»Woran denkst du gerade?«, wollte Jacob wissen.

»Ich bin einfach froh, dass wir heute Abend hier sind.« Viv lächelte ihn an. Sie waren zu einer Dinnerparty im Garten von Layla und Hunter zusammengekommen und hatten das perfekte Herbstwetter dafür. Ihre Freunde hatten Jacob allesamt mit offenen Armen aufgenommen. Viv hätte nicht glücklicher sein können.

»Komm mal her, Viv!« Layla winkte sie zu sich. Viv ging zu ihrer Freundin, während Hunter sich zu Jacob gesellte. »Wir wollen ein Foto von uns Mädels machen, weil es so lange her ist, dass wir alle zusammen sein konnten.«

Viv sah ihre Freundinnen an – sie hatten zu dritt begonnen, doch inzwischen war die Gruppe größer geworden.

Izzy – ehrgeizig, wie sie war – konzentrierte sich voll und ganz auf ihr Jurastudium, das sie mit Bestnoten absolvierte. Seit einigen Monaten war sie mit Aiden zusammen und sie strahlte vor

Glück. Viv freute sich sehr für ihre Freundin, vor allem, wenn sie an all das dachte, was Izzy in ihrer Vergangenheit durchgemacht hatte.

Lexi war wieder nach Washington, D. C., zurückgekehrt und arbeitete als Juristin im Hauptquartier der Navy. Sie war heute Abend in Begleitung von Derek erschienen, der in der Gruppe der Jungs herzlich aufgenommen worden war. Viv war sich ziemlich sicher, dass die beiden mittlerweile ein Paar waren, aber bisher hatte Lexi noch nichts verlauten lassen.

Marco, NCIS-Agent und Baileys Freund, war sehr beschäftigt mit seinem Hausbau. Vorhin hatte er Viv und Layla anvertraut, dass er Bailey in den nächsten Wochen einen Heiratsantrag machen wollte.

Willow hatte beschlossen, eine Weile in den Staaten zu bleiben und für eine Organisation in Washington zu arbeiten. Es war herrlich, ihre Schwester mal wieder in der Nähe zu haben und nicht am anderen Ende der Erde.

Die größte Neuigkeit des Abends war jedoch, dass Layla schwanger war. Sie hatte bislang nur Viv und Bailey davon erzählt, aber bald wollte sie auch die anderen einweihen.

Aus dem »einen Foto von uns Mädels« wurde eine richtige Fotosession, der auch die Männer nicht entkommen konnte. Es war lange her, dass Viv so viel gelacht hatte. Sie spürte, wie die Spannung der letzten Monate endgültig von ihr abfiel. Sie ließ die Blicke über ihre Freunde schweifen und spürte das Glück, noch am Leben zu sein, in ihrem tiefsten Herzen.

Im Hintergrund lief Musik. Jacob kam auf sie zu. »Komm, wir tanzen.«

Viv lachte. »Ich kann nicht besonders gut tanzen.«

Er grinste. »Es ist ein langsamer Tanz. Da braucht man keine besonderen Fertigkeiten.« Er zog sie ein Stück von den anderen weg und dann in seine Arme.

»Amüsierst du dich?«, fragte sie.

»Auf jeden Fall. Ich hänge gerne mit diesen Jungs ab.« Er zögerte. »Hunter will mich überreden, Privatdetektiv zu werden, aber ich habe ihm gesagt, dass ich die Arbeit für die Regierung noch nicht aufgeben will. Irgendwann vielleicht.«

Viv blickte ihn an. »Es ist gut, verschiedene Optionen zu haben.« Jacob zog sie noch enger an sich und sie legte den Kopf auf seine Brust. »Ich liebe dich.«

»Ich liebe dich auch. Es ist ein schöner Abend«, murmelte Jacob.

»Ich muss zugeben, dass ich immer noch fürchte, etwas Schlimmes könnte passieren«, sagte Viv. »Ich kann mir kaum vorstellen, dass die Vergangenheit uns endlich nichts mehr anhaben kann.«

»So ist es aber. Du bist nicht mehr in Gefahr. Da bin ich ganz sicher.«

»Ich weiß«, seufzte sie. »Dass du an meiner Seite bist, gibt mir ein Gefühl der Sicherheit und ich weiß, dass wir zusammen alles überstehen können.«

Jacob zog sie dicht an sich. Sowohl er als auch Viv waren in Therapie, um die Ereignisse der letzten Monate gründlich aufzuarbeiten. Sie hatten auch schon einige gemeinsame Gespräche geführt und spürten, wie sich ihre Beziehung vertieft und gefestigt hatte.

Nach einigen Augenblicken schob Jacob Viv ein wenig von sich weg, damit er ihr in die Augen sehen konnte. »Viv … ich weiß, dass wir noch nicht so weit sind, irgendwelche wichtigen Entscheidungen zu treffen.«

Sie war nicht sicher, worauf er hinauswollte.

»Aber du sollst wissen, dass ich mit dir zusammen sein will. Das ist mein Ziel. Verstehst du?«

»Ja.« Viv lächelte. Sie brauchten beide noch Zeit, um ihre Probleme zu bearbeiten, aber sie wusste, dass sie ihn mehr liebte als alles andere auf der Welt. Der richtige Zeitpunkt würde kommen, wenn sie beide so weit waren. »Ich gehe nirgendwohin.«

Jacob drückte sie ganz fest. »Jedenfalls nicht ohne mich.«

Sie wusste, dass dieser Augenblick ewig währen würde.

Mehr von Rachel Dylan

Rachel Dylan
Labyrinth der Angst
ISBN 978-3-96362-251-9
318 Seiten, Paperback
auch als E-Book erhältlich

FBI-Special Agent Bailey Ryan ermittelt in einer Mordserie, die Washington, DC erschüttert. Auf Befehl von oben muss sie sich widerstrebend dem Team von NCIS-Ermittler Marco Agostino anschließen. Doch der arrogante Special Agent ist gar nicht so unsympathisch wie gedacht ... Schnell haben die beiden einen Verdächtigen gefunden: einen Scharfschützen der Elite-Einheit der Navy-SEALs. Aber auch hier ist offenbar nicht alles so, wie es auf den ersten Blick scheint.
Als Bailey und Marco tiefer graben, wird klar, dass jemand bereit ist, alles zu riskieren, um seine dunklen Geheimnisse zu wahren. Können sie der tödlichen Gefahr entkommen?

Rachel Dylan
Netz des Verrats
ISBN 978-3-96362-284-7
304 Seiten, Paperback
auch als E-Book erhältlich

Als der verdeckte Einsatz gegen ein Drogenkartell schiefläuft, gerät die CIA-Agentin Layla Karam in Lebensgefahr. Doch ist es wirklich »nur« das Kartell, in dessen Sperrfeuer sie geraten ist? Was steckt hinter den internen Ermittlungen bei der CIA, die auf einmal gegen sie in Gang gesetzt werden?
Privatdetektiv Hunter McCoy – Laylas Ex-Freund – wird angeheuert, um ihren Kopf aus der Schlinge zu ziehen. Nur widerstrebend nimmt Layla seine Hilfe an, denn Hunter hat ihr vor Jahren das Herz gebrochen.
Doch was die beiden dann gemeinsam aufdecken, entpuppt sich als ein tödliches Netz voller Intrigen und Verrat, das bis tief in die Vergangenheit reicht ...

Mehr Hochspannung bei FRANCKE

Dani Pettrey
Flut
ISBN 978-3-96362-215-1
382 Seiten, Paperback
auch als E-Book erhältlich

Special Agent Finn Walker, Ermittler der Küstenwache, steht vor dem bislang schwierigsten Fall seiner Karriere: Ein Kollege wurde ermordet, ein anderer schwer verletzt. War dies das Werk von Drogenschmugglern? Oder steckt mehr dahinter? Je tiefer Finn und seine Kollegen graben, desto unübersichtlicher wird die Sache.

Ganz nebenbei muss er Gabby, die Schwester seines Chefs, im Blick behalten. Die Investigativ-Journalistin hat sich mit einer Enthüllungsstory mächtige Feinde gemacht. Unter Finns Schutz sollte Gabby eigentlich zur Ruhe finden, doch sie kann es nicht lassen, ihre Nase in seine Ermittlungen zu stecken. Und nicht nur das: Finns Gefühle für die neugierige Journalistin bringen auch sein Herz in größte Gefahr …

Dani Pettrey
Untiefen
ISBN 978-3-96362-248-9
400 Seiten, Paperback
auch als E-Book erhältlich

Mason Rogers ist neu im Team der Küstenwache, doch für Rissi Dawson ist er kein Unbekannter. Düstere Geheimnisse aus der Vergangenheit verbinden die beiden ...
Gemeinsam übernehmen sie die Ermittlungen, als ein Mitarbeiter einer Ölbohrinsel ums Leben kommt. Die Indizien legen nahe, dass es kein Unfall gewesen ist, sondern Mord. Als ein Tropensturm aufzieht und die Bohrinsel bedroht, beginnt ein gefährlicher Wettlauf gegen die Zeit. Allein auf sich gestellt, müssen Rissi und Mason alles riskieren, um die Identität des Killers aufzudecken – bevor er erneut zuschlagen kann.

Dani Pettrey
Sturm
ISBN 978-3-96362-311-0
416 Seiten, Paperback
auch als E-Book erhältlich

Was als fröhliche Abschlussfeier begann, wird zum tödlichen Sturm: Plötzlich fallen Schüsse – und die Notfallärztin Brooke Kesler ist mittendrin. Schnell wird klar, dass es sich um einen sorgfältig geplanten Terroranschlag handelt. Doch warum rückt Brooke auf einmal in den Fokus der Verbrecher?
Das Team der Küstenwache übernimmt die Ermittlungen. Für den Boss des Teams, Noah Rowley, ist es nicht nur seine größte berufliche Herausforderung, sondern auch eine sehr persönliche Sache: Längst hat Brooke sein Herz erobert. Doch bisher hat er es nicht gewagt, ihr seine Liebe zu gestehen. Ist es dafür jetzt zu spät?
Bald stoßen die Ermittler auf eine Verschwörung ungeahnten Ausmaßes. Können sie die bevorstehende Katastrophe noch aufhalten?